KB123604

Blooming

보르도네

블루밍Blooming

2014년 7월 11일 초판 1쇄 발행
2014년 9월 19일 1판 2쇄 발행

지은이 박샛별
발행인 이종주

기획 편집 박지해

발행처 (주)로크미디어
출판등록 2003년 3월 24일
주소 서울시 용산구 원효로97길 46 5층
Tel (02)3273-5135 **Fax** (02)3273-5134
홈페이지 http://rokmedia.blog.me/ · **E-mail** rokmedia@naver.com

ⓒ 박샛별, 2014

값 10,000원

ISBN 979-11-255-6300-6 03810

본서의 모든 내용에 대한 편집권은 저자와의 계약에 의해
(주)로크미디어에 있으므로 무단 복제, 수정, 배포 행위를 금합니다.

작가와의 협의에 의해 인지는 생략합니다.

잘못된 책은 바꾸어 드립니다.

Blooming

블루밍

박샛별 장편소설

ROCOCO

contents

프롤로그- Roseberry   7

Freesia   15

Veronica didyma var, lilacina   57

Digitalis   111

Red Cyclamen   155

Cockscome   207

shepherd's purse   259

Forget-me-not   323

Habenaria radiata   373

에필로그-Orchid   423

작가 후기   455

프롤로그- Roseberry

살짝 고개를 숙이자 주변에서 소란이 일어났다. 갑작스러운 행동에 놀란 사람들에게 해명할 말을 찾을 수 없었다. 그도 그럴 것이 본인 역시도 지금 제 모습이 낯설다.

이제야 겨우 여기까지 왔다. 방송 출연을 결정하면서도 그저 바랐던 건 한 가지, 이렇게 마주 보는 시선이었다.

드디어 그녀와 마주했다.

그 사실을 인식한 순간, 내내 자연스러웠던 호흡이 턱 막혀 왔다.

한 걸음, 또 한 걸음.

서서히 가까워지는 그녀를 보며 윤승하의 심장이 거칠게 뛰어 댔다. 거리가 좁혀지는 속도가 너무 느리게 느껴져 금방이라도 몸이 앞으로 튀어나갈 것만 같아 주먹을 쥐었다. 손톱이 손바닥 안쪽을 날카롭게 파고드는 느낌에 간신히 충동을 멈출 수 있었다.

무슨 말을 꺼내야 할까? 어떤 인사가 좋을까?

머릿속에는 온갖 생각들이 정리가 안 된 채 제멋대로 뒤섞였다. 초조하게 주먹을 쥐었다가 펴기를 반복하며 그녀를 봤다.

서늘한 기운이 스치던 얼굴이 자신에게 향하고 한결 부드럽게 바뀌었다. 살짝 휘어진 눈과 둥그렇게 올라간 입매, 상냥한 미소였다. 자신을 보며 웃고 있는 효영에, 윤승하는 일순 머릿속이 멍해졌다.

주변의 소리가 사라지고 시야에 들어오는 이는 오로지 그녀뿐이었다. 새까만 어둠 속에서 스포트라이트가 켜진 듯 효영만 보였다.

경기를 할 때처럼 모든 감각이 예민하게 일어났다. 제 손가락끼리 스칠 때마저 날 설 정도로 감각이 예민해졌다.

그는 짧게 숨을 내쉬며 그를 켜켜이 덮고 있는 긴장, 조바심, 초조감을 꾸역꾸역 집어넣었다.

"안녕하세요, 윤승하 선수."

곁으로 다가와 그녀가 인사를 건넨 순간, 윤승하는 제 노력이 모두 허사로 돌아가는 걸 느꼈다. 그녀는 너무도 쉽게 자신의 평상심을 허물어 버렸다. 한국에 온 목적, 지금 있는 장소 모두 한순간에 머릿속에서 휘발되었다. 탈력감에 차라리 웃고 싶어졌다.

"나왔다!"

공항 게이트에 있던 기자 중 하나가 소리치는 것을 시작으로 곳곳에서 플래시가 터졌다. 게이트에서 나오던 승객들은 엄청 난 수의 기자와 카메라를 보고 깜짝 놀라 주변을 두리번거렸다.

"연예인이라도 탄 거야?"

승객 중 하나가 고개를 돌리다가 문득, 야구 모자를 눌러쓴 남자와 눈이 마주쳤다. 평균 신장을 훨씬 웃도는 190센티미터 정도의 키에 타이트한 티셔츠와 청바지를 입은 그의 커다란 체격은 위압감마저 느껴졌다. 길게 찢어진 눈꼬리는 빈말로도 인상이 좋아 보인다고 할 수 없었다. 전형적인 미남은 아님에도 거칠고 야성적인 분위기가 박력이 있어 여러 번 시선이 갔다.

무엇보다도 놀라운 건 그의 정체였다. 뉴욕에 연고지를 두고 있는 사람치고 그가 누구인지 모르는 사람은 없었다.

투수, 윤승하.

메이저리그에서는 일명 '윤Yoon'으로 통하는 선수를 알아본 승객의 턱이 저도 모르게 벌어졌다.

눈이 부시도록 터지는 플래시 세례에 윤승하의 눈매가 가늘어졌다. 옆에서 비슷한 속도로 움직이던 에이전트 제임스 김이 보호하듯 그의 앞으로 나섰다.

"윤승하 선수, 이번 인천 아시안 게임 국가 대표팀에 합류하게 된 소감 부탁드립니다."

"그동안 언론을 기피하는 편이었는데 그 이유가 뭡니까?"

"한국에서 일정은 어떻게 되시죠?"

"윤승하 선수가 합류하는 것이 불가능하다는 의견이 많았는데 이번 합류를 결정하게 된 이유를 말씀해 주시죠."

오른팔에 스포츠 백 하나만을 걸친 윤승하는 질문들을 무시하고 성큼성큼 공항을 빠져나왔다. 그의 귀국 소식에 몇 시간 전부터 대기했던 기자들은 그에게서 인터뷰를 따내지 못할까 안절부절못하는 기색이었다.

"배우, 송가희 씨가 윤승하 선수에게 호감을 표시했는데 그에 대해 어떻게 생각하십니까?"

기자들의 질문 중에는 영양가 없는 가십도 섞여 있었다. 그에게서 한마디라도 받기 위해 기자들은 예민해질 발언도 서슴지 않아 점점 더 과격한 양상을 띠었다.

윤승하는 이따금 지역 신문에 응하는 것을 제외하고는 인터뷰를 하지 않기로 유명했다. 반면 어떤 선수들보다 팬 서비스가 좋아서 무작정 건방지다고 비난할 수도 없는지라 언론에는 애증의 존재였다.

악명 높은 파파라치도 1년 가까이 그의 뒤를 쫓으며 건진 사진이라고는 훈련장—집 혹은 훈련장—집, 숙소—경기장을 오가는 모습뿐이었다. 사생활적인 면에서는 수도사보다 더 결백하고 모범적인 탓에 파파라치들도 학을 뗐다.

그럼에도 아니 땐 굴뚝에 나는 연기 모양, 보도 못 한 상대와의 스캔들을 지어내는 황색지 기자들이 있지만 윤승하는 언론에 대응하지 않았다. 약이 오른 파파라치들과 기자들이 다시 윤승하를 뒤쫓는 악순환은 계속해서 반복됐다.

스토커에 가까운 파파라치들에게 뒤쫓겨 본 적이 있는 윤승하가 이렇게 떼로 몰려든 기자들을 두려워할 리 없었다. 그가 준비되어 있는 차에 오르기까지 10분가량이면 충분했다. 그가 뒷좌석에 오를 무렵, 뒤편에서 '싸가지 없는 새끼'라는 거친 욕설이 터져 나왔다. 분명 윤승하에게 들릴 정도의 크기였다. 그 소리를 들은 다른 기자들은 윤승하가 어떻게 나올까 궁금해했지만 그는 욕을 한 상대를 찾아보려고 시도조차 않고 떠났다. 결국 기자들이 건진 건 공항에서 나와 차에 오르는 윤승하의 사진이 전부였다.

"이거 기삿거리 되겠어?"

"씨발, 어린 새끼가 어지간히 뻗대네."

기자들이 원성을 토하는 사이에도 윤승하를 태운 차는 유유히 그곳을 빠져나갔다.

"하이에나 같은 새끼들."

"승하야, 입 좀."

비틀린 어조에서 흘러나온 말에 제임스 김이 흠칫 놀라며 짐짓 윤승하를 나무랐다. 뒷좌석에 편한 자세로 앉아 있던 윤승하는 곧바로 지적하는 제임스 김에게 편치 않은 시선을 던졌다. 백미러를 통해 눈이 마주치자 제임스 김은 저도 모르게 살짝 경직했다.

"실수했네."

이윽고 윤승하는 피식 웃으며 제 잘못을 인정했다. 하지만 곧이어 정정한 말에 제임스 김은 이마를 짚었다.

"하이에나 같은 개 좆밥 새끼들."

"함부로 말하면 안 돼. 기자들한테 욕하면 더 안 되고."

"시작은 저 새끼들이 먼저였어."

"승하야."

"싸가지 없는 새끼라고? 씨발, 저는 좆같은 새끼면서."

그를 물어뜯으려는 기사들이 지금 이후로 줄줄이 오르내릴지도 모른다. 물론 내키는 대로 소설을 휘갈겨 쓸 수도 있을 것이다. 하지만 기자들이 건드릴 수 있는 건 거기까지였다.

파티, 술, 담배, 여자, 그 어떤 것에서도 즐거움을 찾지 않는 윤승하는 남들이 보기에 돈을 쌓아 두고 재미없이 살고 있는 것 같겠지만 정작 본인은 야구에만 미쳐서 지금의 삶에 만족했다.

이토록 성실한 선수를 비난할 구석을 찾긴 어려웠다. 언론에 냉담한 것? 그에 대해 모르는 사람들은 언론에 휘둘려 '건방지고 오만한 새끼'라고 욕할지 모르나 그가 어떤 일을 겪었는지 아는 팬들은 윤승하를 보듬고 일명 '기레기'라는 족속들에 대해 성토를 벌였다.

결국 구장을 찾고 그의 등번호가 쓰인 유니폼과 그를 후원하는 회사 제품을 사기 위해 지갑을 여는 건 그의 팬이었다. 언론과 척을 지더라도 언제나 실력으로 티켓값을 아깝지 않게 해주는 윤승하에 대한 팬들의 사랑은 뜨거웠다.

Blooming

더불어 윤승하는 많은 스타들이 곤욕을 치르며 인생의 낭비라고 부르는 SNS도 하지 않아 팬들 사이에서는 완전체로 불렸다. 지역지에 실리는 기사도 찾아보지 않는 그였기에 애초에 멘탈이 무너질 계기 자체가 생기지 않는 것이다.

　비싼 스마트 TV로 타 팀의 전력 분석, 본인 시합 분석, 투구 폼 분석 따위만을 하며 '은둔형 외톨이'라는 별명까지 붙었지만 개의치 않았다. 이런 그가 뭐가 무서워서 기자들에게 굽히고 들어갈까.

　제임스 김은 나직이 한숨을 내쉬며 고개를 흔들었다. 여독이 풀리지도 않은 선수를 입국장에서부터 괴롭히며 인터뷰에 응하지 않는다고 해서 들으라는 식으로 욕설을 내뱉는 기자들의 태도는 확실히 문제가 있다. 언론에 대처하는 자세가 무성의했다고 제 선수만 탓할 게 못 된다. 제임스 김은 그에 대해 더 이상 거론하지 않았다.

"어디로 간다고 했지?"

"도훈이네."

　불쾌한 감정을 털어 낸 듯, 윤승하는 담담한 어조로 대꾸했다.

로즈베리Roseberry

당신은 나를 일깨운다.

Freesia

01

"올해 네 나이가 스물아홉이었지? 옛날 같았으면 네 나이에
학교에 들어간 자식이 있고도 남았겠구나. 무에 못나서 여태
혼자야?"

훈계조로 꺼낸 말에 어색하고 불편한 기류가 흘렀다. 하지만
조모 홀로 그 분위기를 읽지 못하고 마뜩잖은 기분을 그대로
내색했다.

"집안이 안 좋아, 직업이 나빠, 인물이 못나. 뭐가 모자라서
남들 다 하는 결혼을 아직도 못 해? 이러니 자꾸 역혼을 해서

손위 누이 노처녀 만들었다는 얘기가 나오질 않니?"

"어휴, 할머니. 무슨 일로 이렇게 뿔이 나셨어요. 요즘 스물 아홉이면 늦은 나이도 아니에요. 누나처럼 전문직 가지고 있는 여자들은 결혼을 더 늦추고 있는 분위기고요. 급할 거 하나도 없어요."

동생, 전효준이 서글서글하게 웃으며 조모를 다독거렸다. 끔찍이 아끼는 손자였지만 이번만큼은 그의 말이 귀에 들어오지 않는지 그를 흘겼다.

"남자는 바깥일 돌보느라 결혼이 늦어질 수 있지만 여자는 시집가서 남편 섬기고, 애 낳아 키우는 게 제일이지. 아나운서, 간판만 좋지. 괜히 바람만 들어서는. 내 말 듣고 선생을 했으면 벌써 시집가서 여자답게 살았을 거 아니야. 친구라고 천둥벌거 숭이 같은 딴따라랑 어울리다 보니까……."

"어머님, 그만하세요. 모처럼 얼굴 보는 건데."

차성희가 조심스럽게 조모의 말을 끊었다. 예의상이라도 묵묵히 말을 듣고 있던 효영이 이어지는 뒷말에 새파란 시선으로 조모를 봤다. 조모는 제 말을 막은 것에 분개해 효영의 눈빛을 알아차리지 못했다.

"같이 늙어 가는 처지라고 이제 시어미가 우습든? 어디서 배운 버르장머리로 감히 시어미 말을 잘라먹는 게야!"

"죄송해요, 어머님."

노인네 비위를 맞추기 위해 차성희는 곧바로 사죄했다. 단단히 골이 난 조모는 버럭 성을 내려다 갑자기 큰 소리가 나자 깜

Blooming

짝 놀란 아이가 울먹울먹하는 것을 보고 입을 다물었다.

조모는 못마땅한 기색을 풀풀 풍기며 방으로 들어갔다.

노인이 사라진 후에 거실에는 정적이 흘렀다. 차갑게 치떴던 시선을 평소처럼 갈무리한 효영은 고요함이 불편으로 이어지려는 무렵, 핸드백에서 준비해 온 봉투를 꺼냈다.

"제가 고르는 것보다 필요하신 물건을 직접 사시는 게 나을 것 같아서요. 생신 선물 대신이에요."

흰 봉투를 부친에게 건넸다. 먼저 방으로 들어간 제 노모가 신경 쓰였는지 전강호는 선뜻 받지 못하고 방 쪽을 흘끗거렸다.

"돈 쓸 일이 많을 텐데 뭐하러 준비했어."

전강호를 대신해서 차성희가 짐짓 나무라듯 말했다. 효영은 별 뜻 없는 미소를 지어 보이고는 이내 고개를 저었다.

"많이 하지는 못했어요."

"얼굴 보는 걸로 충분하니까 다음부터는 이러지 마."

모친의 어조에 조심스러움이 섞였다. 그녀에게 응하는 효영의 어조는 정중했으나 거리감이 있었다.

"내일 일찍 출근해야 해서 이만 가 볼게요."

서로의 눈치를 살피다가 효영이 결단을 내렸다.

"할머니 말씀은 너무 신경 쓰지 마렴."

차성희가 그녀를 따라 일어나며 조용히 속삭였다. 효영은 개의치 않는 듯이 어깨를 으쓱이는 걸로 그녀의 마음을 놓이게 해 주었다.

"할머니께 인사, 대신 전해 주세요."

현관 입구에서 실랑이를 한 끝에 그녀의 동생이 버스 정류장까지 배웅하기로 합의를 봤다.

"누나."

정류장 앞에 와서 효영이 이제 들어가 보라는 말을 하려는데 효준이 먼저 입을 열었다.

"더 자주 와."

스물두 살에 독립한 효영은 집안 대소사 외에 굳이 시간 내서 찾아오는 일이 드물었다. 맞벌이 때문에 평일에는 아이를 부모님께 맡기고 출퇴근마다 찾아가는 동생의 입장에서는 부족해 보일 법도 했다.

"다 큰 자식 봐야 반가울 게 있겠어? 마리가 온갖 예쁜 짓을 다 할 텐데."

효영이 설핏 웃으며 대꾸하는데 동생은 짐짓 심각한 표정을 지었다.

"아직 마음이 안 풀려서 그래? 가족인데 얼굴 안 보고 살 수는 없잖아. 할머니도 예전 같지만은 않으셔."

동생의 말에 효영은 재미있는 농담을 들은 것처럼 피식 웃음을 터뜨렸다. 입장이 다르기에 받아들이고 이해하는 범위가 다를 수밖에 없었다. 그 극명한 차이를 다시 한 번 실감하고 효영은 덤덤히 대꾸했다.

"네 생각처럼 원망하는 마음을 갖고 있는 건 아냐."

동생에게 하는 말은 진심이었다. 독립을 결정하며 효영은 기대하기를 포기했다. 기대하지 않으니 실망도 하지 않았다. 최소한의 도리는 지키되 더 이상은 가족 구성원으로서의 소속감을 구하지는 않았다.

"가족 간의 거리가 사람마다 다 같을 수 없어. 난 지금 이 정도에 만족하고."

동생이 의도하는 게 속을 다 까집어 보이는 친밀함이라면, 효영은 도저히 무리였다.

"가족인데 불편하게 생각할 이유가 뭐 있어. 부대끼면서 남아 있는 응어리도 푸는 거지."

고개를 좌우로 저으며 답답한 투로 말하는 동생을 보고 희미하게나마 남아 있던 미소가 흩어졌다. 효영은 물끄러미 동생을 바라봤다. 악의가 전혀 없는 순전한 눈빛에 혀끝에 쌉싸래한 맛이 감돌았다.

"내가 이해 안 가지?"

동생이 찌푸렸던 표정을 펴고 효영과 시선을 마주했다. 그녀는 담담한 눈길로 동생을 응시하며 뒷말을 이었다.

"나도 너를 다 이해 못해."

그 순간 동생의 눈동자에 파문이 일어났다. 세차게 흔들리는 눈에는 희미한 죄책감이 묻어났지만 효영은 못 본 척 고개를 돌렸다.

"들어가."

"누나, 나는……."

동생이 무언가 말하기 위해 입을 여는데 효영으로서는 운 좋게 버스가 도착했다.

뒷머리를 긁으며 복잡한 심경이 가득한 얼굴로 자신을 바라보는 동생에게서 시선을 돌리고 빈 좌석에 앉았다.

익숙한 두통에 머리를 감싸며 일어난 효영은 눈살을 찌푸리고는 침대 아래로 다리를 내렸다. 누군가가 머리에 대고 징을 울려 대는 것처럼 머릿속에 계속해서 진동이 느껴졌다. 이 지독한 두통은 매일 아침 행사였다. 그녀는 뻑뻑한 눈을 문지르며 욕실로 들어갔다.

씻고 나온 뒤 습관처럼 켠 TV 소리를 배경 삼아 출근 준비를 했다. 식빵 한 조각에 잼을 발라 5분도 안 돼서 먹고 난 후 전자레인지에 미지근하게 데운 보리차를 한 잔 마셨다.

효영은 한창 여름 날씨에 혼자만 더위를 모르는 사람처럼 미색 카디건을 몸에 걸쳤다. 어차피 방송할 때는 메이크업을 다시 받기 때문에 간소하게 화장을 했다.

준비를 다 마친 효영이 밖으로 나왔을 때에도 TV는 여전히 혼자서 떠들고 있었다. 리모컨을 들었던 효영은 익숙한 이름이 나오자 멈칫하고 TV로 시선을 돌렸다.

— 배우, 故 한여울 씨의 사망 2주기를 맞이하여 아직 그녀를 그리고 있는 많은 팬들이……

앵커의 설명이 이어지면서 한창 한여울이 활동하던 당시의 모습들이 화면에 비쳤다. 환하게 웃고 있는 한여울의 모습은 어렸고, 그 젊음이 몹시도 싱그러웠다. 그녀의 이름 앞에는 수많은 수식어가 존재했다.

한국을 대표하는 미녀 배우, 국민 요정, 그리고 한국의 오드리 햅번으로 불리던 그녀의 죽음을 아직도 많은 사람들이 안타까워하고 그녀를 그리워하고 있었다.

리모컨 버튼 음이 들림과 동시에 브라운관이 어두워졌다. 더 이상 귀를 시끄럽게 하는 소리가 들리지 않았다.

그녀는 외면하듯 TV에서 시선을 돌리고 걸음을 서둘렀다. 그녀의 표정에 더는 아무 감정도 담기지 않았다. 단지 핸드백을 꽉 쥔 채 미미하게 떨리는 손만이 그녀의 현재 심경을 알려줄 뿐이다.

효영은 아직 한여울의 죽음을 받아들이지도, 그녀를 용서하지도 못했다.

한국에 와서도 윤승하의 습관은 여전했다. 그에게 운동은 더 이상 과제가 아니라 생활이었다. 오랜만인 한국에, 아파트 주변이 그에게 익숙한 곳도 아닌데 그는 한국에 오자마자 똑같은 생활 패턴을 유지했다.

물론 첫날에는 시차 때문에 다소 고생했지만 그는 생활 리듬을 정상적으로 끌어올렸다. 주변에 봐 둔 조깅 코스를 돌면서 아침을 시작했다. 10킬로미터, 가벼운 아침 운동이었다.

적당한 속도로 잠시도 쉬지 않고 달렸지만, 그의 이마에 얼마간 땀이 흐르고 숨이 다소 거칠어진 것 외에 특별히 지친 기색은 없었다.

아파트 단지에 들어오며 조금씩 속도를 줄여 가던 윤승하는 옆 동에서 나오는 아파트 주민을 무심코 보게 됐다.

젊은 여자였다. 수식어를 더 붙이자면 몹시 피로해 보이는 얼굴을 가진 여자였다. 황금 같은 휴일 동안 밤늦게까지 달렸던지, 아니면 출근 자체가 싫어서일지도 모른다. 하지만 이른 월요일 아침에 보이는 얼굴이라기에는 너무 지쳐 있었다.

윤승하는 이내 그녀에게서 고개를 돌리고 제 템포를 유지하여 여자의 앞을 무심히 지나쳤다.

그는 아파트에 돌아와 곧장 욕실로 향했다. 땀에 흠뻑 젖은 옷을 벗고 샤워 부스로 들어가 미지근한 온도에 맞춘 후 샤워기를 틀자 이내 적절한 수압으로 물이 쏟아져 나왔다.

샤워 부스 안에 달린 거울에 그의 상체가 아른아른 비쳤다. 샤워를 하며 함께 머리를 감느라 팔이 움직일 때마다 그의 팔부터, 어깨, 등까지 촘촘하게 연결된 근육이 꿈틀거렸다. 운동에 적합하게 다져진 덕에 몸매가 모델의 것처럼 늘씬하지는 않았지만 근육량이 상, 하체에 골고루 잡혀 있었다. 에이트 팩 복부를 비롯해 그의 전신을 두른 근육은 바위만큼이나 강인해 보였다.

유전적인 이유인지 야외에서 훈련하는 일이 비일비재한 스포츠 선수치고 피부색이 옅은 편이었다. 그 때문에 새카만 흑발이 더 도드라져 보였다.

Blooming

그는 물기 젖은 머리카락을 뒤로 넘기고 가볍게 툴툴 털었다. 몸을 닦은 후 새 타월을 꺼내 머리를 휘감고 밖으로 나왔다.

윤승하가 한국에서 임시적으로 묵고 있는 곳은 친구 부부의 집이었다. 얄팍하다고 하면 할 수 있는 윤승하의 대인 관계에서 가장 큰 의미를 갖는 사람은 안도훈이다.

유치원 시절부터 지금까지 장장 20년 지기였다. 신부인 홍송이 역시 윤승하와는 성별을 떠나 티격태격하며 지내던 친구로 불편함이나 어색함은 없었다.

"진짜 부지런하다. 모처럼 한국에 왔으니까 조금은 쉬지그래?"

주방에서 제 남편이 마실 녹즙을 준비하던 홍송이가 감탄이랄지, 타박이라고 해야 할지 모를 투로 말을 붙였다. 윤승하는 감흥 없이 어깨를 으쓱하기만 했다.

"진짜 인생 재미없게 사는 녀석 같으니라고. 체력은 짐승 같은 놈이 왜 여자를 안 만나? 혼자 살면서 외롭지도 않냐?"

"너를 봤더니 여자에 대한 환상이 없어. 교복 치마 아래 자주색 추리닝을 입고 날아 차기를 하던 모습이 잊히지 않는다."

"성격 나름이지."

"여자 안 만나는 것도 내 성격이니까 관심 끊어."

기껏 걱정해서 한 말에 퉁명스러운 대꾸가 돌아오자 홍송이는 뿔이 난 표정을 지었다. 방에서 나오다 두 사람의 대화를 들었던 안도훈은 못 말리겠다는 듯이 고개를 흔들었다.

"정말 관심 가는 여자 없어?"

홍송이가 시트를 정리하러 들어간 사이에 안도훈이 슬쩍 물었다.

"너까지 왜 그래?"

"그래도 외롭지 않을까 싶어서."

내내 홍송이가 윤승하를 달달 볶던 주제였다. 그 말을 안도훈이 다시 꺼내니 그의 미간에 빗금이 그려졌다. 못마땅해하는 기색을 알아차렸지만 윤승하가 내켜하지 않는 화제를 부담 없이 꺼낼 수 있는 건 안도훈이기에 가능했다.

"넌 외로워서 결혼한 건가?"

퉁명스럽게 맞받아쳤는데 안도훈은 슬며시 웃었다. 이런 반응을 기대한 건 아니었던지라 윤승하는 새삼스러운 시선으로 제 친우를 살폈다.

"홍송이가 의지가 된다고?"

"꽤 많이. 재활할 때 무척 힘이 됐어."

재활이라는 단어가 나오자 윤승하의 안색이 대번에 흉흉해졌다. 이럴 때면 아직까지 과거에서 벗어나지 못한 것 같았다. 정작 그 일의 최대 피해자라고 할 수 있는 안도훈은 잘 극복해 냈는데도.

"만나 보기라도 해. 소개팅 주선해 줄까?"

"됐어. 여자를 위해 쓸 수 있는 시간이 1분도 없어. 난 한국에 올 생각이 없고. 그럼 장거리 연애를 해야 하는데 매번 뉴욕까지 만나러 올 여자가 있을까? 설령 있더라도 내 최우선은 연습과 체력 관리야. 경기, 연습, 체력 관리, 휴식, 잠자는 시간

외에 남는 시간이 있다면 얼굴을 볼 수도 있겠지. 하지만 그건 상대에게 너무 가혹할걸? 나 역시 왜 자신이 가장 우선이 될 수 없냐고 서운해하는 여자를 감당할 자신이 없어. 그러고 싶지도 않고."

"그건 네가 아직 좋아하는 여자가 생기지 않아서야. 좋아하는 여자가 생기면 없는 시간이라도 쪼개서 만날 수 있다고. 정성만 들이면 가능해."

"그래. 내가 하고 싶은 말이 그거야. 내가 정성과 노력을 기울이고 싶어지는 여자가 아닌데 뭐하러 만나야 하지? 섹스를 위해서? 1분을 내는 것도 아깝다고 생각되는 여자와 섹스를 하느니 남는 체력을 웨이트 트레이닝에 투자하겠어."

안도훈은 흘끗 제 친구의 하체에 시선을 내렸다. 3년 전에 봤을 때보다 근육이 더 붙었는지 체격이 더 커진 것 같다. 안정적인 제구와 빠른 구속을 위해서 투수에게 하체 단련은 필수적이다. 윤승하는 철저한 관리로 하체 힘이 축구 선수 못지않았다.

모든 열정을 운동에만 쏟아붓는다고 툴툴거리던 홍송이의 의견에는 어느 정도 동감했다. 하지만 이렇게 찔러 봐도 제 친구는 여자에 대한 열의가 없었다. 본인이 생각이 없다는데 3자가 자꾸 몰아붙이는 것도 아니라는 생각에 그 주제는 더 이상 언급하지 않았다.

"오랜만에 한국 왔는데 아저씨 찾아뵐 거지?"

안도훈이 불쑥 떠오른 생각을 물었고 이미 계획을 세웠던 덕에 윤승하는 고민하는 기색 없이 대꾸했다.

"오후에 훈련 끝나고."

✱

퇴근 후에 화원에 들러 노란 프리지아 한 다발을 샀다. 화원 주인은 효영의 얼굴을 알아봤지만 이름이 기억이 나지 않는지 요청대로 꽃다발을 만들었다. 값을 지불하고 화원을 나설 무렵에 뒤편에서 '전효영 아나운서 아닌가?'라고 뒤늦게 기억을 떠올린 목소리가 들렸다.

남자가 꽃다발을 든 모습만큼이나 여자가 품에 꽃다발을 안고 있는 모습도 이목을 끌었다. 그녀처럼 얼굴이 제법 알려진 방송인이라면 사람들의 시선을 끄는 데 필요한 사정은 다 갖춰진 것이다. 그녀를 두고 외모에 대한 칭찬부터 이유 모를 비평까지 오갔지만 색채 없는 얼굴은 골몰히 생각에 잠긴 지 오래라 자신을 두고 떠드는 목소리에도 표정 변화가 없었다.

해당 역에 도착하자 우르르 내리는 사람들에게 떠밀리다시피 해서 전철 밖으로 나왔다. 시간이 다소 촉박한 탓에 효영은 걸음을 서둘렀다. 지하철 출구로 나와 몇 분 더 걸어간 그녀는 납골당에 도착했다.

일정을 마치고 윤승하가 향한 곳은 납골당이었다. 적막한 그곳은 어쩐지 스산한 분위기마저 흘렀다. 외로운 정적이 흐르는 곳에 신발 밑창이 바닥과 마찰하면서 나는 소리만이 들렸다.

유골함에 다가간 윤승하는 겉면에 '윤석문'이라고 쓰여 있는 이름을 묵묵히 바라봤다.

"잘 지내셨어?"

그는 피식 웃으며 안부를 건넸다. 성공한 모습을 제일 먼저 보여 주고 싶었던 사람인데 그 꿈을 이루지 못했다. 부친이 떠난 지 벌써 9년이었다. 그래도 시궁창처럼 더러운 상황을 보여 주지 않아 다행이기도 했다.

하지만 뭐가 급해서 그리도 일찍 떠났을까. 지나 놓고 보면 남는 것은 회한뿐이었다. 트럭 하나만 있으면 세상 무서울 것 하나 없는 양반이었다. 아내 없이 아들을 키우기 위해 제 단짝 친구와도 같은 트럭을 끌고 전국을 다니며 과일도 팔고, 채소도 팔고, 생선도 팔았다.

부모님 직업을 묻는 난에 어렸던 윤승하는 자랑스러운 얼굴로 '장사꾼'이라고 적어 냈다. 장사판에서 멱살잡이를 하며 싸우기도 여러 번, 그 밑에서 윤승하가 태어난 게 수긍이 갈 만큼 거친 성정의 부친은 그 이상으로 품이 낙낙한 사람이었다.

야구가 하고 싶다는 아들에게 반대 한 번 없이 고개를 끄덕이며 쌈짓돈 모아 비싼 야구 장비를 품에 안겨 주기도 했다. '이담에 메이저리그에 진출해 돈 많이 벌어서 아부지한테 2층집 지어 드린다.'는 아들의 포부에 껄껄 웃으며 등을 토닥이던 양반은 윤승하 나이 고작 열일곱에 지병으로 눈을 감았다.

2층집은커녕 변변찮은 납골당에 유골함을 모시기도 어려운 형편이었다. 장례는 평소 가까이 지내던 안도훈의 부모님과 아버지의 지인 몇 분이 도와 간신히 치렀다.

누가 보면 제 부모님이 돌아가시기라도 한 듯이 3일장을 치르는 내내, 홍송이는 수도처럼 쉬지 않고 눈물을 펑펑 쏟아냈다. 상주로 있는 윤승하 옆에서 안도훈은 3일 내리 조문객을 함께 맞이했다.

비록 약속했던 2층집은 지어 드리지 못했지만 계약금을 받자마자 유골함을 이곳으로 옮겼다. 지나 놓고 보면 받은 건 많은데 정작 부친께 해 드린 건 없는 터라 마음 한구석이 묵직했다.

"며느리가 지어 준 밥 한 그릇도 못 먹고 가니 아쉽지 않아?"

그는 유골함 옆에 세워 둔 액자 안에서 환하게 웃고 있는 부친의 사진을 보며 짐짓 퉁명스럽게 말했다. 아쉽다고 해서 당장 결혼할 마음은 요만큼도 없으면서 일찍 떠난 부친이 야속해 괜히 내뱉어 보는 말이다.

"아버지 자주 찾아봬야 하는데 여긴 좋은 기억이 별로 없어서 안 오게 된다. 좋은 일이 있어야 말이지. 아버지도 일찍 가고, 도훈이는 야구 그만둘 뻔하고, 기자들은 사람 못 잡아먹어서 안달이잖아. 거기 있으면 아무 생각 안 해도 되니까 그래서 좋아. 미안, 아버지. 아버지 모셔 가 볼까도 했는데 미국 물 안 맞는다고 꿈에 나와 으름장 놓을 것 같아서. 그렇게라도 보면 반갑긴 하겠는데 아무리 아버지라도 귀신 꿈은 싫네."

농을 치며 웃던 윤승하는 차차 표정을 허물어뜨렸다. 입가에 남아 있던 웃음기가 모조리 휘발했다. 그는 입매를 일그러뜨리며 고개를 푹 숙였다. 보란 듯이 건장한 청년으로 장성했지만 그의 마음에는 부친을 그리는 소년이 남아 있었다. 괜찮다가도 이렇게 한 번씩 가슴을 쿡쿡 찔러 왔다.

"미국 가기 전에 또 들를게."

대답 없는 상대에게 인사를 하고 나서 몸을 돌렸다. 바지 주머니에 두 손을 쿡 찔러 넣고 납골당을 빠져나왔다.

폐쇄 시간에 가까워졌던 터라 납골당을 찾는 사람이 거의 없었다. 그래서였을까. 품에 꽃을 안고 납골당을 찾아온 여자에게 문득 시선이 갔다. 처음엔 시간상의 이유로, 두 번째는 일반적으로 국화를 들고 오는 다른 방문객들과 달리 노란색 프리지아를 들고 있기 때문이었다. 그리고 모르는 사람이 분명함에도 어쩐지 낯이 익은 게 세 번째 이유였다.

윤승하는 점점 더 가까워지는 여자를 거의 노려보듯이 관찰하며 왜 그녀가 낯이 익은지 이유를 떠올리려 애썼다. 그러다가 여자가 그가 아침에 운동할 때 봤던 아파트 주민이라는 걸 알아챘다.

한 주를 시작하는 아침부터 고단해 보이던 여자의 얼굴에 피로와 더불어 숨길 수 없는 비애가 흘러나왔다. 햇빛을 전혀 받지 않은 것처럼 창백하리만큼 새하얀 얼굴이 프리지아의 화사함과 대비되며 더욱 섧게 보였다.

그 역시 소중한 사람을 잃은 경험이 있었기에 그녀가 떠나 보낸 사람이 누구인지는 모르겠으나 슬퍼하는 마음은 이해했다.

부친을 보고 나오는 길이어서 마음이 더욱 말랑말랑해진 탓일까. 금방이라도 눈물을 떨어뜨릴 것처럼 슬픔이 그득 차 있는 데도 정작 눈가는 건조한 여자에게 시선이 오래 붙들려 있었다.

생각에 푹 잠겨 주변 사물에 전혀 관심을 두고 있지 않은 여자가 저를 지나쳐 가자 윤승하 역시 미련 없이 고개를 돌렸다. 결국 고작 그뿐인 관심이었다.

그랬을 게 분명하다.

아버지에게 다녀오고 나서 그 여운 때문인지 어둠이 물러나지도 않은, 달이 아직 중천에 떠 있는 시각에 윤승하는 눈이 떠졌다. 다시 누우려고 했지만 정신이 맑은 탓에 억지로 잠을 이루기보다는 바람을 쐴 겸, 아예 밖으로 나갔다.

묵직하게 내려앉은 서늘한 새벽 공기를 마시며 아파트 주변을 천천히 걷고 있을 때였다.

사라락.

마치 유령처럼 홀연히 나타난 인적이 있었다. 하늘거리는 움직임이 너무 작아 자칫 모르고 지나칠 수도 있었다. 윤승하는 옷감이 스치는 기척에 고개를 돌렸다.

그곳에서 푸른색 파자마 위로 카디건 하나를 걸친 채 배회하듯 걷고 있는 여자를 발견했다. 저녁에 납골당에서 봤던 여자였다. 그녀는 위태롭게 비틀거리며 제 쪽으로 걸어오고 있었다.

'뭐지?'

산책을 하기에 애매한 시간대였다. 저처럼 속이 시끄러워서 바람을 쐬러 나왔을 수도 있지만 그녀가 자아내는 분위기가 미묘했다. 분명히 눈을 뜨고 있었지만 어딘지 모르게 몽롱한 눈빛에 윤승하는 의구심을 느꼈다. 그를 발견했을 법도 한데 시선이 한곳에 고정된 채 변하지 않았다.

그녀의 입술이 움직이고 있었지만 소리가 너무 작아서 들리지 않았다. 윤승하는 자신도 모르게 그녀의 입술 움직임을 눈으로 좇았다. 그리고 여자가 그의 옆을 지나칠 때에야 비로소 말소리를 알아들었다.

"여울아. 여울아, 어디에 있어?"

처음엔 잃어버린 애완동물이라도 찾고 있는 건가 싶었는데 곧 이상한 점을 깨달았다. 대부분 타인이 있으면 마주 보든, 피하든, 시선이 변하게 마련이다. 그런데 여자의 시선은 외부에 전혀 자극을 받지 않았다.

윤승하에게 그녀를 모른 척한다는 다른 선택지가 존재한다. 하지만 어떤 이유에선지 그는 멀어지는 여자를 따라갔다. 물기 젖은 목소리 때문인지, 아니면 곧 울 것 같은 음성에도 삭막하기까지 한 표정 때문인지 이유는 알 수 없었다.

그녀의 뒤를 밟으면서도 몇 번이나 돌아갈까 고민했다. 그런데 마음속에서 일어나는 갈등을 무시하고 그의 발이 여자 쪽으로 향했다.

"위험해!"

여자는 신호등이 없는 곳에서 도로를 횡단하려고 했다. 윤승하는 헤드라이트를 켠 채 달려오는 차를 발견하고 황급히 그녀의 팔을 잡아 인도 쪽으로 끌어당겼다. 깜짝 놀란 마음이 진정이 되지 않아 그녀를 붙잡은 채 윤승하는 가슴이 들썩거리도록 거친 숨을 들이켰다.

빠아아아아앙!

갑자기 보행자가 나타나서 놀랐는지 운전자가 클랙슨을 길게 울리고는 창문을 열어 질펀하게 욕설을 내뱉었다.

그 요란한 소리에도 여자의 동공에는 다른 변화가 없었다. 그제야 윤승하는 몽유병이라는 걸 짐작했다.

골치 아픈 일에 휘말렸다고 생각하며 물끄러미 그녀를 봤다.

'내가 무슨 상관이야.'

여자를 두고 갈까도 생각했다. 깨어나는 기색이 없는 여자를 찬찬히 훑는데 그녀의 외양이 눈에 들어와 박혔다.

여자는 예쁘고 가냘팠다.

이곳이 우범 지대는 아니었지만 이대로 놔두고 간다면 고약한 일을 당할지도 몰랐다.

윤승하의 고민은 길지 않았다. 그는 여자를 데리고 아파트 단지 안으로 들어왔다.

"이봐요, 일어나요!"

그의 손길에 너무도 쉽게 멍이 들어 버릴 것 같아 잡고 있기에도 조심스럽고, 그렇다고 뺨을 두드리는 것은 꿈도 꾸지 못했다. 윤승하가 목소리를 높였지만 그녀는 좀처럼 깨어나질 못했다

"여기서 이러지 말고 들어가요."

들리지 않는 상대를 두고 이러는 자체가 그답지 않았다. 애

Blooming

초에 다른 사람의 뒤를 따라가는 짓 따위 안 했을 것이다. 윤승하가 도덕심이나 정의감이 뛰어난가 하면 선뜻 그렇다고 할 수는 없었다. 곤경에 빠진 사람을 나서서 도와줄 만큼 오지랖이 넓기는커녕 도리어 무신경한 쪽에 가까웠다.

왜 자신이 여기에서 이러는지도 모르는 채 그는 자꾸 걸어가려는 여자를 붙잡고 깨우려고 했다. 저도 모르게 거칠게 어깨를 붙잡았는데, 몰아붙이는 힘에 여자의 몸이 뒤로 젖혀지고 얼굴을 마주하게 됐다.

그저 물리적으로 고개가 젖혀진 것이지만 윤승하는 시선이 마주친 느낌에 멈칫했다. 그녀의 시선은 정확하게는 그의 콧등 언저리에 향했을 것이다. 하지만 그것만으로 윤승하는 어쩐지 움직일 수 없는 기분이었다.

바로 그때, 여자의 흐릿했던 눈에 습한 막이 생기고 금방이라도 터질 것처럼 눈 안 가득 눈물이 찼다.

"……보고 싶어."

희미한 속삭임과 동시에 한계치까지 부풀었던 눈물이 뺨 아래로 흘러내렸다.

그 순간, 윤승하의 잔잔하던 가슴에 파문이 퍼져 나갔다.

또다.

윤승하는 며칠째 마주치는 여자가 이제는 놀랍지 않았다. 그 여자를 주말을 제외하고 아침저녁으로 매일 두 번씩 보고 있었다. 아무래도 그의 운동 시간이 그녀의 출퇴근 시간과 겹치는 듯했다.

물론 몇 분 차이가 있어서 코앞에서 마주칠 때도 있고 어쩔 때는 뒷모습만, 그녀가 늦을 경우에는 먼발치에서 보기도 했다. 매일 봐서 익숙해진 건지는 몰라도 뒷모습만으로도 그녀를 알아봤다.

그 새벽에 봤던 일이 마치 환상처럼, 그토록 가까이 갔던 적은 없었다. 그날 여자가 깨어날 때까지 윤승하는 곁을 지켜 주었다. 하지만 막상 그녀가 깨어나려는 낌새가 보이자 뒤로 물러났다. 낯선, 그리고 위협적인 남자가 곁에 있다는 걸 알면 놀랄 거라는 생각에서였다.

결론적으로는 그의 행동은 옳았다. 여자는 잠에서 깬 직후에는 밖이라 다소 당황한 것 같았지만 이런 일이 처음은 아니었는지 쉬이 납득했다. 그녀는 그를 발견하지 못하고 아무것도 기억하지 못한 채 아파트로 들어갔다.

윤승하 혼자 품어 둔 기억이지만 무척이나 인상이 깊었던 탓에 여러 날 지났음에도 여자를 볼 때면 자연히 떠올랐다.

　당신은 무엇이 그렇게 서러울까?

　누굴 그렇게 그리워하는 걸까?

　의식하지도 못한 채 그런 생각들이 떠오르는 것이다.

　오늘은 조금 늦게 일어났는지 평소보다 시간이 더 지난 후에야 등장했다. 옷차림이 크게 다르지는 않은데 왠지 여느 때보다 조금 더 신경 쓴 모습이었다. 콕 집어 말하기는 어렵지만 그의 느낌이 그러했다.

　게다가 식물처럼 매사 무심하던 여자의 표정에 옅은 감정이 서려 있었다. 지난번 납골당에서나, 새벽에 봤던 섦은 얼굴이 아니었다. 이번에는 짜증과 같은, 보다 동적인 감정이었다.

　그러나 그녀가 풍기는 분위기가 그러했다는 것이지 노골적으로 낯빛에 드러나지는 않았다. 매사 초연한 게 식물 같던 여자가 무슨 일로 짜증이 났을까 문득 호기심이 돋았다. 간밤에 잠을 설친 것일까, 아니면 아침부터 불편한 전화가 걸려 오기라도 한 걸까. 지랄 맞은 상사가 출장에서 돌아오는 날인지도 모른다.

　'뭐 하는 거야.'

　문득 제 모습이 낯설어 고개를 저었다. 환경이 바뀌니 성격마저 변해 버린 건지 평소라면 안 할 짓을 하고 있었다. 나 하나 건사하는 것도 벅찬데 모르는 사람 상대로 소설을 쓰는 건 그만. 윤승하는 마음 한구석 껄끄러움이 남았지만 작은 해프닝으로 웃어넘겼다.

그는 속도를 올려 여자가 미처 이 부근에 다다르기도 전에 먼저 지나가 버렸다. 지나쳐 가며 왠지 모르게 호흡이 빨라진 듯도 했지만 애써 모른 척했다.

"곤란하네, 정말."

어제 늦게 국장의 전화를 받고 나서 효영은 평소보다 훨씬 더 잠을 자지 못했다. 간혹 오며 가며 만날 때마다 언제 한번 만남을 주선을 해 주어야겠다고 입버릇처럼 말하긴 했지만 효영은 그냥 인사 같은 거라고 생각했다. 하지만 국장이 기어이 선 자리를 잡았고 그게 당장 오늘이었다.

그녀는 스스로를 독신주의라고 생각하지는 않지만 지금 생활에 만족하고 있었다. 하지만 주변의 생각은 다른지, 소개팅이며 선 자리에 불려 나간 횟수가 결코 적지 않았다.

여느 때처럼 거절을 생각하고 있지만 주선자가 직장 상사라는 건 꽤 부담스러운 일이었다.

일단 약속이 잡힌 이상 주선자 입장도 있고 하니 책잡힐 만한 구석을 만들 수 없어서 옷차림에 더 신경을 썼다. 옷을 고르는 동안에도 효영의 표정은 내내 굳어 있었다.

상대방을 거절하는 방법은 많았지만 국장의 지인이다 보니 그쪽 기분이 상하지 않게 어떻게 말해야 할까 고민하느라 머릿속이 복잡했다. 왜 한국 사회는 이 나이까지 여자가 싱글로 남아 있는 걸 가만두지 못할까.

효영은 손으로 얼굴을 매만지며 집을 나섰다. 비싼 한 끼 식사 혹은 차 한 잔, 운이 좋으면 1시간 정도의 괜찮은 말 상대.
효영은 맞선의 긍정적인 면을 생각하려고 애쓰며 출근했다.

하지만 긍정적인 생각은 오래가지 못했다.

"효영아, 올해는 시집간다며?"

출근하자마자 가까운 자리에 앉은 선배가 던진 말에 효영의
기분에 먹구름이 끼었다. 벌써 소문이 났나. 누가 봐도 범인은
국장이었다.

"코 꿰었다, 이제. 국장님이 커플 맺어 주는 거 무척 좋아하
시거든. 선배들 중에서도 국장님 덕분에 결혼한 분들 많다더라.
네 선 상대, 뉴욕대 출신에 유명한 펀드 매니저이고 부모님도
알짜 부자라고 국장님이 자랑하고 다니시더라. 잘해 봐."

효영이 대답할 말을 찾지 못하고 영혼 없는 웃음만 짓고 있
는데 대화를 듣고 있던 동기 하나가 끼어들었다.

"에이, 언니, 그 스펙이면 효영이 전에 선봤던 남자가 더 나
은데요? 효영이가 'PEOPLE' 15회에 게스트로 출연했던 교수님
과 인터뷰하면서 좋게 보여 주선받았잖아요. 부친이 은행장에
어머니가 금성 미술관 관장이라지 않았나?"

동기가 제 기억이 맞느냐며 확인을 구했지만 효영은 곤란한
웃음을 짓고는 '글쎄, 나도 기억이 잘 안 난다.'며 얼버무렸다.
그러자 선배가 '그러고 보니까 신우 그룹 계열사 이사와도 선보
지 않았나?' 하며 묵혀 둔 이야기를 꺼냈다.

분명히 선 본 사실을 주변에 알리지 않았음에도 왜 주변에서

더 잘 알고 있는 건지 미스터리였다.

국장의 주선으로 시작된 대화가 어느새 효영이 선봤던 남자들 중 누구의 스펙이 더 좋았나로 번지더니 아예 그녀에게 대시했던 남자들 명단으로 옮겨 갔다.

"장예준이 대시했던 것 맞아?"

유명한 톱 배우 이름이 거론되자 효영은 상황을 진압하기 위해 나섰지만 오히려 대화에 더 불이 붙었다.

"아, 그리고 보니 한우석이 너 이상형으로 꼽았다고 했는데 실제로 연락 온 적 있어?"

또다시 한 번씩 이름을 들어 봄 직한 유명인과 관련해서 던지는 질문에 효영은 차분히 아니라고만 응수했다.

✻

"제가 연락을 드려도 될까요?"

아파트에 도착해 차에서 내릴 때 맞선 상대가 물어 왔다. 소개팅, 맞선 경력이 이쯤 되면 행동 패턴이 뻔히 읽혔다. 그의 마음을 짐작했던 탓에 애프터 신청이 놀랍지 않았다.

효영은 잠시 그의 얼굴을 살폈다. 인상이 좋은 남자였고 그만하면 성격도 소탈한 편이었다. 조건 역시도 부족함 하나 없이 준수한 결혼 적령기의 남자. 하지만 그뿐이었다.

어차피 맞선의 최종 목표는 결혼이었다. 그동안 선봤던 다른 남자들과 사정은 거의 비슷했다. 결혼 적령기가 되었고 아내로 적당한 대상을 물색하고자 했다.

그들은 방송에서 자주 접해 친숙했고 아나운서라는 직업이 갖고 있는 이미지로 인해 똑똑할 것 같은 데다가 외모도 이만하면 합격점이니 2세 걱정이 없다는 이유로 효영을 결혼 상대로 적합하다고 판단했다.

반면 방송이나 지인을 통해 알게 돼 효영과 연애를 바라는 남자들은 그녀가 따라가기 벅찬 속도로 끌어가고 싶어 했다. 그들이 느낀 화학 작용은 대개 일방통행이었다. 정작 효영의 마음은 불씨조차 일어나지 않은 상태였다.

그녀에게 다가오는 남자들은 그 두 가지 형태에서 크게 벗어나지 않았다. 그들 중 어느 누가 잘못했다는 건 아니다. 단지 효영은 혼자가 편했고, 남편으로서든 애인으로서든 남자의 필요성을 느끼지 못할 뿐이었다.

"제가 아직 진지하게 누군가를 만날 준비가 되지 않았어요. 공연히 오늘 시간을 낭비하게 해서 죄송하네요. 좋은 사람 만나시길 바랍니다."

가장 보편적이고 부드러운 거절이었다. 상대는 다소 아쉬운 기색으로 그녀를 봤다. 하지만 그녀의 얼굴에서 단호함을 보았던 걸까, 이내 납득하고 고개를 꾸벅이고는 차에 올랐다. 매너가 좋은 남자였다.

그럼에도 아깝게 느껴지지 않기에 효영은 오늘의 결정을 후회하지 않았다. 한결 가벼워진 걸음을 옮겼다.

국가 대표팀은 프로 구단과 비공개 연습 경기를 펼쳤다. 첫 번째 상대로 지목된 구단은 이번 시즌 준우승 팀인 제일 유니콘스였다. 이 경기에 윤승하가 출장하지는 않았지만 더그아웃을 지켰다.

경기 시작 전 그는 학생 시절처럼 안도훈과 가벼운 내기를 했다. 내기 내용은 명쾌했다. 안도훈이 홈런을 치면 윤승하가, 못 치면 안도훈이 저녁을 사기로.

유니콘스와의 최종 경기 결과는 3 대 2의 승리였다. 만족할 만한 결과는 아니었지만 아직 팀원들 간의 호흡이 맞지 않는다고 봤을 때 나름 호조였다. 대표팀이 얻은 3점 중 2점은 안도훈이 친 6회 말 3루타의 결과였다. 하지만 애당초 윤승하와 한 내기는 홈런이었기에 감자탕은 안도훈의 몫이었다.

"돈도 잘 버는 녀석이 감자탕 사는 게 아깝냐?"

어쨌든 점수를 냈으니 홈런과 다름없다는 안도훈의 주장에 윤승하는 '타점을 올렸다고 해도 타자인 안도훈까지 홈으로 불러들이는 그라운드 홈런이 아닌 이상 안타는 안타일 뿐'이라며 반박해 결국 승리했다. 안도훈은 1 대 2로 지는 상황에서 영화와도 같은 역전을 이뤄 낸 제 안타가 홈런만 못하냐고 투덜거렸지만 윤승하에게는 씨알도 안 먹혔다. 그 역시도 투덜거리는 시늉만 하지, 정말로 윤승하를 벗겨 먹을 생각은 없었다.

감자탕 2인분에 파전 2장을 주문한 안도훈은 슬쩍 술을 권했지만 윤승하가 거절을 하자, 추가로 소주 한 병만 주문했다. 윤승하의 잔에는 생수를 따라 기분만 낸 채 잔을 부딪쳤다.

식사를 마칠 때쯤엔 안도훈이 취해 있었다. 기분이 좋다고 기어이 혼자서 소주 한 병을 비우더니 몸을 제대로 못 가누었다.

친구의 상태를 확인한 윤승하는 그를 부축해 일어났다.

아파트에 도착해서 택시 요금을 지불한 후 안도훈을 추슬러서 내렸다. 단지를 가로지르다 주차장에 시동이 걸려 있는 차를 봤다. 어둑어둑한 날씨에 환한 헤드라이트가 유독 눈길을 끌어 저도 모르게 시선이 갔다.

그리고 거기에서 예상치 못한 상대를 보게 됐다. 거의 매일 얼굴을 보는 그 여자와 낯모르는 남자. 대화 소리가 들리지는 않지만 두 사람이 풍기는 분위기에서 남매나 가까운 친지 사이가 아님을 짐작했다.

'애인인가?'

생각이 그리로 미치자 저도 모르게 미간을 찌푸렸다. 두 사람이 어떤 사이인지 그와 상관없는 일인데 미묘하게 껄끄러움이 느껴졌다.

'내가 왜?'

그저 오며 가며 얼굴을 본 게 전부였다. 그런데 왜 모래알을 씹는 기분이 드는 건지 모를 일이었다. 그러는 사이에 차에 오르는 남자를 여자가 배웅했다. 먼저 들어가지 않고 배웅하느라 서 있는 모습을 보니 어쩐지 배알이 뒤집히는 것 같았다. 윤승하는 제가 굳어 있다는 것도 인식하지 못했다.

차가 멀어지고 나서야 여자는 뒤돌아 갔다. 윤승하는 그제야 자신의 상태를 깨닫고 발을 움직였다. 본의 아니게 그녀를 뒤따르는 모양새가 되었다.

그때 조용한 아파트 단지에 핸드폰 벨 소리가 울렸다. 윤승하는 순간적으로 멈칫하며 숨을 죽였다. 가방에서 핸드폰을 꺼낸 여자는 발신자를 확인하고 잠시 머뭇거렸다. 결국 전화를 받은 그녀는 짐짓 평온한 음성을 지어내는 것 같았다.

"국장님."

여자의 목소리를 제대로 듣기는 이번이 처음이었다. 일전 잠결에 뭉개진 발음과 달리, 일상에서 여자는 일반인들보다 정확하고 또박또박한 발음을 가졌다.

어투만 보면 무척 야무지게 느껴지는데 살짝 낮은 목소리 톤은 부드럽게 귀에 감겼다.

"좋은 분인 것 같은데 저하고는 잘 맞지 않는 것 같아요. 신경 써서 소개해 주셨는데 좋은 소식 들려 드리지 못해서 죄송해요. 아뇨. 저희 집에서 결혼을 서두르는 분위기가 아니어서요. 네, 동생이 일찍 결혼해선지 외손주 그리 급하게 찾지 않으시고요. 네, 들어가세요."

조심스럽게 전화를 끊은 여자는 한결 개운한 한숨을 내쉬었다. 핸드폰을 다시 가방에 넣은 뒤, 아침에 출근할 때보다 가벼운 걸음으로 살고 있는 동 입구로 사라졌다.

윤승하는 전화 통화를 듣고 대충 어떤 상황인지 짐작이 갔다. 애인이 아니었다. 심지어 만나고 싶지 않아 거절한 남자였다.

Blooming

'애인이 아니었어.'

소리 없이 되뇌어 보며 괜스레 뒷목을 문질렀다.

"완전히 취했네."

홍송이는 제 남편을 보고 감탄하듯 중얼거렸다.

"부축할 수 있겠어?"

허물이 없는 친구 관계라지만 일단은 부부 침실인지라 거실에 서서 물었다. 홍송이는 별걸 묻는다는 식으로 눈을 동그랗게 뜨고 제 팔을 들어 보였다.

"이 거구를 나 혼자 들 수 있을 것 같아?"

"음, 충분히?"

"부축한 김에 침대까지 부탁해."

'너 쌀 한 가마니 들 만큼 힘세 보인다.'는 말을 돌려서 하자 홍송이는 이를 악물고는 청했다. 확실히 한 사람의 손이 더 더해지니 부축이 한결 쉬웠다. 안도훈을 무사히 침대에 눕히고 나오는데 뒤편에서 홍송이가 질문을 던졌다.

"그런데 너 유난히 기분이 좋아 보인다? 뭔 일 있었어?"

"글쎄, 별일 없는데."

홍송이의 지적에 새삼 오늘 일정을 떠올려 보던 윤승하는 특별한 일을 찾지 못하고 고개를 저었다.

"항상 같지. 다른 일이랄 게 뭐 있어."

"그래? 평소랑은 좀 다른데."

"뭐가 다른데."

"몰랐어?"

홍송이가 놀랐다는 듯이 눈을 깜박거리며 말했다.

"집에 들어올 때부터 너 계속 웃고 있었잖아."

입꼬리가 이렇게 올라와서라며 검지로 양 입술 끝을 끌어 올렸다. 헛소리 한다며 퉁명스럽게 대꾸하고 방에서 나온 윤승하는 무심코 거실에 걸려 있는 거울 앞에 멈춰 섰다. 잠시 후 그의 눈이 조금 커졌다.

홍송이가 지적했던 대로 자신도 모르는 사이에 웃고 있는 걸 발견한 것이다.

"어?"

스르르 벌어졌던 입술 사이에서 의문 섞인 목소리가 흘러나왔다.

03

아침에 친구에게 잠깐 얼굴이나 보자는 연락을 받았다. 1시에 있을 지인의 결혼식에 갔다가 친구의 집에 들르기로 약속을 했다.

샤워를 한 후 배스 타월을 몸에 두른 효영이 머리를 모두 말리고 욕실을 나왔다.

지인이 연예인이라 예식장에 찾아올 기자들 때문에 효영은 의무감을 가지고 메이크업을 했다. 연예인보다는 덜하지만 직업이 방송인이다 보니 옷차림이나 메이크업이 일일이 기사화하는 것에 부담을 느끼지 않을 수 없었다.

준비를 마친 뒤 오랜만에 차 키를 꺼내 나갔다. 하도 차를 사용하지 않아서 어디에 세워 뒀는지 헷갈릴 뻔했다. 대강 기억나는 곳으로 가서 버튼을 누르니 멀지 않은 곳에서 제 차 헤드라이트에 불빛이 들어오는 게 보였다. 식장에서 신을 하이힐을 따로 챙겨 와 조수석 바닥에 놓고 운동화를 신은 채로 차에 올랐다.

"이 이불 좀 베란다에 나가서 널어 줘."

홍송이가 마침 거실을 지나가던 윤승하를 불러 부탁했다. 그가 한 번에 허락할 리 만무했지만 청소기로 바닥을 밀기 시작한 홍송이는 고양이 손이라도 빌리고 싶은 심정이어서 구차하게 부탁했다.

"네 남편은?"

"도훈이는 마트에 보냈어."

심부름을 보내서 시킬 사람이 없다면서 부득불 이불을 건네주었다. 윤승하는 얼결에 이불을 가지고 베란다로 나왔다. 하늘이 흐린 건 아니었지만 그렇다고 딱 부러지게 맑다고도 할 수 없는 날씨였다. 이불을 펼치고 있는데 옆 동에서 나오는 익숙한 뒤통수가 보였다. 윤승하는 이불을 놔두고 베란다 난간으로 길게 몸을 뺐다.

그 여자가 맞았다. 주말인데 정식으로 갖춰 입은 모습에 의구심이 먼저 찾아들었다. 늘씬한 뒷모습에 윤승하의 시선이 고정되었다. 직장인이 주말에 저렇게 빼입고 나갈 이유는 웬만큼 정해져 있었다.

저 또래 여자들이 주말에 무얼 할까 생각해 보니 하나로 귀결이 되었다.

"저 여자, 또 선 보러 가는 건가?"

제 목소리가 꽤나 고깝게 나왔지만 깨닫지 못한 윤승하는 베란다에 팔을 기댄 채 그녀가 가는 방향을 유심히 살폈다. 만날 대중교통을 이용하던 것과 달리 차에 타는 걸 보고 윤승하의 표정이 와락 구겨졌다. 이전과는 다른 행동으로 의심에 불이 더 지펴진 것이다.

"솔로면 어때서. 뭐가 아쉬워서 만날 선이야."

꽤나 퉁명스러운 어조로 중얼거렸다. 이미 그녀의 차가 아파트 단지를 빠져나간 지 한참이 지났지만 윤승하는 자리를 떠나지 않았다.

당최 의문이 풀리지 않았다.

아무라도 붙잡고 따져 묻고 싶었다.

"결혼 적령기가 뭐……."

애당초 결혼 적령이니, 어쩌니 하는 시기는 누가 결정한 거지? 본인은 가만히 있는데 주변에서 왜 짝지어 주지 못해서 안

달인지 모를 일이었다.

"애인이 없으면 뭐가 아쉬워서."

머릿속에 떠오르는 갖가지 생각에 일일이 반박하던 윤승하는 제 모습을 자각하고 입을 다물었다. 이도 전부 쓸데없는 짓이었다. 헛짓거리라는 생각이 들어 안으로 들어왔다. 홍송이는 윤승하의 얼굴을 보고 고개를 갸웃거렸다.

"이불 널다가 새똥이라도 맞았어?"

"뭔 소리야?"

"아니면 왜 표정이 썩어 있어?"

굳이 긁어 부스럼을 만드는 홍송이를 보고 윤승하는 미간을 찌푸렸다. 자신이 그렇게 헛짓을 한 이유를 거슬러 올라가다 보니 원인이 하나로 잡혔다.

"전부 이불 때문이잖아."

"얘가 뭐라는 거야."

"그래, 이불 때문이지."

윤승하는 이를 악문 채 중얼거리고는 홍송이를 지나쳤다. 왠지 건드렸다가 좋은 소리가 나올 것 같지 않아 물끄러미 그를 보던 홍송이는 한참 후에야 고개를 설레설레 저었다.

"왜 저래?"

심부름 나간 남편이 돌아오면 슬쩍 옆구리 찔러 물어보라고 해야겠다.

예식장에 도착했을 때 이미 많은 기자들이 있었다. 차를 주차시키고 하이힐로 갈아 신은 후 예식장에 들어오는 효영에게도 많은 플래시가 터졌다.

오늘 식이 비공개로 진행되는지라 조금이라도 더 기삿거리를 가져가기 위해 하객들에 대한 인터뷰가 경쟁처럼 이뤄졌다. 유명인인 다른 하객들과 마찬가지로 효영 역시 기자들에게 붙들려 대답을 해야 했다.

예식이 끝난 후에 효영은 피로연에는 참석하지 않고 박은수와 만났다. 그녀의 남편이 출장을 간 터라 겸사겸사 집에서 시간을 보냈다.

뮤지컬 배우였던 박은수는 한여울과 마찬가지로 고등학교 때부터 알고 지낸 친구였다. 남편과 결혼한 후로 일을 하지 않고 가정주부로서 만족하며 살고 있었다. 임신 5개월째라서 배가 전에 봤을 때보다 확실히 볼록했다.

주로 대화는 친구의 임신에 초점이 맞춰졌다. 이르게 아기방을 꾸민 것까지 구경한 효영은 혀를 내둘러야 했다.

손이 넉넉하게 큰 친구는 헤어지면서 종이봉투에 반찬이며 과일이며 가득 채워 안겨 주었다.

친구 집을 나설 때부터 쏟아지던 비는 아파트에 도착해서는 빗발이 더 굵어졌다. 아파트 단지를 빙글빙글 돌며 자리를 찾던 효영은 그녀가 살고 있는 동과는 조금 떨어진 곳에 주차했다.

다행스럽게도 차 안에 예비 우산이 있었다. 차에서 내린 효영은 우산을 쓴 채 트렁크를 열었다. 척 보기에도 짐은 묵직했다. 효영은 잠시 고민하다가 우산대를 목과 어깨 사이로 끼고 양손으로 짐을 꺼냈다.

가까스로 트렁크를 닫은 뒤에 우산 손잡이를 다시 정상적으로 잡으며 보다 편한 자세로 짐을 움직이려는데 빗물에 젖었던 부분에 무게가 실렸는지 종이봉투가 북 찢어졌다.

"어?"

사과가 아래로 떨어져 데굴데굴 굴러가는 모습에 효영은 당황했다.

오후부터 내리기 시작한 빗줄기가 더 거세어졌다. 일찌감치 러닝머신으로 부족한 운동량을 채운 윤승하는 베란다에 나와 앉았다.

"너도 비 오면 센티멘털해지니?"

홍송이가 거실에 나왔다가 평소와 다른 행동을 하는 윤승하를 보고 물었다. 하지만 윤승하는 그녀의 말을 들은 척도 하지 않았다. 홍송이는 아무 반응이 없는 그를 보고 이상하다는 듯이 고개를 갸웃거렸다.

"자기야, 윤승하 쟤, 좀 이상하지 않아?"

"아직도 베란다에 있어?"

"응. 내리는 비 바라보며 젖을 감성이 쟤한테 있었어?"

"뭔가 복잡한 생각이 있나 보지."

친구 부부에게 의구심을 주는 행동을 하는지도 모르고 쭉 베란다에 앉아 있던 윤승하는 입구에 들어오는 차를 발견했다.

아침에 그 여자가 타고 나갔던 차가 맞았다. 한 번 보고 번호판을 외워 두었던 터라 확실했다.

베란다에 앉아서 밖을 주시하고 있던 윤승하의 표정이 전보다 한결 풀어졌다. 그녀는 주차 공간을 찾는지 계속 주변을 돌았다.

여러 세대가 살다 보니까 주차 공간이 상대적으로 협소하긴 했다. 고생 좀 하겠다고 생각하며 베란다에서 나왔다. 찌뿌듯한 몸을 스트레칭하며 방으로 들어간 윤승하는 후드 점퍼를 하나 걸치고 나왔다.

"어디 가?"

외출할 것 같은 모습에 홍송이가 이상히 여기며 묻자 윤승하는 바람 좀 쐬려고라며 성의 없는 대꾸를 했다. 홍송이가 지금까지 바람 쐰 거 아니냐고 물었지만 더 이상 대답이 들려오지 않았다.

윤승하는 자기가 왜 밖으로 나가는지 알지 못했다. 그런데도 걸음은 점점 빨라졌다. 그가 밖으로 나왔을 때 여자는 다행히 주차할 공간을 찾은 것 같았다. 차를 막 세우고 밖으로 나왔다. 우산을 펼칠 때 어렴풋이 옆얼굴이 보였다.

머리카락 한 올 남김없이 뒤로 넘긴 머리 스타일은 봉곳하고 둥근 이마를 부각시켰다.

어려 보이는 외양에 그보다 연하일 것 같았다. 사실 그녀에 대해서 아는 건 얼굴과 출퇴근 시간이 전부였다. 평소와 다른 모습에 놀라서일까, 왠지 가슴께가 간질간질한 기분이 들었다.

낯선 감각에 어색해하며 잠자코 그녀를 지켜보는데 종이봉투가 찢어지더니 물건이 아래로 떨어졌다. 그녀가 난처한 얼굴로 물건을 줍는 게 보였다.

사실 그녀에게 다가갈 생각은 전혀 없었다.

그런데 정신을 차려 보니 어느새 그녀 근처에 떨어졌던 사과를 줍고 있었다. 여자는 그의 존재를 알아차리지도 못한 것 같았다. 갈증을 느끼고 마른침을 삼키고서 입을 열었다.

"저기."

제가 듣기에 착 가라앉은 음성이 영 이상했다. 그의 목소리를 들었는지 그제야 여자가 손을 멈추고 고개를 들었다. 우산너머로 도톰한 입술이 벌어지는 게 보였다.

그 순간 가슴 위로 묵직한 뭔가가 내려앉는 것 같았다. 그에게 대꾸를 하려는지 작게 벌려진 입술 사이로 빨간 혀가 움직이는 모습이 무척 느린 화면으로 보는 듯, 그 세세한 움직임 하나가 눈에 모두 들어왔다.

갈증이 더 심해졌다.

"네?"

하지만 우산이 앞으로 숙여지며 그녀의 얼굴이 완전히 가려졌다. 그 순간 윤승하도 꿈에서 깬 것처럼 얼떨떨한 기분을 느꼈다. 그러다 이내 귓가가 홧홧하게 달아올랐다. 이상한 생각을 한 것만 같았다. 그는 손에 든 사과를 급히 그녀에게 내밀었다.

"여기 사과."

"감사합니다."

그녀가 사과를 받아 갈 때 손끝이 스쳤다. 윤승하는 자신과 조금 다른 체온을 느끼고 감전을 당한 사람처럼 어깨를 움칠했다. 머릿속이 다시 멍해질 것 같아 얼른 다른 말을 꺼냈다.

"종이봉투가 찢어졌나 보네요."

"네. 꼴이 좀 우습죠?"

그는 당황을 벗어나려고 생각 없이 지껄인 말이었는데 여자는 부드러운 어조로 대답을 주었다. 머릿속에서 피가 뜨겁게 끓었다. 비를 맞고 있는데도 추위가 전혀 느껴지지 않았다. 이상한 감각이었다. 그는 꽤나 당황했다. 그리고 자신이 당황했다는 사실에 더 당황했다. 이 상황 자체가 현실적이지 않았다.

"잠시만 기다려요."

그런데도 자꾸 충동이 앞섰다. 나직한 목소리로 그녀에게 중얼거리고는 대답을 듣지도 않고 단지 입구 쪽을 향해 달려갔다. 100미터를 11초에 주파하는 실력이었다. 그는 가장 근처에 있는 편의점 위치를 떠올리고 그곳으로 미친 듯이 달려갔다.

"비닐 랩, 아니, 비닐 팩."

편의점에 들어가자마자 카운터에 있는 직원에게 가서 그가 필요한 것을 말하려고 하는데 너무 급해서일까, 단어가 생각나질 않았다. 윤승하는 미간을 살짝 찌푸린 채 찾는 물건에 대한 설명을 늘어놓았다.

"그, 이것저것 담는 비닐 주세요."

Blooming

"비닐봉지요?"

"네, 비닐봉지요."

직원의 도움으로 간신히 단어를 생각해 낸 윤승하가 지갑을 꺼내며 서둘러 요구했다. 그가 들어올 때부터 놀란 표정을 짓던 직원은 곧 마음을 추스르고 업무에 충실했다.

"비닐봉지는 물건을 구매하신 손님들께만 제공하고 있습니다."

직원의 설명에 윤승하는 손에 잡히는 대로 물건을 몇 개 집어 와서 재차 비닐봉지를 요구했다. 계산을 마치고 비닐봉지를 얻은 윤승하는 왔던 것처럼 엄청난 속도로 여자가 있는 곳으로 달려갔다.

그런데 기다리라고 했던 여자의 모습이 어디에도 보이지 않았다. 그는 주변을 둘러보며 그녀를 찾았지만 결국 모습을 보지 못했다.

"기다리라니까."

윤승하는 다소 허무한 음성으로 중얼거리다가 이내 표정을 찌푸렸다.

"기다리는 데 5분이 걸려, 10분이 걸려. 겨우 2분을 못 기다리나."

그는 이제야 참았던 숨을 거칠게 토해 내며 씩씩거렸다. 하지만 잦아들었던 빗줄기가 다시 세져 어쩔 수 없이 걸음을 옮겨야 했다.

윤승하는 현관 입구에서 완전히 젖은 꼴로 나타난 그를 보고 놀라는 홍송이에게 편의점에서 아무렇게나 집어 왔던 과자 두

개를 던지듯 쥐여 주고 욕실로 들어갔다.

　그녀는 갑자기 밖으로 나가더니 화난 기색을 하고 물에 젖은 생쥐 꼴로 들어온 윤승하의 기행이 도무지 이해가 가지 않았다. 그런데 굳이 이유를 묻지 않은 건 그가 어쩐지 우울해 보였기 때문이었다.

　간신히 짐을 추슬러서 집으로 돌아온 효영은 물건들을 정리했다. 차에서 내려 짐을 챙기는 사이에 완전히 지쳐 버렸다.

　"뭐라고 한 거지?"

　사과를 냉장고에 넣다가 문득, 이것을 주워 주었던 남자를 떠올렸다. 우산에 가려져 얼굴을 제대로 보지 못했는데 무뚝뚝하던 목소리가 제법 귀에 남았다.

　하지만 남자를 떠올린 건 다른 이유에서였다. 종이봉투가 찢어졌냐는 물음에 가볍게 대꾸를 하던 그녀에게 남자가 다시 무슨 말인가를 건넸던 것 같다.

　남자의 목소리가 작았던 건지, 아니면 빗소리 때문인지 효영이 알아듣지 못해 다시 물었는데 이미 남자는 그녀에게서 돌아섰다. 궁금함을 못 이기고 고갯짓으로 간신히 우산을 뒤로 넘겼을 때는 이미 남자가 무서운 속도로 반대편을 향해 뛰어간 후였다. 그 후로 빗발이 더 세져서 찢어진 부분을 대충 수습하고 비를 피해 급히 안으로 들어왔다.

　"착각이었나?"

　분명히 다른 말을 한 것 같았는데 빗소리에 잘못 들었는지도 모르겠다. 효영은 피식 웃어 버리고는 마저 짐을 다 정리했다. 외출 때문에 고단했던 그녀는 침대에 눕고 싶은 욕구가 강해 남자에 대한 생각을 금세 털어 냈다.

프리지아Freesia

당신의 시작을 응원합니다.

Veronica didyma var. lilacina

01

밤새 그답지 않게 몸을 뒤척이며 잠을 설친 윤승하는 이른 새벽부터 기분이 좋지 않았다. 애당초 자신이 잠을 설쳐야 할 명백한 원인이 없는 것이다. 잠을 제대로 못 이루어 피곤한 건 둘째 치고 이토록 신경이 쓰이는 게 기가 막혔다.

기다리라는 그의 호의를 무시하고 사라져 버린 여자 때문에 난 화라면 그냥 툴툴 털면 그만이다. 물에 젖어 찢어진 종이봉투가 아찔해 보여서 비닐봉지를 가져다주려던 순수한 호의가 물거품이 돼 버렸지만 마음에 담아 둘 사안은 아니었다.

"관두자고."

지금 생각하면 그렇게 분을 낼 일도 아니었다. 그쪽에서 도와 달라고 한 것도 아닌데 그가 괜한 오지랖을 부린 것이다. 평소 하지 않을 행동이었다.

사실 그 여자가 뭘 하든지 자신과는 하등 상관이 없었다. 아침저녁으로 거의 매일 보다 보니까 저도 모르게 신경이 쓰인 듯하다. 불필요한 관심이었다.

차라리 아예 안 보면 다시 신경이 가지 않을 것이다. 그래서 윤승하는 정해 놓고 하던 운동 시간을 바꾸기로 했다. 애초에 누군가가 신경이 쓰여서 운동 시간을 바꾸는 자체가 그답지 않은 행동이었지만 거기까지 생각이 미치지 못했다.

계획한 김에 윤승하는 평소보다 일찍 운동에 나섰다. 당연히 돌아오는 길에 여느 때와 달리 여자를 보지 못했다. 하지만 그는 신경 쓴 적 없다는 듯이 꿋꿋이 그 사실을 외면했다.

❀

송가희, 야구 선수 윤승하를 또다시 이상형으로 지목.
국민 여신 송가희, "윤승하 남자로 보인다."
탑배우 송가희와 스포츠 스타 윤승하, 핑크빛 기류?

윤승하를 찾아온 제임스 김이 그가 실시간 검색어에 올랐다며 흥미 없어 보이는 그에게 주요 기사 타이틀을 내밀었다. 귀찮은 기색을 굳이 숨기지 않으며 대충 훑어본 윤승하가 심드렁하게 말했다.

"그동안은 여자인 줄 알았대?"

감상이 고작 저거였다. 제임스 김은 그럴 줄 알았다는 듯이 킬킬 웃었다. 예전부터 TV는 야구 시청이라는 목적만 갖고 있던 그가 지금에 와서 유명 여배우들을 찾아볼 리 없었다.

윤승하와는 달리 평범한 남자에 불과한 제임스 김은 아름다운 여배우들을 취향에 상관없이 좋아했고 송가희도 눈여겨보는 연예인 중 하나였다. 그녀는 3년 전에 데뷔해 일명 자고 나니 스타가 된 사례였다.

연기력은 아직 의문이 남긴 하지만 나름대로 무난한 수준인데 반해, 남자들에게 에로틱한 환상을 주는 이미지로 국민 여신으로 떠받들렸다.

"뿌듯하거나 어깨가 으쓱여지거나 하진 않아?"

"걔가 누군데?"

"어, 그래."

제임스 김은 필요할 때는 포기가 빠른 남자였다. 사실 오늘 찾아온 이유가 이게 전부는 아니었다.

"지난번 드라마 죽 쒀서 이번에 새로 드라마 찍으면서 심기일전하는 모양이더라. 너 미국에 가기 전까지 연애하는 척 마케팅해 보지 않겠냐고 제안해 왔어."

윤승하는 심드렁한 반응을 보였다.

"너는 너대로 톱 배우와의 열애설로 대중들에게 얘깃거리를 던져 줘서 화제성 끌면 서로 원원할 수 있지 않겠냐는 의도야."

"화제성 끌면 뭐? 내가 연예인이야?"

윤승하는 원래 이런 남자였다. 야구 외에는 돈 버는 일에도 시큰둥해서 운전면허증도 없는 제가 자동차 광고 따위 왜 하냐고 거절하는 성격에 스캔들로 홍보 따위야 어불성설이었다.

제임스 김은 보고를 하면서도 그가 농담으로라도 수락할 리 없다는 걸 알았다. 사실 제임스 김이 진짜 관심을 갖는 건 다른 제안이었다.

"거르고 걸렀는데 그중 이게 가장 좋아 보이더라."

제임스 김은 공들여서 깔끔하게 서류철 해 온 기획서를 윤승하 앞으로 내밀었다. 그가 적극적으로 윤승하에게 권유하는 스케줄이었다. 윤승하의 인간적인 면을 드러내며 언론이 그에게 씌운 부정적인 이미지를 타파하기 위해서는 같은 인터뷰여도 예능보다는 교양 프로그램이 나았다.

"시청률에 연연하지 않아서인지 굳이 자극적인 주제로 화제성을 끌려고 하지 않더라. 교양 프로그램이라서 분위기도 차분하고."

윤승하는 기획서를 거들떠도 보지 않고 낮게 혀를 찼다.

"이대로도 편하다는데 왜 형이 전전긍긍해."

제임스 김은 윤승하의 반대를 무시하고 제 말을 이어 나갔다.

"이 진행자한테 '아나운서계의 김태희'라는 수식어가 붙는다는데 괜히 붙은 별명이 아닌지 진행 솜씨만 아니라 비주얼도 아주 훌륭해. 너랑 투 숏 잡히면 프로그램 자체는 진중해도 기자들이 설레발 엄청 치겠더라."

윤승하는 슬슬 이 대화가 지겨워지기 시작하는 듯했다.

"미혼의 미인 아나운서와의 만남이라니. 기자들이 꺼내 들 만한 소스로 당장 생각나는 것만 해도 수백 가지야."

고집스럽게 설명하던 제임스 김이 지루한 표정을 짓고 있는 윤승하의 옆구리를 쿡 찔렀다.

"윤승하, 이렇게 입 아프게 얘기를 했는데 넌 할 말 없어?"

뭐라고 얘기해 보라고 통사정을 하자 윤승하는 턱을 괴고 문득 떠오른 질문을 입에 담았다.

"김태희는 또 누구야?"

질문이 너무 어처구니가 없어서 말문이 막힌 나머지 아무 말도 하지 못하고 있는데 윤승하는 기겁할 만한 소리를 연이어 했다.

"어디서 들어 본 거는 같은데…… 야구 선수?"

절대 농담이 아니었다. 제임스 김은 차마 할 말을 찾지 못하다가 결국 울분에 차서 외쳤다.

"이 원시인아, 내 여신을 모욕하지 마!"

냉철한 외모와 그에 어울리는 일처리 능력을 가진 제임스 김의 또 다른 진면목을 눈앞에 두고 윤승하는 긴장감 하나 없이 느리게 눈을 깜박였다. 제임스 김은 목에 힘줄이 서도록 흥분해서 소리쳤다가 충격에 빠진 얼굴로 중얼거렸다.

"넌 도대체 얼마나 문명에서 벗어난 거냐."

세상사와 동떨어져서 살고 있다고 생각했지만 이 정도로 심각할 줄은 몰랐다.

"어떻게 김태희를 몰라? 90년대, 2000년대 초반에 한국 대표 미녀 배우로 김희선이 주름잡았다면 지금은 김태희의 시대인데! 김태희를 모르는 게 말이 돼?"

제임스 김 혼자 진지한 상황에서 윤승하는 가볍게 어깨를 으쓱이는 걸로 대답을 대신했다. 저렇게 피를 토하는 심정으로 말해도 지금이 지나면 또 잊을 거라는 게 자명한 몸짓이었다.

"매스컴 노출은 좀 더 생각해 보고."

제 에이전트에게 크나큰 충격을 줘 놓고 스케줄에 대해서도 확답을 주지 않았다.

제임스 김은 야속한 제 고객을 노려봤다.

악력기를 이용해 운동을 하던 윤승하의 눈길이 이따금씩 시계를 향했다. 이미 일찍 저녁 운동을 마치고 들어온 상태였다. 아침, 저녁 운동 시간을 변경한 지 며칠이나 지났다. 저 혼자 그 여자와 거리 두기를 하는 그는 며칠째 여자의 뒷모습 한 번 보지 못했다.

괜스레 초조해지는 기분에 악력기를 더 빠른 속도로 당겼다 펴기를 반복했다. 운동하며 정신을 분산하려고 했는데 이상하게도 지나 놓고 보면 그의 시선이 시계에 가 있었다. 술을 끊은 알코올 중독자처럼 초조해지는 기분이 거슬렸다.

악력기를 서랍에 올려 두고 밖으로 나왔다. 몇 번이나 주방에 들러서 물을 마셨다. 1시간 남짓 동안 2리터 생수병이 벌써 반 이상 줄어든 걸 확인하고 허탈한 웃음이 나왔다. 하지만 문득문득 치미는 갈증 때문에 참을 수가 없었다. 결국 충동을 못 이기고 생수병을 열었다. 벌컥벌컥 물을 마신 뒤에 방에 들어갔다가 벌써 네 번째 화장실로 향했다.

"뭐 필요해?"

다시 방에서 나오는 윤승하의 얼굴을 본 안도훈이 의아하게 물었다. 훈련할 때 내내 집중을 하다가도 집에 오면 초조한 기색을 띠는 일이 며칠째 이어지고 있었다. 도대체 무슨 일이 있는 건지 말을 하지 않으니 도통 알 수가 없었다. 윤승하는 질문에 고개를 저으며 방으로 들어가려다가 다시 몸을 틀었다. 기색이 영 심상치 않았다.

"무슨 일이야?"

"별로. 그냥 뛰고 싶어져서."

"아까 달리고 오지 않았어?"

"그러게."

윤승하는 뒷머리를 만지며 열없이 웃었다. 저런 미소 또한 20년 지기를 낯설어 보이게 했다.

"어련히 잘 알아서 하겠지만 오버 페이스는 좋지 않아. 너무 무리하지 마."

"그래, 그래야지."

안도훈의 진심 어린 충고에 윤승하는 순순히 동의하며 고개를 주억거렸다. 윤승하는 쉬려는지 방으로 들어갔다. 친구의 뒷모습을 보다 주방으로 향했던 안도훈은 냉장고를 열었다가 확연히 줄어든 생수병을 발견하고 놀라 눈을 깜박였다. 1시간 전이랑 비교해서 엄청나게 줄어 있었다.

오늘 음식을 짜게 먹은 일이 있었나, 생각하는데 문소리가 나더니 거실을 가로질러 밖으로 나가는 윤승하가 보였다. 기어이 운동하는가 싶어 다시 만류해 보려 뒤따랐지만 이미 현관 밖으로 사라진 후였다.

더는 참지 못하고 밖으로 나온 윤승하는 자신의 행동에 깊은 회의감을 느꼈다. 마음을 가다듬기가 이토록 힘든 게 처음이었다. 사람들은 그가 즉흥적인 성격에 되는 대로 인생을 산다고 하지만 실제로 이성을 잃은 적은 고등학교 때 야구부에서 있었던 일이 처음이었다. 그는 언제나 제 마음의 고삐를 잘 잡고 있었다. 그가 탈선하지 않고 야구 하나만을 보며 정진할 수 있는 것도 그 이유 때문이다.

그런데 한국에 와서 난항을 겪고 있었다. 이유도 사소했다. 솔직히 자신이 어떻게 하고 싶은지도 모르는 상태였다.

그냥 여자를 관찰하는 것이 습관이 되었다. 얼마 되지 않은 습관인데 바꾸기가 쉽지 않았다.

이런 상황이 결코 기껍지 않았다. 윤승하는 푹 인상을 쓴 채 초조한 모양새로 제자리를 서성거렸다. 누군가 저에게 고삐를 씌워 놓은 것만 같았다. 윤승하는 험악한 표정을 짓고는 발로 바닥을 툭툭 찼다.

그때 퇴근해서 돌아오는 여자의 모습이 멀리에서 나타났다. 그는 모든 생각과 행동을 멈춘 채 오감을 그녀에게 집중했다. 분이 났던 것도, 방금 전까지 불편했던 마음도 기억에서 잊혔다.

머릿속이 멍해지기까지 하는 기묘한 감각에 윤승하는 아무것도 할 수 없었다. 그녀는 주변에 전혀 관심을 갖지 않은 채 언제나처럼 제 길만 가고 있었다.

그랬다. 여자는 어느 것도 바라보지 않는다.

어떤 깨달음에 맥이 탁 풀려 버렸다. 그는 이제야 자신이 그토록 화가 났던 이유를 깨달았다. 그녀는 알지 못하는데 혼자서 거리를 두려고 했던 이유까지도 알 것 같았다.

자신은 억울했던 것이다. 자신 혼자 그녀를 알고 그녀에게 신경을 쓰고 있었다. 여자는 그에게 대해 아무것도 알지 못하고, 심지어 그라는 사람이 같은 곳에 존재하는지조차 머릿속에 없는데 저 혼자만 초조해했던 것이 억울했던 것이다.

애당초 그녀의 눈동자에는 단 한 번도 그의 모습이 담긴 적이 없었다. 그녀는 자신에 대해 모른다. 당연한 일이었다. 단한 번도 그에게 시선을 주지 않았으니까.

단 한 번도.

그녀가 잠시라도 눈에 그를 담은 적이 없다는 사실에 이토록 화가 나는 것이다.

"대체 뭐야, 이런 건."

윤승하는 이성적이지 못한 채 자꾸 불필요하고 허튼 감정에 허우적거리는 자신이 한심해 자조적으로 중얼거렸다. 이런 걸 도대체 뭐라고 표현해야 하는 걸까.

다른 사람들이 차곡차곡 배워 가는 경험을 그는 단 한 가지, 야구만을 위해 기꺼이 포기했다. 그 결과 그는 도무지 자신이 느끼는 감정을 설명할 말을 찾을 수 없었다.

"도대체 당신 뭔데, 왜."

허공에 대고 말해 봐도 그에게 대답해 주는 목소리는 없었다. 그는 답답한 얼굴로 머리만 거칠게 헝클었다.

02

퇴근 시간이 가까워져서 주변 정리를 하고 있는데 아나운서실이 열리며 부장이 들어왔다. 그는 안을 둘러보다가 효영을 발견하고 반가운 얼굴로 다가왔다.

"전 아나, 퇴근 후에 다른 일 없지? 예능국으로 가 봐."

그녀의 스케줄이 비어 있다는 얘기에 부장은 한시름 놓은 표정을 지었다. 대뜸 예능국으로 가 보라는 말에 효영은 의아한 기색을 보였다.

"연예 정보 프로그램 여자 진행자가 펑크를 냈나 봐. 방송 시간도 임박해서 빨리 대타를 구해야 하는데 생방송 프로그램이라 아무나 세울 수는 없잖아? 그래도 전 아나가 유경험자이니까 다른 사람보다 낫겠지."

그녀에게는 그 자리를 거절할 명분이 없었다.

"알겠습니다."

그녀는 부장이 듣고 싶어 하는 대답을 들려주고 퇴근을 미뤘다.

해당 스튜디오에 가자 낯이 익은 스태프들이 보인다. 2년 만이라서 스태프들이 조금씩 바뀌긴 했지만 피디나 카메라 감독은 여전했다.

"전효영 씨, 오랜만입니다."

"안녕하셨어요, 피디님."

그녀를 보고 반가운 표정을 짓는 얼굴들에 하나하나 인사를 하고 진행자 데스크에 올랐다. 메이크업 아티스트가 와서 화장을 고쳐 주었다. 급하게 준비 없이 온 상태라 스타일리스트가 준 의상이 맞지 않아 아쉬운 대로 카메라가 찍히지 않는 의상 뒤편에 사이즈를 줄이기 위해 옷핀을 여러 개 꽂았다.

그녀는 심적으로 불편한 상황이었지만 내색하지 않고 진행자석에 앉았다. 이곳에 마지막으로 앉은 지 벌써 2년이 지났다. 이곳에 오니 그때의 기억이 새록새록 떠올랐다. 다시 떠올리고 싶은 않은 순간인데도 생생하다.

당시 차분한 진행으로 순항하고 있었다. 생방송이었지만 실수가 적었고 간혹 발생하는 방송 사고도 유연하게 대처해서 호평을 얻었다. 그 일이 벌어졌던 날도 평소와 다를 바 없이 방송을 진행하고 있었다.

그런데 갑자기 작가가 보드에 뭔가를 급하게 휘갈겨 써서 흔들어 보였다. 속보가 떴으니 대본에 있는 순서를 잠시 멈추고 모니터에 뜬 멘트를 읽으라는 지시였다. 사건 사고가 끊이지 않는 방송가이다 보니 중간에 갑작스럽게 무슨 일이 생겼구나, 그렇게만 생각했다.

그리고 효영이 모니터로 고개를 돌렸을 때 생각이 텅 비어 버렸다. 배우, 한여울이 자택 아파트 베란다에서 뛰어내려 자살을 했다는 속보였다. 모니터에 쓰여 있는 한여울이 내 친구, 한여울이 맞는 걸까. 효영은 누군가가 단단히 입을 틀어막은 것처럼 아무 소리도 낼 수 없었다.

앞에서 작가와 피디가 뭐 하냐고 신호를 줬지만 그녀는 끝내 아무 말도 꺼내지 못했다. 그냥 꽁꽁 얼어붙은 채 굳어 있었다. 방송 사고였다.

그녀는 머릿속으로 끊임없이 지금은 방송 중이라는 사실을 되뇌려고 했다. 하지만 그녀는 당장 울음을 참는 것만으로 충분히 힘겨워 아무것도 못했다. 뒤늦게 남자 진행자가 멘트를 받아 급히 속보를 전했다. 제 파트너의 목소리를 통해 친구의 사망 소식이 전해지고 있는데 귀에 들리는 말이 너무나도 비현실적이라서 그녀는 눈을 뜨고 끔찍한 악몽을 꾸는 기분이었다.

영원 같던 시간이 그렇게 지나가고 효영은 가까스로 감정을 억누르며 대본에 원래 적혀 있던 멘트를 시작했다. 그런데 목구멍에 무언가 응어리가 찬 것 같고 눈가는 홧홧하게 달아올랐다.

그렇게 제정신이 아닌 상태로 생방송을 마친 후에 당연한 수순으로 시청자 게시판에는 그녀가 프로 정신이 없었다, 그럴 만하다로 갑론을박이 생겼다. 그 일이 논란이 되어 효영은 결국 방송에서 하차하게 됐다.

아무도 그녀가 왜 그럴 수밖에 없었는지에 대해서는 관심이 없었다. 일부 친구가 죽었으니 그럴 수도 있다는 동정 여론이 일긴 했지만 그뿐이었다. 하지만 효영은 어떤 것도 해명하고 싶지 않았다.

한여울이 제게 어떤 의미인지, 그저 친구라고 규정짓기 힘든 이유가 무엇인지 남들이 알아주길 바라는 건 아니었다.

돌아온 싱글이라고 밝게 웃으며 전남편이 개자식이었다고 욕하면서도 친구의 얼굴에는 은연중에 미처 다 떼어 내지 못하고 미련하게 남아 있는 감정의 조각들이 언뜻 비쳤다. 시간이 지나면 괜찮아질 거라 다독였고 그녀는 상황을 잘 극복해 내고 있는 걸로 보였다.

그랬기에 부지불식간에 들린 친구의 투신자살 소식은 만우절 장난처럼 느껴졌다. 누군가가 그녀에게 지독한 농담을 하는 것 같았다. 어느 누구보다 예뻤던 친구는 17층 높이에서 떨어진 탓에 마지막은 예전 모습이 떠오르지 않을 정도였다. 시신을 확인하고 효영은 그 자리에서 주저앉았다.

효영은 마치 꿈을 꾸는 것 같은 얼굴로 머릿속에 스치는 환영을 바라봤다. 그리고 곧 과거가 연기처럼 흩어지고 그녀는 마음을 다잡았다.

윤승하는 저녁 운동을 마치고서도 아파트 단지를 어슬렁거릴 뿐, 안으로 들어가지 않았다. 그가 운동을 마칠 때까지 여자는 퇴근하지 않았다. 퇴근 시간이 일정한 편이라서 무슨 일로 이 시간까지 돌아오지 않는지 궁금했다.

아파트 주변을 돌며 한참이나 그녀를 기다리다가 결국 단념하고 집으로 돌아갔다. 홍송이가 거실에 앉아서 주전부리를 먹으며 TV를 보고 있었다. 그 모습을 흘끗 보고 방으로 들어가려던 윤승하는 걸음을 멈추었다. 지금 들린 목소리가 귀에 익었다.

— 장예준 씨와 정말 즐거운 시간을 보내셨군요.
— 네. 유머도 있으시고 소문대로 매너가 좋으셔서 즐거운 데이트였습니다. 장예준 씨가 출연하신 '제왕의 후궁'은 오는 25일 개봉한다고 합니다.
— 소식 전해 주신 김영란 리포터 감사합니다.

살짝 웃음기가 담긴 목소리. 전보다 톤이 조금 높지만 특유의 또박또박 바른 말씨는 그가 들었던 목소리가 맞았다. 윤승하는 방으로 들어가지 않고 몸을 돌렸다. TV로 시선을 돌리니

브라운관 가득 그 여자의 모습이 보였다.

윤승하는 저도 모르게 발을 움직였다. 어느새 걸음은 더더욱 빨라져서 긴 다리로 성큼성큼 TV 앞에 다가가 섰다.

"야, TV 가리지 마. 큰 덩치 때문에 하나도 안 보인단 말이야."

뒤에서 홍송이가 집고 있던 과자를 윤승하에게 하나 던지며 항의했지만 그는 들은 척도 하지 않고 TV에만 시선을 박았다. 눈을 감았다가 뜨고 비벼도 보았지만, 브라운관에 나온 사람은 그 여자가 맞았다.

윤승하가 별안간 뒤를 돌았다. 구시렁거리면서 리모컨을 던지려던 홍송이는 와인드업을 한 자세 그대로 굳은 채 어설피 웃었다. 그녀가 켕기는 구석으로 웃든 말든, 윤승하의 눈에 그 모습은 들어오지 않았다. 그는 기함한 얼굴로 TV를 가리키며 소리쳤다.

"저게 뭐야."

그 순간, 홍송이는 저놈이 진정 미친 건가 생각했다. 대답하기도 같잖은 질문이라 미적거리고 있는데 대답을 촉구하듯이 윤승하의 눈매가 가늘어졌다. 아무리 윤승하와 허물없이 지낸다고 해도 저런 표정을 지으면 조금 무섭다. 그녀는 왠지 기가 죽어서 툴툴거리는 목소리로 대꾸했다.

"보면 모르냐, TV지. 다시 말해 줘? 텔레비전. 스펠링까지 대 줄까? 티, 이, 엘."

"누가 그걸 몰라 그래?"

그러게, 누가 모른다고 대답하겠냐. 홍송이가 바로 하고 싶은 말이 그 말이었다.

"TV말고 저거, 저 방송 뭐냐고."

"진심으로 묻는 거냐? 연예 정보 프로그램이잖아."

홍송이가 차갑게 식어서 대꾸하는데 윤승하는 뭔가 충격을 받은 얼굴이었다. 아니, 전혀 예상치 못했다고 해야 할지. 그는 잠시 천장을 노려보다가 그 시선 그대로 움직여 홍송이를 바라봤다.

"저 여자, 연예인이었어?"

"연예인은 아니고 아나운서."

그의 박력에 밀려 얼떨결에 대답한 홍송이는 이내 왜 자신이 순순히 대꾸했는지 의아히 여기며 머리를 긁적거렸다. 그런데 곰곰이 생각해 보니 이게 또 이상한 거라. 난데없이 연예인이네, 뭐네 그게 왜 궁금했던 걸까?

홍송이는 미심쩍은 눈으로 윤승하를 봤지만 그는 눈치채지 못한 채 TV만 무섭게 노려봤다. 진행자석에 있던 여자의 모습이 사라지고 다른 화면이 뜨며 얼굴도 모르는 연예인이 나오자 그제야 겨우 시선을 뗐다.

윤승하는 고개를 돌리다가 줄곧 그를 주시하고 있던 홍송이와 눈이 마주쳤다. 눈길이 닿는 순간, 홍송이의 표정이 오묘하게 변했다. 그게 상당히 껄끄러운 얼굴이라 자연히 윤승하의 기분이 마뜩잖았다. 그는 눈썹을 치켜세우며 여전히 묘한 표정을 짓고 있는 홍송이를 훑어봤다.

"왜 그렇게 봐?"

먼저 입을 뗀 건 윤승하였다. 불만이 있으면 말로 하라고 하는 윤승하를 향해 홍송이는 가만히 고개를 저었다.

"아무것도 아냐."

그녀가 뭔가 말을 꺼내려고 했던 것 같은데 입을 다물어 버리자 윤승하는 마음 한구석에 남은 찝찝함에 눈썹을 꿈틀거렸다. 그는 실없는 사람을 보듯, 홍송이를 흘깃하고는 다시 왔던 대로 걸어갔다.

"확실히 아나운서라서 발음은 정확하네."

몸은 TV쪽으로 틀었지만 눈길은 윤승하에게 둔 채 홍송이가 들으라는 식으로 중얼거렸다. 그 순간 방으로 들어가려던 윤승하가 멈칫하다 섰다.

그걸 보고 홍송이는 이제야 어떻게 된 사정인지 알 것 같았다. 왠지 상황이 역전이 된 기분이라서 괜히 흥이 난 홍송이는 본격적으로 윤승하 놀리기 작전에 돌입했다.

"2년 전에 그 일로 하차만 안 했으면 아직까지 진행하고 있었을 텐데, 아깝다, 아까워."

얼굴이 이쪽에 향해 있지 않은데 뒤통수에서 번뇌가 느껴졌다. 방으로 들어갈까 말까, 계속 번민하고 있는 듯했다. 그런데 호기심에 져서 좀처럼 발을 떼지 못하는 윤승하를 보며 홍송이는 웃음이 나올 것 같았다.

하지만 여기서 웃어 버리면 말짱 도루묵인지라 억지로 웃음을 삼키고 말을 이었다.

"요즘은 고정적으로 한 프로그램만 맡아서 그렇지, 갓 방송국에 입사했을 때는 엄청 불려 다녔지. 스타 아나운서라고 남자들이 난리도 아니었는데. 하긴, 지금도 그 인기가 어딜 가진 않았어."

윤승하의 어깨에 슬쩍 힘이 들어가는 게 보였다. 역시 그녀의 말을 의식하고 있는 게 분명하다. 홍송이는 히죽 웃으며 혼잣말하듯 재잘거렸다.

"남자 연예인들이 그렇게 좋다고 한다지. 자기 이상형으로 꼽는 연예인들이 어디 한둘이어야지. 그런데 연예인이 다 뭐냐, 소개팅도 그렇게 많이 들어온다며? 하긴 유명한 아나운서들은 보통 재벌가에 시집가더라."

그 말이 끝나자마자 윤승하가 방으로 들어갔다. 주먹을 꾹 쥐고 있는 게 아무래도 뒷말이 단단히 마음에 안 든 모양이었다. 홍송이는 소파에 발랑 누워서 쿠션으로 입을 틀어막은 채 킥킥거렸다.

그녀는 방금 전 상황을 머릿속에 다시 상기해 봤다. 그러고 나서 쿠션을 바닥에 툭 떨어뜨리며 입을 쩍 벌렸다. 눈을 커다랗게 뜬 채 천장에 시선을 두었다. 그녀는 턱이 아프게 벌어진 입을 움직였다. 엄청난 걸 봐 버린 느낌이다.

방에 들어온 윤승하는 평소와 다르게 바로 샤워하러 가지 않고 잠시 서성거렸다. 오만 생각을 하고 있는 듯, 표정이 한없이 복잡해 보였다. 오른쪽, 왼쪽 수차례 왔다 갔다 하던 윤승하는 갑자기 걸음을 멈추어 섰다.

Blooming

그리고 무슨 생각을 했는지 황급히 서랍으로 다가와 핸드폰을 찾았다. 당최 통화 외에 다른 기능을 사용하지 않아 썩어만 가는 스마트 폰이었다. 그는 처음으로 통화 아이콘 외에 다른 아이콘을 터치했다. 거친 터치에 인터넷에 접속됐다. 검색창을 터치하자 키패드가 나타났지만 그는 잠시 머뭇거렸다.

그러고 보니 방금 그 방송이 GBS 거였는지, NBS 거였는지 헷갈렸다. 더구나 해당 프로그램 이름도 몰랐다. 그는 잠시 골몰한 얼굴로 검색창만 죽어라 노려봤다. 그러다가 절전 모드로 화면이 어두워지자 다급히 터치했다.

그는 검색창에 오늘 날짜, 요일과 함께 연예 정보 프로그램이라고 써 넣었다. 검색 버튼을 누르자 관련된 글이 우르르 떴다. 그는 검색 결과를 하나, 하나 확인하다가 해당 프로그램의 이름을 발견했다.

그와 관련된 최신 기사를 클릭하니 걸 그룹 멤버의 방송 펑크 내용이 나왔다. 윤승하는 불필요한 내용들을 제치며 빠르게 기사를 훑었다. 그때 그가 찾고 있던 문장이 나왔다.

……과로로 입원한 체리(핑크미션)를 대신해 이전 진행자였던 전효영 아나운서가…….

'전효영.'
윤승하는 이제야 알게 된 여자의 이름을 뚫어지게 봤다.
"……전효영."

소리 내어 말해 보는데 왠지 머쓱한 기분이 들었다. 이상한 느낌이다.

"전효영, 전효영."

여러 번 이름을 되뇌다 보니 이제 조금 입에 익었다. 그런데 막상 의식하고 부르려니까 가슴께가 간질간질했다. 그는 공연히 머쓱한 기분에 입술을 문질렀다.

그녀와 관련된 검색 결과도 상당히 많았다. 윤승하는 제일 위에 뜬 효영의 프로필에 시선을 던졌다. 프로필 사진은 이전에 찍었던 건지 단발인 지금과 달리 머리카락이 어깨 아래로 길게 내려왔다. 머리카락을 모아 한쪽 어깨에 넘기고 카메라를 향해 환하게 웃고 있는 얼굴에 얼떨떨한 기분을 느꼈다.

사진 옆에는 그녀의 인적 정보가 쓰여 있었다. 이름과 생년월일을 확인한 윤승하는 그녀가 자신보다 세 살 연상이라는 걸 알게 됐다.

'동갑이거나 더 어린 줄 알았는데.'

대충 정보를 확인하고 아래로 내려 그녀 관련 기사들을 일일이 확인했다. 그러다가 2년 전 하차 관련 기사를 보게 됐는데 입에 언급하기도 더러운 내용의 덧글들이 달려 있었다. 윤승하는 해당 덧글들을 노려보며 인상을 험악하게 구겼다.

괜히 기분만 상해서 기사를 끄고 다시 '전효영 하차'라고 쓰인 관련 검색어를 눌러 봤다. 관련 결과들이 많았는데 그중 한 블로거가 작성한 글을 읽어 봤다.

'전효영, 생방송 TV연예 하차의 전말'이라는 제목으로 시작하는 글은 그녀의 하차를 안타까워하는 마음에 작성되었다. 윤 승하는 내용들을 자세히 읽어 봤다.

최근 '생방송 TV 연예'에서 발생했던 방송 사고, 혹은 실수로 인해 많은 논란이 일어나고 있다. 전효영 아나운서에 대해 프로 정신이 없다고 비판하는 사람들이 많은데 내가 그녀의 팬이고, 아니고를 떠나서 인간적인 측면에서 그녀를 이해한다.

전효영 아나운서가 한여울과 절친한 사이라는 사실은 방송가에서도 무척이나 유명한 이야기다. 전효영 아나운서는 SNS를 하지 않지만 한여울은 트위터나 페이스북을 통해 전효영 아나운서와의 친분을 드러내곤 했다.

실제로 한여울이 본인의 페이스북에 올린 전효영 아나운서와의 사진은 많은 화제를 낳기도 했다. 고등학교 때부터 단짝이었다는 두 사람의 다정한 모습에 많은 네티즌들이 관심을 보였다. 둘 다 굴욕 없는 미인들이어서 시선이 많이 갔던 것으로 생각된다.

다른 얘기로 빠졌지만 내가 하고 싶은 말의 요지는 두 사람이 그토록 절친한 친구 사이라는 것이다.

그런데 생방송 도중, 자기 친구의 자살 소식을 전해 들었다? 과연 누가 제정신을 차릴 수 있었을까. 사실 전효영 아나운서가 엄청난 실수를 한 건 아니다. 그저 친구의 사망 소식이 속보로 들어오자 말문이 막혔을 뿐이다.

울먹울먹했다고? 눈이 충혈되었다고? 어느 누가 그 사실을 듣고 냉정할 수 있겠나. 만일 전효영 아나운서가 친구의 사망 소식을 아무렇지도 않게 전달했다면 나는 그녀가 혹여 소시오패스가 아닐까, 의심했을 것이다. 그녀는 충분히 애썼다. 이후 마음을 다잡고 진행하기 위해 애쓰는 프로 정신이 잘 전달되었다.

잊지 말자, 방송인도 사람이다.

글 밑에 논란이 되었던 방송을 짧게 편집한 동영상이 하나 첨부되어 있었다. 윤승하는 동영상을 확인했다.

지금보다 앳된 효영의 모습이 화면에 나타났다. 그녀는 싱그러운 웃음을 지으며 자연스럽게 진행을 했다. 그러다가 문득 무언가를 보고 놀란 표정을 짓더니 삽시간에 안색이 창백하게 굳었다. 그렇지 않아도 하얗던 얼굴에는 혈색이 모두 사라져 창백하게 질렸다.

힘겹게 입이 벌어졌지만 끝내 아무 말도 하지 못하고 다시 닫혔다. 한곳에 못 박힌 시선은 움직이지 않았다.

그녀의 옆자리에 앉아 있던 남자 진행자가 예상치 못한 상황에 당황했지만 곧 표정을 지우고 침중한 얼굴로 멘트를 했다. 방송 사고라고 판단했는지 효영의 모습이 화면에서 사라지고 남자 진행자가 단독 숏을 받았다.

— 방금 들어온 소식입니다. 배우, 한여울 씨가 자택 베란다에서 투신했다는 속보입니다. 고층 높이에서 떨어져 현장에서 바로 사망했다고 전해집니다. 많은 분들이 이 소식을 듣고 충격을 받으셨을 텐데요, 정말 가슴 아픈 소식입니다. 삼가 고인의 명복을 빕니다.

Blooming

카메라 앵글에 다시 효영의 모습이 잡혔다. 그녀는 잠시 동안 감정을 추스른 모양인지 경직되었던 표정이 어느 정도 풀렸다. 하지만 겨우 시늉이었다는 게 다음 멘트를 할 때 나타났다.

— 다음 소식은 김영란 리포터가 전……해 주실…… 텐데요. 한참…… 기다리셨죠. 김영란…… 리포터.

차분하게 멘트를 이어 가던 중에 그녀의 음성에 울음기가 섞여 들어갔다. 밝게 멘트를 던져야 하는 차례 같은데 울음을 참는 것만으로도 고역인 듯하다.

그녀는 꾸역꾸역 멘트를 읽었다.

하지만 목소리에 묻어나는 물기만이 아니라 그녀의 눈시울도 빨개진 채 눈가가 젖어 있었다. 과연 앞이 제대로 보일까 싶을 만큼 눈에 눈물이 그렁그렁 차올랐다. 그녀는 고집스럽게 눈물을 떨어트리지 않기 위해 눈을 깜빡이지 않았다.

이후 다행스럽게도 화면은 곧 다른 사람에게 넘어갔다.

동영상은 거기까지였다. 승하는 울음을 참던 모습이 떠올라 잠시 아무것도 할 수 없었다. 납골당에서, 그리고 그 어두운 새벽에 봤던 섦은 얼굴이 이 모습에 겹쳐졌다. 생방송 중에 친구의 자살 소식을 듣고, 감정을 삭인 채 그 소식을 전해야 하는 입장이 참 가혹했다.

그는 깊은 한숨을 내쉬며 손으로 얼굴을 쓸어내렸다. 마음이

스산했다. 2년 전의 효영이, 그리고 그 상처를 딛고 지금에 온 그녀가 안타까웠다.

핸드폰이 꺼질 때까지 가만히 굳어 있던 윤승하는 다시 잠금을 해제하고 보고 있던 화면으로 넘어갔다. 관련 검색어들 중에서 '전효영 한여울'이라고 쓴 단어를 찾아봤다. 한여울의 페이스북에서 옮겨 온 것인지 여러 블로그에 두 사람이 함께 찍은 사진이 올라와 있었다.

다정해 보이는 둘의 모습에 침을 삼켰다. 한여울과 함께 있는 효영의 표정은 그가 한 번도 보지 못한 얼굴이었다. 온전히 마음을 열어 둔 상대에게 지을 법한, 마냥 행복해 보이는 미소에 잠시 시선을 빼앗겼다. 그녀가 제 친구를 얼마나 좋아하는지 이 사진 한 장만 놓고 봐도 알 수 있었다.

둘이 함께 찍은 사진은 몇 개 더 있었다. 윤승하는 그 사진들을 통해 현재의 효영이 진심으로 웃지 않음을 알아차렸다. 같은 미소여도 좋아하는 친구와 함께 있었을 때 그녀는 주변에 빛 알갱이가 뿌려진 것처럼 반짝반짝 빛났다.

그걸 보고 있는데 가슴속이 왠지 모르게 술렁거렸다.

다른 글들을 확인하는데 한여울의 장례식과 관련된 기사 타이틀이 눈에 띄었다. 윤승하는 다소 머뭇거리기는 했지만 곧 그 기사를 확인했다. 기사와 함께 올라온 사진은 한여울의 시신이 들어 있는 관이 화장터로 옮겨지는 모습이 담겨 있었다. 그녀의 유족과 지인으로 보이는 사람들이 관 주변에서 울고 있었고 그중에 효영도 보였다.

조금 전까지 봤던 사진에서와는 전혀 다른 모습이었다. 온통 검은색으로 갖춘 효영이 관 옆에 무너지듯 무릎을 굽히고 오열하고 있었다. 화장기 하나 없이 초췌하게 마른 얼굴은 온통 눈물로 젖어 있었다.

절망적으로 일그러진 표정과 얼굴을 가득 적신 눈물이 애처로웠다. 윤승하는 사진을 물끄러미 바라보다 사진을 확대했다. 핸드폰 화면 안에 세상이 무너진 것처럼 울고 있는 얼굴이 가득 찼다. 저도 모르게 화면 위로 그녀의 얼굴을 어루만지고 있었다. 서럽고 서글픈 얼굴이 가슴을 술렁이게 했다. 화면을 아무리 쓸어도 눈물을 닦아 주지 못하는 사실이 애달파 가슴께에 묵직한 통증이 느껴졌다.

통증은 멍한 감각을 일깨웠다. 퍼뜩 정신을 차리고는 그제야 차가운 화면을 쓸어내리고 있는 제 자신을 깨닫고 깜짝 놀라 손을 뗐다. 그 바람에 하마터면 핸드폰을 바닥에 떨어뜨릴 뻔했다.

고개를 휘휘 저으며 낯선 감정을 털어 냈다. 그는 이후로도 효영과 관련된 글들을 검색해 보다가 그녀가 현재 맡고 있는 프로그램을 알게 됐다. 그녀가 진행하는 프로그램에 게스트로 초대된 사람들과 관련해서도 몇 가지 기사가 있었다.

PEOPLE

어쩐지 눈에 익은 이름이었다. 그는 그 이름에 해답이 있는 것처럼 상당히 주의 깊게 프로그램명을 살폈다. 그러다가 어떤 생각이 들었는지 급하게 고개를 돌려 무언가를 찾았다. 서랍장을 열어 보고 그 안을 뒤적거리며 살피다가 생각했던 것을 기어이 찾아냈다.

그것은 제임스 김이 그에게 건네줬던 기획서였다. 그가 주고 갔지만 매스컴 관련해서는 아무 관심이 없었던지라 살펴보지도 않고 아무 데나 놔뒀다. 윤승하는 황급히 서류철을 열어 문서를 확인했다.

어떤 식으로 진행할 것인지 세부적인 계획 따위 여전히 관심 밖에 일이었다. 그가 찾고자 하는 것은 다른 거였다. 그리고 어렵지 않게 그의 손끝이 어딘가에 향했다.

　　프로그램명 : PEOPLE
　　진행자 : 전효영

윤승하의 눈에는 오로지 그 글자만이 크게 확대되어 보였다. 그는 검은 글씨로 인쇄되어 있는 효영의 이름을 어루만졌다.

✹

아직 해가 뜨기도 전이었다. 달도 아직 중천에 걸려 있는, 새벽이라는 말을 붙이기에도 민망한 시각이었다. 더블베드 위에 홀로 누워 곤히 잠들어 있는 이는 제임스 김이었다. 검은 안대를 찬 채 고른 숨을 내쉬며 꿈속 어딘가에 파묻혀 있었다.

대다수의 사람들이 잠들어 있을 시간답게 사위는 고요했다. 시곗바늘 소리만이 작게 들려오는 그 시각.

제임스 김의 머리맡에 있던 핸드폰이 요란하게 울려 대기 시작했다. 불행이라면 자기 전에 핸드폰을 매너 모드로 바꾸지 않은 거였고 제임스 김은 그 방심으로 인해 다디단 잠에서 억지로 끌려 나와야 했다.

"아, 씨. 이 시간에 어떤 상식 없는 새끼세요."

단잠을 방해받은 제임스 김은 목이 잠겨 한껏 낮고 음산해진 목소리로 거칠게 중얼거렸다. 핸드폰은 바닥에 집어 던져서 깨트리지 않는 한 벨 소리를 멈출 생각이 없는 것 같았다.

"중요한 전화 아니면 죽일 거야. 보이스 피싱이면 전화 건 새끼 찾아내서 반드시 죽인다."

제임스 김은 이를 바득바득 갈며 통화 연결을 했다.

"여보세요."

잔뜩 쉬어 버린 목소리에는 불쾌한 감정이 고스란히 묻어나 있었다.

— 아직도 자?

"어? 승하냐?"

그런데 낯익은 목소리가 흘러나오자 제임스 김은 무거운 눈을 억지로 몇 번 깜박깜박하고는 발신인을 확인했다. 윤승하가 맞았다.

"이렇게 일찍 무슨 일이야."

아무리 윤승하라도 별다른 용건이 없으면 용서치 않으리라, 두고두고 괴롭혀 주겠다고 다짐하며 묻는데 전혀 기대하지 않았던 소리가 들렸다.

"뭐라고?"

제임스 김은 한 번에 잠이 깨는 걸 느끼고 벌떡 자리에서 일어났다.

"아아."

그러다가 이내 앓는 소리를 내며 두통이 이는 머리를 감싸 쥐었다. 갑자기 일어나는 바람에 머리가 지끈지끈했다. 하지만 아파하는 것도 잠시. 제 몸 조금 상하는 것 따위 하나도 두렵지 않았다.

"너 방금 뭐라고 했어?"

—그거, 형이 전에 말했던 방송, 출연하겠다고. 왜 한 번에 말귀를 못 알아들어?

같은 말 반복하게 하는 게 귀찮았던지 대답하는 윤승하의 목소리에 희미한 짜증이 묻어났다. 제임스 김은 너무 놀라서 하마터면 핸드폰을 떨어뜨릴 뻔했다. 그러다가 전화가 끊기기라도 하면 윤승하 마음이 홱 돌아설지도 모른다. 그저 조심조심.

왜 갑자기 하겠다고 결심한 건지 궁금했지만 만사 제쳐 두고 가장 우선적인 것부터 확보해야 했다.

"잠깐만 기다려 봐."

제임스 김은 통화가 끊어지지 않았다는 걸 확인시키고는 녹음 버튼을 눌렀다.

Blooming

"이제부터 이 대화 녹음할 거니까 다시 한 번 말해 봐. 뭘 한다고?"

—그냥 하지 말까?

몇 번이나 확인을 하니 윤승하도 슬슬 신경질이 난 모양인지 자신의 결정을 번복할 듯이 시비조로 말했다.

"아니지, 남자가 돼서 한 입 가지고 두말하면 안 돼. 방송할 거지, 승하야?"

—한다니까. 한 번만 더 같은 말 하게 하면 다 관둔다.

윤승하가 결국 이를 악물고 경고했다. 제임스 김은 안 그러겠다고 그를 살살 달래고는 전화를 끊었다. 끊긴 전화를 보면서도 이게 지금 꿈이냐, 생시냐 알 수가 없었다. 저 고집스러운 녀석이 왜 갑자기 이런 결정을 했는지 모르지만 꿈은 아닐 거다. 아니어야 했다.

제임스 김은 있는 힘껏 양 뺨을 후려쳤다. 따끔한 통증에 정신이 번쩍 드는 것 같았다. 제법 아픈 소리가 났는데도 그는 피식피식 웃음을 흘렸다.

✿

효영은 스케줄상에 있던 내레이션 녹음을 마치고 식사를 하러 나오는 길에 교양국 부장을 만났다.

"어, 전 아나. 이제 밥 먹으려고?"

"예. 부장님은 식사 잘 하셨어요?"

"응. 어제 전날 과음을 했는데 마침 오늘 국이 북엇국이었네."

껄껄 웃는 부장 곁에서 잠시 걸음을 멈추고 대화를 이어 갔다. 부장은 숙취가 여전한지 다소 피로한 기색이었다. 북엇국으로 쓰린 속은 어느 정도 달래었다고 말하던 그가 별안간 뭔가 떠올랐는지 주먹으로 반대편 손바닥을 쳤다.

"혹시 들었나 모르겠네. 윤승하 선수가 PEOPLE에 출연하기로 결정했다더군."

"그랬나요?"

효영은 그에 대해 아직 들은 얘기가 없었기에 조금 의외인 얼굴을 했다. 윤승하를 원하는 방송은 많지만 그가 전부 거절한다는 얘기는 유명했다. PEOPLE에서 추진 중이라는 말은 들었어도 그다지 긍정적이지는 않았다.

타 방송사에서도 실패했던 캐스팅에 성공해서인지 부장의 얼굴이 유독 밝았다.

"수많은 방송이 있는데 그중에서 전 아나 프로그램이라니, 운이 좋지 않나. 화제도 많이 끌 테니 전 아나가 잘해 봐. 녹화 일정은 최대한 앞당길 예정이야."

효영은 그에 순순히 납득했다. PEOPLE은 수요일에 녹화를 하는데 이번 주는 이미 다른 출연자와 녹화를 했고 돌아오는 3주간 인터뷰가 예정된 게스트들이 있기 때문이다. 출연이 확정된 이상, 방송국에서도 확실히 도장을 찍고 싶을 것이다. 가급적 아시안 게임 이전에 방송을 타는 게 홍보 효과가 좋다.

"스케줄을 맞춰서 되도록 이번 주에 촬영을 할 테니까 수고 좀 해. 그리고……."

그렇게 운을 뗀 부장이 묘한 미소를 지으며 말문을 열었다.

"7시 뉴스, 장은영 앵커가 임신했다던데 소식 들었나?"

"네."

"그래, 알고 있다니 이해가 수월하겠군. 배가 부르기 전에 장 앵커가 데스크에서 물러날 거야. 아예 아이 출산할 때까지 휴직을 할 것 같은데 그러면 자리가 비지 않겠나?"

부장은 넌지시 뜻을 비쳤다.

"아나운서의 꽃은 뭐니 뭐니 해도 뉴스이지. 보도국 부장이랑 대화를 해 봤는데 몇 명 후보들을 추리고 있는 모양이더라고. 정확한 결과는 윗선에서 논의를 하고서야 나오겠지만 그래도 흐르는 분위기라는 게 있지 않아?"

그는 격려의 손짓으로 효영의 어깨를 두드렸다.

"어쨌든 전 아나도 뉴스를 할 때가 되긴 했지."

부장은 의미심장하게 말하고는 수고하라는 한마디를 남긴 채 자리를 떠났다. 효영은 다소 얼떨떨한 기분으로 제자리에 서 있었다. 부장이 은연중에 내비친 말이 의미하는 바가 남달랐다. 현재 차기 뉴스 앵커로 그녀가 유력하다는 뉘앙스였다.

효영의 입술이 벌어졌다가 다물렸다. 아직 결정된 건 아무것도 없지만 기분 좋은 소식임은 명백했다. 결과야 어떻든, 앵커로서 그녀가 긍정적인 평가를 받고 있는 것이니. 결국, 그녀의 최종 목표는 뉴스 앵커였다. 기회가 빨리 오냐, 늦게 오냐의 차이였지만 그 자리를 꿈꾸고 있었다. 그런데 그녀의 예상보다 빠르게 기회가 찾아온 것 같아 가슴이 살짝 뛰었다. 설레발을 치지 않기 위해 잠시 감정을 다독이고 식당으로 들어갔다.

녹화 당일. 윤승하는 평소보다 이른 시각에 일어났다. 시간을 확인해 보니 그가 평소에 일어나는 시간보다 자그마치 2시간이나 일렀다. 하지만 한 번 깬 잠은 다시 올 것 같지 않아서 침대에서 게으름을 부리는 대신, 몸을 일으켰다.

아무것도 하지 않고 시간을 보내는 건 성격상 좀이 쑤셔서 견디지 못했다. 그는 욕실로 가서 세수와 양치질을 했다. 찬물에 씻으니 희미하게 남아 있던 잠기운이 완전히 사라졌다. 물기를 훔치고 밖으로 나와 주방으로 향했다.

경기에 출전하는 날보다 오늘이 더 긴장됐다. 목이 타서 생수병을 뜯었다. 3분의 1 정도 마시고 나서야 겨우 갈증이 가라앉는 것 같았다. 시간을 확인하니 조깅하기에는 시간이 일러 방으로 돌아가 가볍게 푸시 업을 했다.

200개를 넘자 더 이상 세지 않았다. 체열이 오를 때 즈음에 그만두고 몸을 일으켰다. 기대를 안고 시계를 봤지만 그가 바라는 것만큼 시간이 많이 가지는 않았다. 도통 진정이 되지 않는 기분에 방을 서성거리다가 목이 타면 물을 마시기도 하고 베란다에서 바람을 쐬기도 하면서 좀처럼 가지 않는 시간을 보냈다.

겨우 평소처럼 운동을 하는 때와 비슷한 시각이 돼서 비로소 윤승하는 이 지루하고 답답한 순간을 끝낼 수 있었다. 조깅을 하러 나가는 윤승하의 얼굴은 다소 상기되어 있었다.

윤승하와 방송국에 함께 동행한 제임스 김은 입구에서 미리 발급받았던 출입증을 제시하고 로비로 들어가며 계속해서 충고를 아끼지 않았다.

"편집하겠지만 그래도 가급적 말할 때 신중하게. 평소처럼 곧이곧대로 하지 말고 적당히 부드럽게 돌려서 말해."

제임스 김은 물가에 내놓은 아이를 보는 것처럼 불안함을 감추지 못했다.

"좋은 게 좋은 거니까 조금만 주의하자."

"옆에서 형이 대신 대답하지그래? 나는 그냥 입 다물고 있을 테니까."

차로 이동할 때부터 시작된 잔소리가 도착해서까지도 끝날 줄 모르니 윤승하도 슬슬 한계점에 다다른 듯했다. 제임스 김은 '당연히 너 믿지'라며 입에 발린 소리를 했지만 씨알도 안 먹혔다.

"더 잔소리 안 할 테니까 성의 있게 알았지?"

"그 성의 있게 하라는 말, 한 번만 더 해서 아예 100번 채우지?"

윤승하의 입에서 기어이 빈정거림이 나갔다. 제임스 김은 더 이상 말을 붙였다가 좋은 꼴을 보지 못하리라는 것을 수년의 경험으로 짐작했다. 더 이상 하지 않겠다는 의미로 두 손을 들며 한발 물러나자 날카롭게 치떴던 윤승하의 눈매가 풀렸다.

스튜디오에 들어서자 스태프들이 녹화를 앞두고 분주히 움직이고 있었다. 고만고만한 사람들 사이에서 윤승하의 체격은 확실히 월등했다. 사람들의 시선이 그에게 향했다. 그를 보고 눈을 크게 뜨는 사람들도 있었다.

저만치에서 작가와 대화를 하고 있던 피디가 윤승하를 보고 달려왔다. 피디는 성격 좋은 미소를 지으며 인사를 건네 왔다. 그런데 윤승하는 인사를 하고 난 직후 주변을 둘러보며 누군가를 찾았다.

"앞서 말씀드린 대로 촬영은 4시간 정도로 예상되는데 어느 정도 오차 범위가 있을 것 같습니다. 하지만 많이 늦어지는 일은 없을 테니 걱정 마세요."

"네. 제가 말씀드렸던 사항만 잘 지켜 주시면 괜찮습니다."

피디와 제임스 김이 대화를 나누는 동안에 윤승하의 눈은 바쁘게 움직였다. 그러나 좀처럼 찾고 있는 사람이 보이지 않았다. 아직 스튜디오에 도착하지 않은 듯했다. 윤승하 본인도 자신이 예정보다 일찍 도착했다는 걸 알았다. 그럼에도 정작 찾는 사람이 보이질 않자 내심 실망감이 들었다.

"야, 뭐 해?"

제임스 김이 작게 중얼거리며 윤승하의 옆구리를 찔렀다. 피디와 대화를 마쳤는데 윤승하가 대화에 참여하는 것도 아니고 험악한 표정으로 주변을 둘러보고 있으니 무슨 일인가 싶었던 모양이다. 윤승하는 별일 아니라는 듯이 고개를 저었다.

"의자에 편하게 앉으세요. 시간이 좀 걸릴 거예요."

007 가방에 버금가는 묵직한 가방을 들고 있는 여자가 상냥

하게 웃으며 의자를 권했다. 그녀의 가방 안에는 메이크업에 쓰이는 화장품들이 종류별로 들어 있었다.

"카메라에 정밀하게 찍혀서 보정이 필요해요. 운동선수치고 피부색이 옅은 편이긴 한데 아무래도 햇볕에 노출이 되다 보니 미묘하게 차이가 있어요."

"그런데 꼭 이걸 해야 합니까?"

화장을 가리켜 '이거'라고 표현할 때 윤승하는 정말 내키지 않는 표정을 지었다. 그러나 그의 항의는 막혔다. 거기에 더해 이제는 스타일리스트가 다가와 그의 머리를 손봤다. 이 익숙하지 않은 상황에 윤승하는 불편한 표정을 지었지만 불평은 삼키고 시선을 다른 데로 던졌다.

두 번 다시 이런 짓은 하지 않겠다고 굳게 다짐하며 그저 끝나기만을 기다리고 있는데 스튜디오 입구에서 그가 계속 찾던 상대가 모습을 드러냈다. 아침에 봤던 것과 다른 옷에 머리 스타일도 달랐다. 다른 곳에서 준비를 마치고 온 듯했다. 윤승하는 좀 전까지 불편해하던 상황을 아예 잊은 채 효영에게 시선을 못 박았다.

그녀는 안으로 들어오며 스태프들과 가볍게 인사를 나누었다. 항상 보던 곳이 아닌 데서 만난 그녀는 다른 느낌이었다. 무슨 이유인지 궁금했지만 좀처럼 답이 나오지 않았다. 얼마나 그렇게 효영을 보고 있었을까. 그녀의 시선이 그에게로 향했다. 평소처럼 무심한 시선이었다. 그런데 짧은 순간, 그와 눈이 마주친 사실을 인지한 듯 그녀는 설핏 미소를 지은 채 가볍게 목례를 했다. 그의 심장이 그때부터 미친 듯이 뛰기 시작했다.

03

효영이 건네 온 인사에 윤승하는 저도 모르게 엉거주춤 자리에서 일어났다. 한순간에 벌어진 일이었다. 그는 어설피 고개를 숙였다. 다시 그녀를 보는데 효영의 눈이 조금 커졌다. 놀란빛이 서린 걸 보며 의아히 여기다가 뒤늦게 주변을 알아차렸다.

그가 일어나는 바람에 메이크업 아티스트와 스타일리스트가봉변을 당한 얼굴이었다. 윤승하는 다시 효영에게 시선을 돌렸다. 그녀의 가늘어진 눈에 희미하게 웃음기가 스쳤다.

자신을 바라보며 웃고 있는 그녀. 그 사실을 자각하자 스스로도 주체가 되지 않는 떨림이 가슴에 스며들었다.

그때부터였다.

윤승하가 정신없이 효영만을 눈에 담은 건.

제임스 김은 윤승하의 인내가 끊겼다고 오해하고 서둘러 상황을 정리했다. 그는 내켜하지 않는 메이크업 아티스트와 스타일리스트를 보내고 윤승하의 옆에 바싹 붙어 주변에 들리지 않는 작은 목소리로 속삭였다.

"너 갑자기 왜 그래? 좀 더 참아 보지 않고."

그럼에도 윤승하에게서 아무 대답이 들려오지 않았다. 그의 시선이 줄곧 효영에게 머물러 있었다. 심장이 금방이라도 가슴을 뚫고 나올 것처럼 뛰어 댔다.

그녀가 가까워지는 순간이 영원처럼 길게 느껴졌다. 숨조차 멈춘 채 그녀를 응시하는데 대본을 든 효영이 어느새 옆으로 다가왔다.

"안녕하세요, 윤승하 선수."

그녀가 정식으로 인사를 건넬 때 윤승하는 말문이 막혀 반응이 더디었다. 바로 옆에서 들리는 목소리에 정신을 차리기 힘들었다. 하지만 뭐든 대꾸해야 할 것 같아 억지로 입을 열었다.

"네, 음. 처음 뵙겠습니다."

어설프기 짝이 없는 인사였다. 그는 차마 효영의 눈을 바라보지 못하고 어깨 부근만 고집스럽게 응시했다. 막상 자신이 원하던 대로 그녀를 마주했지만 아무것도 하지 못하는 스스로가 무력했다. 자칫 불성실하게도 비칠 수 있는 태도였는데 그녀는 개의치 않아 했다.

"윤승하 선수가 방송 출연하시는 게 오늘 처음이라고 들었는데 제가 책임감이 느껴지네요. 하지만 크게 부담 가지지 않으셔도 돼요."

상냥한 말투와 간간이 섞인 웃음은 사람의 마음을 차분히 달래 주는 진정 효과가 있었다. 하지만 윤승하에게는 그게 반대라는 게 문제였다. 간신히 진정시키려던 마음이 제멋대로 날뛰어 댔다. 상대가 저와 눈도 마주치지 않는데 효영은 불쾌한 내색을 전혀 하지 않았다.

이윽고 윤승하는 천천히 시선을 움직여 그녀의 얼굴로 눈길을 보냈다. 밀접한 위치라고 할 수 없지만 그동안 그녀와 유지했던 거리에 익숙한 탓에 체감상 너무도 가깝게 느껴져 바로 눈앞에서 그녀를 보는 듯했다.

얼굴을 마주한 직후, 가슴속에 해일처럼 격정이 밀려들었다.

넋을 잃었다는 사전적인 의미를 이제야 비로소 실감했다. 이전까지 시선을 외면하던 것이 거짓말처럼 그녀에게서 눈을 떼지 않았다. 그것은 마치 그녀의 전신을 꿰뚫을 듯한 눈빛이었다. 숨 막히도록 집요한 시선에 효영이 당황한 건지 잠시 멈칫했다. 한순간, 표정이 굳었지만 곧 능숙하게 태연한 가면을 썼다.

뜨겁게 끓어올랐던 심장의 온도가 차츰 내려갔다. 미묘하게 가슴을 찔러 오던 위화감의 정체를 깨달았다. 그녀의 태도는 지극히 부드럽고 온화했다. 누가 그녀와 대화를 나눈다고 해도 기분이 좋을 만큼 예의가 발랐다.

그래서였다.

여러 날, 그녀를 관찰했던 윤승하는 이 미소와 온화한 태도가 지극히 업무적인 모습이라는 걸 눈치챘다. 일찍이 그가 그녀를 식물에 비유했을 정도로 일상에서 효영은 무심한 얼굴이었다. 일부러 웃지 않고 서늘하다 싶을 정도로 표정이 없었다.

효영이 친구와 함께였을 때 빛나던 모습에 감명을 받았기에 가짜 미소를 구분할 수 있었다. 분명 그녀는 자신에게 웃어 보였지만 업무에 의한 의무감이 대부분일 뿐, 진심은 아니었다. 부드럽지만 그녀는 선을 그어 놓은 채 순수하게 공적으로 대했다.

그녀에게 윤승하는 일로 만난 사람이었으니까. 그걸 인정하기 싫었지만 자신의 처지를 결코 잊을 수 없게 했다. 일과 관련된 주제 말고 다른 이야기를 나누고 싶었다. 그녀와 사적으로 연관되고 싶다는 강한 열망이 생겼다.

그 감정은 고스란히 눈에 드러났고 열띤 감정이 눈동자에 아른댔다. 효영은 그것을 모르는 척, 자연스럽게 시선을 내렸다.

"대답하기 어려운 질문은 커트하셔도 돼요. 사실은 진행자로서 이런 말을 하면 안 되지만요. 그래도 저희 프로그램 피디님 편집 기술이 좋은 편이니까 마음 놓으셔도 될 거예요."

윤승하는 마땅한 대답을 찾지 못하고 계속해서 그녀를 바라봤다. 이미 그녀가 시선을 치운 상태였지만 그의 눈은 올곧게 그녀에게 향해 있었다.

대본을 잠시 맞춰 본 후에 본 녹화가 시작되었다. 카메라 원숏을 받으며 효영은 멘트를 꺼냈다.

"안녕하세요, 시청자 여러분. 세상을 사는 평범한 이야기를 나누는 시간, PEOPLE입니다. 오늘은 특별하게 스튜디오에서 여러분들을 찾아뵙습니다. 오늘의 게스트가 궁금하시죠? 메이저리그에서 큰 활약을 펼치고 계시는 야구 선수, 윤승하 씨를 소개합니다."

윤승하는 무뚝뚝한 얼굴을 카메라로 향한 채 상체를 잠시 숙였다가 들었다.

"안녕하세요, 윤승하입니다."

일부러 표정을 지어내는 요령이 없는 윤승하는 조금 굳은 채 카메라에 그대로 노출되었다.

"윤승하 선수, 방송 출연이 처음이시라고 들었어요."

"네."

단답식의 대답에도 효영은 여유로운 태도를 유지했다.

"오늘은 윤승하 선수의 과거, 현재, 미래라는 주제로 대화를 나누어 보려고 합니다. 이야기를 나눌 준비 되셨나요?"

"네."

"그럼 이야기를 시작해 볼까요? 윤승하의 과거."

효영은 대본에 잠시 시선을 내렸다가 윤승하를 향해 고개를 돌렸다. 그녀가 눈길을 옮겼을 때 언제부터인지 모르게 윤승하는 이미 효영을 응시하고 있었다.

그 지독하게 한결같은 시선에도 효영은 흐름을 놓치지 않았다. 머릿속에 묘한 생각이 스치는 것과는 별개로.

"윤승하 선수에게서 야구를 결코 떼어 놓고 말할 수 없겠죠? 윤승하 선수는 어렸을 때도 한 손에 글러브를, 다른 한 손에는 야구공을 들고 있었을 것 같아요. 사실 어린 모습이 잘 상상이 가질 않는데 윤승하는 어떤 아이였나요?"

"말씀하신 대로예요. 학교에 갈 때도 한 손에는 야구공을 들고 다니는 야구광이었어요. 그것을 제외하면 남들과 다를 바

없었죠."

"야구를 몇 살부터 시작하신 거죠?"

"여섯 살에 친구 집에 놀러 가서 캐치볼을 하다가 재미를 느끼고 야구를 시작했습니다. 결국 그 친구도, 저도 야구 선수가 됐죠."

"그 친구가 혹시 안도훈 선수인가요?"

"네."

친구의 이름이 나오자 잠시 윤승하의 표정이 부드럽게 풀렸다. 두 사람이 얼마나 절친한 관계인지 단편적으로 드러났다. 곧 인터뷰가 재개되었다.

"사전 인터뷰에서 닮고 싶은 사람에 부친이라고 말씀해 주셨는데 특별한 이유가 있나요?"

"아버지는 어떤 상황에서도 신념이 흔들리지 않는 분이셨습니다. 일부러 제게 무언가를 가르치려고 하시지는 않으셨지만 보는 것만으로 어떻게 인생을 살아야 하는지 지표를 세우게 해 주셨어요. 비록 오래전에 돌아가셨지만 아버지께 배웠던 것들이 지금도 절 지탱해 주고 있다고 생각해요."

이야기는 무르익어, 과거 편에서 가장 논란의 여지가 있을 수 있는 고교 시절, 폭행 사건에 대한 주제가 나왔다.

"어쩌면 가장 어려운 이야기가 될 수도 있는데요. 당시에도 큰 화제가 되었던 내용입니다. 1학년 때 이미 주전으로 선발돼 고교 야구 대회에서 훌륭한 경기를 펼치고 청소년 대표팀에서 일본을 꺾고 우승하면서 많은 구단에서 윤승하 선수에게 비상한 관심을 보이는 상황에서 모교 야구부 내에서 불미스러운 사건이 벌어졌죠."

'구타'나 '폭행' 같은 직접적인 단어를 사용하지 않고 '불미스러운 사건'이라 우회적으로 표현했다. 윤승하는 그때 그 일을 떠올리며 표정을 굳혔다.

어깨 부상을 당하기 전에 안도훈은 윤승하와 같이 투수 지망생이었다. 겨우 열일곱 살에 150킬로미터대 직구를 쏟아 내는 윤승하처럼 압도적인 기량을 나타내진 않았지만 팀의 백업 투수로서 안도훈 역시 스카우터들이 눈여겨보는 준수한 실력을 가지고 있었다. 하지만 같은 진로를 가던 중에 안도훈의 꿈이 무너졌다.

원체 1학년부터 이미 실력을 입증받았던 윤승하와 2학년으로 진학하며 점차 팀의 중심적인 선수로 인정받기 시작한 안도훈의 그늘에 가려진 같은 포지션의 3학년들은 벼르고 있었다.

1학년 때부터 지랄 맞은 성격에, 압도적인 체격을 가진 데다가 운영회비를 모으는 데 중점적인 역할을 하는 윤승하는 선배들에게 치외 법권처럼 여겨졌다. 그를 건드릴 수 없던 선배들은 희생양을 선택했고 안도훈을 비롯한 여러 후배들을 교육시킨다는 명목으로 기합이라는 이름의 무차별 폭행을 자행했다. 감독과 코치진은 이 사실을 알았지만 묵과했다.

청소년 대표로 출전했던 윤승하가 팀으로 복귀했을 때 안도훈은 이미 어깨가 망가진 상태였다. 다시 공을 던지지 못한다

는 의사의 진단. 윤승하는 그 특유의 무뚝뚝한 표정으로 안도
훈을 살펴보고는 30분 만에 병실을 나섰다.

병실에서 나온 윤승하가 향한 곳은 합숙소였다. 야구 배트를
들고 합숙소에 쳐들어간 윤승하는 폭행에 연루된 선배들을 거
침없이 난타했다. 말리는 손에 몇 대 맞기도 했지만 차마 막을
수 있는 기세가 아니었다. 그리고 감독실로 뛰어 들어가 윽박
지르는 감독을 무시하고 감독실을 엉망으로 망가뜨렸다.

창문이 박살 나고 책상을 뒤엎고 캐비닛을 엎어뜨려 버렸다.
단순한 하극상이 아니었다. 청소년 대표로 나간 윤승하가 한일
전에서 호쾌한 승을 거두고 돌아와 모든 언론의 주목이 그에게
향한 시기였다.

분명 한일전을 승리를 이끈 영웅이었지만 사적인 면에서는
몹시 모범적이어서 기삿거리로는 재미가 없었다. 예쁘게 가꿔
진 화단을 짓밟고 싶은 욕망, 그리고 이것을 빌미로 제 이력을
더 빛내고 싶어 하는 언론이 있기 마련이었다. 언론에서는 온
갖 자극적인 단어로 윤승하를 패륜아로 몰아갔고 천재의 추락
이라 떠들어 댔다.

의지할 부모도 없는 고작 열여덟 살의 소년이 견디기에는 너
무도 무참한 상황이었다. 아무도 진실을 알아볼 생각을 하지
않고 인성의 결함으로 연결시켜 무턱대고 그를 비난했다. 물의
를 일으킨 그는 퇴학 조치를 당했고 야구 협회에서는 자극적인
언론에 휘둘려 그를 제명하는 것으로 의견을 기울였다.

"사건의 향방이 윤승하 선수에게 불리하게 흘러갔죠. 협회 측으로부터 제명을 통보받으며 학교에서는 퇴학 처분이 내려졌어요. 물론 후에 취소가 되긴 했지만 하마터면 야구를 그만두게 될지도 모르는 상황에서 두렵지 않았나요?"

"청소년 대표팀에서 돌아왔을 때 이미 선배들에 의한 폭행으로 친구가 어깨가 완전히 망가진 채 병원에 입원해 있는 상태였죠. 기합이라는 명목으로 폭행을 저지른 선배들도, 이를 묵인한 코치진들도 그로 인해 아무런 처벌도 없었습니다. 전 그 상황을 용납할 수 없었고 보복 행위를 할 때는 실질적으로 야구를 놓을 결심을 했습니다. 그를 원인으로 제가 받아야 할 처분에 대해서 억울하다고 생각하지는 않았습니다. 지금도 후회는 없습니다. 오히려 제게 올 피해가 두려워서 모르는 척했더라면 제 스스로에게 당당하지 못해 운동을 그만두었을 겁니다."

그 말을 하는 윤승하의 눈은 진심만이 가득했다. 효영은 그 올곧은 눈이 순수하게 여겨졌다.

"그 일을 해결하기 위해서 안도훈 선수가 많은 도움을 준 것으로 알려져 있어요."

그 말에 윤승하는 수긍하듯 고개를 끄덕였다. 마땅히 기댈 부모도 없던 윤승하는 고립되어 있었고 기득권들에 의해 짓밟힐 싹이었다. 운동을 그만둬야 하는 상황에서도 안도훈은 친구의 재능이 꺾일지도 모르는 상황을 안타까워했다.

소식을 듣고 안도훈이 그를 나무라며 해결 방안을 모색했다.

그가 움직인 건 그로부터 10일 후였다.

언론 쪽에서 일하고 있는 홍송이의 부친에게 도움을 받아 진실 규명에 나섰다. 다시는 공을 던지지 못하는 것을 인정하는 행동이었지만 친구의 재능이 진흙탕에 파묻히는 걸 용인할 수 없었다. 방법은 달랐지만 결국 두 사람이 서로를 위하는 마음은 같았다.

연습이나 경기 중에 일어난 사고가 아니라 관행처럼 자리 잡은 선배들의 폭행으로 인해 꿈을 접어야 하는 사례들이 등장하며 일방적으로 윤승하를 비난하던 여론이 주춤했다. 당시 안도훈은 꿈을 접어야 했기 때문에 두려울 게 없었다. 이번 사건의 직접적인 피해자인 그가 전면적으로 나서서 언론을 움직였고 언론은 선후배 간에 일어나는 폭행의 병폐에 대해 초점을 맞추었다.

이후 윤승하는 제명과 퇴학 조치가 취소되었지만 선례를 만들지 않기 위해 1년간의 출장 정지를 당했다. 한창 성장할 나이에 1년을 무의미하게 허비해야 하는 가혹한 처사였다.

윤승하는 팀과 한국 야구에 아무런 미련이 없었다. 그 즈음에 윤승하에게 미국 프로 구단 여러 곳에서 오퍼가 들어왔다. 그리고 세계적으로 유명한 에이전시에서 그에게 관심을 보였다.

당시 윤승하를 설득하려 제임스 김이 직접 미국에서 왔다. 그렇게 제임스 김과 연이 맺어져서 미국 프로 구단과 계약을 하고 떠났다.

그리고 안도훈은 재활 운동을 거치며 새로 부임한 감독에 의해 투수가 아닌 타자로서 야구 인생을 새롭게 열었다.

"그 친구가 없었다면 지금의 저도 없었을 겁니다."

현재에 대한 주제로 넘어가 현재 메이저 리그에서의 생활에 대한 이야기를 주고받았다. 윤승하는 비록 태도가 무뚝뚝했지만 대답은 제법 성실하게 하는 편이었다. 물론 단답식으로 말하는 때도 많아 흐름이 끊기기는 했지만 녹화는 순조로웠다.

"이번에는 아마도 많은 분들이 궁금해하실 윤승하 선수의 연애에 관해서 얘기를 나누어 볼까 해요."

"별로 이야기할 만한 게 없습니다."

"윤승하 선수는 운동에 집중하고 계시기로 유명하죠. 하지만 지금 한참 연애 적령기이기도 하고, 주변 동료들 중에서 이미 결혼하신 분들도 많지 않나요. 그런 모습들 보면 사람을 만나고 싶은 생각이 들 법도 해요. 특히 윤승하 선수는 외지에서 혼자 생활하시고 있어서 불쑥 외롭다는 생각이 들 때가 있을 것 같아요."

윤승하가 정색했지만 효영은 대본 내용을 숙지하며 멘트를 이어 나갔다.

"윤승하 선수를 이상형으로 지목하신 분들이 많아요. 최근에도 송가희 씨가 윤승하 선수에 호감을 표시했고요. 사실로 인정하신 적은 없지만 전부터 아름다운 분들과 제법 많이 루머에 휩싸이셨죠. 기분이 남다를 것 같은데 어떠세요?"

스캔들 얘기가 나오면서부터 윤승하는 표정이 굳었다. 그는 효영을 뚫어져라 주시한 채 해명을 하듯 말했다.

"제가 모르는 상대와 스캔들이 터지면 기가 막히죠. 저같이 심심한 사람을 데리고 그렇게 다양하게 기사를 쓸 수 있는지 놀라워요. 제 지인들이 '은둔형 외톨이'라고 부를 정도로 외출을 하지 않는 편이거든요. 연예인도 아닌 제가 스포츠 면이 아니라 연예 면에 실리는 걸 보면 신기하지만 사실이 아닌 일에 굳이 신경을 쓰려고 하지 않습니다. 이번 송, 음, 그 여배우분."

이름이 좀처럼 생각이 나지 않는지 눈을 찡그리며 중얼거리던 윤승하는 효영의 난처한 표정을 보고 의아히 물었다.

"아, 가수인가요?"

"배우 맞으세요."

"네, 그분과 관련된 기사에 대해서는 에이전트가 알려 줘서 알았습니다. 제가 TV 시청이나 인터넷을 잘 하지 않아 연예인들을 많이 모릅니다. 잘 알지 못하는 분과 스캔들이 나도 제 일 같지가 않아서 심각하게 생각해 본 적이 없어요."

그 말까지 마쳤을 때 효영은 애매한 표정으로 그를 보고 있었다. 윤승하는 자신이 무슨 실수를 한 건가 의심스러워 제임스 김이 있는 곳으로 눈을 돌렸는데, 그의 에이전트는 이미 오래전부터 머리를 양손으로 감싼 채 고개를 푹 숙이고 있었다. 머릿속에 뭔가 스치는 생각에 윤승하는 피디를 봤다. 피디 역시 웃어야 할지, 울어야 할지 모를 표정이었다.

대부분 립 서비스로 배우, 아이돌에 대한 언급이 나올 경우에는 아는 척을 하는 게 관례였다. 하지만 윤승하는 지나치게 솔직했다.

"제가 실수한 거죠? 이 부분 들어내 주세요."

그는 눈을 살짝 찡그리며 편집을 요구했다. 피디는 수락하듯 고개를 끄덕였다. 잠깐 중단되었던 인터뷰가 이어졌다. 스캔들 얘기로 아슬아슬했던 분위기는 곧 추슬러졌다. 효영은 아무 일도 없었던 듯, 차분하게 진행을 해 나갔다.

"윤승하 선수가 이번 아시안 게임에 나올지에 대해 의견이 상당히 분분했어요. 이미 미국에서 영주권을 갖고 계신 걸로 알고 있어요. 병역 면제를 위해 구단 측에서는 시민권을 취득하는 방향으로 제안을 했다는 얘기가 들리는데, 아시안 게임에 출전하게 된 결정적인 계기가 있으신가요?"

그녀의 질문처럼 사실, 윤승하에게 아시안 게임은 그리 메리트가 없었다. 윤승하는 전 세계 메이저리그 팬들이 주목하는 핫한 톱 스타플레이어였고 야구에 관심이 없는 일반인에게도 이름이 귀에 익은 선수였다.

열여덟에 뉴욕 양키스와 연봉 100만 달러로 4년 계약을 맺었던 윤승하는 계약 2년 차에 프론트와 계약 기간을 5년 더 연장했다.

구단은 그를 잡기 위해 1,000만 달러의 연봉은 물론 옵트 아웃 조항, 트레이드 거부권과 투구 이닝에 따른 보너스 항목을 새로 넣었다. 그나마도 병역 문제가 해결되지 않은 상황이라 깎인 금액이었다. 거기에 각종 스폰서비와 광고비를 추산하면 그의 몸값은 20배 가까이 뛴 셈이다.

재계약 당시 일부 언론에서는 스무 살, 미국 나이로는 고작 열여덟에 불과한 선수에게는 과한 금액이며, 메이저리그 최악의 '먹튀' 사례가 될 수 있다는 부정적인 시각을 나타내기도 했다.

하지만 2009, 2012 시즌에 메이저리그 전설의 투수 이름을 딴 사이 영Cy Young 상을 만장일치로 수상하며 검증이 아직 필요하다는 여론을 잠재웠다.

매해마다 다른 구단에서 파격적인 조건으로 윤승하를 드래프트하고자 하는 것으로 증명되고 있다. 그가 자유 계약으로 풀리는 해에 역대 최고 연봉을 갈아치울 거라는 전망이 나오고 있었다.

굳이 시민권 취득을 하지 않는다고 해도 윤승하는 35세까지 군 복무를 미룰 수 있는 조건을 갖췄다. 본인이 열의를 보인다면 상황이 다르겠지만 윤승하는 연봉을 올리는 데 연연하지 않았다.

그의 승선을 기대하기 어려운 상황에서 국내 야구팬들은 해외파 선수들이 대표팀에 참가하지 않을 경우 필패한다는 징크스 때문에 윤승하를 데려오라 성화였고, 한국 야구 위원회는 강한 압력을 받았다.

무엇으로도 움직일 수 없을 것 같은 윤승하가 이번 아시안게임 출전을 하게 된 이유는 안도훈이었다. 병역 문제는 팀에서의 입지나 연봉으로 직행했다. 윤승하는 이번 딜에 안도훈을 우격다짐으로 끼워 넣었다.

여러 구단에서는 제 팀의 군 미필 선수가 보다 많이 차출되기를 바랐고 안도훈은 치열한 포지션 경쟁을 치러야 했다. 그의 포지션인 2루수 자리에 대표팀 감독은 본인 구단의 선수 기용을 고려하고 있었고 안도훈은 선발에서 미끄러질 수도 있는 상황이었다.

안도훈이 대표팀에 차출되지 않는다면 팬들 사이에서 의견이 분분하거나 논란의 여지가 될 수도 있겠지만 아시안 게임 결과가 좋다면 충분히 무마될 일이다. 하지만 윤승하의 개입으로 안도훈은 대표팀 주전에 확실히 자리매김하게 됐다.

누가 봐도 이번 아시안 게임 출전은 친구를 위한 배려였다. 정작 당사자는 제 낯을 세우려는 시늉조차 하지 않았지만.

"다른 이유는 없습니다. 대한민국 선수로서 국가 대표 유니폼을 입는 것 이상 큰 기쁨은 없을 테니까요."

윤승하는 지극히 의례적인 대답을 돌렸다.

어느새 인터뷰를 마무리하는 시간이 왔다.

"윤승하 선수의 남은 목표나 미래 포부에 대해 말씀해 주세요."

"지금 유일한 욕심이라면 은퇴한 뒤에도 계속 야구를 하는 것. 그것뿐입니다."

"지금과 같은 열정이라면 충분히 계속해서 운동을 하실 수 있을 것 같아요. 어느덧, 끝날 시간이 되었네요. 윤승하 선수와 대화를 나눌 수 있어서 즐거웠습니다. 장시간 함께해 주셔서 감사합니다."

녹화를 마친 후 윤승하는 바로 자리에서 일어나지 않았다. 그는 효영에게 무슨 말이라도 걸고 싶어 다소 조바심을 느꼈다. 그러나 마땅한 주제가 떠오르지 않았다. 말주변이 없는 게 처음으로 아쉬웠다. 긴장을 풀기 위해 주먹을 쥐었다 펴기를 반복했다.

"윤승하 선수."

그때 환청처럼 효영의 목소리가 들렸다. 그는 눈을 번뜩 뜨고 효영을 봤다. 그녀의 목소리가 환청이 아니었던 듯, 그녀의 시선이 윤승하에게 닿아 있었다. 효영은 조금 곤란한 기색을 띠며 말을 꺼냈다.

"폐가 아니라면 사인 부탁드려도 될까요?"

예상치 못한 요구였다. 윤승하는 입매가 허물어지려고 해서 입을 단단히 다문 채 멋없이 무뚝뚝하게 고개만 끄덕였다. 효영은 미처 종이와 펜을 준비하지 못했는지 주변에 물어 구한 뒤 그에게 내밀었다.

그는 어느 때보다 공을 들여 사인을 했다. 그리고 막 효영의 이름을 쓰려고 하는데 그녀가 한 가지를 덧붙였다.

"이름은 효준, 은혜, 대섭, 창희, 가람, 은희 이렇게 써 주세요."

윤승하가 종이에서 고개를 들어 효영을 보는데 그의 시선을 다르게 생각했는지 여러 장 부탁해서 미안하다고 사과했다. 그는 그 사과에 더 분통 터지는 기분이었다. 낯을 굳힌 채 무심코 속내를 드러냈다.

"본인 이름이 아니네요."

무뚝뚝한 음성이었지만 듣기에 따라서는 심통이 난 것 같기도 했다. 물론 키가 190센티미터에 육박하는 남자에게 쓰기에는 지나치게 귀여운 단어였지만 그만큼 말에서 풍기는 뉘앙스가 미묘했다.

"제가 스포츠하고 연이 깊지 않아서요. 운동치거든요."

본인 흉을 보면서 이 상황에 대해 해명했다. 하지만 윤승하는 그 말에서 끝내지 않았다.

"직접 하는 것과 보는 건 다릅니다. 야구는 어려운 종목이 아니에요. 던지고 치고 달리는 스포츠라 굳이 복잡한 규칙을 외울 필요가 없고, 다른 구기 종목과는 다르게 시간 제약이 있는 게 아니라서 큰 점수 차가 나더라도 언제든지 역전할 수 있는 경기라 관전하는 재미를 느낄 수 있을 겁니다."

조금 놀란 표정을 짓던 효영이 입가에 희미한 미소를 머금었다. 그는 진심으로 제 일을 사랑하고 있는 것 같았다. 순수한 열정이 경탄스러울 정도였다.

야구를 좋아하지 않고, 선수에게도 긍정적이지 않은 감정을 가졌을까 봐 급히 야구의 좋은 점을 들어 설득하던 윤승하는 문득 제 말이 일방적이었다는 걸 깨달았다.

그녀가 어찌 생각할지 걱정돼 효영을 살피려고 시선을 돌렸는데 말갛게 웃고 있는 모습이 보였다. 기분이 나빠 보이지 않았다. 오히려 유쾌한 기색마저 비쳤다.

탁 숨이 막히는 것 같았다. 저를 경계 밖에 사람처럼 대하는 걸 알아차리고 상심했음에도 홀린 듯한 눈으로 그녀를 좇았다. 그녀의 표정, 손짓 어느 것에도 담담해지지 않았다. 제 심장이 제 것 같지 않아 생경한 기분이 들었다.

말간 웃음을 보고 있자니 어쩐지 귀가 화끈해지는 느낌이었다. 급히 귀를 잡는데 예상대로 열이 올라 뜨끈뜨끈했다.

자신의 이런 반응이 몹시 낯설다. 영 어색했지만 그래도 싫지만은 않아 그 모순된 감정에 숨이 가빠질 것 같았다.

긴장을 풀기 위해 호흡을 길게 가다듬었다. 한결 나아져 이제야 비로소 입을 뗄 수 있었다. 윤승하는 귀를 잡고 있던 손을 내리고 그녀를 향해 몸을 바로 했다. 아무 말이라도 꺼낼 생각이었다.

"윤승하 선수, 사인해 주세요!"

그런데 타인의 목소리가 그의 심기일전을 방해했다. 기회를 엿보고 있었는지 스태프들이 어느새 그의 주변으로 다가왔다. 너도나도 사인을 부탁하는 스태프들에게 둘러싸이게 됐다. 손은 펜을 잡고 사인지에서 움직였지만 시선은 초조하게 효영을 향했다.

그런데 이미 그녀는 윤승하에게서 고개를 돌린 채 다른 사람과 대화했다.

'이게 아닌데.'

그의 예상대로 굴러가는 일이 하나도 없었다. 윤승하는 사인을 하고 있는 와중에도 조급하게 그녀의 뒤를 눈으로 좇았다. 효영이 그에게 가볍게 눈인사를 한 후에 자리에서 일어났다.

멀어져 가는 그녀를 보고 금세라도 쫓아가고 싶은 마음을 누르며 사인을 무서운 속도로 해 갔지만 다 끝내기도 전에 그녀는 스튜디오를 벗어났다.

그는 맥이 탁 풀려 허탈한 표정을 지었다.

개불꽃Veronica didyma var, lilacina

나를 이겨 가지세요.

Digitalis

01

동료들에게 부탁받았던 사인지를 주고 퇴근 후에 동생을 만나 그에게도 사인 받은 종이를 주었다. 만나자고 전화할 때부터 동생의 목소리에는 흥분한 기색이 역력했다.

"정말 고마워, 누나."

사인과 제 이름이 적힌 종이를 받고 동생은 무척이나 신이나 보였다. 흡사 부모를 조르고 졸라 갖고 싶던 장난감을 기어이 받아 낸 어린아이 같았다. 저렇게까지 좋아할 줄 몰라서 조금은 놀란 눈으로 그를 보던 효영은 문득 이 사인의 주인이 떠올랐다.

그녀의 나이쯤 되면 남자들이 보내오는 신호가 읽혔다. 굳이 입으로 그것에 대해 밝히지 않아도 말의 뉘앙스나 눈빛에서 그런 신호를 읽을 수 있었다. 자신을 연애의 대상으로 본다거나 혹은 그보다 더 노골적인 유혹까지도.

불쾌하게 훑어 내리지 않지만 고정되었던 올곧은 눈길이 새삼 기억났다. 그리고 눈동자 속에 비치던 뜨거운 열기 역시.

시선을 마주한 순간, 느낌이 왔다. 이 사람이 내게 이성적인 관심을 갖고 있구나, 하고. 곤혹스러운 마음이 들 정도로 노골적인 시선이었다.

능숙하게 감정을 감추는 소질이 없어 보였다.

신호를 보내오는 남자들은 정해진 룰처럼 더 관계를 발전하기 위한 어떤 제스처를 내보인다. 그럴 때면 미리 짐작하고 있던 효영은 불편해지지 않을 타이밍에 능숙하게 그것을 끊었다.

그녀는 이번에도 그럴 준비를 끝냈다.

그런데 윤승하는 여타 남자들과 조금 달랐다. 그녀가 겪었던 어떤 남자들보다 더 솔직하게, 숨김없이 감정을 드러내면서도 다음 제스처를 보이지 않았다.

'착각이었나?'

이제 와서는 그런 생각도 들었다. 스물여섯, 그 나이가 되도록 그렇게 서툰 사람은 보지 못했다. 윤승하는 세련된 태도와는 거리가 멀었다. 하지만 그만큼 순수했다.

연애를 파워 게임이라고 생각하는 남자들은 순수하게 감정을 드러내는 짓을 하지 않았다. 관계에서 우위를 점령하고 싶어 했고 감정보다 이성을 앞세웠다.

그런 것에 꽤 염증이 나 있던 효영에게 윤승하는 신선하게 느껴졌다. 무뚝뚝한 인상에, 덩치는 그렇게 큰 남자가 확실히 자신보다 어리다는 걸 새삼 실감할 수 있었다고 해야 할지.

처음 봤을 때 그녀가 인사를 건네자 메이크업을 받고 있던 것도 잊고 엉거주춤 자리에서 일어나 고개를 꾸벅이던 모습이 머릿속을 스쳤다.

어수룩한 모습이 생각이 나 저도 모르게 웃음이 나왔다.

윤승하는 이른 아침, 아파트 단지를 서성거리고 있었다. 이미 운동을 마치고 난 뒤 누군가를 기다리고 있는 것이다. 오른발, 왼발 체중을 번갈아 실으며 시간을 보내고 있었다. 그는 이전에 나누었던 안도훈과의 대화를 떠올렸다.

그는 오랫동안 고민한 것 같은 얼굴로 윤승하에게 말을 붙였다. 어딘지 모르게 조심스러워 보였다.

'너, 전효영 아나운서 때문에 방송 출연한 거야?'

제 친구가 속사정을 어떻게 알았을까 싶어서 뜨끔했다. 하지만 굳이 숨길 이유가 없기 때문에 솔직하게 대답했다.

'그래. 홍송이한테는 말하지 마.'

그 말을 듣고 안도훈의 표정이 어색하게 변했다. 그게 무슨 의미일까 살펴보는데 친구는 뭔가를 말하려고 입을 달싹이다 말았다. 잠시 입을 다물었다가 질문을 계속했다.

'그 사람이 좋아?'

좋다는 단어는 윤승하도 제법 많이 사용했다. 야구가 좋다, 컨디션이 좋다, 구위球威가 좋다 등. 몹시 담백하게 내뱉던 말이었는데 그 대상이 효영이 되자 뱃속이 뜨거워지며 입안이 바싹 말랐다.

'자꾸 관심이 가고 눈으로 좇게 돼.'

상대가 안도훈이 아니었다면 섣부르게 내뱉을 수 없는 속내였다. 그의 대답을 듣더니 안도훈이 깊이 숨을 들이켰다. 그는 감정이 복잡하게 얽힌 눈으로 윤승하를 바라보다가 한숨을 흘렸다.

'그래서 그 사람하고 어쩌고 싶은데?'

'뭘 어쩌자는 생각은 해 본 적이 없고, 그냥 더 알고 싶고 그 여자의 일상에 들어가고 싶어.'

그 대답에 안도훈은 이마를 짚었다. 질끈 눈을 감고 한참 말을 잇지 못했다. 그는 조금 전보다 거칠게 한숨을 푹푹 쉬어댔다.

'그 사람은 너 이런 거 알아?'

'제대로 대화를 나눠 본 적 없어.'

그 대꾸에 안도훈은 두통을 앓는 것 같은 표정을 지었지만 제법 단호하게 생각을 밝혔다.

'접점이 없으면 직접 만들고 더 자주 만나야지.'

자주는 만나고 있다. 윤승하 혼자뿐이었지만.

그가 아무 말도 하지 않자 안도훈은 그의 태도가 미지근하다고 생각했는지 더 강하게 밀어붙였다.

'일단 부딪쳐 봐.'

뒤에 '깨지든, 박살 나든'이라는 불필요한 말이 덧붙은 것 같기도 했지만 윤승하의 초점은 '부딪쳐 보라'에 맞춰졌다. 백날 혼자 관찰하는 걸로는 방송 출연하기 전과 달라질 게 없었다.

그래서 그녀와 억지로라도 얼굴을 익히기 위해 이렇게 기다리고 있는 것이다.

그녀가 나오길 기다렸다.

얼마 후 기다리던 모습이 입구에서 나타났다. 윤승하는 건조해진 입술을 달싹이고는 조경으로 꾸며진 나무를 벽 삼아 몸을 가렸다. 잠깐 얼굴을 보기 위해 걸음을 지체한 적은 있지만 직접 부딪치기 위해 이렇게 마음의 준비를 하고 기다린 적은 맹세코 처음이었다.

효영은 한결같은 속도로 걸었고, 이제는 그녀보다 더 잘 알 것 같은 템포에 그는 속으로 숫자를 세었다. 그리고 그녀가 충분히 가까워졌을 것이라고 가늠을 한 후에 걸음을 내딛었다.

멈칫, 그녀의 몸이 뒤로 물러났다. 효영은 갑자기 사람이 나타나자 놀랐는지 숨이 흐트러졌다.

그녀가 고개를 들어 뒤늦게 윤승하의 얼굴을 확인하고 눈을 깜박거렸다. 효영의 얼굴 위로 미미한 표정 변화가 일어났다. 그를 발견한 즉시, 희미하게 굳어졌다가 짧은 시간 생각에 잠긴 듯 멍해졌고 이제는 예의 바른 가면을 썼다.

"안녕하세요."

의례적으로 던져진 인사에 윤승하는 고개를 꾸벅였다. 그녀를 기다렸던 사람치고는 너무도 무뚝뚝한 태도였다. 서투름의 반증이었다. 계획은 했지만 그것을 실행할 수 있는 경험과 능력이 부족했다.

"이 아파트에 머무시나 봐요."

"친구 집에서 잠시."

'전화번호 교환을 청하면 일반적으로는 예의상이라도 알려 주니까 일단 물어봐.'라고 조언했던 안도훈의 말이 떠올랐지만 그녀를 마주 보니 입이 떨어지지 않았다.

"사인 감사했어요. 그날 인사드렸어야 했는데 여의치가 않아서 인사가 늦었네요. 죄송합니다."

"네."

긴장 때문에 대답이 또 짧아졌다. 그의 머릿속은 오로지 '전화번호'라는 글자로 가득했다. 그 말이 빙글빙글 돌아 멀미가 날 지경이었다. 윤승하는 주먹을 쥐었다 펴며 긴장을 늦추려고 했다. 느리게 눈을 깜박이고 나서 그녀를 봤다. 시선을 마주하는 시간이 점점 길어졌고 그에 비례해 침묵 역시 길어졌다.

"전화……."

"네?"

무심코 중얼거렸던 윤승하는 미처 끝까지 말을 잇지 못하고 입을 다물었다. 의아히 묻는 효영에 마치 화가 난 것처럼 굳어진 얼굴로 고개를 저었다. 손바닥에 땀이 났지만 차마 옷에 문질러 닦을 수 없었다.

시간이 정지한 것처럼 한동안 아무 말도 하지 못했다. 그를 바라보는 효영의 시선에 점점 더 의아함이 번져 갔다. 눈을 마주하고 있는 시간이 길어질수록 날뛰는 심장은 아예 목구멍으로 튀어나올 것만 같았다.

결국 그는 꾸벅, 고개를 숙이고 몸을 돌려 달려갔다. 영문도 모른 채 그녀 혼자 남겨졌다. 윤승하는 등이 흠뻑 젖은 기분을 느꼈다.

망했다.

한참을 보기만 하다가 갑작스럽게 무뚝뚝한 인사를 남기고 등을 돌리고 가 버리는 윤승하를 보며 효영은 조금 황당했다. 급작스러운 전개에 다른 의미에서 따라가기 벅찼다. 그녀는 윤승하가 옆 동으로 들어가는 모습을 봤다.

저 사람은 뭘까. 눈으로 제 감정을 고스란히 드러내면서 정작 행동은 정반대였다. 만일 눈치가 둔했다면 자신을 싫어하는 것이라 생각될 만큼 무뚝뚝했다.

아니, 살짝 무례하기까지 했다. 말도 없이 상대방을 노려보질 않나, 대화하던 중간에 가타부타 말없이 고개만 꾸벅이고 저렇게 훌쩍 떠나지를 않나.

녹화를 하고 3일 만에 처음 보았다.

그녀의 앞에 나타났을 때 왜 그가 이곳에 있을까 싶어서 잠시나마 의혹이 생겼지만 희미하게 맡아지는 땀 냄새에 운동을 하던 중임을 알아차렸다.

하필 같은 아파트에 묵고 있다니 기이한 우연이라고 생각했다.

그녀를 보게 됐을 때 놀라운 기색이 비치지 않은 게 극적으로 감정 표현을 하지 않는 사람이어선지, 아니면 미리 알고 있어서인지는 모르겠지만 의도된 만남이 아니라는 것은 확실했다.

그리고 그의 행동을 보아 내내 이런 식일 것 같아 경계심이 내려갔다. 무뚝뚝하고 서투른 행동, 능숙하지 못한 대화, 이런 것들이 그녀에게 부담을 덜어 주었다. 하지만 당혹스럽고 어처구니가 없는 것 또한 사실이다.

'뭐지?'

도망치듯 떠나던 모습이 다시금 떠올랐지만 곧 머릿속에서 털어 냈다.

안도훈은 윤승하가 투구 연습하는 모습을 지켜봤다. 유달리 한 구, 한 구에 평소보다 더 힘이 들어간 것 같은 기분이 비단 그의 착각만은 아닌 것 같았다.

훈련에 집중하고 있지만 잠시 휴식을 취할 때에는 다른 생각에 잠긴 얼굴이다.

"승하야."

지금만 해도 그를 세 번째 부르고 있는데 알아차리지 못했다. 무표정한 얼굴 위로 이따금 희미한 감정이 떠오르긴 했는데 결코 긍정적인 분위기는 아니었다. 안도훈은 그의 고민을 짐작할 수 있었다.

Blooming

그는 부르기를 멈추고 윤승하의 옆에 털썩 앉았다. 이 연애 초심자가 순탄하지는 않을 거라는 걸 알지만 막상 이런 모습을 보니 속이 쓰렸다. 그렇다고 효영을 찾아가서 내 친구가 뭐가 부족하냐고 따져 물을 수는 없는 노릇이었다.

가장 큰 문제라면 윤승하는 아직도 제 마음을 전하지 않았다. 이런 상황에서 제 생각대로 저지르면 효영은 그야말로 봉변을 당하는 셈이다.

안도훈은 이 시기에 생전 처음 여자에게 반한 친구를 어떻게 해야 할지 감이 잡히지 않았다. 가능하면 친구가 다치지 않는 방향으로 해결이 나길 바랐다.

"언제 왔어?"

윤승하는 뒤늦게 안도훈의 존재를 알아차리고 눈썹을 치켜세웠다. 눈치채지 못하고 있다는 걸 알았지만 이렇게 확인을 받으니 기분이 묘해졌다. 안도훈은 혀를 내둘렀다.

"무슨 생각을 했기에 사람이 오는지 가는지도 몰라."

"별로."

그는 아무 일도 없는 척했다. 하지만 안도훈은 곧이곧대로 듣지 않았다. 그의 연애 전선이 순조롭지 않다는 건 가만히 지켜봐도 알 수 있었다.

"잘 안 돼?"

곧 아시안 게임이 시작되는데 윤승하는 머릿속이 다망한 상태였다. 마음을 표현하기는커녕, 거리를 좁히는 것부터 난항을 겪었다.

안도훈이 안타깝게 묻자 윤승하는 표정을 굳히며 입을 다물었다.

"여전히 인사만 나누는 거냐?"

안도훈은 효영이 아파트 주민이라는 것과 윤승하가 아침저녁으로 그녀와 부딪치는 것을 알게 됐다.

윤승하는 이제 겨우 그녀와 오며 가며 인사를 하는, 말 그대로 '아는 사이'였다. 인사를 하는 김에 '언제 한번 식사라도 해요.'라는 식으로 요령 있게 데이트 신청이라도 하면 좋을 텐데 윤승하는 그렇게 발전된 생각을 하지 못했다. 비록 생각은 했더라도 입으로 내지 못했다.

"차 한잔 마시자는 말이 어려우면 근처 편의점에서 음료수나 마시지 않겠냐고 물어보지그래?"

"쉽지 않아."

안도훈의 훈수를 듣고 있던 윤승하가 입을 열었다. 그는 흔한 웃음기 하나 달지 않은 채 진지하게 말했다.

"가볍게 느껴지지가 않아. 그래서 쉽게 아무 말이나 꺼낼 수가 없어. 나에 비하면 너무 약하고 여리니까 조심스러워서 어떻게 대해야 할지 모르겠더라. 그 사람이 무척 어려워."

이미 짐작하고 있었지만 그의 말을 들으니 그녀에 대해서 얼마나 진지하게 생각하고 있는지 다시 한 번 실감했다. 진심인 상대에게는 말 한 마디도 섣불리 꺼낼 수가 없다.

감정 자체로도 충분히 무겁고 어려운데, 그 상대는 소중하면서도 동시에 가장 무서운 존재가 되어 버린다.

Blooming

어떤 조언도 들리지 않을 것이다.

애당초 계획했던 대로 실천할 수 있는 이성이 유지되었다면 이렇게 골머리를 앓을 이유가 없을 테니. 물론 옆에서 조언할 수 있지만 결국 본인이 스스로 해내야 할 일이다.

안도훈은 그저 제 친구가 드디어 용기를 냈을 때 눈앞에서 마음을 찢어 버릴 정도로 효영이 잔인하지 않기만을 바랐다.

효영은 의외로 부딪칠 수 있던 순간이 많았다는 걸 깨달았다. 그가 운동하는 시간이 그녀의 출퇴근 시간과 얼추 맞았다. 오늘도 퇴근해서 돌아오는 길에 멀리서 달려오던 윤승하와 또 마주쳤다.

그가 운동 시간대를 일부러 그녀에게 맞추었나 하는 의심은 하지 않았다. 평소 그 시간대에 규칙적으로 운동하던 사람이 어렴풋이 기억에 남아 있었기 때문이다. 기억을 보다 구체화하자 체격이 컸고 남자였던 것도 같았다. 주의 깊게 본 적이 없어서 확신할 수는 없지만 얼추 윤승하의 체형과 닮은 듯했다.

어쩌면 윤승하는 그녀가 짐작하는 것보다 더 일찍 그녀와 한 동네에 살고 있다는 걸 알아차리고 있었는지도 모른다. 하지만 그게 언제부터였는지 물어볼 생각이 없었고, 굳이 물을 정도로 궁금하지 않았다.

어떻게 그동안 저 체격을 눈치채지 못했을까 싶을 정도로 신체 조건이 월등하게 도드라졌다. 직업상의 이유로 키가 큰 사람도, 심지어는 외양이 뛰어난 사람도 많이 봤지만 윤승하는 큰 키와 더불어 압도적인 체형이 갖춰져서 눈길을 끌었다.

"운동 열심이시네요."

어느새 마주치며 인사를 나누는 정도로 발전했다.

"네."

긴장하면 나오는 저 단답형 대답은 여전했지만 말이다. 그의 초조함이 그녀에게까지 전염된 건지 모르지만 그가 도대체 언제 말을 꺼낼까 궁금하기까지 했다. 언제 터져도 터질 것처럼 아슬아슬했다.

그는 매번 하려는 말을 삼켰다. 그런데도 효영은 그가 무슨 말을 하고 싶은지 짐작이 갔다. 본인은 의식하지 못하고 있지만 줄줄 새어 나온다는 표현이 어울릴 정도로 감정을 겉으로 흘리고 있었다.

전전긍긍하는 모습이 신선해서 꽤 귀엽게 느껴졌다. 나이에 어울리지 않게 능숙하게 유혹하는 남자들을 보다가 그를 보니 딱 연하다웠다.

겉으로는 그녀를 싫어하나 싶을 정도로 무뚝뚝했다. 그런데 흔들림 없이 마주해 오는 눈길은 더 많은 것을 말해 주고 있었다.

그와 시선을 마주하지 않으면 깨닫지 못할 감정들이 눈동자에 그대로 비쳤다. 눈이 마음의 창이라는 비유는 바로 저런 것을 뜻한다는 걸 실감할 만큼. 하지만 효영은 알아차렸다는 표시를 한 적이 없었다.

그녀는 다른 사람에게 하듯 기본적인 예의는 차렸지만 더 다

Blooming

가올 틈은 주지 않았다. 애당초 거절할 생각인데 가까워져서 그 말을 할 때 불편해지길 바라지 않았다. 손익 계산을 마치고 이 정도 단계에서 물러서는 남자들은 제법 되었다. 결과가 빤한 일에 매달려 괜히 자존심을 다치고 싶은 마음이 없어서이다.

그녀가 은연중에 내비치는 거절을 깨닫지 못하고 적극적인 제스처로 나아가는 남자들도 있었다.

효영은 그 경우 상대의 기분이 상하지 않는 정도에서 보다 직접적인 거절을 한다. 그 단계에서 대부분의 남자들이 단념했다. 반대로 엄한 승부욕을 보이며 끈질기게 다가오는 사람도 있지만 그쯤 되면 그건 더 이상 이성에 대한 호의가 아니라 정복해야 하는 게임으로 감정이 변질되어 버려서이다.

하지만 윤승하는 이 중 어디에도 속하지 않았다. 그렇다고 짝사랑이라는 감정에 취해서 거기에서 만족을 느끼는 타입으로 보이지도 않았다.

어떻게 하고 싶은 건지 도무지 알 수 없었다. 명확한 태도를 취하지 않으니 완전히 무시하기도 용이하지 않았다. 하지만 이 상황을 끝내자고 고백을 받기 전에 그녀가 먼저 거절하는 건 너무 웃기는 행동이지 않나.

"그럼 수고하세요."

짧은 대화를 끝내는 말을 건네자 윤승하는 고개만 꾸벅했다. 얼굴에 미묘하게 아쉬운 기색이 스쳤는데도 그에 대해 어떤 말도 하지 않는다. 다만 오늘도 꺼내지 못한 말을 목구멍으로 삼키는지 입술만을 달싹거렸다.

아쉬움과 열망이 섞여 눈동자 색이 더 짙어졌다.

실례되는 생각이지만 그 눈을 보니 어릴 적에 키웠던 강아지가 떠올랐다. 키우던 애완견이 몰티즈였던 반면, 윤승하는 도베르만에 가까운 이미지라 완전히 종 자체가 달랐지만 윤승하를 보고 있자니 주인에 대한 애정으로 가득했던 그 까만 눈동자가 새삼스레 기억났다.

그래서일까. 저렇게 덩치가 큰 남자인데도 귀엽게 보이는 것이다.

여기서 상상이 더 진행되면 시무룩하게 처진 귀를 환영으로 볼 것 같아서 시선을 내렸다. 다른 남자들보다 머리 하나 내지 반 정도가 더 큰 남자에게 강아지 귀라니 상상만으로 웃음이 나올 것 같았지만 꾹 삼킨 채 돌아섰다.

곤란했다.

공연히 그에게 기대를 주고 싶은 생각이 없지만 이런 식으로 이따금 웃음을 참기 어려워지게 할 때가 있다.

방송국 세트장에서의 촬영이었다. 송가희는 틈틈이 메이크업을 고치며 대본을 읽었다. 전날, 늦게까지 술자리를 갖는 바람에 대본을 미처 읽어 보지 못하고 왔다. 촬영장으로 오는 동안에는 차 안에서 잠을 잤다.

같은 장면에서 벌써 스무 번째 NG가 나자 내내 좋은 얼굴로 웃고 있던 감독의 표정이 굳었다. 하지만 송가희에게 쓴소리를 하지 못하고 대신 조연출에게 화풀이를 했다.

"오늘따라 왜 이렇게 대사가 안 외워지지?"

송가희는 몇 번이나 막힌 대사를 읽으며 작게 투덜거렸다. 일부에서 연기력을 도마 위에 올려 두고 두들겨 댔지만 송가희는 변함이 없었다. 광고주들은 그녀의 연기력보다 스타성을 높게 평가했다.

이번 드라마는 방영 전부터 송가희 외에도 톱스타급 배우들이 대거 출연해 한국의 '오션스 일레븐'이라고 시작 전부터 많은 관심을 받았다. 스케일이 큰 한국형 첩보물로 하반기 최고기대작이었다.

여기에서 송가희가 맡은 역할은 팜 파탈 같은 북한 공작원이었다. 연기력은 차치하고 이번에도 제 몸에 꼭 맞는 배역을 맡았다는 평이다.

송가희는 애를 먹던 신을 그로부터 다섯 번의 NG 끝에 가까스로 오케이를 받았다.

촬영을 마치고 매니저와 함께 돌아가던 길에 우연찮게 엘리베이터에서 효영과 마주치게 됐다. 이미 효영이 타고 있던 엘리베이터에 오른 송가희는 그녀와 눈이 마주치자 눈을 가늘게 떴다. 효영 역시 송가희와 부딪치게 될 줄 몰랐는지 아주 잠시 놀라는 듯하더니 곧 표정을 굳혔다.

"오랜만에 보네요."

먼저 인사를 건넨 건 송가희였다. 효영은 그녀가 굳이 알은체를 해 오는 것에 눈썹을 살짝 찡그렸지만 곧 태연하게 대꾸했다.

"그러게요."

빈말이라도 반갑다는 소리가 나가지 않았다. 송가희 역시 그 것을 원하지는 않았는지 담백한 대답에 그냥 어깨를 으쓱이며 신경 쓰지 않는다는 얼굴을 했다. 그녀는 오히려 만난 김에 잘 되었다는 듯이 금세 다른 주제를 꺼냈다.

"요즘 방송가에 나를 두고 이상한 말이 오가는 것 같던데 혹 시 아는 것 없어요?"

"일부러 다른 사람 소문에 관심을 가져 본 적이 없어서 구체 적으로 이상한 말이라는 게 뭔지 모르겠네요."

"난 소문의 근원지가 효영 씨라고 생각했는데, 오해인가요?"

"내가 송가희 씨 얘기를 할 이유가 있나요?"

효영이 직시해 오자 송가희는 입술을 샐쭉하게 다물었다.

"가희야."

옆에서 매니저가 그녀를 달렸지만 송가희는 거기에서 멈추 지 않았다.

"효영 씨 나한테 유감이 많잖아요."

"왜 그렇게 생각하죠?"

효영은 차분하고 단정한 말투로 내내 송가희를 상대했지만 다른 사람을 대할 때와는 달리 날카로운 가시가 곳곳에 박혀 있었다.

"송가희 씨가 내게 떳떳하지 못할 이유가 있나 보죠?"

"모르는 척하기는."

"난 굳이 싫은 사람 생각하고 곱씹으며 쓸데없이 칼로리 연소하는 취미는 없는데 송가희 씨는 다른 모양이군요."

"됐어요, 그렇다 치죠. 그런데 요즘은 멘트 통으로 날려 먹거나 하는 일은 없나 봐요? 아직까지도 프로그램 하차 소식이 없는 거 보면요. 예전에 유명했잖아요. 연예 정보 프로그램에서."

노골적인 시비에 효영은 피식 웃으며 응수했다.

"같은 실수를 반복하지 않으려고 노력하는 편이라서요. 그런데 송가희 씨는 대사를 국어책처럼 읽는 게 여전한가 보던데요? 그렇게 매번 연기력 논란을 얻기도 쉽지 않던데, 이번에 시작하는 드라마에서는 부디 연기력이 학예회 수준보다는 나아졌기를 바라요."

"야!"

"송가희, 여기 방송국이야."

되로 주고 말로 받은 송가희가 기어이 분통을 터뜨리자 매니저가 서둘러 그녀를 말렸다. 금방이라도 멱살잡이를 하겠다고 달려들 것 같은 송가희를 보면서도 효영은 여유롭게 미소만 지었다.

한 점 흔들림 없는 그녀를 보며 송가희는 짙은 패배감을 느꼈다. 한마디도 지지 않아서 사람 복장을 뒤집어 놓은 효영을 손톱으로 그어 버리기라도 하면 속이 풀릴 것 같은데 매니저의 말마따나 방송국에, 사람들 시선도 많아서 구설수에 오를 수 있었다.

분이 삭혀지지 않아서 씩씩거리면서 효영을 노려보기만 했다. 1층에 도착하자 송가희는 애써 표정 관리를 하며 엘리베이터에서 내렸다. 그녀는 미처 등 뒤에서 효영이 싸늘한 시선으로 자신을 응시하고 있다는 사실을 알아차리지 못했다.

"어우, 재수 없는 년."

밴에 올라서 송가희는 짜증을 참지 못하고 기어이 목 베개를 바닥에 집어 던졌다. 하이힐로 베개를 잘근잘근 밟는데도 좀처럼 분이 풀리지 않았다.

"그러게 왜 시작을 해."

"내가 뭐! 뭐 어쨌다고!"

데뷔 때부터 송가희를 맡아 온 매니저는 그녀의 성격에 익숙한 상태였다. 애처럼 고집을 부리는 모습에 나직이 한숨을 내쉬었다. 그녀의 매니저인 이상, 송가희의 편을 들어 주는 게 맞지만 두 사람 사이의 사정을 모두 알고 있는 그로서는 쉽게 제 배우의 편을 들기 어려웠다.

더 얘기를 해 봤자 좋은 소리 나올 일이 없기 때문에 매니저는 화제를 다른 데로 돌리기로 했다.

"그나저나 너 진짜 오늘 할 거야?"

"응."

기분파답게 송가희는 방금 전까지 일을 잊고 금세 표정을 푼 후 고개를 끄덕였다.

"그쪽에서 클레임 걸면 어쩌려고 그래? 그쪽에서 이미 제안 거절했잖아."

"괜찮아. 원체 그러거나 말거나 하는 편이잖아. 일부러 크게 키울 필요도 없고 화제만 잠깐 되면 오케이지. 그리고 직접 날

보면 생각이 바뀔걸?"

오늘 계획을 떠올리며 송가희는 꿈에 젖은 표정을 지었다.

"나 좋다고 막 쫓아다니는 거 아냐? 그럼 완전 피곤한데."

김칫국부터 마시는 제 배우를 보며 매니저는 못 말리겠다는 듯이 고개를 설레설레 흔들었다.

윤승하는 평소처럼 저녁 운동을 하기 위해 아파트를 나섰다. 그가 조깅하는 코스는 항상 일정했다. 아파트에서 나오면 산책로가 있는데 그 길을 쭉 따라 달리다가 반대편 대로를 건너서 다시 왔던 방향으로 되돌아 달렸다.

산책로에는 가볍게 운동하러 나오는 사람들도 몇 있었다. 이따금 그를 알아보는 사람이 있으면 잠시 가볍게만 인사하는 정도였다. 다소 극성맞은 사람도 있지만, 대부분 그의 운동 시간을 방해하지 않고 매너 있게 인사하는 것에 그쳤다.

산책로에서 인도로 좁혀 들어오는 곳은 비교적 사람이 많이 드나들지 않았다. 대부분 반대편 큰 길을 많이 이용하는 편이었다. 하지만 한국에 온 이후, 그는 꽤 만족스럽게 운동을 하고 있었다.

"윤승하 선수 맞으세요?"

어둑어둑해지는 시간에 어울리지 않게 선글라스를 낀 여자 하나가 그에게 말을 걸어왔다. 윤승하는 잠시 걸음을 멈추고 그녀를 봤다. 그에게 알은척을 하는 팬에 익숙한 편이라 그는 가볍게 고개를 끄덕였다.

"만나서 정말 반가워요."

여자는 선글라스를 벗고 사르르 미소를 지었다.

"평소 윤승하 선수 팬이었어요."

"감사합니다."

"사진 같이 찍을 수 있을까요?"

기본적으로 윤승하는 팬 서비스가 좋은 편이었고 팬들의 요청을 대부분 다 들어주는 편이지만 그에게도 정해 놓은 룰이 있었다. 그것은 에이전트 측의 방침이기도 했는데 여자 팬과 단둘이 접촉하지 말 것. 그것은 가장 기본이 되는 규칙이었다.

"죄송하지만 지금 운동 중이라서 사진은 곤란합니다. 다음에 기회가 되면 같이 찍죠."

윤승하는 팬이 기분 나쁘지 않게끔 거절했다.

"어머 그래도⋯⋯."

여자는 뭔가 아쉬운 듯이 말을 더 붙이려고 했지만 윤승하는 인사를 건넨 뒤 다시 달리기 시작했다. 방금 봤던 여자는 금세 잊혔다.

얼마 안 가 아파트 단지 입구에서 퇴근해서 돌아오는 효영과 마주친 것이다. 내내 규칙적인 속도를 유지하던 심장 박동이 일순 빨라졌다.

"이제 오세요?"

반가운 마음을 감추려 고저 없이 무뚝뚝한 음성으로 말을 붙였다. 먼저 인사를 하기까지 시간이 걸렸다.

"정말 매일 열심히 하시네요."

Blooming

"이게 직업이니까."

그녀의 감탄에 머쓱했는지 무심코 뒷머리를 만지며 흘리듯이 대답했다.

"그래도 하기 쉽지 않죠. 저는 숨쉬기 운동을 하는 게 전부거든요."

입구로 들어오며 어느새 윤승하는 효영의 걸음 속도에 맞춰 걸었다. 그 사실을 인식하지 못하기는 효영 역시 마찬가지였다. 나란히 걷는 것에 이상함을 느끼지 못했다.

"일주일에 두세 번이라도 규칙적으로 운동하는 게 건강에 좋습니다."

"그건 알지만 좀처럼 실천에 옮기기 어렵네요."

"근처에 짐Gym, 아니, 헬스장 많든데 다녀 보는 것도 괜찮을 것 같은데."

"등록만 하고 한두 번 다니다가 말 것 같아요."

"조금이라도 근육이 붙어 있는 편이 나중에도 나을 거예요."

효영은 물끄러미 그를 보다가 빙긋 웃었다.

"그런데 말씀 잘하시네요."

효영의 말에 윤승하는 멈칫하고 그녀를 봤다. 그녀는 시선을 마주치고 부드럽게 속삭였다.

"확실히 운동 관련되면 즐거워 보여요."

"제가 쓸데없는 참견을 해서."

윤승하는 순간 당황한 나머지 사과하려고 하는데 효영이 고개를 저었다. 그녀는 사과할 일이 아니라고 말하고는 농담을 섞었다.

"확실히 선수 눈에는 게을러서 지방만 갖고 있는 게 한심해 보일 수도 있겠네요. 근육, 근육 강조하시는 걸 보면 전부터 언제고 얘기해야지, 하고 마음에 담아 두시고 계셨던 것 같아요."

"아니오, 절대로 그런 의도로 말한 건 아니에요."

혹시라도 그녀가 오해할까 봐 서둘러 극구 부정을 했다. 효영은 그 모습을 물끄러미 바라보다가 설핏 미소를 지었다. 정말 곤란했다. 이게 습관이 되면 안 되는데.

"너무 진지하셔서 농담한 거예요."

윤승하는 그제야 긴장이 풀린 듯이 나직이 한숨을 내쉬었다. 그러고는 곧 효영에게 질책하는 눈길을 보냈다.

"농담 같은 것도 할 줄 아시네요."

누구는 무심코 던진 농담에 가슴이 철렁 내려앉을 뻔했는데. 나직이 중얼거렸다. 하지만 이런 농담을 던지는 것도 싫지 않은 게 확실히 중증은 중증이었다.

"죄송해요. 그렇게 당황하실 줄 몰랐어요."

"괜찮습니다. 저도 참견이 지나쳤으니 서로 비긴 걸로 해요."

"그럴까요, 그럼?"

어느새 두 사람은 효영이 사는 동 입구에 도착했다. 윤승하는 다시 말수가 줄어들었다. 그녀와 헤어짐에 아쉬움과 어떤 갈망이 섞인 눈으로 그녀를 봤다.

오늘은 말을 꺼낼까?

방금 전까지 자연스럽게 대화를 주고받았던 것이 거짓말인

양 금방이라도 터질 것 같은 긴장감이 갑자기 밀려들어 왔다. 감정은 두려움 없이 흘리고 있으면서 그 말이 그토록 어려운지 내내 봉인해 두고 있었다.

차라리 그가 빨리 말해 버렸으면 싶기도 했다. 그녀에게까지 옮겨 온 긴장감이 콕콕 가슴을 찔러 댔다. 눈으로 모든 마음을 전하고 있으면서 입만 다물고 있는 그와 달리 효영은 능숙하게 모르는 척을 했다.

하지만 때때로 그가 스트레이트로 노출하는 감정의 무게가 벅차 계속 모르는 척하는 게 버거워지기도 했다.

왜 안 할까?

이제는 그게 궁금해지기 시작했다. 차라리 이것을 노리고 의도적으로 행동하는 거라면 그녀가 먼저 그 속내를 눈치채고 무시해 버렸을 텐데, 윤승하는 천연 그 자체였다. 그런 식으로 요령을 부릴 수 있을 것 같지 않은 사람이었다.

"들어가세요."

인사하고 돌아서는데 등 뒤로 시선이 따끔따끔하게 느껴졌다. 굳이 뒤돌아 확인하지 않았지만 그가 자신을 지켜보고 있다는 걸 확신했다.

뒤통수가 너무 뜨거웠다. 실제 눈빛으로 그만한 열기를 낼 수는 없으니 순전히 체감상이었지만 한결같은 시선을 무시하기가 쉽지 않았다.

이다음은 정말 충동적인 행동이었다. 그녀까지 위태로운 기분을 들게 하는 윤승하에게 슬그머니 괘씸한 마음이 들어 걸음을 멈추고 뒤를 돌았다. 예상대로 그녀를 보고 있던 윤승하는 갑자기 그녀가 돌아설 줄 몰라 놀란 듯, 순간적으로 어깨에 힘이 들어가는 기색이 느껴졌다. 하지만 그도 잠시 이내 경직을 풀고 시선을 피하지 않은 채 맹렬하기까지 한 눈동자로 그녀를 직시했다.

그가 당황하는 모습을 보려고 했던 행동이었는데 속이 시원해지기는커녕 외려 그녀가 덫에 걸린 기분이었다. 포식자 앞에 놓인 사냥감이 이런 느낌일까. 잘 따르는 강아지인 줄 알았던 존재가 사실은 맹수과 짐승이었다는 걸 깨달았을 때 이처럼 당혹스러울 듯했다.

그녀가 잠시 그대로 멈춰 서 있자 그제야 그가 의아한 듯이 고개를 기울였다. 효영은 놀람을 잘 추스르고 무심코 손을 들었다. 그녀의 행동에 윤승하는 집중하며 바라봤다. 그러다 예상치 못하게 그녀가 가볍게 손을 흔들자 스르르 입이 벌어지며 멍한 얼굴이 되었다.

잠시 손을 흔들어 보인 후에 효영은 몸을 돌려 사라졌다. 그녀가 더 이상 보이지 않게 된 후에도 한참 자리를 떠나지 못했다. 효영이 손을 흔들어 인사하던 모습이 머릿속에 몇 번이나 반복되어 떠올랐다.

믿을 수 없게도 하루가 다르게 감정이 성장했다. 여기까지가 한계일 거라고 지레 짐작하던 범위를 매번 뛰어넘었다.

그러면서 점점 한계를 느껴 가고 있었다. 차곡차곡 쌓인 감정이 어느 날 준비도 없이 터져 버릴 것 같았다.

Blooming

오늘은 참았지만 내일은 장담할 수 없었다.

어서 말하고 싶다와 아직 아니라는 두 마음이 가슴속에서 치열하게 싸웠다. 윤승하는 가슴 위에 손을 얹었다. 격렬하게 뛰던 심장이 차츰 제 속도를 찾아갔다.

02

일요일 아침, 늦은 점심을 먹고 난 뒤 효영은 하루를 어떻게 보낼지 고민했다. 자주 쓸고 닦는 편이지만 아예 본격적으로 청소를 하고 싶었다. 그러나 자칫 몸살이 나기라도 할까 선뜻 결정을 못 하고 있는데 박은수에게서 전화가 왔다.

―오늘 쉬어?

일정을 묻는 친구에게 효영은 솔직하게 대답해 주었다. 지금 막 마음의 추가 청소 쪽으로 기울어지던 참이라고 덧붙이니 친구가 키득거렸다.

―그 청소 나중으로 미루고 오늘은 바깥바람 좀 쐴래?

"외출해도 돼?"

―응, 외출해도 되는데 오늘 네가 만날 사람은 내가 아니야.

"은수야."

대번에 친구의 의도를 알아차린 효영이 한숨을 흘렸다. 그녀가 이런 식으로 나온 게 한두 번이 아니었다.

"안 해."

—진짜 괜찮은 사람이야. 우리 신랑 거래처 사람인데 너보다 두 살 연상에, 성격이 서글서글하니 좋은가 봐. 주임인데 내년쯤엔 대리 승진이 확실하다고 하더라고. 부친이 증권사에서 일하시다가 은퇴를 하고 지금은 부모님이 제주도에 귀농하셨대. 어머니가 재테크 잘하셔서 재산도 꽤 있고. 외아들이라서 그 재산 결국 그 사람이 다 물려받을 거래. 너무 부담스럽지 않고 이 정도면 조건 괜찮지 않아?

"정말 아직은 생각 없어."

—도대체 언제까지 혼자로 지낼 건데. 외롭지 않아?

"글쎄. 신경 써 준 건 고마운데 정말 됐어."

—너 이렇게 거절할 줄 알고 아예 약속 잡아 놨는데. 안 나가면 바람 맞히는 거야.

"전화해서 거절해."

—싫어. 이러다가 너 호호백발 할머니 되도록 혼자일 것 같아서 올해는 어떻게 해서든 짝꿍 만들어 줄 거야.

친구는 고집을 꺾지 않고 단호하게 주장했다. 마치 사명을 지닌 사람처럼 얘기하는 통에 말문이 막혔다. 남의 연애사에 관심 갖는 사람들이 너무 많았다.

"이렇게 한 번 넘어가면 버릇 들 거 아냐. 너 매번 이럴까 봐 무서워서라도 안 나가."

—일단 만나 봐. 이번에도 영 아니다 싶으면 네 뜻 존중할 테니까.

Blooming

"빈말 아니라 지금 이대로가 편해서 그래."

―알았어, 알았어. 만나 볼 거지?

"다음에는 이러지 마."

―그래. 한 번 보고, 두 번 보고 자꾸 봐 봐. 그럼 네 마음에 드는 구석이 하나라도 발견될 테니까. 파이팅!

친구는 응원을 하고는 약속 장소와 시간을 알려 준 뒤 전화를 끊었다. 생각해 주는 마음은 고맙지만 이런 배려는 부담스러웠다. 장소를 적은 메모를 무심히 훑고 서랍 옆에 치워 뒀다.

오후 훈련을 마치고 샤워실로 들어갔다. 먼지와 땀으로 범벅이 된 몸을 씻고 있는데 누군가 불쑥 고개를 들이밀었다.

"미안한데, 비누 다 썼으면 빌려 줘."

머리에 막 비누칠을 하던 윤승하는 사용한 뒤에 수도꼭지 위에 놓아 둔 비누를 건네주었다.

"땡큐."

인사를 잊지 않고 하던 동료 선수가 나가기 전, 윤승하의 몸을 찬찬히 훑었다. 윤승하는 머리에 거품을 내려다가 말고 그 묘한 시선에 뭐 하나는 식으로 눈썹을 치켜세웠다.

동료 선수는 윤승하의 다리 사이, 분신에 한참 시선을 못 박다가 다른 말 없이 엄지를 치켜세우고 사라졌다.

윤승하는 기가 막힌 표정을 짓다가 고개를 내저으며 하던 일을 다시 시작했다. 그는 빠르게 거품을 내고 머리카락과 몸을 함께 적셨다.

샤워를 하고 나니 몸이 다소 나른해지는 것 같았다. 더불어 허기도 느껴졌다. 윤승하가 옷을 입는데 옆에서 동료 몇이 언더웨어만 입은 채로 핸드폰을 만지작거리고 있었다.

윤승하와는 별세계였다. 여전히 그에게 핸드폰은 그저 전화를 걸기 위한 수단에 불과했다.

동료들에게서 관심을 끄고 오늘 저녁 메뉴에 대해서 생각했다. 그런데 그들 대화에서 익숙한 이름이 언급되어 그의 주의를 끌었다.

"이거 소개팅 같은데? 오, 남자 인물 괜찮네."

"에이, 그래도 전효영 아나운서가 아까워 보인다. 진짜 소개팅인가?"

윤승하는 그들에게 다가가 동료 선수가 손에 들고 있던 핸드폰을 확인했다.

"아, 깜짝이야."

말도 없이 뒤에 다가온 그 때문에 동료 선수들이 놀란 신음성을 터뜨렸다. 하지만 윤승하는 그런 반응을 일절 무시하고 핸드폰 화면에 떠 있는 효영의 사진을 봤다. 누군가가 찍어서 올린 모양이었다. 그녀는 다른 남자와 마주 보고 있었다.

"여기 어디야?"

윤승하가 낮게 깔린 목소리로 사진을 가리키며 물었다. 동료 선수들은 자신도 모르겠다고 고개를 내젓고 덧글을 내려 읽다 보니 장소에 대한 정보가 달려 있었다.

"누가 알려 줬네, A 호텔 스카이라운지라는데."

그는 더 듣지 않고 밖으로 나갔다. 동료들은 어리둥절한 눈으로 윤승하가 사라지는 걸 지켜봤다.

훈련장에서 나온 윤승하는 화가 난 사람처럼 얼굴이 딱딱하게 굳어 있었다. 입매를 단단히 굳힌 채 정색한 표정은 위압감이 들었다.

"그런 얼굴로 어딜 가?"

안도훈이 어리둥절한 기색을 띠며 물었다. 그가 눈에 들어오지 않았던지 대꾸 없이 지나치는데 안도훈은 심상치 않음을 느끼고 그를 붙잡았다.

"화난 일 있어?"

"내가? 왜. 그런 일 없어."

그제야 윤승하가 안도훈에게 시선을 주며 대꾸했다. 그리고 이제 막 생각난 듯, 안도훈의 어깨를 붙잡았다.

"나 어디에 좀 태워다 주라."

부탁하는 태도가 너무도 박력이 넘쳐서 안도훈은 얼떨결에 고개를 끄덕였다. 그리고 뒤늦게야 어디로 가는지 물었다. A 호텔이라는 의외의 장소를 대자 안도훈은 놀란 듯 그를 봤지만 더 묻지는 않았다.

목적지에 도착했을 때 윤승하는 고맙다 한마디만 하고 차에서 뛰다시피 내렸다. 안도훈은 친구의 표정이 너무 심각해서 쫓아가고 싶었지만 제대로 주차하기도 전에 윤승하는 빠르게 사라졌다.

"저 녀석, 대체 뭐야."

안도훈은 어떻게 할지 고민하다가 일단 제임스 김에게 전화를 걸기로 했다. 무슨 일 때문인지는 모르지만 일단 그의 에이전트가 알고 있어야 할 것 같았다.

윤승하는 로비로 들어오자마자 안내 표지판을 찾았다. 스카이라운지가 있는 층을 확인한 뒤 엘리베이터에 타기까지 1분도 걸리지 않았다.

가려는 층에 도착하기를 기다리면서 윤승하는 계기판에서 바뀌는 숫자를 지켜봤다. 원하는 층에 이르기까지 짧은 시간이 걸렸지만 그 기다림이 그에게는 몹시 길게 느껴졌다.

그는 목적지에 도착해 무수한 사람들 사이에서 효영을 찾았다. 그에게 어떤 자격도 없음을 알고 있는데도 동료 선수들의 말을 듣는 순간 이성적인 사고는 할 수 없었다. 와서 어떻게 하고 싶은지조차 모르지만 이곳으로 향하는 걸음을 멈추지 못했다.

주변을 둘러보던 윤승하는 어느 한곳에 시선이 닿았을 때 잠시 멈춰 섰다. 그의 시선 끝에 효영이 있었다.

그녀의 맞은편에 낯선 남자가 있다는 걸 확인하고 주먹을 쥐었다가 풀었다. 곧 그곳으로 걸어가기 시작했다.

한 걸음, 한 걸음 가까워질 때마다 머릿속에서 누군가가 북을 치는 듯 시끄러운 소리가 들렸다.

남자와 대화를 나누던 효영이 문득 어떤 시선을 느꼈는지 고

Blooming

개를 들었다. 그녀는 윤승하를 발견하고 눈을 커다랗게 떴다. 왜 그가 여기에 있는지 영문을 알 수 없는 표정을 짓다가 이내 난처한 웃음을 지었다.

윤승하는 그들 바로 앞 테이블에 앉았다. 효영과 마주 보는 자리였고 남자의 뒤통수를 바라보는 방향이었다.

의자에 걸터앉은 윤승하는 주문을 받기 위해 온 서버와 대화를 나눌 때 외에 줄곧 효영의 소개팅 상대의 뒤통수를 매섭게 노려봤다.

"왜 그러세요, 효영 씨?"

효영이 애매한 웃음을 짓자 소개팅 상대가 즉각 반응을 보였다. 그녀는 아무것도 아니라고 대답하고는 다시 그의 말을 경청해 주었지만 시선이 이따금 한 번씩 윤승하에게 향했다.

저렇게 하면 모른 척하려고 해도 도무지 모른 척하기가 어려웠다.

도대체 어느 별에서 온 남자인지 윤승하 같은 사람은 보다 보다 처음이었다. 요령 없이 행동을 하지만 감정을 저렇게 순수하게 드러내 보이는 남자는 드물었다.

그는 감정을 숨기지 못하고 노출시켰다. 이건 거절당하지 않을 거라는 자만에 가까운 자신감과는 달랐다. 순수한 용기였고 거기에는 어떤 계산이나 이성적인 사고가 들어가 있지 않았다.

그는 두렵지 않은 걸까. 진심으로 궁금했다.

자신의 감정을 강요하지 않고 그녀를 자신에게 맞추려고 하지도 않았다. 그저 한결같이 그녀에게 애정을 보내오는 것이다. 그것 역시 전하고자 하는 의도는 없지만 요령이 없어 감정을 그녀에게 들키고 말았다.

정작 본인은 이미 다 들킨 것도 모를 텐데.

험악한 기세를 띤 채 등장한 걸 보면 그녀가 여기 있다는 사실을 알고 온 듯했다. 어떤 경로를 통해서 그녀가 소개팅을 하고 있는 걸 알았는지 모르지만 와서 어쩌려고 했던 걸까.

막 나타났을 때는 하도 화난 기색이 역력해서 끌고 나가려는 걸까, 하는 생각이 잠시 들기도 했다.

그런데 정작 윤승하는 그녀의 앞 테이블에 앉아서 소개팅 상대만 죽일 듯이 노려보고 있었다. 마음대로 하지 못해 우리에 갇힌 짐승처럼 불만스러운 기색이 역력했지만 그는 이 테이블에 와 무턱대고 방해를 하지는 않았다.

그것은 일부 언론에서 그를 표현하는 대로 '즉흥적이고 제멋대로'인 행동과는 전혀 달랐다. 하긴 여러 날 언제고 터질 것 같은 얼굴이면서도 말을 안으로 삼키는 그를 보면 이 인내심이 납득이 가기도 했다.

소개팅 상대를 노려보다가도 그녀와 눈이 마주치면 사나운 기세가 조금 주춤하더니 흡사 주인에게 버림받은 강아지 눈을 했다.

진짜 곤란했다.

효영은 시선을 내리며 난처한 미소를 지었다. 스물여섯이나 된 남자, 그것도 그녀보다 두 배는 체격이 클 것 같은 남자가 자꾸 귀여워 보였다.

그녀는 곤란한 한숨을 쉬며 턱을 쓸었다.

미안하게도 소개팅 상대를 앞에 두고도 신경이 자꾸 윤승하에게 쏠렸다. 어차피 거절할 상대였지만 이 자리에 집중하지 못하는 것이 못내 미안했다.

'정말 이런 소개팅은 그만둬야겠어.'

자신이나 상대에게도 도저히 못 할 짓이었다. 거절하기 어려울 때 구색이라도 맞추기 위해서 나오지만 번번이 상대를 거절하는 것이 부담스럽던 참이다. 친구의 얼굴이 있으니 오늘은 잘 마무리하고 앞으로 들어오는 주선은 다른 변명을 찾아서라도 거절해야겠다고 결심했다.

그때 윤승하를 알아보고 다가오는 사람이 하나, 둘 생겼다. 분위기상 시끄럽게 떠들지는 않았지만 몇몇 사람들이 모이자 웅성대는 소리가 났다. 바로 뒤편이 소란스러워지자 소개팅 상대는 궁금해하며 뒤를 돌아봤다.

"윤승하 선수네요."

취미에 대해 대화를 나누다 상대방이 주말이나 휴일에 사회인 야구팀에서 경기를 한다고 했던 게 떠올랐다. 쉬는 날에 직접 야구를 하러 다닐 만큼 좋아하는 사람답게 윤승하를 바로 알아보고 눈을 빛냈다.

"그러고 보니 효영 씨가 윤승하 선수와 인터뷰를 했다고 들었는데 맞나요? 아직 방송은 안 했죠?"

"네. 오는 월요일에 방송이 될 거예요. 윤승하 선수 팬이신가 보네요."

"메이저리그 중계는 실시간으로 보는 편입니다. 운이 좋네요, 이런 자리에서 윤승하 선수를 다 보고."

그 사람이 방금 전까지 당신을 죽일 듯이 노려보고 있었다는 말은 구태여 하지 않았다.

효영은 이 묘한 상황이 기가 막혀 웃음이 나올 것 같았다.

엉덩이를 들썩들썩하는 모습이 금방이라도 윤승하에게 가고 싶어 하는 것 같지만 실천에 옮기지 않는 이유는 팬심과 소개팅 사이에서의 갈등 때문인 듯했다.

가서 인사하고 싶으면 그렇게 하라고 선뜻 말해 주자 남자는 사양하지 않고 부리나케 일어나서 윤승하에게 갔다.

효영은 이제 내내 자신이 노려보던 상대가 호의로 가득한 얼굴을 하고 다가오는 것에 윤승하가 어떤 반응을 할지 궁금해 지켜봤다. 처음에 남자를 보고 전의를 잊은 채 다소 얼떨떨한 표정을 짓더니 흘끗 효영에게 시선을 던졌다.

지금까지 계속 서로를 의식하고 있었지만 알은척은 하지 않았다. 효영은 이제야 비로소 눈인사를 건넸다. 윤승하는 평소처럼 반사적으로 자리에서 일어나려다가 장소를 떠올리며 반쯤 떼었던 엉덩이를 다시 의자에 붙였다.

대신 고개만 끄덕였다. 남자는 동경의 빛으로 윤승하를 보면서 말을 걸었다. 효영 쪽을 가리키는 것으로 보아 두 사람이 안면이 있다는 걸 이용해 친근히 대해 보자는 수작인 것 같았다. 효영은 윤승하와 남자 사이에 어떤 대화가 오갔는지 듣지는 못했지만 흐르는 분위기를 읽고 짐작했다.

그때 예상치 못한 일이 생겼다.

윤승하가 자리에서 일어나 남자와 함께 그녀가 앉아 있는 테이블로 오고 있었다.

"아는 사이라서 인사를 나누는 게 좋겠다 싶어서요."

남자는 전말을 털어놨다. 대강 짐작했던 대로였지만 윤승하가 이 테이블로 오는 것까지는 예상하지 못했다. 윤승하는 남자를 떨떠름한 눈으로 봤지만 곧 표정을 풀었다. 그도 이런 상황을 예기치 못한 탓에 기가 막힌 것 같았다.

두 사람이 형식적이나마 인사를 나누고 그 후로 남자가 활발하게 대화를 주도해 나갔는데 보통 남자 둘이 대화를 나누었다. 대화라고 해 봤자 남자가 네 문장, 다섯 문장을 쏟아 내면 윤승하가 겨우 한두 마디 짧은 대답을 하는 식이었다. 그럼에도 제우상을 만난 남자는 윤승하와 말을 섞는 것 자체가 기뻐 보였다.

야구에 대한 지식이 전무한 효영은 지켜보는 입장이었다. 소개팅 자리가 순식간에 팬 미팅 현장이 되는 걸 목격하고 다소 황당하긴 했지만 이내 마음을 편히 가졌다. 앵무새처럼 정해진 말을 반복하는 상황보다는 이편이 나았다.

가끔 효영에게 한마디씩 건넸지만 아무래도 그녀가 모르는 얘기여서 대화에서 빠지는 경우가 더 많았다. 이 상황이 끝난 것은 남자가 회사 일로 급한 전화를 받으면서였다. 급히 와 달라는 전화에 남자는 무척이나 시무룩해졌다.

"만나서 정말 영광이었습니다."

"아니, 그렇게까지는."

"윤승하 선수와 이렇게 허심탄회하게 대화를 나누는 게 제 꿈이었어요. 이 기억 소중하게 간직하겠습니다."

구구절절하게 제가 받은 감명을 털어놓은 남자는 더 시간이 지체되자 부랴부랴 뛰어갔다.

졸지에 테이블에는 효영과 윤승하, 둘이 남게 됐다.

"여기에서 뵙게 될 줄 몰랐네요."

"……저도."

느리게 대답하는 윤승하의 눈빛이 흔들렸다.

거짓말.

그녀가 좀 더 짓궂은 성격이었다면 그렇게 속삭여 줬을지도 모른다. 하지만 효영은 말없이 웃기만 했다.

"저희도 일어날까요?"

"네."

엘리베이터를 기다리고 있는데 문득 꼬르륵, 하며 배 속에서 끓는 소리가 들렸다. 윤승하가 어깨를 움찟거렸다. 효영은 모르는 척해 주었다.

하지만 엘리베이터에 탄 뒤 좁은 공간에 둘만 있는 상황에서 재차 꼬르륵 소리가 나자 모르는 척하는 게 무리였다. 윤승하는 머쓱한 듯 손으로 배를 감쌌다. 훈련을 마치고 바로 이곳으로 달려왔던 탓에 아직 식사를 하지 않았다. 의식을 하니 배 속에서 끓는 소리가 잇달아 났다.

"시장하세요?"

"아뇨."

효영의 질문에 단호하게 부정하는데 기다렸다는 듯이 배에서 소리가 울렸다.

윤승하는 고개를 모로 돌린 채 숙였고 효영은 그의 귀와 목이 붉어진 것을 발견했다. 표정은 무뚝뚝한데 부끄러워하는 기색이 역력했다. 감추려고 하는 게 애처롭기도 하고 한편으로는 귀엽게 보여서 그녀는 평소라면 하지 않을 말을 꺼냈다.

"이 근방에 파전 잘하는 집 아는데 먹으러 갈래요?"

윤승하가 퍼뜩 고개를 돌렸다. 눈빛이 너무 강렬해서 효영은 하마터면 뒷걸음질 칠 뻔했다. 제가 들은 말을 되새기는 듯하더니 그녀가 혹시라도 철회할까 봐 다급히 대답을 던졌다.

"네. 파전 무척 좋아합니다."

"다행이네요."

효영은 입꼬리가 떨리는 걸 느끼고 슬쩍 입을 가렸다. 방심하면 웃어 버릴 것 같다. 그녀는 웃음을 참는 게 이토록 힘들다는 걸 처음 알았다. 가까스로 웃음을 눌러 삼키고는 어서 엘리베이터가 1층에 도착하기만을 바랐다.

로비에서 나오는데 핸드폰이 울렸다. 효영은 제 것을 확인하고 옆을 돌아봤다. 윤승하의 것이었는지 그가 미간을 찌푸린 채 핸드폰을 보더니 수신 거절했다.

"전화 안 받으셔도 돼요?"

"모르는 번호라서요. 스팸 전화인 것 같아요."

윤승하는 당당히 제 에이전트의 전화를 스팸 전화로 둔갑시켰다.

효영은 호텔에서 나와 익숙한 길을 걸어 음식점으로 안내했다. 20년 전통이라는 홍보 문구가 적힌 가게 입구는 세월의 흔적 탓인지 조금은 허름한 분위기였다.

윤승하는 이런 분위기를 싫어하지 않았다.

문을 열자 고소한 기름 냄새가 풍겼다. 두 사람은 가게 안쪽에 자리를 잡고 앉았다. 내부는 비교적 깨끗했다. 어린 아르바이트생 하나가 메뉴판을 가져다주었다.

"드시고 싶은 것 골라 보세요."

효영이 메뉴판을 건네자 윤승하는 아무거나 잘 먹는다고 손을 내저었다. 효영은 주문할 음식을 정하며 꼭 한 번씩 윤승하에게 물었는데 그는 그때마다 동의의 뜻으로 고개를 끄덕였다. 주문을 마치고 아르바이트생을 보낸 후에 무심코 그녀와 눈이 마주치자 윤승하는 그제야 긴장한 듯 물을 마셨다.

"입맛에 맞으시면 좋겠네요."

"맛있을 것 같아요. 다 좋아하는 음식이에요."

"그럼 다행이고요."

두 사람 사이에 잠시 대화가 끊겼다. 방금 전 비운 잔에 물을 따라 마셨다. 이상하게도 물을 마시고 있는데 갈증이 사라지지 않았다. 벌써 세 번째 물을 따르던 윤승하가 충동 끝에 입을 열었다.

"아까, 혹시 애인······."

끝을 매끄럽게 마무리 짓지 못했지만 그가 묻는 요지는 확실히 전해졌다. 효영은 가볍게 고개를 저었다.

"친구 주선으로 오늘 처음 본 분이에요. 그런데 저보다는 윤승하 선수한테 더 관심이 많았지만요."

효영은 장난스럽게 뒷말을 덧붙였다. 윤승하의 표정이 미미하게 굳어졌다.

"소개팅 자주 하시나 봐요."

"나이가 있다 보니까 주변에서 안쓰러운지 자꾸 소개해 주려고 하네요."

윤승하는 목이 타서 다시 물을 들이켰다. 내부에서 열이 들끓었지만 이것을 어떻게 표출할지 알 수 없었다.

"아직 어린데요."

그저 그 말만 나왔다.

효영은 자신보다 세 살 어린 남자에게 어리다는 말을 듣는 상황이 우습다는 생각이 들었다.

"어리게 봐 줘서 고마워요. 다른 사람들도 윤승하 선수처럼 생각해 주면 좋을 텐데요."

그러는 사이에 주문한 음식이 나왔다.

효영은 나온 음식을 보고 아차 싶었다. 친구와 했던 버릇대로 세트 메뉴를 시키는 바람에 막걸리까지 나왔다. 그녀는 막걸리 그릇을 한곳으로 밀어 뒀다.

해물이 가득 들어가 두툼하고 노릇하게 구워진 파전 접시와

볶은 김치를 동그랗게 담고 그 주변에는 막 만들어 낸 것처럼 뽀얗고 부드러운 두부가 네모나게 썰려 원 모양을 그리며 예쁘게 담긴 접시가 테이블에 놓였다.

"맛있게 드세요."

"효영 씨도요."

효영은 윤승하의 입에서 처음으로 이름을 불리자 조금 생경한 기분에 눈을 깜박거렸다. 이상한 기분을 누르고 부드럽게 미소 지었다. 그걸 보고 윤승하는 다시 물을 마셨다. 금세 물병이 바닥을 보였다.

일상적인 대화를 나누며 식사를 시작했다.

효영과 함께하는 식사여서 모든 음식이 더 달게 느껴졌다. 찬밥을 물에 말아 줬다고 해도 어떤 음식보다 맛있게 느껴졌을 것이다.

아니, 더 정확하게는 음식 맛을 제대로 느끼지 못했다. 맛있다고 느끼는 건 미각이 아니라 그의 마음이었다.

그녀는 음식을 먹는 모습도 예뻤다.

흔히 어른들이 하듯 복스럽게 먹는 것도, 그렇다고 내숭을 떤답시고 깨작거리며 밥알을 세면서 먹는 것도 아니었다. 보통 다른 사람들이 먹듯 평범하게 식사를 하고 있었는데 그의 눈에는 음식을 오물거리며 씹는 모습이, 중간에 가끔씩 물을 마시는 게 그렇게 예뻐 보일 수가 없었다.

잠시 손을 멈추고 그녀를 지켜봤다. 멀리서 보기만 할 때도 자꾸 시선이 갔는데 그녀가 자신을 바라보자 숨이 막혀 버렸고

Blooming

대화를 나누고서는 눈을 뜨고 있어도 상사몽을 꾸는 기분이 되었다. 그리고 이제는 먹는 모습을 봐도 가슴이 뛰었다.

그녀가 좋았다.

다른 남자를 만난다는 얘기에 앞뒤 재지 못하고 달려올 만큼 그녀에게 빠져 버렸다. 효영이 다른 남자를 만나는 것이 싫었다. 화가 나는 것 같기도 했다.

눈앞이 새까매져서 아무 생각을 할 수가 없었다. 오늘은 아니었지만 다음에는 상대 남자와 좋은 관계를 이어 갈 수도 있다.

그녀가 다른 남자와 교제하게 될지도 모른다는 상상에 숨이 막혔다.

그때 윤승하가 식사를 멈춘 상태라는 걸 알아차린 효영이 눈을 들어 그를 봤다. 까만 눈동자에 의구심이 서렸다.

제 눈에도 이렇게 예쁜데, 다른 남자들 역시 마찬가지일 것이다.

윤승하는 갑자기 목이 타서 참을 수가 없어졌다.

물병을 확인하니 안이 비어 있었다. 손을 뻗어 목을 축일 만한 것을 찾던 그는 사발을 통째로 들어 올렸다.

"잠시만요."

효영이 눈을 커다랗게 뜨고 만류했지만 이미 막걸리가 그의 목을 타고 꿀꺽꿀꺽 내려갔다. 그 순간에는 뽀얀 액체가 우유로만 보였다. 맛은 전혀 아니었지만.

"괜찮아요?"

반 이상이 비워진 그릇을 보고 효영이 걱정스럽게 물었다.

윤승하는 아무렇지도 않다는 듯이 손을 흔들었다.

"어지럽진 않아요?"

걱정스럽게 묻는 목소리가 좋았다. 저도 모르게 미소가 지어졌다.

"네. 그럼요."

그의 대답을 듣고 나서 효영의 근심이 더 깊어진 듯했다. 윤승하는 속이 뜨거운 것만 빼면 나쁘지 않은 기분이었다. 아니, 평소보다 조금 들뜬 것 같기도 하다.

"일어날까요?"

효영이 조용히 물어 오자 윤승하는 고개를 저으며 거절했다.

"괜찮아요."

"그럼 물이라도."

그녀가 물병을 들고 일어나려는데 그가 서둘러 붙들려다가 무심코 손목을 잡았다. 예상치 못한 접촉에 효영이 물끄러미 그를 보는데 윤승하는 가슴을 크게 들썩거리며 급히 손을 뗐다.

"미안합니다."

그는 서둘러 사과했다.

효영은 별일이 아니라고 괜찮다고 했는데 그의 분위기가 침중해졌다.

"효영 씨."

잠시 입을 다물고 있던 윤승하가 무거운 어조로 그녀를 불렀다. 효영은 잠자코 그를 지켜봤다. 그는 입술을 달싹이더니 곧 효영을 마주 봤다.

Blooming

술기운 때문인지 얼굴색이 다소 붉어졌지만 그녀를 보는 시선은 달라진 것이 없었다. 감정이 짙던 눈은 평소보다 더 그윽했다.

윤승하는 눈을 느리게 감았다가 뜨고 나지막이 속삭였다.

"소개팅하지 않으면 안 돼요?"

효영은 말문을 닫고 그를 봤다. 그가 시선을 놓아주지 않았다고 하는 편이 옳았다. 끈질기게 시선을 붙든 채 다시 그녀를 졸랐다.

"소개팅하지 마요."

디기탈리스 Digitalis

나는 애정을 숨길 수가 없습니다.

Red Cyclamen

01

효영은 불시에 공격을 당한 것처럼 잠시 멍해졌다. 그녀가
대답을 하지 않자 다른 식으로 오해를 했는지 윤승하가 미간을
찌푸렸다.

"그거 싫은데. 하지 마요."

"취했어요."

효영은 서둘러 감정을 추스르고 계산서를 들었다. 윤승하가
제대로 걸을 수 있을지 걱정이었다. 습관처럼 세트 메뉴를 시
킨 자신을 탓하며 혹시 그가 제대로 걷지 못할 경우 부축할 수

있을지 가늠해 봤지만 긍정적이지 못했다.

"안 취했어요."

윤승하는 냉큼 대답했다. 효영은 그를 불신 어린 표정으로
봤다.

"술 취한 사람이 자기 취했다고 하는 거 못 봤어요. 술 깨고
후회하지 말고 이제 일어나요."

"무슨 후회요?"

"지금 같은 말요. 맨 정신으로는 하지 못할 말들."

"소개팅하지 말라는 거? 그거 진심인데."

확실히 말투가 평소보다 느려졌다. 그럼에도 부득불 취하지
않았다고 주장하는 윤승하를 보며 효영은 나직이 혀를 찼다.

"내일 아침에 일어나서 이불을 발로 차고 싶어 할까 봐 말려
줄 때 그만하는 게 좋을 것 같은데요. 그리고 지금 은근슬쩍 말
놓는 거 알아요?"

"미안해요."

그렇게 바로 사과를 해 버리니 할 말이 없다. 이 정도 주사는
귀여운 축이었다. 그래도 갑자기 돌출된 행동을 할까 싶어 지
체하는 건 기껍지 않았다. 그녀는 자리에서 일어나 윤승하의
곁으로 다가갔다.

"못 일어나겠으면 부축해 줄게요. 제 팔 잡으세요."

그의 체중이 실리면 그녀가 과연 버텨 낼 수 있을지 모르겠
지만 어떻게든 되겠거니 긍정적으로 생각하려 했다. 그런데 윤
승하가 그녀의 팔을 본체만체하고 고개를 돌렸다. 효영은 더럭

걱정이 들었다.

"속 불편해요? 약 먹어야 할 것 같아요?"

그녀의 세심한 질문에도 윤승하는 고개만 저었다.

"정말 괜찮아요?"

효영이 손을 내밀자 윤승하는 닿기 전에 몸을 피했다. 이런 상황은 그녀로서도 처음이라 얼떨떨했다. 이 사람이 나를 싫어하는 거 아닌가 하는 생각도 잠깐 떠올랐다. 짧은 시간에, 그 뜨겁던 시선은 애정이 아니라 사실은 증오였던 건가, 하는 다소 쓸모없는 생각도 스쳐 갔다.

그때 나직이 내뱉은 윤승하의 말이 귓가에 들려왔다.

"분명히 못 참고 당신을 끌어안고 말 거예요. 일단 품에 안고 나면 뿌리쳐도 놓지 못할 거예요. 그러니까 내게 닿지 마요."

고해 성사 하듯 내뱉은 말에 효영의 얼굴이 달아올랐다. 화끈하게 열이 오른 뺨을 손등으로 가만히 문질렀다. 저렇게 대놓고 안고 싶다고 말한 사람이 없었다.

심지어 유혹도 아니었다. 술에 취해서 감정 조절이 안 돼 충동을 못 이기고 안아 버릴까 봐 닿지 말라는 경고였다. 자기 허물을 고백한 건 윤승하였는데 왜 부끄러움은 그녀의 몫이 되는 걸까.

"걷기 힘들 텐데 어쩌려고요."

"에이전트 부르면 돼요."

해결책에 한시름 놓은 효영은 윤승하가 전화하는 동안에 계산을 마쳤다. 그가 이렇게 술에 약할 줄 몰랐다. 윤승하의 에이전트가 오는 동안에 두 사람은 비교적 조용한 분위기 속에서 기다렸다.

"생전 입에도 안 대던 술을 웬일로 마셨어?"

제임스 김은 음식점에 찾아와 바로 사태를 파악하고 윤승하를 일으켰다.

"물을 찾다가 실수로 드셨어요."

효영이 간략히 설명했다. 제임스 김은 어떤 바보가 소주도 아니고 막걸리를 물하고 헷갈리느냐며 윤승하를 가볍게 타박했다.

"그런데 어떻게 승하랑 같이 식사를 하셨는지."

제임스 김은 뒤늦게 의문이 생겨서 물어보는데 그녀가 대답하기 전에 윤승하가 끼어들었다.

"효영 씨도 같은 아파트로 가."

"효영 씨?"

윤승하를 잘 아는 제임스 김은 이상함을 느끼고 윤승하가 내뱉은 말을 다시 중얼거렸다. '혹시' 하는 마음이 들어서 효영을 보는데 그녀의 얼굴에서는 아무것도 읽을 수 없었다. 상냥한 미소를 짓고 있는 얼굴은 바늘 들어갈 틈도 찾기 힘들었다.

"굉장한 우연이네요. 같은 아파트에 사신다니 함께 가시죠. 타세요."

"아뇨. 전 차를 가져와서 괜찮습니다."

효영은 정중히 거절했다.

Blooming

"술은?"

제임스 김이 조심스럽게 물으니 그녀는 설핏 웃으며 고개를 저었다.

"전 마시지 않았어요. 윤승하 선수 속이 불편하실 테니 어서 가세요."

"네, 그럼."

그녀가 괜찮다고 하는데 굳이 차를 두고 함께 가기도 뭐해 제임스 김은 인사를 하고 운전석에 올랐다. 윤승하는 창문으로 몸을 꺼내 그녀에게 인사했다. 효영은 어서 가라는 듯이 가만히 손을 흔들어 주었다. 그녀는 먼저 제임스 김이 떠나는 것을 본 후에 차를 찾으러 다시 호텔로 갔다.

제임스 김은 룸 미러를 통해 뒷좌석에 앉아 있는 윤승하를 힐끔거렸다. 술기운 때문인지 의자에 등을 기댄 채 눈을 감고 있었다. 하지만 잠들지 않았다는 것을 짐작으로 알았다.

방금 전에 본 장면이 좀처럼 믿기지가 않았다. 윤승하가 젊은 여자와 개인적으로 만나는 것은 처음 봤다.

불의의 사고를 방지하기 위해서 에이전트 측에서 제시한 규칙을 잘 지키는 선수였다. 돈을 위해서, 혹은 유명해지기 위해서 팬으로 가장해 성추행이나 기타 민감한 범죄를 뒤집어씌우는 경우가 왕왕 있었다.

그래서 되도록 여성 팬과 단둘이 있는 경우를 피하고 가급적 증인이 될 만한 사람들이 확보된 상황에서 상대하도록 했다.

유명한 스포츠 스타들에게 명성과 돈, 그리고 여자가 자연스럽게 주어졌지만 윤승하는 그것을 즐겨 본 일이 없었다. 주변 동료들이 등을 떠밀 정도로 야구밖에 모르는 목석같은 남자였다. 그런데 이 윤승하가 일도 아니고 개인적으로 여자를 만나서 그런 그림을 그리고 있다? 믿을 수 없는 광경이었다.

'효영 씨라니.'

누구나 부를 수 있는 이름이지만 윤승하의 입에 나와서 생경하고 간질간질한 호칭이었다. 제임스 김이 그렇게 느끼는 이유는 단순히 친근하게 들리던 호칭 때문만이 아니라 그녀의 이름을 부를 때 실린 감정 일부가 표면으로 드러나서였다.

야구 경기에서 타자와 수 싸움을 하고 전략적으로 속이기도 하는 투수지만 일상생활에서 감정을 계산하는 것 따위 하지 못하는 사람이었다. 도저히 모르려야 모를 수 없었다.

"승하, 너 혹시."

그런데 이제 겨우 얼마나 알았다고. 방송할 때 본 게 처음일 텐데 언제 빠진 건지, 또 얼마나 발전된 건지 의아스러웠다. 그가 한껏 의문을 드러낸 채 운을 떼는데 조용히 의자에 기대어 앉아 있던 윤승하가 눈을 떴다. 여전히 몸은 뒤로 젖힌 채 시선을 내리뜨며 제임스 김의 뒤통수에 눈길을 던졌다.

룸 미러를 통해 그의 시선을 확인한 제임스 김은 긴장을 했다. 말없이 응시하는 시선이 제법 매서웠다.

"혹시 뭐? 뭐가 궁금한데. 내가 그 사람 좋아하는지 아닌지 그게 궁금해서?"

Blooming

윤승하는 제임스 김이 뭐라 말을 붙일 새 없이 공격적으로 말을 토했다. 하지만 마지막 말을 하면서는 기세가 다소 수그러졌다.

"그래, 좋아해."

저돌적인 성격답게 솔직히 인정했다. 좋아한다는 그 말을 하며 윤승하는 혀끝에 달콤 쌉쌀 한 맛을 느꼈다. 어안이 벙벙한 제임스 김에게 더 이상 아무 말도 하지 않고 눈을 감았다. 처음 마신 술이 익숙하지 않아 머릿속이 빙글 도는 것 같았다. 하지만 머릿속에서 술기운보다 효영의 존재가 더 어지럽게 느껴졌다.

그녀는 참 어렵다.

윤승하는 문득 그녀의 손목을 잡았던 기억이 떠오르자 손가락을 움찔했다. 의도치 않은 접촉이었다. 그녀가 멀어지는 게 싫어 무턱대고 붙잡고자 했다. 지극히 일반적이고, 성적인 의도가 들어 있지 않은 접촉이었음에도 전기에 감전이 된 것처럼 화들짝 놀랐다. 그게 도화선이 되어 더 취해 버린 것 같다.

접촉이 의식이 되자마자 머리로 열기가 확 치솟았다. 막연하게 그녀를 바라보는 것으로 벅찼던 심장이 제 안에 또 다른 열망을 일깨웠다.

연인 사이에서 이뤄질 수 있는 스킨십. 그저 손을 잡는 것으로도 충분했다. 단지 그녀와 손이 닿았을 때 자연스레 깍지를 끼울 수 있는 권리가 탐이 났다.

하지만 그는 자격이 없는 사람이었고 그녀에게 나는 은은한 향기를 맡으며 열기에 취해 갔다. 술 때문에 사고력이 떨어진 상태여서 자칫 자제력을 잃을 것 같았다. 그녀의 부드러운 체취가 가까이에서 느껴졌을 때 하마터면 손을 뻗을 뻔했다.

그녀와 닿으면 도저히 놓을 자신이 없었다. 그녀의 손을 잡아채 어깨를 끌어안고 품에 가두고 싶었다. 목덜미에 코를 박고 그녀의 체취에 흠뻑 젖고 싶은 욕심이 생겼다.

그 기억을 떠올리는 것만으로 뱃속이 단단하게 뭉쳤다. 단전에 모이는 열기에 다시 목이 탔다. 바라보는 걸로 부족했다. 이제는 가볍게 나누는 인사만으로 참을 수 없을 것 같다. 내내 모르는 척하고 있던, 그녀를 갖고 싶어 하는 본능이 눈을 떴다. 의식하고 나자 걷잡을 수 없이 열망이 커졌다.

"혼자 걸을 수 있겠어?"

아파트에 도착해서 제임스 김이 묻자 윤승하는 불필요한 질문을 한다는 표정으로 그를 훑고는 밖으로 나갔다. 평소보다 느리긴 하지만 불안한 걸음걸이는 아니었다.

"들어가자마자 연락해."

그래도 혹시나 하는 마음에 신신당부했다. 윤승하는 무성의하게 손을 내젓고 안으로 사라졌다.

'그러고 보니 같은 아파트라고 했나?'

제임스 김은 아까 들었던 정보를 떠올리며 차창 밖 아파트 단지 입구에 시선을 던졌다. 그는 무언가를 결단한 표정을 지은 채 시동을 껐다.

Blooming

제임스 김의 걱정과 다르게 윤승하는 문제없이 집으로 돌아왔다. 술이 센 건 아니지만 그 정도로 정신을 잃거나 하지는 않는 것 같다. 그런데 거실에 나와 있던 친구 부부는 그를 보고 놀란 얼굴을 했다.

"술 마셨어?"

　그가 입에 술을 댄 것을 한 번도 보지 않았던 터라 충격이 컸다. 홍송이는 이게 웬일이냐고 부산을 떨면서도 주방으로 들어가 꿀물을 준비했다. 안도훈은 걱정스럽게 윤승하를 봤다. 외출해서 안 좋은 일이 있었던 걸까. 친구의 흐트러진 모습은 너무나도 낯설었다.

"괜찮아?"

　안도훈이 부축해 주려는 듯이 자리에서 일어났지만 윤승하는 고개를 저으며 거절했다. 그의 걱정처럼 술기운이 심하지는 않았다. 체온이 평상시보다 높기는 했지만 정신을 잃을 정도는 아니었다. 샤워를 하고 나면 술이 깰 것 같았다.

"이거부터 마셔."

　홍송이는 종종걸음으로 다가와 윤승하에게 꿀물이 담긴 머그잔을 내밀었다. 그에게도 생경한 광경이어서 잠시 그것을 보고만 있다가 다시 재촉하는 말에 잔을 비웠다. 달콤한 맛이 입 안을 가득 메웠다.

"토하고 싶거나 하진 않고? 약 챙겨 줄까?"

"그 정도는 아니다. 신경 쓰지 마."

　윤승하는 씻으러 들어갔다. 홍송이는 그를 지켜보다가 욕실로 사라지자 제 남편 곁에 붙었다. 그녀는 작은 목소리로 말을 붙였다.

"혹시 연애가 수월하지 않아 속상해서 술 마신 거 아냐?"

그게 현 시점에서는 가장 그럴듯한 추리였다. 안도훈은 홍송이의 말을 듣고 긴가민가하는 얼굴이었다. 사생활로 속이 상해서 술을 마실 녀석은 아니었는데 요즘 하는 행동을 보면 꼭 그렇지만도 않은 것 같다. 매일 새로운 모습을 보여 주니 확신할 수 없었다.

"그래도 자기 관리가 그렇게 철저한 녀석인데."

"그래 봤자 첫사랑을 이제야 하는 연애 초보이지."

반박할 말이 없었다.

"내가 말했잖아. 상대가 만만치가 않다고. 분위기부터 되게 서늘하고 도도해 보이는 여자잖아. 콧대도 무지 높을 것 같은데."

"인상은 좋지 않나?"

"그거야 방송용 웃음이고. 웃고 있어도 친근감은 별로 안 드는데 안 웃을 때는 진짜 냉정해 보이더라."

"연예인도 아니고 친근한 이미지가 필요한 건 아니지. 아나운서한테는 오히려 차분한 분위기가 낫지 않아?"

"나이도 연상인데 분위기까지 압도하니까. 윤승하가 밀리는 거 아냐?"

홍송이는 고개를 설레설레 흔들었다.

"걔가 워낙에 연애 고자여서 적극적이고 애교 많은 여자랑 만나게 될 줄 알았는데."

"여자 애교에 약한 성격이 아니라서 그런 여자를 좋다고 할 리가."

"그러니까! 연애도 처음인 놈이 여자 보는 눈은 왜 정수리에 달렸냐고. 처음엔 능력에 맞는 상대도 만나면서 차츰 경험이랑 면역력부터 길렀으면 얼마나 좋아. 여태까지 여자도 안 만나고 뭐했대."

아무래도 팔이 안으로 굽을 수밖에 없는지, 홍송이의 머릿속에서 연애에 능숙한 연상의 여자가 제 친구를 농락하는 그림이 그려졌다. 물론 진지하게 그리 생각하는 건 아니었지만 그렇다고 완전히 불신하는 건 아니었다.

한참 씩씩거리고 있는데 부친에게서 전화가 왔다. 이 시간에 무슨 일이 있나 싶어서 전화를 받았다.

"응, 아빠. 웬일이야?"

안도훈이 옆에서 '장인어른?' 하고 묻자 홍송이는 고개를 끄덕이고 전화 통화에 집중했다. 그녀는 부친의 말을 듣다가 표정을 일그러뜨렸다.

"뭐라고? 또 어떤 기레기가 소설을 썼나 보네. 아니야, 절대 사실 아니니까 그 기사 다루지 마. 어, 절대 그럴 일 없다고. 사진이 찍혔어?"

홍송이는 설마 하는 얼굴로 눈을 빠르게 깜박거렸다. 안도훈은 무슨 통화이기에 저렇게 심각한 표정을 짓는지 슬슬 걱정이 되었다.

"일단 끊어 봐. 승하한테 직접 물어볼게. 응, 그전까지는 기사 한 줄도 쓰지 마."

그녀가 전화를 끊고 요상한 표정을 지었다. 남편이 무슨 일이냐고 묻는데도 골똘히 생각하던 홍송이는 마침 욕실에서 나오는 윤승하를 보고 부리나케 그에게 다가갔다.

"윤승하, 너 사실대로 말해 봐. 전효영 아나운서 좋아하는 거 맞지?"

밑도 끝도 없이 묻는 말에 윤승하는 황당해하다가 이내 안도훈에게 비난이 실린 시선을 던졌다. 어처구니없기는 안도훈도 마찬가지였다. 그는 제 결백을 주장했다.

"네가 전효영 아나운서에게 마음 있는 거, 송이가 먼저 알아차렸어."

"어떻게?"

"지금 그게 중요한 게 아니야."

홍송이는 두 사람의 대화를 끊고 진지한 얼굴로 윤승하를 봤다.

"네 마음 진심이냐고."

"그러면 왜? 네가 그게 왜 궁금한데."

"그런데 송가희는 왜 만난 거야?"

"누가 누굴 만나."

마음을 추궁받을 때 거칠게 대응하던 윤승하는 알지 못하는 이름이 나오자 불쾌한 듯, 눈썹을 치켜세웠다.

"너랑 송가희가 한밤중에 밀회니, 어쩌니 하며 기사가 떴다던데."

"뭔 개소리야."

답답하기는 홍송이도 마찬가지인지 가슴을 퍽퍽 치다가 인터넷에 접속했다. 이미 사이트에 메인 기사로 올라와 있었다. 기사를 클릭하니 그 아래로 양산된 관련 기사들이 꽤 많이 있었다.

기사에 사진이 실려 있는데, 해가 진 무렵 인적이 드문 곳에서 두 사람이 만나고 있는 모습이 찍혀 있었다. 홍송이는 순간, 분노를 느끼며 윤승하의 앞에 핸드폰을 들이밀었다.

"이래도 오리발을 내밀 거냐?"

사진이 교묘하게 찍혀 있었다. 시간도 늦었고 두 사람의 거리도 애매해서 충분히 오해할 수 있는 각도였다. 몇 장의 사진이 더 있었는데 그것들을 확인하는 동안 윤승하의 얼굴에서 표정이 사라졌다.

"이 여자가 송가희냐?"

착 가라앉은 음성에 홍송이는 무심코 고개를 끄덕였다. 윤승하는 이 사진이 어디에서 찍혔는지 알아차렸다. 그가 운동을 하던 길에 만났던 여자가 한 명 있었던 게 어렴풋이 기억났다. 사진을 요청하며 친근하게 말을 걸어왔던 상대가 이 사람이었나는 전혀 모르겠지만.

평소라면 그는 이런 스캔들 따위 무시하고 넘어가 버렸을 것이다. 자기들끼리 떠들다가 반응이 없으면 차츰 수그러들어 가기 마련이었다. 본인의 기사에도 별로 관심이 없는 윤승하는 이전이었다면 이런 기사 자체를 머릿속에 남겨 두지 않았을 테지만 지금은 달랐다. 방송가에서 일하는 효영이라면 듣기 싫어도 분명히 이 기사를 어딘가에서 듣게 될 것이다. 두 사람은 현재 아무 관계가 아니었지만 그녀가 오해할 수 있는 여지가 생기는 게 싫었다.

설령 그녀가 사실 여부 자체에 관심이 없다고 해도 다른 여자와 얽힌 기사를 보게 만들었다는 것에 화가 치밀었다. 윤승하는 험악하게 변한 얼굴로 본인의 핸드폰을 꺼냈다. 그는 곧바로 에이전트에 전화를 걸었다.

─어, 승하야. 집에 들어갔어?

전화를 받는 제임스 김의 목소리에 평소와 다르게 조심스러운 기색이 묻어났지만 윤승하는 그 이유에 대해 궁금해할 여유가 없었다. 기세가 흉흉하기는 했지만 표정 자체는 무뚝뚝한 그의 머릿속은 이미 화가 치밀어 오를 대로 치민 상태였다.

"허위 스캔들 기사가 났어."

─또?

제임스 김은 기가 찬 반응을 보였다.

─그런데 너 그런 기사 신경 안 쓰지 않냐. 기사 나도 주변에서 말해 줘야 아는 녀석이 웬일이야.

"여러 말 할 것 없이 해당 언론사와 기사를 쓴 기자, 그리고 거기에 동조한 기자들 명예 훼손으로 고소장 접수해."

─뭐?

"뭐?"

놀란 음성이 전화상과 밖에서 동시에 터져 나왔다. 윤승하의 말을 고스란히 듣고 있던 친구 부부가 놀란 표정을 지었다.

―고소라고?

"그래."

―도대체 누구하고 스캔들이 났는데 그래?

"송가희라는 여자. 하지만 상대가 누구인지 중요하지 않아."

―송가희? 그 사람하고는 전에도 기사 나지 않았어? 새삼 왜?

확실히 제임스 김으로서는 전과 반응이 다른 것이 의아할 만했다.

"같이 있는 모습 찍힌 사진이 기사에 실렸어."

―만난 적 있어?

"만난 당시에 누군지 알지 못했어. 본인이 팬이라고 말을 걸어왔고 사진을 찍는 걸 부탁하기에 거절하느라고 몇 마디 주고받은 게 다야. 1분 남짓밖에 안 되는 시간이었고 누가 보더라도 의혹을 가질 만한 상황이 아니었어."

―조작됐다는 거야?

"모르지. 사각지대는 아니었으니까 인근에 있는 CCTV 녹화본 확보해서 증거 자료로 제시해."

―꼭 고소를 해야겠어?

윤승하는 단호한 얼굴로 말을 짓씹듯이 내뱉었다.

"이전이라면 모르고 지나치거나 알아도 무시했겠지. 하지만 나는 지금 마음에 둔 상대가 있고 그 사람이 조금이라도 오해할 수 있는 여지가 생기는 게 싫어. 언론사에 통보해. 법정 싸움을 원하지 않는다면 당장 해당 기사를 내리고 정정 기사를 쓰라고."

고소라는 강경책을 내민 목적이 바로 여기에 있었다. 이런 스캔들은 지지부진한 법정 싸움보다는 언론사의 오보에 대한 사과와 정정 기사의 효과가 더 컸다. 그리고 가능한 빠른 시간 안에 정정 기사를 내는 게 좋았다.

—알았어. 언론사에 연락을 취할게. 하지만 시간이 늦어서 빨라도 내일 아침에나 정정 기사가 나가게 될 거야.

제임스 김은 그의 요구를 이해했다. 상황이 진척되면 다시 연락하겠다고 말했다. 윤승하는 전화를 끊고 나서 여전히 굳은 표정을 지은 채 얼굴을 쓸어내렸다.

"송가희 쪽에서 스캔들 조작한 건가?"

그녀의 기획사가 언론을 어떻게 잘 이용하는지 들어서 알고 있는 홍송이는 조용히 자문자답했다.

"하긴 새 드라마 방영한다고 하던데."

"기사, 보겠지?"

전화를 끊고 난 뒤 내내 입을 다물고 있던 윤승하가 한참 후에 입을 열었다. 홍송이는 못 볼 수도 있지라는 말을 차마 해줄 수 없었다. 설령 그렇게 말한다고 해도 그게 거짓말이라는 걸 그녀도 알고, 윤승하도 알았다.

"아마도."

"damn it!"

홍송이가 어설피 동조하자 윤승하가 나직이 욕설을 내뱉

었다. 평소라면 '네이티브 스피커 다 되었네.'라는 등 실없는 농담을 던질 법도 한데, 그녀는 차마 우스갯소리도 하지 못했다. 그만큼 윤승하가 우울하고 짜증 나 보였다. 취기는 일찌감치 사라진 듯했다.

02

효영은 기지개를 켜며 눈을 떴다. 간밤에 모처럼 푹 잠을 이뤄선지 아침에 눈을 뜨는 게 힘들지 않았다. 지난밤 소개팅 소식을 들은 박은수에게 전화가 걸려와 늦은 시각까지 통화했다. 그녀는 소개팅 자리에서 다른 사람과 동석하질 않나, 나중에는 회사 일로 인사도 제대로 못 하고 먼저 떠난 것을 모두 전해 들은 모양이었다. 전화상 목소리에 미안한 기색이 역력했다.

시무룩해하는 친구를 달래며 길었던 전화를 끝내고 잠자리에 들었을 때는 이미 12시가 넘은 시각이었다. 짧은 시간이었지만 꿈도 꾸지 않고 숙면을 취해서 자고 난 뒤 기분이 개운했다.

여유롭게 출근 준비를 마치고 집에서 나왔다. 바로 도착한 엘리베이터를 타고 밖으로 나오던 효영은 입구에서 발이 멈추었다. 언제부터였는지 아파트 입구에서 윤승하가 그녀를 기다리고 있었다. 처음 있는 일에 그녀는 의아함이 앞섰다.

무엇보다도 지난밤에 잠을 못 이루었는지 초췌한 기색이 마음에 걸렸다. 초조한 얼굴로 서 있던 윤승하는 그녀를 발견하고 크게 눈을 떴다. 효영은 살짝 고개를 숙이며 인사를 건넸다. 그는 단단히 결의한 얼굴로 성큼성큼 그녀 앞으로 다가와 섰다.

"아니에요."

그의 첫마디였다. 대뜸 던진 말은 주어, 목적어가 모두 생략되어 있어서 무슨 뜻인지 알 수 없었다.

"뭐가 아닌데요?"

효영이 되묻자 윤승하는 다소 조급한 음성으로 말을 꺼냈다.

"어제 저와 관련된 기사가 떴는데 모두 거짓이에요. 사진은 조작이 아니지만 기사에서 설명하는 것과 전혀 달라요. 그 사람이 연예인인 줄도 몰랐어요. 그런 사진이 찍힐 줄은 더더욱요. 그냥 평범한 팬인 줄 알았어요."

그는 추궁하지 않은 일에 먼저 해명을 늘어놓았다. 효영은 무슨 상황인지 이해하고 턱을 문지르는 척 입을 가렸다.

문득 어제 일이 떠올랐다.

윤승하가 가는 것을 보고 호텔 주차장에 세워 둔 차를 찾아 집으로 돌아왔다. 그런데 이미 돌아갔을 거라고 생각했던 제임스 김이 그녀를 기다리고 있었다. 그는 제 고객을 진심으로 걱정하고 있었다.

Blooming

'승하 일로 대화를 나누고 싶습니다.'

그는 무척이나 정중하게 요청했고 효영은 그를 받아들였다. 하지만 낯모르는 그를 집으로 데려갈 수도, 그렇다고 다른 사람도 아닌 윤승하와 관련된 일을 개방된 장소에서 할 수도 없었기 때문에 그녀의 차에서 대화를 나누었다.

'방송 이후에 사적으로 만나는 줄은 몰랐습니다.'

'같은 아파트에 살고 있어서 자주 얼굴을 보게 되네요.'

'실례되는 질문인지는 알지만 승하와는 어떤 관계인지 여쭤도 될까요?'

'네, 실례예요.'

그녀가 단호하게 대꾸한 말에 제임스 김은 놀란 듯했다. 하지만 단호한 말투와는 달리 효영은 그를 향해 부드럽게 웃어 보였다. 기분이 상한 건 아니라는 걸 심각하지 않은 표정으로 알려 주었지만 그렇다고 제임스 김의 요구를 들어줄 마음은 없었다.

'승하는 전효영 아나운서를……'

'더 말하지 않는 게 좋을 것 같네요. 본인도 아직 꺼내지 않은 말을 대신 하는 건 윤승하 선수에게 실례일 테니까요.'

효영이 말을 끊었다. 제임스 김은 그녀의 말을 곱씹다가 무언가를 깨달은 듯, 한숨을 쉬었다. 아직 본인에게 고백도 하지 못한 것이다. 그녀가 막지 않았으면 섣부른 짓을 할 뻔했다. 그러다가 제임스 김은 움찔하며 효영을 봤다.

'다 알고……'

하긴 그렇게 감정을 흘리고 있는데 어지간히 둔하지 않고서는 모를 리 없었다. 그런데 고백도 못 한 상태라니, 제임스 김은 자신의 고객 때문에 이 순간 얼굴을 들기가 민망할 지경이었다.

'전효영 아나운서는 승하를 어떻게 생각하십니까?'

'그 대답을 먼저 들어야 할 사람은 따로 있는데요.'

'부디 상처만 주지 않으셨으면 합니다. 부탁드립니다.'

효영이 대답을 하기도 전에 제임스 김의 전화가 울렸고 좁은 차 안에 있던 터라 통화 소리가 고스란히 그녀에게도 들려왔다. 예의상 시선을 돌리고 있었지만 윤승하가 스캔들에 분노를 토하는 소리를 고스란히 들었다. 더불어 대상을 지정한 건 아니었지만 본의 아니게 간접적인 고백 아닌 고백을 듣게 됐다. 상황을 모르는 건 오로지 그 혼자였고, 부끄러움은 고스란히 효영과 제임스 김이 감당해야 했다. 전화를 끊은 뒤 서로 대화를 나누기도 민망한 상황이어서 어영부영 헤어지게 됐다.

이미 기사를 보기 전에 윤승하의 입을 통해 스캔들에 대해 알게 됐고 그 일의 전말까지 알고 있는 상황이었다. 더욱이 일전에 인터뷰에서도 대놓고 송가희가 누구인지 모른다는 걸 밝히지 않나. 그녀가 의혹을 가질 여지가 없었다.

그런데 제임스 김이 따로 그에게 언질을 하지 않은 모양인지 그 사실을 모르는 윤승하는 아침부터 그녀를 기다려서 해명을 하고 있었다. 가슴이 간질간질한 기분이 들어 스스로도 놀라면서도 그를 안심시키는 것을 잊지 않았다.

"믿어요."

윤승하는 그 짧은 한마디에 구원을 받은 표정이었다. 이제야 긴장이 풀린 듯 뻣뻣하게 굳어 있던 몸에서 힘이 빠졌다. 밤새 전전긍긍했을 그가 안쓰러우면서도 이 상황이 못 견디게 우스웠다.

"풋."

그녀는 결국 웃음을 참지 못했다. 효영이 소리 내어 웃자 윤승하는 이유를 알지 못해 어리둥절한 얼굴이었다. 그 표정을 보고 연달아 웃음이 터졌다. 콧잔등이 살짝 찡그려진 모습조차 예쁘기만 해 윤승하는 그 모습을 홀린 듯이 바라봤다.

가슴에서 시작된 파문은 넓게 퍼져 나갔고 얼굴로 열이 몰렸다. 하도 뛰어 대서 심장이 아릴 지경이었다. 그녀의 웃는 얼굴은 그에게 지나치게 자극적이었는지 벅차는 가슴은 도무지 진정이 되지 않았다.

"당신이 좋아요."

그 말은 부지불식간에 나왔다. 여러 번 입안으로 삼켰지만 끝내 막지 못했다. 말한 당사자도 움츠러들 정도로 준비가 되지 않은 상태였다. 잠시 놀란 듯했던 윤승하는 곧 감정이 이성을 이긴 것에 승복했다. 놀람이 지나간 뒤 그는 평소보다 더 짙은 감정을 고스란히 드러낸 눈으로 효영을 응시했다.

"좋아합니다."

윤승하는 짧게 심호흡을 한 후 재차 말했다. 스트레이트로 던지는 고백에 효영은 당장 아무 생각도 나지 않아 입을 다물고 있었다. 시원하게 고백하면 정중히 거절하자고 준비해 왔지만 정작 이 상황이 되자 머릿속이 비었다. 그녀의 새카만 눈동자가 세차게 흔들렸다.

언젠가는……이라고 막연하게 생각했던 고백이다. 하지만 이런 시간과 장소는 염두에 두지 않았다.

언제나 상상하는 그 이상으로 돌려주는 남자였다. 출근길에 고백이라니.

그런데 신기하게도 전혀 꾸미지 않은 저 고백이 그녀의 마음에 들어와 연약한 구석을 흔들었다. 분위기 좋은 장소에서 이벤트를 준비하고 미리 생각해 둔 멘트로 하는 고백이 아니라, 참다 참다 불쑥 튀어나온 저 소박한 진심에 마음이 끌렸다.

"효영 씨가 소개팅하는 게 싫다는 말은 진심이에요. 어제 그런 말 한 걸 후회하지 않아요."

그는 주먹을 꽉 쥐었다가 폈다.

"술김에 했던 말이 아니에요."

거기까지 말한 윤승하는 그녀가 무슨 말을 꺼내기도 전에 고개를 푹 숙여 무뚝뚝한 인사를 한 뒤 반대편으로 뛰어갔다. 홀로 남겨진 효영은 황당한 기색을 감추지 못했다.

"그래서 어쩌고 싶은데요?"

그녀는 들을 상대가 없는 말을 중얼거렸다. 물론 그녀가 할 말은 정해졌지만 당황스럽긴 마찬가지였다. 보통은 고백을 하고 대답을 들은 뒤 관계를 발전할지, 아닐지 정하는 게 일반적인 수순인데 뒤의 모든 과정을 생략하고 가 버린 남자를 떠올리며 효영은 밀려드는 당혹감에 혀를 찼다.

스캔들에 대한 정정 기사가 올라왔다. 에이전트는 이번 스캔들 기사에 대해 적극적으로 부정하며 현재 윤승하가 좋은 감정으로 지켜보는 상대가 따로 있어서 이번 스캔들에 적극적으로 해명하게 되었다는 배경을 짧게 덧붙였다.

송가희 측에서는 해당 스캔들에 대해 침묵하는 입장이었다.

양측의 상반된 태도에 온라인상에서 네티즌들끼리 설왕설래했다.

개중 어떤 이들은 윤승하가 좋은 감정을 가지고 있는 상대가 누구인지를 궁금해하며 여러 후보들을 갖다 맞추고 있었는데 그중에 효영의 이름도 거론이 되었다.

제임스 김은 현재 상황을 정리해서 윤승하에게 알려 주었다. 그런데 어제만 해도 언론사와 기자들을 씹어 먹을 듯이 고소까지 거론했던 당사자가 정작 오늘은 그 일에 별 감흥이 없어 보였다. 다소 멍한 듯도 해 어제 먹은 술이 덜 깬 건 아닐까 의아스러웠다.

"좋아하는 상대에게는 어떤 선물을 하는 게 좋지?"

내내 별다른 대꾸를 하지 않던 윤승하가 입을 열었다. 꺼낸 말이 기대와 달라 제임스 김은 다소 어처구니없다는 표정을 지었다. 효영에게 줄 선물에 대한 고민이 현재 윤승하의 최대 관심사인 것이다.

"아직 마음도 제대로 전하지 못했으면서 선물은 무슨 선물이야."

제임스 김이 혀를 차면서 짐짓 퉁명스럽게 중얼거리는데 그 말을 듣고 윤승하가 눈을 가늘게 뜬 채 날카롭게 그를 살폈다.

"형이 그걸 어떻게 알지?"

"어? 아니, 나는."

어제 그를 보내 놓고 따로 효영을 기다려서 대화를 나눈 것을 가급적 윤승하에게 비밀로 하고 싶었던 제임스 김은 그의 추궁에 속으로 긴장했다. 사실을 알게 되면 쓸데없는 짓을 했다고 노발대발할 것이다.

"홍송이한테 들었나?"

그런데 윤승하는 낱낱이 캐묻지 않고 나름대로 추측하여 대수롭지 않게 넘겼다. 제임스 김은 맞다, 아니다 대답하는 대신 어색한 웃음을 지었다.

"그리고 틀렸어. 좋아한다고 얘기했어."

어제까지만 해도 당사자에게 윤승하로부터 고백받지 않았다는 사실을 간접적으로 확인했는데 그로부터 몇 시간이 흘렀다고 그에게서는 상반되는 대답을 들으니 제임스 김은 의혹이 컸다. 그리고 의심의 한 축이 기울어지고 그는 입을 열었다.

"언제? 어제 늦게, 아니면 오늘 아침?"

"왜 그렇게 세세히 알려고 해."

윤승하가 눈썹을 찌푸리며 불편한 기색을 드러내자 말을 멈추었지만 제임스 김의 머리는 팽팽히 돌아갔다. 그의 짐작대로 고백한 지 얼마 안 되는 듯했다.

"그럼 사귀는 거야?"

"안 사귀는데."

대답하는 윤승하가 의외로 괜찮아 보인다며 제임스 김은 고개를 갸웃거렸다.

"차였는데도 덤덤하다?"

"차이긴 누가 차여?"

사귀는 것도 아니다, 차인 것도 아니라는 대답에 제임스 김은 문득 피로를 느꼈다. '그냥 고백만 한 거냐.'고 기가 막혀 중얼거렸다.

"그래서 전효영 아나운서는 뭐라고 하든?"

"뭘?"

"고백에 대한 대답을 했을 거 아냐. 괜찮다, 아니면 아니다."

"내 감정을 말하는데 그 사람 대답이 왜 필요하지?"

윤승하의 진지한 반문에 제임스 김은 진담이냐고 소리칠 뻔했다. 그는 자신에게 이런 자제력이 있음에 감사했지만 치밀어오르는 두통에는 머리를 붙잡을 수밖에 없었다.

"상대방이 너한테 어떤 감정을 갖고 있는지 궁금하지 않아?"

"내가 그 사람을 좋아하는 것과 별개로 그 사람은 아직 나를 제대로 알지 못해. 끊임없이 감정을 되새기며 준비를 한 나와 달리 나를 알아볼 시간이 없던 사람에게 당장 어떤 감정을 갖고 있는 거냐고 묻는 건 폭력이나 다름없지 않아? 그건 너무 일방적인 욕심이지."

그 사람에게 그런 부담을 안기고 싶지 않다고 덧붙이는 말에 제임스 김은 입을 벌렸다. 의외로 상식적인 생각을 한다며 감탄하는데 윤승하는 다시 처음의 주제를 꺼냈다.

"그래서 어떤 선물이 좋을 것 같아?"

제임스 김은 그걸 왜 자신에게 묻느냐고 항의하려던 걸 속으로 삼킨 후에 돈, 보석, 명품 등을 무성의하게 줄줄이 읊었다. 기어이 윤승하에게서 날 선 시선을 받고서야 멈추고 그나마 성의 있는 의견을 꺼냈다.

"보통 구애하는 상대에게 무난하게 꽃을 선물하는 편이지."

"장미?"

"그게 가장 고전적이긴 한데 여자들은 꽃말 같은 거 좋아하니까 의미가 담긴 꽃을 선물하는 것도 좋겠다."

"어떤 꽃이 꽃말이 좋지?"

그 질문에 제임스 김은 대답하는 대신 핸드폰을 툭툭 두드렸다.

"스마트 폰 뒀다가 국 끓일 때 쓰게? 검색해 봐."

자기가 꽃말 같은 걸 외워서 뭘 하겠냐고 작게 투덜거렸다. 윤승하는 그런 불평을 한 귀로 흘리고 곧장 검색을 시작했다.

아나운서실에서도 두 사람의 스캔들에 대해 얘기가 오갔다. 효영은 담담히 제 할 일을 했지만 귀에 자꾸 들어오는 이름을 완전히 막을 수는 없었다. 송가희와는 도저히 선연善緣이 아니었다.

한여울은 원체 성격 자체가 다정다감한 편이었다. 그래서 막 데뷔한 어린 후배에게도 다정하게 먼저 다가갔다. 송가희는 막 데뷔해서 물정을 제대로 모르던 신인이었고 한여울은 함께 촬영하는 그녀에게 마음을 많이 써 주었다. 친하다고 할 수 있는 선후배가 되었다. 송가희는 한여울을 언니, 언니 하며 따랐고 효영은 친구와 만나면서 가끔 그녀를 보기도 했다. 그때만 해도 그녀가 어떤 사람인지 알지 못했다.

한여울은 스폰서 관계를 맺으며 급격히 대중에게 이름을 인식시키기 시작한 송가희에게 인기도 좋지만 스스로 재능을 닦으라는 진심 어린 충고를 아끼지 않았다. 그 충고를 귀담지 않는 송가희는 입으로는 '네, 네' 하며 고분고분하게 대답했다.

그녀의 실체를 알게 된 건 한여울이 결혼한 후였다. 남편에게 다른 여자가 있다는 걸 눈치채고 주변을 알아보다 그의 명의로 된 아파트에 송가희가 살고 있는 것을 알게 됐다. 관계가 명백했다.

그래도 일말의 희망을 가지고 송가희를 찾아간 한여울은 '불륜 관계가 아니라 서로 필요한 걸 위해 계약을 한 것이다.'며 '자기 남편은 자기가 지켜야지 왜 나한테 따지는 거냐.'고 모멸감을 주었다.

믿었던 남편과 동생처럼 여기던 이에게 배신을 당한 한여울은 더 이상 깊어질 수 없는 절망에 빠졌다. 그녀가 이혼을 결심하게 된 결정적인 계기는 송가희가 만들었다.

한여울이 이혼을 하고 죽은 후에도 세상에 정의가 없다는 생각이 들 만큼 송가희는 계속해서 승승장구했다. 일부러 그녀에게 신경을 쓰려고 하지 않는데 이런 식으로 다시 얽히니 그녀와는 어쩔 수 없이 악연이라는 생각이 들었다.

퇴근할 때쯤엔 평소와 다른 이유로 지쳐 버렸다.

사실 송가희의 스캔들은 그리 흥미를 끌지 못했다. 효영의 머릿속에 3분의 2를 차지한 생각은 오늘 아침 윤승하가 했던 고백이었다. 어중간하게 뚝 끊긴 것 같다는 느낌을 좀처럼 지울 수가 없어서 이제는 그가 아주 고단수가 아닐까, 하는 의심이 들 지경이었다.

어떤 식으로든 결론이 났다면 지금처럼 하루 종일 머릿속에서 따라다니거나 하지는 않았을 텐데 윤승하는 도저히 잊을 수 없는 고백의 추억을 안겨 주었다.

효영은 퇴근해 돌아오는 길에 또다시 그녀를 기다리고 있던 게 분명한 윤승하와 만났다. 아침에 제 말만 하고 사라졌던 남자가 그녀를 기다리고 있자 밀고 당기기에 대한 의심이 다시금 머리를 들었다.

"한 며칠은 만나지 못할 거라고 생각했어요."

효영이 생긋 웃으며 뼈 있는 말을 했지만 윤승하는 속뜻을 알아차리지 못하고 도리어 왜 그렇게 생각했냐고 의아히 물었다. 효영은 미소를 의식적으로 더 키우며 어깨를 으쓱했다.

"그러게요. 왜 그런 생각이 들었는지 모르겠네요."

그녀는 모르고 하는 밀고 당기기가 더 속을 태운다는 사실을 처음 알았다. 일부러 저러는 게 아니니까 미워할 수도 없었다. 감정은 직선으로 부딪쳐 오면서 의식하지도 못하고 밀고 당기기를 한다는 게 아이러니했다.

"주변에 윤승하 선수 스캔들에 관련해서 물어보시는 분들이 많더라고요."

마땅한 주제를 찾다가 무심코 그 이야기를 꺼냈는데 윤승하가 표정을 굳혔다. 듣기 싫은 내용이었구나 싶어서 화제를 돌리려는데 그가 먼저 입을 열었다.

"그걸 왜 효영 씨한테 묻습니까?"

그녀에게 그 화제를 꺼낸 사람들이 마뜩잖은지 미간이 찌푸려졌다. 효영은 태연히 어깨를 으쓱했다.

"한국에서 윤승하 선수와 인터뷰를 한, 유일무이한 방송인이니까요."

"미안합니다."

"네, 좀 미안해하셔도 될 것 같아요."

당연한 수순으로 괜찮다는 말이 나올 거라 짐작했는지 효영의 대꾸에 윤승하가 놀라 눈을 크게 떴다.

"왜 그렇게 인기가 많으신 거예요. 제 주변에 윤승하 선수 팬이 그렇게 많은 줄 이번에 새삼 깨달았어요."

그녀가 가볍게 덧붙이자 진지하지 않은 것에 윤승하는 한시름 놓았다. 그녀가 진심으로 불쾌해했다고 걱정한 모양이다.

"제 남동생도 전화해서 묻더라고요. 아직 회사라면서 일은 안 하고 딴짓한다고 나무라려다가 말았어요."

"남동생."

"네, 저번에 부탁한 사인 중에 하나는 동생 몫이었어요. 같이 인터뷰한다는 소식을 듣고 윤 선수 골수팬이라고 몇 번이고 사인 부탁을 당부했죠."

"혹시, 효준?"

윤승하 입에서 제 동생 이름이 나오자 효영은 눈을 커다랗게 떴다.

"동생 이름을 어떻게 아셨어요?"

"지난번에 사인받은 분들 이름이 기억에 남아 있어서요. 이름 중간에 똑같은 글자가 들어가서 찍어 봤는데 맞았네요."

"한 번 사인해 준 이름들을 그렇게 잘 기억하세요?"

"유독 기억에 남는 이름들이 몇 개 있어요. 모두 기억하는 건 아니고요."

겸양하듯 말하는 윤승하를 바라보다가 문득 짓궂은 기분이 든 효영이 가볍게 받아쳤다.

"혹시 남자 이름이라 경계하느라고 기억한 거 아니에요?"

정말 농담이었는데 명중했는지 윤승하가 당황한 빛을 내비치며 대답을 하지 못했다. 그 바람에 효영의 입도 다물렸다. 어디에 지뢰가 있는지 몰라서 함부로 희언을 할 수가 없었다. 이래서 농담도 하던 사람이 해야 하는 것 같다.

"그동안은 몰랐는데 제가 질투가 심한 사람이었던 모양이에요."

Blooming

한참 후에 윤승하가 담담히 속삭였다. 직구에 또다시 직구로 응수하는 대답에 효영은 그저 '그렇군요.' 하고 맞장구를 치는 게 최선이었다. 그녀는 문득 저를 꿰뚫을 듯이 쏘아지는 눈길에 윤승하를 봤다. 깊은 눈동자에 떠올라 있는 감정들이 손에 잡힐 듯하다 못해 노골적이었다. 그가 어떻게 하고 싶은지, 자신은 또 어떤지 답이 쉽게 나오지 않았다. 하지만 묻지 않을 수 없었다.

"할 말 있으세요?"

그가 운을 뗄 수 있는 빌미를 제공했다. 어떤 식으로든지 결말이 나기를 바라는 마음이 강했다. 윤승하는 눈을 깜박이더니 이내 무언가를 떠올리고 입을 열었다. 그 순간, 효영은 몹시 긴장했다.

"다음 주에 합숙소에 입소합니다."

하지만 입이 열리고 흘러나온 말은 그녀의 기대와 전혀 다른 방향으로 흘렀다. 미처 타오르지 못한 불꽃이 푸시시 꺼졌다. 그러나 이내 윤승하가 어떤 식으로든지 관계 발전을 위한 말을 한다고 해도 자신 역시 선뜻 대답하지 못한다는 것을 인지하고 이편이 나을 거라고 스스로를 납득시켰다.

"합숙소면 인천인가요?"

"네. 미리 적응 훈련을 할 거예요."

"그래도 이번 아시안 게임은 우리나라에서 개최돼서 다행이네요. 인천이라고 해도 인근이니까 많이 낯설지도 않을 테고요."

'그렇긴 해요.' 하고 동의한 윤승하는 잠시 효영을 응시하다가 눈이 마주치자 그녀가 미소를 짓자 뒷목을 문질렀다. 무슨 생각을 하는지 잠시 눈을 찌푸리더니 입술을 달싹이는 모습에 효영은 의아한 표정을 지었다.

윤승하는 쓰게 웃으며 천천히 목에서 손을 내리고는 주먹을 쥐었다가 폈다. 지금 그의 기분을 말로 설명하는 데 무리가 따랐다. 고르지 못한 말은 여과 없이 흘러나왔다.

"매일같이 효영 씨를 봤는데 그러지 못하겠죠."

이번엔 효영 쪽에서 말문이 막혔다. 윤승하는 그 상황을 잠시 상상해 보는 듯, 미간을 살짝 찌푸렸다.

"시즌 중에 원정을 떠나는 일이 자주 있어서 익숙하다고 생각했는데 왠지 이번은 싫네요."

"잠시만."

효영은 더 듣고 있다가는 얼굴이 불타 없어질 것 같아서 그를 막으려고 했지만 목소리가 너무 작았던 탓인지 윤승하는 말을 그치지 않았다.

"떠나 있는 동안에 이번에야말로 당신한테 좋아하는 상대가 생기지 않을까 하는 불안이 있어요. 그런 일이 생긴다면 참기 힘들 거라고 생각해요."

윤승하는 그녀가 숨을 돌릴 겨를도 없이 말했다.

"좋아해요. 이 고백조차 부담스러울지 모르겠지만 좋아합니다."

그는 재차 말했다.

"좋아하고 있어요."

휘몰아치는 고백에 효영은 정신을 차릴 수 없었다. 반복되는 고백은 말 한 마디, 한 마디에 진심이 힘주어 담겨 있었다. 언제 옮겨 왔는지 모를 떨림이 효영의 가슴 언저리에서 조금씩 크기를 키우고 있었다.

03

금일에는 최종 점검을 겸해서 올 시즌 우승 팀인 신우 팰콘스와의 연습 경기가 있었다. 윤승하는 이번 연습 경기에서 선발로 3이닝 정도만 가볍게 던질 예정이었다. 홈 야구장은 이번 아시안 게임 개최지인 인천에 소재했다.

야구장에 도착해서 상대 팀과 인사를 나누었다. 선수들끼리도 친한 경우 허물없이 대화를 나눌 정도로 분위기는 좋았다. 다만 한국에서의 야구 경력이 길지 않은 윤승하는 아는 얼굴이 드물었다. 예의상 인사를 하고는 경기 준비를 했다.

"운이 좋네, 메이저리거의 공을 다 쳐 보고."

의미상 거슬릴 게 없지만 말투가 적대적인 선수가 있었다. 자신이 갖지 못한 것에 대한 분노이든, 아니면 열등감, 혹은 치기일까. 호전적인 태도를 보이는 상대 선수에게 윤승하는 응수

할 가치를 느끼지 못했다. 저런 시비를 한두 번 겪는 게 아니었다. 일일이 반응할 군번은 지났다. 성격 자체가 원체 본인이 신경 쓰는 것만 신경 쓰는 터라 다른 선수들이 그에게 호승심을 보여도 항상 담담했다.

"잘하면 크게 하나 터지겠어."

킬킬거리며 연신 자극하는 말을 잇자 도리어 표정을 찌푸린 쪽은 듣고 있던 안도훈이었다. 그보다 선배에 강타자였지만 평소 쉬쉬하는 말로 인성 문제가 거론이 되기도 했다. 그러나 실력이 모든 걸 말해 준다고 올 시즌 타율이 좋은 편이었다. KBO에서도 제법 손꼽히는 몸값을 자랑하는 선수였다.

하지만 프로의 세계라고 해도 결국 관계에 있어서 나이가 중시되는 한국이었다. 여기에서 안도훈이 그 말이 그르다 따지고 들면 하극상이 될 것이다. 이 역시 병폐라면 병폐라며 안도훈의 안색은 썩 좋지 못했다.

"표정 풀어라."

어디서 개가 짖나 보다고 무시하고 경기를 준비하던 윤승하가 그를 무릎으로 툭 쳤다. 태연한 얼굴을 보니 속이 가라앉았다. 그 어떤 소리도 결국 실력으로 침묵시키는 대표적인 케이스가 바로 눈앞에 있었다.

"삼진 잡아라."

안도훈이 연습 투구를 하기 위해 일어나던 윤승하의 가슴을 주먹으로 가볍게 툭 치며 말했다. 짧지만 꽤 많은 감정이 담긴 말에 윤승하는 피식 웃었다. 그러더니 모의를 작당하는 개구쟁

이 같은 미소를 지었다.

"삼진으로 되겠어?"

그가 말한 의미를 파악하려는 안도훈에게 당부의 말을 잊지 않았다.

"눈 크게 뜨고 타구 방향 잘 보고 있으라고."

아직은 정확한 생각을 모르겠지만 꽤 재미있는 모습이 연출될 거라는 기대감에 안도훈 역시 공모자 같은 얼굴로 웃었다.

윤승하가 한국에 온 이후 첫 경기이기에 그가 어떤 투구를 보여 줄지 관심이 쏠렸다. 하지만 기대에 못 미치고 그는 두 타자 연달아 타자 몸에 공이 맞는 데드볼을 던졌다. 주변이 술렁거리는데도 윤승하는 태연했다.

위험한 부위는 아니었던 데다가 정식 경기가 아닌지라 연달아 나온 데드볼에 팀 간 난투극이 벌어지는 사태까지는 가지 않았다. 다분히 고의적인 느낌이 든다고 하기에 윤승하의 태도는 예의가 발랐다.

그는 처음과 마찬가지로 데드볼로 출루하는 두 번째 주자에게 역시 사과를 표하고 다음번 타자를 맞이했다. 안도훈은 경기 시작 전에 윤승하에게 와서 자극적인 말을 하고 간 선수가 타석에 오르는 것을 보고 눈을 크게 떴다.

'저 녀석 설마.'

윤승하의 생각을 알 것도 같아 입술 사이로 비집고 나오려는 웃음을 참으려 입매를 비틀었다. 확실히 그가 경고했던 대로 눈 크게 뜨고 수비를 봐야 할 것 같았다. 자신이 상상한 대로 그림이 나오면 얼마나 통쾌할지 금방이라도 웃음이 터질 것만 같았다.

윤승하의 볼은 구속이나 구위뿐 아니라 무브먼트투수가 공을 던질 때 홈 플레이트에 들어가는 공 끝의 변화도 상당히 좋았다. 공을 지켜본 타자는 다음 타석에서는 공을 치려는 듯했다.

두 번째 투구도 같은 코스로 들어갔다. 아니, 같은 코스로 오인할 만큼 미세한 차이로 첫 투구보다 낮게 들어갔다. 하지만 이전 구속과 비슷하게 손을 못 댈 정도는 아니었다. 타자는 배트를 휘둘렀고 타구가 2루 쪽을 향해 날아갔다. 바운드 없이 직선으로 날아오는 공을 안도훈이 잡아챈 뒤 2루 베이스를 밟았다.

2루로 달려오던 주자가 볼을 노 바운드로 잡아내는 걸 보고 '아차' 하는 표정을 지었지만 1루로 돌아가기에는 늦었다. 안도훈은 여유롭게 1루 주자의 몸에 공을 대 태그 아웃을 시켰다. 아웃이 없는 상황에서 출루한 세 타자가 한꺼번에 아웃이 되는, 그림 같은 트리플 플레이였다. 상대 타자에게는 삼진보다 더 수치스러운 플레이였다.

3이닝 동안 70퍼센트의 힘을 낸 윤승하는 고작 9명의 타자만을 상대했다. 피안타는 0개, 경기 시작 전 상대 선수가 장담했던, 홈런을 맞는 일 따위는 없었다.

대표팀이 5번 타자의 솔로 홈런으로 1 대 0, 승리를 거두었다. 경기를 끝내고 선수들 간 인사를 나눌 때 윤승하에 의해

트리플 플레이를 당했던 타자가 굳어진 얼굴로 그에게 다가왔다.

"나하고 한 타석 승부하자."

윤승하에게 트리플 플레이를 당하고 분이 풀리지 않은 모양이었다. 스포츠 선수답게 호전적인 성격을 가진 그는 더 높은 곳을 바라고 있었다. 현재 윤승하는 그가 꿈꾸는 세계에 몸을 담고 있었고 괴물 같은 재능을 가진 선수들 사이에서도 화려한 스포트라이트를 받는 선수였다.

우연이라도 상관없었다. 한 타석 내에 장타를 쳐 낸다면 자신의 꿈에 한 발자국 더 다가가는 기분을 만끽할 것이다. 하지만 자신이 무언가를 증명할 수 있는 기회도 없이 윤승하는 마운드를 내려갔다.

메이저리그에서 날고 긴다는 타자들도 그에게서 좀처럼 점수를 내지 못한다는 사실은 기억에서 지웠다. 제 재능은 한 타석만으로 판가름 낼 수 없었다. 2009 WBC 준우승, 2010 광저우 아시안 게임 우승의 주역이라는 자부심이 강했다.

"별로 하고 싶은 생각이 없습니다."

윤승하는 그의 제의를 단번에 거절했다. 고민하는 기색조차 없었다. 아니, 거절하는 것에 미안한 마음을 조금도 갖고 있지 않았다.

"스포츠 선수라면서 승부 근성도 없는 거냐?"

선수의 목소리가 제법 큰지라 다른 선수들의 시선을 끌었다. 이목이 몰렸음에도 선수는 윤승하를 이겨 보겠다는 호승심에 주변이 눈에 들어오지 않는 듯했고 윤승하는 애당초 주변에 무관심했다.

"내가 왜 메리트가 없는 일에 어깨를 써야 합니까? 아니면 그쪽과의 1타석 승부로 내가 얻을 만한 게 있습니까?"

선수는 아무 말도 하지 못했다. 윤승하는 감흥 없이 프로라면 자기 몸은 스스로 관리해야지 않겠냐고 응수한 뒤 살짝 고개를 끄덕여 보이고는 돌아섰다. 면전에서 거절당한 선수가 이를 바득바득 갈든 어쩌든 윤승하가 그 심정까지 헤아려야 할 이유는 없었다.

경기 외에 승부욕을 발휘하는 건 낭비라고 생각했다. 전의를 불태우는 건 정식 경기에서 충분했다. 이런 식으로 체력과 시간을 낭비할 생각은 추호도 없었다.

"한 번만 상대해 주지 그랬어. 무시무시한 눈으로 이쪽을 노려보고 있던데? 앙심을 잊지 않는 사람이라고."

안도훈이 옆으로 다가와 충고를 했지만 윤승하는 어깨를 으쓱했다.

"그냥 실력으로 콱 누르는 것도 괜찮았을 텐데."

"저런 타입은 어차피 몇 번을 눌러도 납득 못 하기는 마찬가지야. 괜한 체력 낭비야."

손을 내저으며 됐다고 하는데 안도훈이 더 이상 이래라저래라 간섭할 이유는 없었다. 안도훈은 가뿐히 수긍했다.

버스를 타기 위해 나오자 소식을 듣고 팬들이 몰려와 있었다. 윤승하는 저에게 내미는 사인지를 선뜻 받아 사인을 휘갈겼다. 나이가 어린 한 팬이 '와, 윤승하다!' 하고 말하자 '반말하지 마.'라고 장난스럽게 훈계하기도 하며. 그가 거절을 하지 않고 모두 사인을 해 주자 팬들의 얼굴에 환한 미소가 걸렸다.

팬들에게 친절하게 대하는 태도를 보면 좀 전과 같은 사람인지 의심스러울 정도였다. 응원을 하러 서울에서 왔다는 홈 팬에게 사인을 해 주며 안도훈은 부드럽게 웃었다.

사인을 받은 팬들이 사진을 청하는데 윤승하는 흔쾌히 응했다. 손짓으로 까딱까딱 안도훈을 불러 팬들과 사진을 찍었다. 카메라는 팔이 길고 손이 큰 윤승하가 즉석에서 팬에게 작동법을 배워 촬영했다.

찍힌 사진을 함께 확인하면서 이 사진은 자기가 카메라발이 잘 안 받았다며 지우고, 이건 잘 찍혔으니까 놔두고 하는 식으로 훈수를 두자 소탈한 모습에 팬들이 와르르 웃음을 터뜨리기도 했다.

✾

윤승하에 대해서 찾아본 것은 정말 충동적인 행동이었다. 불현듯이 윤승하라는 사람이 궁금해졌다. 효영은 그의 이름을 검색하는 것으로 무수히 많은 자료들을 발견했다. 윤승하와 관련된 블로그는 무척이나 많았고 일부에서는 그의 경기 영상을 업로드해 두기도 했다.

효영은 윤승하의 경기 영상을 봤다. 항상 평상복 차림을 봐서인지 양키스 유니폼에 모자를 쓴 모습이 무척이나 낯설었다.

야구에 대한 지식이 없어 화면에 나온 여러 가지 글자와 숫자들이 무엇인지 알 수 없었다. 그래서일까, 효영은 윤승하에게 더 집중할 수 있었다.

투구를 하고 있는 윤승하는 웃음기 하나 없이 진지한 표정을 짓고 있었다. 야구장을 진동시키는 커다란 응원 소리에도 그의 표정에는 좀처럼 변화가 없었다. 무섭도록 집중하고 있는 눈빛. 그것은 낯설지만 효영이 알고 있는 모습이었다.

그녀를 바라볼 때 윤승하의 표정이 꼭 저러했다. 마치 그녀 한 사람만 보인다는 듯이 오감을 그녀에게만 집중했다.

물론 경기의 다른 말이 대전對戰이듯이, 야구 경기를 치르는 윤승하는 거칠고 사나웠다. 그녀에게는 저렇게 거칠지는 않았다. 사소한 실수에 그녀가 다칠까 두려운 것처럼 손을 대는 것조차 조심스러워했다. 하지만 표현 방식은 차이가 있더라도 절박하리만큼 집중하는 그의 마음은 같았다.

부친이 죽고 난 뒤 야구는 윤승하의 인생, 그 자체였다. 그 이전에도 그 이후에도 야구밖에 몰랐던 남자이다. 하나밖에 모르고 직진하는 남자. 그런 남자의 첫 정이었다.

효영은 노트북을 덮어 버리고 두 손에 얼굴을 묻었다.

그의 진심은 알고 있었다. 모른 척하려고 해도 그대로 표시가 나는 사람이어서 고백하기 전부터 모를 수야 없었다. 가볍지 않고 진지하게 부딪쳐 오는 윤승하의 감정을 잘 안다고 자부했는데 뜻밖에 그녀의 상상보다 진심의 농도가 훨씬 짙었다.

괜히 찾아봤다 싶었다. 자신이 다른 사람의 감정에 동화되기 쉬운 성격이라고 여태까지 단 한 번도 생각하지 않았다. 실제로도 그녀가 어린 시절부터 지금까지 겪었던 일들 때문에 다른 사람들보다 무덤덤한 편이었다.

사람 자체에 기대가 없는 데다가 선 안에 사람을 들이지 않았다. 만일 그녀가 정에 이끌리는 성격이었다면 지금까지 혼자였을 리 없다. 그런데 윤승하는 자꾸 그녀의 예민한 부분을 건드렸다. 정신없이 휘둘리다 보면 어느새 이만큼, 잠시 방심을 하고 있으면 또 이만큼 다가왔다.

선 밖의 사람을 밀어내는 것은 그리 어렵지 않은 일이었다. 하지만 그녀가 인식하지 못하고, 미처 밀어내기도 전에 이미 들어와 버린 사람은 어떻게 해야 좋을지 몰랐다.

"여울아, 너도 이랬어?"

부모님의 이혼으로 한여울은 상처를 많이 받았다. 이혼을 하기까지 온갖 추한 모습을 그녀에게 다 보여 주었다. 효영 역시 그 모습을 봤다. 어제까지만 해도 웃으며 한 상에서 밥을 먹던 단란한 가정이, 오늘 철천지 원수보다 못하게 변모하는 것을.

둘 중 누구도 한여울을 떠맡고자 하지 않아 치열하게 싸워 댔다.

효영이 보기에 친구는 누구보다 강인한 정신력을 갖고 있었다. 일찌감치 배우로 데뷔해 부모님에게서 독립했다. 한여울이 금전적으로도 완전히 독립해 어느덧 부모님의 벌이보다 더 큰 금액을 벌게 되자 그들의 태도도 돌변했다. 그녀는 그런 모습에 코웃음을 쳤다.

피가 섞였다고 진짜 가족이 아니라는 걸 효영에게 가르쳐 준 사람은 다름 아닌 한여울이었다.

한여울은 효영의 독립을 도와주었다. 스물두 살 무렵까지도 아직 집에 미련을 갖고 있던 효영은 동생의 갑작스러운 속도위 반으로 인해 할머니의 화살을 고스란히 받아 내면서 남아 있던 미련을 산산이 부서뜨렸다.

'동생 인생 망치는 년, 효준이가 이렇게 된 게 다 네년 팔자 때문이야! 어릴 때부터 영악스럽더니 끝내 이렇게! 누나라고 하나 있는 게 동생에게 도움이 되지는 못할망정, 우리 장손 인 생 망치려고 드는구나!'

이해하기 어려운 비난과 함께 조모에게 매서운 손찌검을 받 고 나자 효영은 뭐가 옳고, 뭐가 그른지 더 이상 알 수 없었다. 조모가 항상 저를 못마땅해하는 걸 알고 있었지만 더 이상 견 딜 재간이 없었다.

무너지려는 효영을 수습한 건 한여울이었다. 친구는 그 사실 을 알고 득달같이 달려와 조모와 목청을 높이며 싸웠다.

'이 노망 난 할망구야! 당신 잘난 손자가 아랫도리 잘못 놀린 게 왜 효영이 탓인데! 당신 손자는 손가락도 제대로 안 붙어 있 는 병신이라 효영이가 쫓아다니면서 콘돔까지 챙겨 줘야 해?'

대충 그런 식으로 조모에게 쏴붙이던 한여울은 충격을 받고 뒷목을 잡는 조모의 얼굴에 대고 연이어 소리쳤다.

'누굴 때려? 내가 가정 폭력으로 신고해 버릴 거야. 두고 보

라고, 톡톡히 망신을 시켜 줄 테니까.'

'나가! 당장 나가!'

한여울의 기세를 못 이기고 조모는 효영에게 벼락같이 소리를 질렀다. 멍든 뺨을 손으로 감싸 쥔 채 얼어붙어 있는 효영 대신, 한여울은 되레 의기양양한 미소를 지으며 응수했다.

'그렇지 않아도 이 거지 같은 집구석에서 효영이 데려갈 거네요. 피가 섞였다고 다 가족인 줄 알지? 웃기고 있어. 당신은 그렇게 귀하디귀한 손자나 끼고 잘 사세요.'

그 길로 한여울은 효영을 데리고 나왔다. 그녀는 친자매보다 더 애틋하게 효영을 감쌌다.

그리고 함께 살게 되고 나서는 약속했다.

'효영아, 우리 평생 결혼하지 말고 그냥 둘이 이렇게 오순도순 살자. 결혼은 연애할 때의 환상에 불과해.'

그녀덕분에 효영은 과거의 그늘을 떨쳤다. 한여울이 있기에 그 모든 게 가능했다. 한여울은 효영을 괴로움으로부터 구원해 주었고 효영이 심정적으로 받아들인 유일한 가족이었다.

그랬던 한여울은 모임에서 만난 남자와 너무나도 빠르게 사랑에 빠졌다.

효영은 친구에게 헌신적이던 남자의 모습을 알았다. 사랑에 빠진 남자는 가족의 반대도 불사했다. 두 사람의 열정은 꺼지지 않는 불꽃처럼 보였다.

고작 몇 개월 만에 끝날 허상이라는 걸 그때는 알지 못했다.

"너는 다를 거라고 믿었잖아. 일생에 단 한 명뿐이라고 축복해 달라고 했지."

하지만 끝은 한여울의 상상이나 친구의 행복을 기리는 효영의 간절한 기도와는 전혀 달랐다. 영원히 행복할 거라는 믿음을 사랑하는 남자와 친한 후배가 동시에 산산이 부서뜨렸다. 기대가 컸던 만큼 끝은 더 잔혹했다.

마음은 종종 속이는 말을 건네곤 한다. 한여울은 괜찮을 거라는 마음의 거짓말을 믿었고 절망만을 얻었다.

하지만 정작 한여울은 효영에게 아무것도 의지하지 않았다. 그녀가 했던 것처럼 효영은 제 피붙이 같은 친구를 구해 주지 못했다. 그녀를 도울 기회조차 얻지 못했다.

친구가 죽고 난 뒤에는 그녀가 남긴 재산에 눈이 먼 친구의 부모가 얼마나 치졸하고 구차스럽게 싸우는지 효영은 그 과정을 모두 지켜봤다.

사람들의 이중성과 세상에서 가장 사랑한 사람이었던 친구, 한여울을 잃은 상실감은 효영에게 쓰디쓴 교훈을 주었다.

"다 알고 있는데, 다 봤는데, 나도 어지간히 미련한가 봐. 자꾸 그 사람이 들어와서 흔들어. 그럼 나는 흔들리고 싶어져."

어떻게 하지, 하고 중얼거리는 효영의 혼잣말에 대답은 돌아오지 않았다.

"저기에서 내려 줘."

Blooming

훈련을 마치고 돌아가는 길에 윤승하가 갑자기 차를 멈추게 했다.

"갑자기 왜?"

제임스 김은 이상하게 여기고 물었지만 그가 바라는 대로 일단 차를 세웠다.

"다 왔으니까 가서 쉬어."

"뭐? 왜? 승하야, 윤승……."

제임스 김이 부르는데도 윤승하는 뒤를 돌아보지 않고 밖으로 나갔다. 그는 차를 타고 오면서 발견한 화원으로 뛰어갔다. 화원 주인은 보기 드물게 체격이 큰 남자가 안으로 들어오자 깜짝 놀란 표정을 지었다.

윤승하는 다양한 꽃과 화분이 진열되어 있는 화원 곳곳을 살폈다. 장미, 백합, 국화 등 대중적인 꽃을 제외하고는 전부 낯설었다.

"손님, 찾으시는 꽃이 있으세요?"

그의 등장에 경계했던 주인은 손님에 대한 예의로써 다가가 물었다. 꽃들을 면면이 살펴보던 윤승하는 곤혹스러운 표정을 짓고 있었다. 도대체 혼자서는 찾을 수가 없었다. 그는 마침 시기적절하게 내밀어진 도움의 손길을 기꺼이 잡았다.

이윽고 윤승하는 주인에게 자신이 찾는 꽃에 대한 설명을 시작했다. 그의 말을 듣고 주인은 처음, 그를 경계하던 눈초리를 이내 부드럽게 풀었다. 종국에 가서는 얼굴에 웃음기가 만발했다.

집으로 돌아오는 길의 풍경은 늘 똑같다. 물론 이따금 상가 건물의 임차인이 바뀌어 예컨대 '대왕 족발'이었던 간판이 '할머니 순댓국'으로 바뀐다든지, 길가에 물건들을 진열해 둔 노점상들이 단속반을 피해 자리를 떠났다든지 하는 사소한 변화는 있었다.

하지만 언제나 똑같은 길목, 언제나 지나는 횡단보도, 계절에 따라 옷을 바꿔 입는 가로수들은 늘 마찬가지여서 효영은 눈을 감고서도 집으로 찾아올 수 있었다. 더 이상은 눈길을 주고 살펴볼 관심조차 없었다.

그런데 이 똑같은 풍경, 똑같은 일상이 한 사람으로 인해 변했다. 횡단보도 앞에 서면서부터 가슴에 누군가 똑똑, 노크를 하듯 진동이 전해지고 아파트 전경이 가까워질수록 숨이 차오른다.

모두 한 사람 때문이다. 그녀의 돌아오는 길을 처음으로 기다려 준 사람. 홀로 돌아오는 길이 외롭다는 걸 일깨운 남자. 그는 오늘도 그녀를 기다리고 있었다. 전신주처럼 우뚝 선 커다란 남자가 눈에 들어오면서 효영은 입술을 살며시 깨물었다.

그녀를 발견하고 표정이 확연히 밝아지는 윤승하를 보며 아득함을 느꼈다. 처음엔 눈빛으로 모든 감정을 발설하는 것이 신기했고, 정열과 서투름이 혼재된 게 연하다워 귀엽기도 했다. 그러다 차츰 제 욕심과 욕망은 절제한 채 올곧게 바라보는 그의 시선에 어쩐지 조바심이 들었다. 이제는 그가 꾸밈없는 감

Blooming

정을 직설적으로 토로할 때마다 가슴이 간질거렸다.

처음 만났을 때부터 지금까지보다 농도만 짙어졌을 뿐, 그녀에게 좋아하는 감정을 품고 있던 남자였다. 그의 감정이나 행동은 변함없으나 윤승하를 향한 그녀의 감정이 변해 가고 있다.

이 상황이 효영에게는 난처하기만 했다. 어느 방향으로도 결정이 쉽지 않은데 마음이 이따금 충동질했다.

바로 지금처럼.

"잘 다녀왔어요?"

사소한 인사인데 그녀에게는 그 일상적이고 소박함이 달게만 느껴졌다. 그녀는 스스로도 풀지 못한 감정을 꾸역꾸역 안으로 삼켰다.

"웬 화분이에요?"

무난한 주제를 찾던 효영은 그가 들고 있는 화분을 발견했다. 화분에는 이제 막 꽃이 피기 시작하려는 듯 붉은 봉우리가 올라와 있는 구근 식물이 심겨 있었다. 윤승하는 그녀가 언급하고 나서야 손에 들고 있던 화분을 기억했는지 입술을 벌렸다. 그는 화분 겉면을 쓸어내리며 잠시 말을 골랐다.

"선물이에요."

하지만 말을 멋들어지게 하는 재능은 없었다. 그는 효영에게 화분을 내밀며 담박하게 말했다. 효영은 얼떨결에 그것을 떠맡듯 받았다. 화분은 크지 않아 그리 무겁지 않았지만 한 손으로 가볍게 들릴 무게는 아니었다. 그녀는 저도 모르게 화분을 품에 끌어안다시피 양팔로 감싸 들었다.

"고마워요."

효영이 부드럽게 웃으며 인사했다.

"그런데 이 꽃 이름이 뭔가요?"

그녀의 질문까지는 예상하지 못했는지 잠시 머뭇거렸지만 윤승하는 시선을 똑바로 마주해 오며 나직이 답했다.

"시클라멘요."

"시클라멘."

꽃 이름을 중얼거리던 효영은 무언가를 깨달은 표정으로 윤승하를 봤다.

설마 이 꽃의 꽃말을 알고 선물한 걸까. 그녀는 서서히 뺨이 상기되는 걸 느끼고 손등으로 볼을 문질렀다.

꽃말을 알고 선물한 거라면 그 의미가 너무 노골적이다. 그에게 물어볼까, 아주 잠시 고민했지만 곧 그 생각을 밀어 두었다. 꽃말을 머릿속으로 떠올리는 것만으로 얼굴이 뜨거워지는 듯한데 저 말을 육성으로 듣는다면 도저히 극복할 수 없을 것 같다. 그리고 윤승하라면 이 의미를 알고 선물했을 거라는 확신이 들었다.

"예쁘네요."

효영은 그저 환하게 웃으며 그 말만 꺼냈다. 온기가 없는 화분이었지만 신기하게도 몸이 따뜻해지는 걸 느꼈다.

"보답을 해야 하는데 당장 갖고 있는 게 없는데 어쩌죠?"

"제 마음대로 선물한 거니 부담 갖지 마세요."

"그럼 보답 대신 윤승하 선수 부탁 하나 들어 드릴게요. 물론

Blooming

적정선에서요."

갑자기 보증 서 달라거나 하면 안 된다고 웃으며 덧붙이는 효영을 보고 윤승하는 입술을 달싹였다. 부탁이라는 말에 그는 거절하지 않았다.

"그러면."

신중하게 고민하던 그가 마침내 입을 열었다. 효영은 그가 어떤 부탁을 할지 궁금했다.

"이름으로만 불러 줘요."

이번에도 예상치 못한 답변이었다. 윤승하는 그 말을 할 때 조금은 긴장한 듯 표정을 굳혔다. 효영은 느리게 눈을 깜박이다가 황급히 고개를 숙였다.

그에게 완전히 두 손을 들어 버렸다. 도무지 이길 방도가 없다.

"싫어요?"

그녀가 아무 말도 하지 않자 윤승하는 제가 혹시 무리한 부탁을 했나 싶은지 초조하게 물어 왔다. 효영은 고개를 저으며 얼굴을 들었다.

"그게 부탁이에요?"

"네."

그것 외에는 아무것도 없다는 듯이 단호하게 대답하는 모습을 보고 그녀는 작게 탄식했다. 욕심이라곤 도통 없는 사람이었다. 다른 남자였다면 이런 기회를 더 유용하게 써먹으려고 했을 게 분명하다.

"승하 씨."

그녀가 이름을 불러 주자 윤승하는 홀린 듯이 효영을 보며 입술을 벌렸다. 잇새로 짧은 감탄성이 흘러나왔다.

"이러면 되나요?"

"네."

그는 그 어떤 것보다 귀한 선물을 받은 사람처럼 기쁘게 웃었다. 그 티 없는 미소를 본 순간 효영의 심장이 강하게 약동했다. 눈가가 뜨거워지는 기분에 차마 그를 바라볼 수 없어 시선을 내렸다.

품 안에 있는 화분이 눈에 들어왔다. 붉은 꽃봉오리를 바라보며 효영은 볼 안쪽을 모질게 씹었다. 입을 열면 생각을 거치지 않은 어떤 말이 튀어나올지 알 수 없었다. 그녀는 입을 다무는 쪽을 택했다.

그런데 문득 숨을 쉬기 벅찬 기분이 들었다.

윤승하가 전하는 감정, 메시지가 이 꽃에 모두 녹아 있었다. 의미를 이해하니 두 팔이 무거워졌다. 하지만 단순히 부담감은 아니었다.

만약 변해 가는 제 감정을 지금까지 인지하지 못했다고 하더라도 바로 이 순간 확실히 깨달았을 것이다.

저 남자가 좋다.

'나도 네 전철을 밟게 될까?'

효영은 친구를 떠올리며 속으로 중얼거렸다.

99개의 부정적인 생각이 막아서도 단 하나의 마음이 견고한

Blooming

탑을 손쉽게 흔들었다. 내부에서 벌이는 치열한 다툼에 피로감
이 들어 효영은 두 눈을 질끈 감았다.

적색 시클라멘Red Cyclamen

당신은 너무 아름다워 염려가 됩니다.

Cockscome

01

톡. 토옥.

한두 방울씩 떨어지며 땅이 점점 촉촉이 젖어 갔다. 빗줄기가 굵어지고 마른 땅은 더 이상 찾아볼 수 없었다. 갑작스러운 비에 그라운드에서 훈련을 하고 있던 선수들이 서둘러 비가림막을 찾아 이동했다.

"갑자기 웬 비야?"

이 시기 날씨가 변덕스럽다는 건 알지만 예보에 없던 비에 낭패감이 들었다. 젖은 머리를 툭툭 털어 대며 와자하게 떠드는 선수들 사이에서 윤승하는 타월로 젖은 얼굴을 닦았다. 고작 이 정도의 비를 맞았다고 감기에 걸릴 정도로 약한 체력은 아니었지만 비 내리는 기세가 좀처럼 사그라질 기미가 보이지 않았다. 결국 야외 훈련은 중지되고 실내 훈련으로 변경되었다.

오전 훈련을 끝내고 점심 식사를 위해 식당으로 갔다. 윤승하 역시 배식을 받아 안도훈과 적당한 자리에 앉았다.

선수들은 대화를 나누기도 하고 TV를 보기도 하면서 식사를 했다. 윤승하와 안도훈 역시 소소하게 대화를 하는데 옆자리에 다른 선수가 식판을 내려놨다.

"윤 선배님, 송가희랑 진짜 아무 관계 아닙니까?"

옆에 앉으며 호기심 가득하게 물어오는 말에 윤승하가 눈살을 찌푸렸다.

"웬 헛소리야?"

"송가희하고 스캔들 나지 않았습니까?"

윤승하가 거칠게 응수하자 살짝 움츠러들긴 했지만 정말 궁금했는지 눈을 동그랗게 뜨고 묻는다. 안도훈은 윤승하의 표정을 보고 이마를 짚었다. 이 상황이 윤승하는 진심으로 불쾌한 기색이었다.

"되도 않는 소리 지껄이지 말고 밥이나 처먹어."

윤승하로서는 할 수 있는 한 가장 완곡하게 건넨 말이었다. 틈 하나 없을 것처럼 날카로운 반응에 동료는 뒤통수를 긁적였다. 더는 말 붙이기가 불가능할 것 같은 분위기에 머쓱한 표정을 짓고는 숟가락을 들었다.

"저렇게 예쁜데."

동료 선수는 TV로 드라마 제작 발표회에서 인터뷰를 갖고 있는 송가희를 보며 윤승하의 반응이 이해가 가지 않는 듯이 중얼거렸다.

효영의 손에서 신문이 툭 떨어졌다. 다행히 작은 소리여서 다른 사람들의 주의를 끌지는 않았다. 그녀는 신문을 주워 들고 자신이 읽었던 부분에 다시 시선을 두었다. 해당 페이지에 한 커플이 팔짱을 낀 채 웃고 있는 사진이 담겨 있었다.

D 건설과 M 물산의 결합.

이 기사는 D 건설의 대표 이건형과 M 물산 상속녀가 결혼할 예정이라는 내용을 담고 있었다.

'당신이 어떻게?'

가장 처음에 드는 생각은 그거였다. 그가 어떻게 그늘 한 점 없는 얼굴로 웃을 수 있는지 이해가 가지 않았다. 신문을 들고 있는 효영의 손이 잘게 떨렸다.

남자는 효영이 모르려야 모를 수 없는 사람이다. 환하게 웃고 있는 이 얼굴을 어떻게 잊을 수 있을까. 그렇게 헌신적이고 정열적인 연인의 가면을 써 놓고 가장 잔인하게 배신했던 남자. 그는 한여울의 전남편이었다.

경제지에 작게 실린 기사였지만 그녀는 그를 바로 알아봤다. 효영에게는 친구의 이혼과 죽음이 어제 일처럼 생생한데 남자는 모든 것을 잊은 얼굴이었다. 충분히 그럴 수 있었다. 심지어 그는 한여울이 그렇게 죽고 나서 조문조차 오지 않았다.

신문에서는 D 건설이 막대한 자산으로 무장한 M 물산과의 결합하여 많은 이익을 얻을 것이라는 전망을 내놓고 있었다. M 물산은 효영 역시도 귀에 익은 대기업 자회사였다. 그런 배경을 가진 여자를 아내로 맞이하게 됐다. 바로 이건형의 부모가 그토록 바란 이상적인 며느리였다.

결혼부터 이혼하는 순간까지 한여울을 창녀 취급하며 벼랑까지 밀어내 버린 사람들이 끝끝내 소원 성취를 했다. 효영은 눈가가 떨려 오자 손끝으로 꾹꾹 눌렀다. 뜻밖에 소식에 그녀는 손발이 차갑게 식는 기분을 느꼈다.

"전 아나, 밥 먹으러 가자."

동료가 부를 때까지 효영은 꿈쩍도 할 수 없었다.

"왜 그렇게 못 먹어?"

동료가 의아한 얼굴로 효영을 살폈다. 평소에 효영은 식성이 좋은 편은 아니었지만 깨작거리는 버릇도 없었다. 그런데 지금은 밥알을 세고 있다는 말을 붙여도 무방할 만큼 먹지를 못했다.

"입이 꺼끌꺼끌해서 잘 안 먹히네."

효영은 쓰게 웃으며 물 잔을 들어 올렸다.

"잘 안 넘어가면 국에 마는 건 어때? 오후 스케줄도 있으니까 안 먹혀도 먹어야지."

"그래야겠지. 너도 어서 먹어."

동료의 염려에 효영은 국에 밥을 말아 숟가락으로 듬뿍 펐다. 밥을 막 입에 넣었을 때 동료가 시선을 그녀의 뒤편에 던지며 무심히 중얼거렸다.

"실체를 아니까 가증스럽긴 한데 저렇게 보니 확실히 배우는 배우다."

효영은 동료의 시선을 따라 고개를 돌렸다. TV에 송가희의 얼굴이 비치고 있었다. 마치 오늘 하루 날을 잡은 것 같았다. 보기 싫은 얼굴을 두 사람이나 연속적으로 보게 됐다. 송가희는 사회자의 질문에 입고 있는 노란색 원피스보다 더 화사하게 웃었다.

"드라마 제작 발표회 하나 보다. 그리고 보니까 곧 방영한다는 얘기를 들었는데."

동료의 목소리가 귀에 잘 들어오지 않았다. 효영은 자기도 모르게 이상한 소리를 내뱉을 것 같아서 입술을 세게 깨물었다. 송가희와 이건형 어느 누구도 한여울에게 속죄하지 않았다. 본인들이 무엇을 잘못했는지도 모르는 얼굴들에 오심이 치밀었다.

제 친구를 비참하게 만든 사람들은 여전히 잘 살고 있다. 효영은 그것을 가장 참을 수 없었다. 한 사람의 인생을, 정신을 파괴해 버린 사람들이 아무런 죗값을 치르지 않은 채 고개를 꼿꼿이 들고 살아가는 모습을 보면 참을 수 없이 화가 났다.

'당신들은 어떻게 그렇게 웃을 수 있지?'

한여울은 두 사람으로 인해 생을 포기할 만큼 절망했고 효영은 가장 소중했던 사람을 잃었다. 그리고 아직까지도 친구의 죽음을 극복하지 못한 채 사람을 받아들이는 것을 두려워하고 있었다.

그녀는 한 발자국 떼는 것도 이토록 힘겨운데 정작 그들은 그 무엇도 잃지 않은 채 모든 것을 누리며 살아가는 것이 억울했다.

시간이 늦어지자 윤승하의 안색이 걱정으로 어두워졌다. 효영의 퇴근 시간은 거의 엇비슷했다. 윤승하가 알기로 그녀가 이토록 늦어지는 경우는 처음이었다. 오전에 내린 비로 축축이 젖어 있는 지면을 발끝으로 툭툭 차며 효영을 기다렸다.

그녀를 기다리며 가슴에 자리 잡은 초조함 때문에 긴 시간에도 지루함을 느낄 새가 없었다. 그녀가 늦어지는 이유를 수십 가지 이상 떠올릴 무렵, 이토록 머릿속을 꽉 채우고 있던 효영의 모습이 나타났다.

효영을 발견하는 순간에 긴장이 탁 풀리며 저도 모르게 미소 짓던 윤승하는 그녀가 평소와 다소 다르다는 것을 알아차렸다.

"효영 씨, 괜찮아요?"

위태롭게 비틀거리는 효영에게 서둘러 다가간 윤승하는 그녀가 숨을 내쉴 때 바람결에 실린 술 냄새를 맡았다. 회식이라

Blooming

도 있었던 걸까. 효영의 이런 모습은 처음이어서 윤승하는 의 아함을 느꼈다. 이전과는 반대되는 상황이었다.

"많이 마셨어요?"

걱정스러운 물음에 효영은 대답 대신 물끄러미 윤승하를 응시했다. 미련한 짓이란 걸 알면서도 기어이 입에 술을 대고 말았다. 술이 아무것도 해결해 주지 않지만 멀쩡한 정신을 유지하기 힘들었다. 그녀의 속이 엉망으로 헤집어져도 추스르는 건 혼자의 몫이었다. 이런 기분을 데면데면한 가족에게도, 임신한 친구에게도 토로할 수 없었다.

"승하 씨."

그의 이름을 무심결에 내뱉었다. 술에 취해 감상적이 되어버린 건지 윤승하의 이름을 부르고 나자 불현듯 울고 싶은 기분이 들었다. 효영은 기다려 주는 윤승하를 향해 흐릿한 미소를 지었다. 좀 더 환하게 웃고 싶었는데 그녀의 눈이 괴롭게 찌푸려졌다.

"효영 씨?"

일련의 표정 변화가 처연해 보여 윤승하는 의구심을 갖고 그녀를 더 세심히 살폈다.

"안 좋은 일 있었어요?"

효영은 가만히 고개를 젓다가 허탈하게 웃으며 다시 고개를 끄덕였다. 특별히 더 나빠진 게 없지만 나아진 것 역시 없다. 누구를 향해랄 것도 없이 소리를 지르고 싶었다. 이건형과 그의 가족들, 송가희, 그리고 한여울의 부모. 한여울을 사지로 몰아녕은 사람들에 화가 치밀었지만 가장 미운 건 한여울이었다.

'그런 인간들 따위 대체 뭐라고, 왜 네가 떠나.'

"당신은 어떻게 견뎌 낼 수 있었어요? 어제까지만 해도 떠받들며 네가 최고라고 해 주던 사람들이 돌변해 당신에게 등을 돌렸을 때 어떻게 견딜 수 있었어요?"

그녀의 입에서 나올 거라고 한 번도 상상하지 못했던 말이었다. 윤승하는 절박해 보이기까지 하는 효영을 바라보다 느릿하게 턱을 문지르며 대꾸할 말을 찾았다. 구태여 그때 일을 떠올리려고 노력하지도, 곱씹지도 않았다.

"그 사람들은 결국 잘 살고 있잖아요. 자신들의 잘못은 존재하지도 않은 것처럼 천연덕스러운 얼굴로 살아가요. 어떻게 그럴 수 있죠? 어떻게."

효영은 눈을 질끈 감은 채 짓씹듯이 말을 뱉었다.

"정의란 건 사전에나 존재하는 말인가 봐요. 현실에 그 따위 것은 없어요. 승하 씨는 도대체 어떻게 극복했어요? 보기만 해도 토악질이 날 것 같은 이중성을, 어떻게 참았어요? 억울하지 않아요?"

"굳이 참으려고도, 극복하려고 노력하지 않았어요."

윤승하는 눈길로 찬찬히 효영을 어루만지며 입을 뗐다.

"혈혈단신 하나와 젊음은 남았으니까요. 모든 걸 잃어도 강단 하나로 다시 일어나는 아버지를 봐 왔기 때문인지도 모르죠. 하지만 애초에 손에 아무것도 쥐지 않고 태어났으니 잃은 것이 없다고 생각하려고 해도 막막한 마음이 없지는 않았을 거예요.

그래도 옆에 있었던 친구 덕에 미래가 두렵지는 않았어요."

"그렇군요."

효영은 금방이라도 사라질 듯, 희미하고 아슬아슬한 분위기를 풍겼다. 바로 앞에 있음에도 문득 사그라지지 않는 불안에 윤승하는 조심스레 그녀의 팔을 감쌌다. 이렇게 손에 잡히는데도 그녀는 먼 곳에 있는 사람 같았다.

"왜."

귀 기울이지 않으면 들리지 않을 작은 목소리였다. 그녀는 옅게 웃으며 속삭였다.

"그 아이는 그런 결정을 하기 전에 어째서 한 번도 내 생각을 해 주지 않았을까요? 왜 내게 연락을 하지 않은 거죠?"

효영은 습한 막이 생겨 흐려진 눈으로 윤승하를 마주하고 있었지만 정작 그녀의 의식은 다른 곳을 향했다.

"왜 도울 기회를 왜 주지 않았어. 그냥 힘들다는 문자 메시지 한 통이었어도 충분했을 텐데. 그랬다면 다른 일 모두 제쳐 두고 갔을 텐데. 대체 왜!"

그제야 윤승하는 효영이 누구를 보고 있는지 깨달았다. 친구가 죽는 것을 막지 못했다는 자책감이 그녀의 숨통을 조이고 있었다. 마음속은 치료받지 못한 상처로 인해 오랜 시간 곪아 갔다.

"당신 잘못이 아니에요."

그녀를 다독여도 효영은 고개를 저었다.

"내가 미덥지 못했나 봐요. 의지처가 되어 주지 못했어."

그녀는 울고 싶어 보였지만 끝내 눈물을 삼켰다. 윤승하는 그 모습이 더 안타까워 가슴이 욱신거렸다.

　'술이 너무 과했나 봐요. 미안해요.'

　효영이 사과를 하고 떠난 뒤에도 윤승하는 내내 그녀가 머릿속에서 잊히지 않았다. 평소와 다른 모습, 어쩌면 예감이었는지도 모른다. 경기를 할 때 보통 전력 분석 팀에서 건네주는 상대 타자의 데이터를 참고하지만 예상치 못한 위기에서는 제 직감에 의지했다. 그를 아는 사람들이 본능적인 감각이라고 할 정도로 정확한 편이었다.

　그래서였다. 윤승하는 제 불안을 믿고 밖으로 나왔다. 제대로 옷을 걸치지도 못한 채 서늘한 공기를 피부로 맞았다. 쌀쌀한 기온도 그의 걸음을 멈추게는 못 했다.

　윤승하는 효영이 사는 아파트 동 전경 앞에 서서 그녀의 집이 위치한 층 쪽으로 시선을 던졌다. 그의 눈은 줄곧 한곳에 고정되었다. 자신의 불안한 기분이 그저 기우이기를 바랐다.

　계속해서 한곳을 주시하고 있던 윤승하의 눈이 커진 것은 바로 그 순간이었다. 내내 어둡던 복도에 센서 등이 켜졌다. 빛 아래에 하늘거리는 그림자를 본 순간 윤승하는 정신없이 달렸다.

　효영이 아파트 동 출입구에서 누르는 비밀번호를 본 것이 다행이었다. 그는 기억력을 쥐어짜 비밀번호를 입력하고 들어갔다.

'제발, 제발.'

윤승하는 이를 악물고 끊임없이 속으로 한 가지 바람만을 되뇌었다. 그가 늦지 않기를, 그녀에게 아무 일도 없기를 신에게 구하며 미친 듯이 달렸다. 매일 그녀가 올라가는 모습을 지켜보았기에 그녀가 사는 곳을 알았다. 그는 제가 낼 수 있는 속도 이상으로 발을 재촉했다. 귓가에서 시끄럽게 울려 대는 심장 소리를 들으며 가쁜 숨을 몰아쉬었다.

"효영 씨!"

위태롭게 난간에 서 있는 효영을 발견한 윤승하는 구르듯이 그녀에게 뛰어갔다. 그녀의 몸을 낚아채 난간에서 떨어뜨린 윤승하는 다리가 풀려 그녀를 안은 채 바닥에 주저앉았다. 얼굴에서는 비 오듯이 땀이 쏟아졌고 그의 가슴이 거칠게 들썩거렸다. 한동안 복도에는 윤승하의 거친 숨소리만 울렸다.

효영이 몸을 일으키려는지 꿈틀거리자 윤승하는 그녀를 전보다 더 강하게 끌어당겨 품 안에 가두었다. 온통 상처투성이이면서도 제가 아픈 줄도 모르는 여자였다. 제 상처를 돌볼 줄도 몰랐다. 이 가엾은 여자 때문에 심장이 떨어져 나갈 것만 같다.

❦

마지막 기억은 침대에 누웠던 즈음에 끊겨 있었다. 의식을 차린 순간, 피부에 와 닿는 서늘한 공기를 느낀 효영은 제가 또

잠결에 움직였다는 걸 깨달았다. 지난번 한여울의 기일에 몽유병 증상이 나타난 이래 올해 들어 두 번째였다. 음주가 몽유병에 악영향을 미친다는 걸 인지했을 때는 이미 그녀는 취한 상태였다.

그동안 일부러 술을 멀리했음에도 미련한 짓을 하고 말았다. 그런 기분에 술을 마신 어리석은 행동을 자책하며 몸을 일으키려던 효영은 제 몸을 감싸고 있는 다른 이의 체온을 느꼈다. 효영이 고개를 드니 낯익은 옆 선이 눈에 들어왔다.

"……승하 씨?"

상상하지 못한 사람이 눈앞에 있자 신음성이 속삭이듯 흘러나왔다.

바로 그때.

바람 냄새가 화악, 풍기고 동시에 그녀의 몸이 남자에게 끌려가며 반동으로 고개가 뒤로 젖혀졌다.

"도저히 안 되겠어요."

효영의 귓가에 숨죽인 음성이 들렸다. 온갖 감정으로 뒤범벅된 목소리는 희미하게 떨리고 있었다. 저도 모르게 숨을 멈출 만큼 묵직한 감정이 그녀를 내리눌렀다.

"당신을 놔둘 수 없어. 그렇게 못 하겠어."

천천히 몸을 뗀 윤승하는 여전히 불안한 듯이 그녀의 양 어깨를 힘주어 잡았다. 그는 효영에게서 잠시도 눈을 떼지 않으려 깜박임조차 하지 않은 채 그녀를 뚫어지게 응시했다. 금방이라도 그녀를 삼킬 것 같은 시선에 입술이 마르는 느낌이었지만 눈길을 피할 수 없었다.

"나를 잡아요."

그가 입술을 이마에 붙이며 속삭였다. 숨결이 맞닿은 피부를 간질였다.

"앞으로는 내가 지켜 줄게요."

그 순간, 시계가 뿌옇게 흐려졌다.

02

효영은 얼떨떨한 시선으로 그를 바라보다가 문득 옆으로 시선을 옮겼다. 윤승하는 한 손에 장비를 들고 있었다.

"꼭 해야 하는 거예요?"

윤승하는 단호하게 고개를 끄덕였다.

"몽유병에 특별한 치료법은 없지만 숙면을 취하는 게 좋다고 해요. 적당히 운동을 하고 피곤하게 해 주면 푹 잠들 수 있을 거예요."

그런 이유로 만반의 준비를 마친 후 효영의 퇴근을 기다리고 있었다.

"자주 있는 일은 아니에요."

예전에 비하면 많이 나아진 상태였다. 그를 안심시키려 말했지만 윤승하는 단호했다. 그가 얼마나 진지한지 효영은 더 설득할 자신이 없어 대신에 그가 들고 있는 물건으로 관심을 돌렸다.

"그런데 이런 게 꼭 필요해요?"

주변에서 보면 이런 것 없이 하는 사람들이 있었다. 하지만 윤승하는 안전상의 이유로 반드시 필요하다고 단언하며 헬멧을 효영의 머리에 씌웠다. 머리에 꾹 눌러씌운 후에 턱 아래로 끈을 조정하여 단단히 헬멧을 고정시켰다. 평소에 모자도 잘 안 쓰는 편이라 효영은 그것이 퍽 낯선지 어색한 얼굴로 헬멧을 만지작거렸다.

그러는 동안에도 그는 팔꿈치 보호대와 무릎 보호대를 꼼꼼하게 채워 주었다. 효영은 그것들을 낯설게 바라보다 이내 픽 웃었다.

"본격적이네요."

막 무릎 보호대를 채워 주고 몸을 일으키던 윤승하는 그 말에 고개를 끄덕였다.

"자전거가 의외로 부상 위험이 커요."

준비를 마치고 자전거 보관소로 갔다.

자전거를 찾아온 윤승하는 효영을 안장에 앉도록 했다. 그는 편한지 물어보며 높이 조정을 해 주었다. 몸을 숙이고 앉아서 자전거를 일일이 점검하느라 검은 머리가 그녀의 시선보다 낮은 곳에서 움직였다.

Blooming

그의 머리를 물끄러미 바라보던 효영의 눈에 문득 동그란 가마가 들어왔다. 가마 주변에 머리카락이 회오리 모양으로 휘어있었다. 그리고 그 주위로 머리카락이 몇 가닥, 살짝 뻗쳐 있었다.

그 모습이 귀여워서 효영은 소리 없이 웃으며 무심코 그리로 손을 가져갔다. 아주 살짝 뻗쳐 있는 머리카락에 손이 닿았다. 그런데 예민하게 알아차렸는지 그의 어깨가 움찔했다. 그녀는 회오리 모양으로 휘어진 머리카락 주변으로 손을 움직여 동그란 가마를 찬찬히 어루만졌다.

손끝에 닿는 감촉이 의외로 보드라웠다. 효영은 신기한 눈으로 제 손과 윤승하의 머리를 번갈아봤다. 까만 머리를 쓰다듬고 싶었다. 하지만 강아지에게 하는 행동을 그에게 할 수 없어서 가마 주변만 살짝 만졌다.

그녀의 손길에 따라 그의 몸이 움찔거리더니 기어이 자리에서 튀어 오르듯 급히 일어났다. 윤승하는 당혹스러운 기색이 역력해 그녀를 봤다. 그렇게까지 놀랄 줄 몰라서 효영은 손을 거두어들일 생각을 하지 못하고 윤승하에게 시선을 들었다.

그녀와 눈이 마주치자 윤승하의 얼굴에 열기가 확 치솟았다. 그녀의 손이 닿았던 부분에 모든 신경이 몰린 기분이라 맥박이 격렬하게 뛰었다. 자꾸 그쪽이 의식이 되자 윤승하는 눈을 감고 잠시 호흡을 가다듬었다.

"위험하니까 그러지 마요."

어느 정도 진정이 된 후에 윤승하는 나무라듯 말했다. 뭐가 위험하냐고 묻고 싶지만 왠지 알 것도 같아 효영은 작게 고개를 끄덕이며 손을 거두어들였다.

"이제 달릴까요?"

마음을 진정시켰는지 비교적 차분한 어조로 제안했다. 효영은 느릿하게 눈을 깜박인 후 희미한 미소를 지었다. 그녀가 고개를 끄덕이자 윤승하는 가볍게 걸음을 내딛었다. 그의 옆에서 효영이 페달을 밟았다.

나란히 달리는 기분이 묘했다. 평소보다 빨리 지나가는 주변 풍경들, 얼굴에 닿는 시원한 바람, 그리고 거리에 길게 늘어진 두 사람분의 그림자. 이 모든 것이 새로웠다. 가슴을 간질이는 설렘에 기분이 좋은 것 같기도 했다.

하지만 집으로 다시 돌아올 무렵에 효영은 아무 생각도 할 수 없었다. 매일같이 이 거리를 아침저녁으로 달리는 윤승하가 대단해 보였다. 자전거를 타서 윤승하보다는 편했을 효영이지만 지친 기색이 전혀 없는 그와는 달리 그녀는 다리 아래로 아무 감각이 느껴지지 않았다.

"조심해요."

그녀가 자전거에서 내릴 때 발이 지면에 닿는 느낌이 너무 생경했다. 다리가 힘이 빠져 비틀거리는데 윤승하가 서둘러 그녀를 붙잡아 주었다. 팔과 어깨를 붙잡은 단단한 힘이 큰 의지가 되었다. 더 이렇게 기대어 있고 싶은 자신을 나무라며 간신히 몸을 추슬렀다.

"매일 이 거리를 어떻게 두 번이나 달릴 수 있는지 신기하네요."

그녀가 바닥에 서는 게 익숙해지자 윤승하는 효영을 놓아주었다.

"익숙해지면 괜찮아요."

그녀의 감탄 어린 말에 아무것도 아니라는 식으로 대꾸하고는 자전거를 다시 도난 방지 자물쇠로 잠가 두었다. 효영은 한걸음 내딛는데 여전히 다리가 후들거렸다. 자신이 이렇게 운동 부족이었다는 걸 깨달아 충격이었다.

자전거를 잘 세워 둔 후 윤승하가 그녀에게 돌아왔다. 그녀가 영 불안했던 모양인지 그 앞에서 걱정스러운 표정을 지었다.

"많이 힘들어요?"

"아니라고 못 하겠어요."

효영이 미간을 살짝 찌푸리며 웃어 보이고는 다리를 꾹꾹 주물렀다. 고작 이 정도에 다리가 후들거리다니 심각한 운동 부족이었다.

"나 한심하죠?"

효영이 우울히 중얼거리는데 윤승하는 단호히 고개를 저었다.

"누구라도 처음 운동을 하면 똑같을 거예요. 시작을 한다는 게 중요하죠."

"그 시작도 울며 겨자 먹기로 했는데요?"

"정말 할 마음이 없는 사람들은 끝까지 거절하기 마련이에요. 그런데 효영 씨는 내 억지를 받아 주었잖아요."

윤승하는 눈매를 부드럽게 휘었다. 이 무한한 신뢰와 애정에 다시는 안 할 거라고 말할 수 있는 사람은 없을 것 같다. 효영은 일순 말려드는 기분이 들었지만, 매일도 아니고 고작 일주일에 세 번 정도인데 아무렴 어떻겠냐는 생각이 더 강했다.

"힘들면, 손잡아 줄까요?"

긴장 때문인지 무뚝뚝한 어투로 권해 왔다. 효영은 물끄러미 그를 보다가 그의 손으로 시선을 내렸다. 얼마나 공을 던졌는지 손에 못이 박여 거칠고 단단했다.

효영은 매끈하고 예쁘기만 한 손보다는 이쪽이 더 마음에 들었다.

그녀가 수락도, 거절도 하지 않은 채 물끄러미 손만 바라보고 있는데 그녀의 것보다 두껍고 긴 손가락들이 살갗을 스치며 마디 사이마다 깍지를 끼웠다.

효영이 숨을 멈추고 윤승하를 봤다.

그는 정작 고개는 다른 곳으로 돌린 채 잡은 손에 꼭 힘을 주고 있었다. 효영은 소리가 나올 것 같아 빈손을 들어 입에 가져갔다. 맞잡은 손바닥 사이로 서서히 땀이 차 축축해졌다. 그런데도 손을 놓을 마음이 들지 않았다.

'이 정도는, 괜찮아.'

그녀는 흔들리는 마음에 타협을 했다.

효영은 그 어느 때보다 숙면을 취했다. 단잠이란 게 뭔지, 얼마나 달콤한 건지 톡톡히 알았다. 무척 생경하고 신기한 기분이었다.

Blooming

"별일이네."

몽유병을 앓고 있다는 걸 알게 된 이후에 초기에는 운동으로 극복을 해 보려고 노력했다. 하지만 소용이 없었다.

그저 시간이 지나고 나아지기를 바랄 뿐이었다. 유전이 아니라 갑자기 생긴 수면 장애여서 자연히 사라질 거라고 기대했다. 전에는 빈도가 더 많았지만 이제는 고작 1년에 한두 번 심한 스트레스를 받을 경우에 발병했다.

하지만 몽유병 증상이 나타나지 않아도 효영은 좀처럼 편히 잠들지 못했다. 그런데 오늘은 습관과도 같은 두통도 없었다. 개운한 기분에 기지개를 켜며 침대에서 일어난 그녀는 평소보다 이르게 출근 준비를 했다.

샤워를 하고 나온 효영이 수건으로 머리를 말리고 있었다.

쿵!

그때 별안간 현관문에 무언가 부딪치는 소리가 들려 그녀는 손을 멈추고 바깥을 향해 고개를 돌렸다. 짧은 순간이었지만 그사이에 온갖 생각들이 다 스쳤다. 하지만 온갖 가설들 중에서도 저 소리를 명확하게 설명할 바를 찾지 못했다. 효영은 의아한 표정을 지은 채 현관으로 나왔다.

'옆집 애가 장난치나?'

장난기 가득한 이웃집 아이를 머릿속에 떠올렸다가 이내 고개를 흔들었다. 아침에 일어나지 못하는 게으름뱅이라고 제 엄마가 투덜거리는 말을 들었다.

선뜻 내키지 않는 기분에 잠시 고민하던 효영이 잠금을 풀고 현관문을 밀었다. 그런데 무언가 앞에 걸려 있는 듯, 문이 평소보다 무거웠다.

'뭐지?'

효영은 눈을 동그랗게 뜨고 잠시 그대로 멈췄다가 다시 조심스럽게 문을 밀기 시작했다. 문이 조금씩, 조금씩 밀려나며 틈이 생겨난 후에야 상황 파악이 되었다. 누군가의 다리가 문에 걸쳐져 있었던 것이다.

그때부터 가슴이 뛰기 시작했다. 효영은 젖은 수건을 꼭 쥐고 밖으로 나왔다. 잠이 든 지 얼마 안 되었는지 인기척을 느끼지도 못하고 잠들어 있는 얼굴을 바라보며 그 옆에 쭈그려 앉았다.

곤히 잠들어 있는 윤승하의 얼굴을 보자 속이 뜨거워졌다. 멀쩡한 집을 놔두고 왜 그랬을까, 하는 질문에 답은 쉽게 나왔다. 오늘 밤도, 그녀가 제대로 잠들지 못할 것을 염려해 밤새 집 앞을 지켰던 것이다.

효영은 더 이상 저항할 기운이 생기지 않았다. 도무지 이 남자를 사랑하지 않고 버틸 재간이 없었다. 금방이라도 감정이 홍수처럼 터져 나올 것 같았다. 더 이상 방어벽이 제 구실을 하지 못했다. 이 감정을 더는 억누를 수 없었다.

그녀는 참을 수 없는 기분에 윤승하의 목을 끌어안았다.

"효영 씨?"

막 잠에서 깨서 영문을 모르는 표정을 짓던 남자는 곧 그녀를 마주 안아 왔다. 단단한 팔이 넘어질 듯 불안하기만 한 그녀

Blooming

를 감싸 지켜 주었다.

그 때문이다. 평생 홀로 살아가려는 그녀를 흔들고 숨겨 놓은 마음을 자꾸만 들쑤시는 건. 이젠 아무것도 모르겠다. 철저하게 자신을 컨트롤하던 것도 옛일이 되어 버렸다.

윤승하에게는 모두 소용없는 일이었다.

"이제 나 어떻게 해요."

효영은 목구멍으로 솟구치는 말을 터뜨려 내듯 속삭였다.

"……좋아요, 당신이. 당신이 좋아서 욕심을 부리고 싶어. 당신이 자꾸 욕심나요."

효영은 울 것 같은 미소를 지었다. 놀라움으로 가득 차 서서히 커져 가는 눈을 바라보던 효영의 시야가 순식간에 까맣게 변했다.

윤승하가 그녀를 끌어당겨 안은 것이다. 그의 품에 얼굴이 파묻힌 효영은 가슴을 뚫고 튀어나올 것처럼 거칠게 뛰어 대는 심장 소리를 들었다.

아마 제 것도 그와 별반 다르지 않으리라.

제임스 김은 윤승하의 훈련 모습을 지켜보며 낮게 혀를 내둘렀다. 상반기 시즌 내내 타자들을 압도하는 피칭을 했던 그는 여전히 체력이 줄지 않은 것 같았다. 저 체력의 끝이 어디일까 궁금했다.

그런데 아무리 괴물 같은 체력이라고 평가받는다지만 제임스 김의 눈에는 다른 이유도 보였다. 그가 지금 펄펄 날아다니는 것에 순풍에 돛 단 듯, 순조로운 연애가 큰 몫을 하고 있다고 짐작했다.

'저 녀석이 연애도 하네.'

윤승하가 슬럼프를 겪는 모습은 쉽게 상상이 가지 않지만 사실 스포츠 선수 생명은 앞날을 장담할 수 없었다. 저렇게 잘 던지다가도 어느 날 갑자기 모르게 역량이 떨어질 수도 있는 것이다. 특히 투수는 무척이나 예민한 존재였다.

그라운드에 있는 다른 선수들보다 10인치 높은 마운드에 홀로 서서 경기를 이끌어 가야 하는 부담감은 이루 말할 수 없다. 야구에서 흔히 투수를 가장이라고 하는데 그럴 만한 이유가 있는 것이다. 마운드에 서는 투수는 무거운 책임감을 갖고 경기에 임했다. 이어지는 경기 동안 타자들과 길고 긴 심리 게임을 하는 것이다. 때로는 심판의 오심과도 싸워야 했다. 컨디션이 항상 같을 수 없기에 유독 배트에 잘 맞는 날에는 심리적 부담을 안은 채 1이닝을 마칠 때까지 긴장감 속에서 투구를 했다.

하지만 윤승하는 한결같은 경기력을 보여 주었다. 모두들 입을 모아 그의 멘탈을 칭찬하는 이유가 그 때문이었다. 신뢰가 가는 투수가 마운드에 서면 수비수들의 집중력 또한 높아졌다. 매번 그라면 해낼 수 있다는 기대감을 등에 짊어진 채 마운드에 섰다.

그런 윤승하가 느낄 고독감은 제임스 김조차 짐작이 가지 않았다. 내색하지 않는다고 해서 약함이 없는 건 아니다. 제임스 김 눈에 그는 팽팽하게 당겨진 고무줄 같았다. 혼자서 모든 것을 감당하는 게 안타까워 위로라도 구하고자 여자를 만나 보라고 강권하기도 했다. 그럼에도 항상 들은 척도 하지 않던 그였다.

그렇게 여자와의 접점이 전혀 없던 윤승하에게 좋아하는 상대가 생긴 게 너무나도 신기했다. 운동에 집중하는 윤승하를 흔들 수 있는 건 없었다. 그런데 이제 야구만큼 애정을 주는 대상이 생긴 것이다.

제임스 김은 막상 일이 이렇게 되니 윤승하에게 잘된 건지 확신이 서지 않았다. 그가 보기에 윤승하가 효영에게 지나치게 열중하고 있었다. 새로웠던 마음도 잠시, 하루가 다르게 열정을 더해 가는 모습을 보면 다소 불안한 기분이 들었다.

바로 옆에 있어도 수월하지 않은데 심지어 비행시간으로만 14시간 정도가 소요되는 장거리 연애라니, 제임스 김은 희망적인 생각이 들지 않았다.

그가 걱정하는 건 윤승하가 사랑하는 것도, 연애도 모두 이번이 처음이라는 점이다. 그는 지금까지 한 번도 겪어 보지 못했던 경험을 하고 있었다. 차라리 섹스가 목적인 관계라면 시작도, 끝도 간단했다. 기껏 터질 건 스캔들이 전부였다.

윤승하가 심적으로 의지할 수 있는 상대를 이왕이면 가까이에 있는 사람들 중에서 찾기를 바랐지, 이런 결과는 기대하지 않았다. 저 하나밖에 모르는 남자가 만일 헤어지게 된다면 어떻게 될까.

제임스 김은 감히 상상하기를 멈췄다.

"오늘 컨디션 좋아 보이네."

제임스 김은 걱정스러운 생각을 감춘 채 윤승하에게 다가가 감상을 던졌다. 잠시 쉬면서 타월로 땀을 닦아 내던 윤승하는 덤덤하게 고개를 끄덕였다. 생수병 뚜껑을 따서 주니 갈증이 났던 건지 500밀리리터를 단숨에 비웠다.

"요즘 별일 없지?"

"별일이라니?"

질문이 퍽 이상하다고 느꼈는지 윤승하가 정확한 요지를 되묻자 제임스 김은 입을 벙긋거렸다.

경기를 앞두고 페이스를 끌어올리기 위해 —심지어는 최고조로 페이스를 끌어올릴— 훈련에 집중하는 제 선수에게 불안감을 심어 줄 필요가 없었다. 그가 염려하는 것들은 어차피 If, 그저 가정일 뿐이다. 서포트를 해야 하는 자신이 길을 잃고 우왕좌왕해서야 되겠나.

"미국에서처럼 집까지 쫓아오는 극성맞은 기자들이나 팬들은 없냐고."

제임스 김은 씩 웃으며 다른 말을 꺼냈다. 치떴던 눈을 내리며 윤승하는 감흥 없이 대꾸했다.

"별로. 어차피 거기나 여기나 대처하는 방법은 똑같을 텐데, 새삼스럽게."

"그래도 기자들 조심은 해라. 사진 찍히면 곤란하잖아."

제임스 김이 문득 떠오른 걱정에 충고를 하자 윤승하는 곰곰이 생각하더니 곧 그 결론이 마뜩잖았는지 입매를 일그러뜨렸다.

"역시 그 사람이 곤란해지겠지?"

"스캔들이 터지면 아직도 여자에게 부정적인 시각이 가는 편이니까. 호사가들 입에 원치 않게 오르내릴 확률이 크지. 요즘은 무조건 욕이나 입에 담지 못할 덧글들을 쓰는 몰지각한 인간들이 많아서. 아무래도 그런 글들을 보면 마음 다치겠지. 아주 헤어져라 고사를 지내는 인간들도 있고."

수긍이 가는 바였기에 윤승하는 반박하지 않았다. 그는 대신에 다른 화제를 꺼냈다.

"형한테 부탁하고 싶은 게 있는데."

제임스 김은 윤승하가 하는 얘기를 차분히 듣고 있다가 점점 눈이 커졌다. 그리고 결국에는 경악스러운 표정으로 입을 벌렸다. 하지만 정작 폭탄을 던진 윤승하는 시종일관 덤덤했다.

"저번에 봤을 때보다 배가 더 부른 것 같다. 시부모님이 외출하는 거 싫어하시지 않아?"

"그럼 어쩔 거야. 내가 당신들이 묶어 놓고 키우는 개도 아니고."

박은수는 씩 웃었다. 예나 지금이나 넉살은 변함없었다. 효영은 설핏 웃으며 제 몫으로 주문한 허브티를 마셨다.

"내가 이번에는 진짜 제대로 된 사람을……."

슬쩍 눈치를 보던 친구가 운을 떼려는데 효영이 손을 들어 막았다. 안 그래도 짚고 넘어갈 문제였다.

"지금 사귀는 사람 있어."

"진짜?"

대번에 목소리가 커져서 주변 사람들이 그들에게 흘끔흘끔 시선을 주었다. 박은수는 황급히 입을 가리고 주변을 살핀 후에 한층 목소리를 낮췄다.

"그런 중대한 일이 있었으면 재깍재깍 보고했어야지. 어떤 남잔데? 직업은 뭐야? 나이는? 성격은?"

끝도 없이 쏟아지는 질문에 효영은 혀를 찼다. 어지간히 궁금한 모양이었다. 궁금해서 숨이 넘어가기 직전인 친구를 보다 못해 차분히 대답했다.

"좋은 사람이야. 솔직하고 날 많이 좋아해 줘. 나이는 나보다 어린데 생각이 깊고 배려심이 많아서 어떨 때는 연상 같기도 해. 그런데 감정을 있는 그대로 부딪쳐 오는 사람이라, 어떻게 이럴 수 있는지 신기하면서도 연하답게 귀여워."

문득 떠오른 윤승하의 얼굴에 효영은 말미에 가서는 저도 모르게 웃음이 나왔다. 친구는 그 표정, 하나하나 유심히 살폈다.

"나이가 어려? 몇 살인데?"

"스물여섯."

"아직 팔팔한 청년이네, 능력 좋은 것."

짓궂은 말에 효영이 커다랗게 뜬 눈을 느리게 깜박거렸다. 친구는 이 상황이 재미있는지 키득거렸다.

"어디에서 만났는데?"

그 질문에는 잠시 멈칫하던 효영은 곧 무난한 대답을 꺼냈다.

"같은 아파트에 살아."

일단 시급한 궁금증을 해소한 친구는 만족한 듯 고개를 주억거렸다. 그리고 부드러운 눈초리로 효영을 응시했다.

"그래서 그런가, 얼굴빛이 많이 좋아졌어. 좋은 사람 만난 것 같아 다행이다."

"응."

"사실 걱정을 했어."

한참 후에 친구가 조심스럽게 입을 뗐다. 그녀는 조금 흐려진 안색으로 조용히 말을 꺼냈다.

"여울이 그렇게 되고 사람을 제대로 못 만날 것 같아서. 너희 둘, 서로에게 영향을 많이 받는 편이었잖아. 여울이한테 생긴 일 때문에 너도 마음을 열지 못하면 어쩌나, 걱정했어."

"그랬구나."

효영은 쓰게 웃었다.

"은수 너한테는 이래저래 걱정을 많이 시키네."

"여울이 일 보고 연애를 기피하는 건 아닌가 생각했는데 좋은 남자 만난다고 하니까 한시름 덜었어. 다행이야."

"고마워."

"그런데 스물여섯이면 아직 결혼이 급하지 않겠다."

친구가 생각하지 않았던 문제를 꺼내자 효영은 다소 난처한 기색을 띠었다.

"그 얘긴 나한테도 빠른데?"

교제 시작한 지 얼마 되지 않았다며 어느 커플한테도 빠를 거라는 말에 친구는 고개를 끄덕이면서 납득했다.

"어쩌면 잘된 건지도 모르지. 연상이랑 사귀면 당장 결혼하자고 급하게 서두를 수도 있는데, 너 뉴스 하고 싶어 하잖아. 요즘 결혼, 서른 넘어서 해도 절대 흉이 아니니까."

"7시 뉴스를 맡고 있는 선배가 임신을 해서 곧 휴직하나 봐. 여러 후보가 물망에 오르고 있는데 나도 포함된 것 같아."

"진짜?"

"확정이 된 건 아냐."

친구는 마치 이미 결정이 된 것처럼 좋아서 효영이 진정시키느라 애를 썼다.

"올해 애인에, 뉴스까지 맡게 되면 양손의 꽃이네? 복권 사라. 아무래도 올해는 너의 해인 것 같아."

그 말에 효영은 어이없는 웃음을 지었다.

집으로 돌아오는 길에 윤승하로부터 문자 메시지가 와서 곧 도착한다는 답장을 전송했다. 신호등에 걸려 서 있던 효영은 아파트 입구에 나와 있는 윤승하를 발견했다. 모자를 눌러썼지만 훤칠한 체격이 단번에 눈에 들어왔다. 그 역시 효영을 발견했는지 손을 들어 올렸다. 기다려 주는 사람이 있다는 게 이상하게 마음을 데워 주었다.

신호가 바뀌자 효영은 서둘러 뛰어갔다. 반대쪽에서 오던 윤승하의 걸음 역시 빨라졌다. 횡단보도를 다 건널 무렵, 그가 효영의 앞에 도착해 있었다.

누가 청한 것도 아닌데 두 사람은 자연스럽게 아파트 단지 주변을 산책하듯 천천히 걸었다.

"위험하니까 굽 있는 신발 신고 뛰지 마요."

그는 마음에 걸렸는지 나직한 어투로 권했다. 어조만 들으면 고저 없이 무뚝뚝한데 그 말속에 담긴 걱정은 한없이 다정했다.

"그러다가 넘어지면……."

"반가워서요."

윤승하는 하려던 말을 끝맺지 못하고 효영을 돌아봤다. 그녀는 말간 웃음을 흘렸다. 그는 잠시 얼이 빠진 채 그녀를 바라보다가 고개를 좌우로 저었다. 정신을 차리고 뒤늦게 말을 덧붙였다.

"다쳐요."

"조심할게요."

효영은 순순히 대답했다. 두 사람은 대화를 나누며 안으로 들어갔다. 그리고 문득 한 주제가 대화 중에 나왔다.

"오늘 에이전트와 얘기했는데 기자들에게 들키지 말라고 하더군요."

"그런 걱정을 할 만하네요. 얼마 전 그런 일도 있었고요."

"사람들 입에 오르내리면 효영 씨가 곤란해지니까요."

불현듯 그가 걸음을 멈추자 효영이 의아히 그를 살폈다. 윤승하는 그녀에게 몸을 돌리고 섰다. 그의 얼굴에 단호함이 서렸다.

"일부러 알리고 다니지는 않겠지만 그렇다고 사람들에게 숨기고 싶지도 않아요. 오히려 사람들이 효영 씨가 내 애인이라는 걸 알았으면 좋겠어요."

"승하 씨는 다시 미국으로 돌아가야 하는 사람이죠. 그래서 많은 사람들이 우리의 만남을 한때 유흥이라고 생각할 수도 있어요."

윤승하의 안색이 일순 어두워졌다. 그것이 거절의 의미로 받아들여져 머릿속이 차게 식었다. 하지만 곧 효영은 해사하게 웃으며 그의 불안을 다독여 주었다.

"그런데 이상하게 승하 씨와 헤어진 미래는 상상이 가질 않아요."

그 말을 하는 효영이 너무 예뻤다. 조금은 수줍게 웃고 있는 모습이 눈 속에 들어와 박힌 순간, 손이 움찔거렸다. 서서히 해가 지며 생긴 노을의 은은한 주황빛을 받은 말간 얼굴이 너무 사랑스러웠다.

그의 속은 숱한 충동들로 어지러웠다. 그는 양 주먹을 이마에 붙이고 불쑥불쑥 치솟는 충동들과 싸웠다.

"나는."

마침내 입을 뗐을 때 잇새로 흘러나온 목소리는 그가 듣기에도 이상할 만큼 낮게 잠기었다. 그는 마른침을 삼키며 고해 성사 하듯 중얼거렸다.

"욕심이 많은 놈이라서 중도를 몰라요. 남들이 한 계단씩 오를 때도 네, 다섯 계단씩 오르는 놈이에요."

그가 찬찬히 손을 내리며 효영을 똑바로 응시했다. 그의 눈에 검게 일렁이는 것을 그녀 역시 알아차렸다.

"그래서 계속 눌러 왔는데 더 이상은 못 참겠어요. 당신을 안고 싶어서 죽을 것 같아요. 절제를 모르는 짐승 같은 놈이라 미안합니다."

"승하 씨."

"그러니 당신이 알려 줘요. 당신이 감당할 수 있는 정도만 다가갈게요."

당신이 다치지 않도록 노력하겠다는 말에 효영이 뺨을 살짝 붉히며 고개를 끄덕였다.

윤승하는 무언가에 이끌린 듯이 그녀에게 다가갔다. 그가 커다란 손으로 그녀를 감싸자 효영은 그 손을 맞잡았다. 윤승하는 가늘고 흰 손가락 사이에 깍지를 꼈다. 그녀가 빠져나갈 틈을 빼앗으려는 듯이 강하게 힘을 주었다.

맞잡은 손을 잡아끌자 효영의 몸이 그에게 기울어졌다. 은은한 체취를 풍기며 그의 품에 넘어지듯 안겨 들었다. 윤승하는 자유로운 손으로 그녀의 뺨을 섬세한 공예품을 대하듯 부드럽게 어루만졌다. 얼굴을 쓸어내리는 섬세한 손길에 효영은 저릿한 감각을 느끼며 느리게 눈을 깜박였다. 그의 손이 턱 언저리를 덧그렸다.

어느 순간 윤승하가 그녀 앞으로 얼굴을 드밀었다. 그의 숨이 뺨을 간질이는 게 느껴질 만큼 두 사람 간의 거리가 좁혀졌다. 그녀로서도 어쩔 수 없는 긴장감에 일순 숨이 멈췄다.

그가 귀밑 근처로 손을 움직였다. 그녀의 머리가 커다란 손에 감싸졌다. 윤승하는 그녀의 머리를 고정한 채 제 고개를 각도만 틀어 곧바로 입술을 겹쳤다. 쪽, 살갗이 부딪치는 소리가 커다랗게 들렸다.

윤승하가 입을 떼고 그녀의 얼굴을 살폈다. 효영은 물컹한 살이 닿았던 감촉이 낯설어 입술을 달싹였다. 어쩐지 어색하기도 하고 부끄럽기도 해 뺨이 달아올랐다. 하지만 한편으로는 왠지 모르게 간질간질한 느낌에 저도 모르게 미소를 지었다.

그는 다시 입을 맞추어 왔다. 쪽쪽, 맞닿은 입술에서 소리가 날 때마다 목덜미와 귓속 맥박이 소리를 키우며 울려 댔다. 윤승하가 열기를 머금은 손을 느릿하게 움직여 그녀의 목을 쓰다듬었다.

손바닥에서 느껴지는 맥박의 빠르기가 격렬히 뛰는 자신의 심장 박동과 비슷한 속도라는 깨닫자 가슴이 뻐근해졌다. 입술 사이로 그녀의 아랫입술을 살며시 베어 물었다가 놓고 이내 윗입술을 아프지 않게 깨물었다.

Blooming

"괜찮아요?"

입술을 맞댄 채 속삭이자 더운 숨결이 입술을 간질였다. 효영은 살짝 고개를 끄덕이고 서서히 입술을 뗐다. 윤승하는 그 사이로 휘몰아치듯 혀를 미끄러뜨렸다.

효영의 턱이 벌어지며 그의 뜨거운 혀가 더 깊이 들어왔다. 낯선 이물감에 손끝이 움찔했다. 그는 다독이듯 손등을 어루만지며 그녀의 입안 곳곳을 헤집고 문질러 댔다.

효영의 숨이 가빠지면서 다급히 어깨를 들썩였다. 호흡이 부족해 머리가 빙글 돌며 현기증이 났다. 그녀가 가슴을 두드리며 몸을 뒤로 물리자 잠시 입술을 뗐던 윤승하는 급히 숨을 몰아쉬는 효영을 바라봤다.

생리적인 눈물이 맺힌 눈은 흐릿하고 타액에 젖어 번들거리는 입술은 도톰히 부었다. 따끔따끔한지 무심코 부푼 입술을 혀로 핥는 모습이 참을 수 없이 유혹적이었다.

윤승하는 굶주린 듯이 그녀에게 달려들었다. 효영은 뇌로 산소를 공급하다가 급히 드밀어지는 입술을 손으로 막았다. 여전히 더 많은 공기를 필요로 하는지 숨이 가빴다.

입술이 막힌 윤승하는 그녀의 손바닥에 느릿하게 입술을 문질렀다.

"간지러워요."

효영이 작게 웃음을 터뜨리며 손을 움츠렸다. 그는 쪽쪽, 소리를 내며 손바닥에 입을 맞췄다. 하지만 가볍던 입맞춤은 점차 농밀하게 변질했다. 그가 혀를 내밀어 손바닥을 길게 핥아

올리자 효영이 가슴을 들썩거렸다. 윤승하는 타오를 것 같은 눈동자를 효영의 얼굴에 고정한 채 손가락 사이사이를 훑으며 간질였다.

"아⋯⋯."

그녀가 작게 소리를 냈다. 마치 손이 성기가 된 것처럼 야릇한 감각이 느껴졌다. 효영은 입술에서 손을 떼고 팔을 뻗어 그의 등을 안았다. 그녀는 눈을 내리뜨며 그에게 입술을 가져가 댔다. 입술이 닿자 저절로 눈이 감겼다.

채우고 채워도 해소되지 않는 갈증을 느꼈다. 곧 다시 공기 중에 습한 소리가 울렸다.

✿

"주문하신 콤보 세트 나왔습니다."

팝콘과 콜라, 윤승하는 거뜬히 그것들을 한 팔에 들고 계산을 마쳤다. 야구 모자를 꾹 눌러쓴 그는 청바지와 티셔츠의 가벼운, 평소와 비슷한 차림이었다. 하지만 기분은 다른 때에 비해 들떠 있었는데 효영과 처음 하는 영화관 데이트 때문이었다.

아니, 외부에서 데이트하기는 이번이 처음이었다. 윤승하의 기분은 상향 곡선을 타고 있었다. 팝콘과 콜라를 보물단지 들듯이 들고 효영이 기다리고 있는 곳으로 향했다.

한 커플이 꼭 엉겨 붙은 채 맞은편에서 걸어오고 있었다. 두 사람의 대화 소리가 우연히 귀에 들렸다. 처음에는 티격태격

다투고 있었다.

"오빠 자꾸 딴 여자한테 한눈 팔 거야?"

"아, 아냐. 그냥 아나운서 닮은 거 같아서."

"아나운서? 누구?"

"교양 프로그램 진행하는 여자 아나운서 있잖아. 전효영인가? 그래, 그 아나운서 닮은 거 같아서 잠깐 본 거야."

윤승하가 듣기에도 구차한 변명에 여자 쪽이 날 선 시선을 던졌다. 그녀는 표독스러운 표정을 지으며 야박하게 쏘붙였다.

"나도 돈 들이면 그 정도 얼굴은 나와."

"아냐, 우리 애기가 얼마나 예쁜데. 전효영? 걔가 누구라고. 우리 애기하고 비교나 되겠어?"

남자의 다독거림에 마음이 풀렸는지 모나게 올라갔던 눈초리가 제대로 돌아왔다. 반면, 두 사람의 대화를 고스란히 들은 윤승하의 표정은 와락 구겨졌다.

'누굴 누구하고 비교해?'

부지불식간에 얻어맞은 기분이 들어 커플을 보는 윤승하의 눈길이 곱지 않았다. 하지만 이것을 눈치채지 못한 두 남녀는 금세 화해를 하고 희희낙락 스낵 코너로 갔다.

제 옆을 지나간 커플 때문에 기분이 언짢은 상태로 대기석으로 돌아왔다. 영화 포스터를 보고 있던 효영이 기척을 느꼈는지 윤승하를 돌아봤다. 눈이 마주치자 그녀가 말간 미소를 보이며 손을 흔들었다.

윤승하는 그 모습을 잠시 홀린 듯이 바라보았다. 그녀를 보고 있으니 좀 전에 비위가 거슬렸던 일들이 모두 부질없이 느껴졌다. 머리를 모두 뒤로 넘겨 포니테일로 묶은 효영은 동그란 이마를 훤히 드러내고 있었다. 반짝반짝 윤이 날 것처럼 매끄러운 이마에서부터 콧날과 턱을 이루는 라인이 공을 들여 세공한 것처럼 섬세했다.

바라만 보고 있자니 괜히 애달픈 기분이 들어 성큼성큼 빠르게 그녀에게 다가갔다. 늦은 시간이어서 비교적 관객이 드문 극장이었다. 워낙 다른 사람 눈을 신경 쓰지 않는 성격이었지만 상황 조건까지 갖춰지니 그는 당당하게 효영의 옆에 바싹 붙어 앉았다.

"고마워요. 이런 거 너무 오랜만이어서 반가워요."

영화를 보러 온 게 얼마 만인지 모르겠다고 말하며 환하게 웃는 효영에 윤승하는 설레어 간질거리는 가슴을 문질렀다.

'왜 이렇게 예뻐.'

한순간도 시선을 떼기가 힘들었다. 이제 적당히 익숙해질 법도 한데 여전히 그녀의 미소를 보면 종종 넋을 잃고 만다. 살짝 휘어진 눈매가 너무 사랑스러워서 하마터면 여기가 어딘지도 잊고 끌어안을 뻔했다.

'평정심, 평정심.'

"기다리면서 먹어요."

윤승하는 호흡을 가다듬고 그녀에게 음식을 권했다.

"일단 콜라만요."

효영은 윤승하에게서 콜라를 받으며 빨대를 물었다. 환풍이 잘 안 되어 극장 특유의 텁텁한 공기 때문에 목이 말랐던 참이다. 아이처럼 빨대를 물고 콜라를 마시는 모습을 물끄러미 보다가 윤승하는 불현듯 목이 타는 기분에 뚜껑을 열어 벌컥벌컥 음료를 마셨다.

빨대를 문 채, 효영이 시선만 윤승하에게 돌렸다. 커다랗게 떠진 눈을 마주하자 그는 속이 더 탔다. 그녀도 윤승하와 마찬가지로 티셔츠에 청바지의 가벼운 차림이었다. 머리까지 뒤로 넘겨 묶어 평소보다 훨씬 어려 보이는데 빨대까지 쪽쪽 빨자 참을 수 없어져서 기분 같아서는 자리에서 벌떡 일어나 달리고 싶었다. 참으려고 했는데 한계였다.

"너무 귀여워요."

그는 달리는 대신에 부풀어 올랐던 마음을 펑 터뜨리듯, 속내를 털어놓았다. 음료를 조금씩 삼키고 있던 효영은 윤승하의 말을 듣고 멈칫했다. 이윽고.

"콜록콜록."

가까스로 입에 머금고 있던 음료는 삼켰지만 잘게 기침을 했다. 효영이 손수건을 꺼내 입을 가렸지만 간질임을 못 이기고 그 후로 얼마간 기침을 하는데, 윤승하는 저 때문인지도 모르고 감기에 걸렸냐며 걱정스럽게 이마에 손을 가져갔다.

"괜찮아요. 잠깐 사레든 거예요."

효영이 생리적으로 흐른 눈물을 훔치며 그의 걱정을 불식시켰다. 귀엽다는데, 그래서 좋다는데 그녀로서는 불만을 가질 일이 아니지만 몹시 부끄러워졌다. 정작 본인은 그런 말을 던져 놓고서 아무렇지 않아 하는데 효영은 이루 말할 수 없는 머쓱함에 두 귀가 홧홧하게 달아올랐다.

영화 상영 10분 전이 되자 입장이 시작되었다. 윤승하는 짐을 모두 제가 들고 효영의 손은 비워 두었다.

"불편하지 않아요? 콜라는 내가 들게요."

"손 시려요."

방금 전까지 손에 들고 콜라를 마셨다고 말해 주고 싶은데 그의 표정이 워낙 진지해서 효영은 그럼 팝콘이라도 하고 중얼거렸다.

"부피가 커서 불편할 거예요. 그리고 효영 씨는 티켓 들고 있잖아요."

윤승하는 이 모든 게 기껍게만 보였다. 효영은 어쩔 수 없다는 듯이 웃어 보이고는 직원에게 티켓을 내밀었다. 티켓을 확인받고 해당 상영관으로 향하는데 뒤편에서 왁자지껄한 목소리가 들려왔다.

"우리 애기 영화 보고 뭐 할래?"

"오빠야, 애기는 호프집에서 치맥 하고 싶어요."

목소리가 묘하게 귀에 익다 싶어서 뒤를 돌아보는데 스낵 코너에서 봤던 커플이었다. 공교롭게도 그들과 같은 영화를 보는 모양이었다. 남자는 자기 애인에게 끊임없이 애기 타령을 했고 여자는 혀가 반토막 난 목소리로 애교를 부렸다.

윤승하의 시선을 따라 고개를 돌렸던 효영 역시 그들 대화를 듣게 됐다. 다소 뜨악한 표정을 짓고 있는 윤승하와는 달리 효영은 희미하게 미소 지었다.

　상영관 안에 들어갔을 때 이미 조명이 꺼져 어두워진 상태였다. 스크린에서는 광고가 몇 개 흘러나오고 있었다.
　"멀쩡한 성인 데리고 말끝마다 애기, 애기라니."
　윤승하는 가볍게 혀를 차며 중얼거렸다. 그걸 듣고 효영이 작게 피식거렸다.
　"예전에 드라마에서 하던 걸 보고 커플들 사이에 애칭으로 유행처럼 번졌어요."
　아직도 그렇게 부르는 커플들이 있나 보네요, 하고 덧붙이던 효영은 그가 어떤 깨달음을 얻은 표정을 짓자 멈칫했다.
　"애칭."
　그 말을 반복하는 윤승하의 표정이 묘했다. 매우 많이. 그 말을 중얼거리다 효영과 눈이 마주치자 얼굴색이 평소보다 더 짙어졌다. 그의 입이 열리는 걸 보고 불안한 예감이 든 효영이 서둘러 말했다.
　"난 이름으로 만족하지만요."
　선수 치듯 하는 말을 듣고 윤승하의 얼굴에 살짝 실망이 스쳤다.
　'그게 부러웠나?'
　효영은 혼자 가만히 생각했지만 그렇다고는 해도 그 애칭은 너무 터무니없었다. 그녀보다 연상한테 들어도 꺼려질 말을 승하에게 듣는다면 그녀의 정신력으로는 감당 못할 성싶었다.

영화가 시작되자 효영은 그 핑계로 고개를 돌렸다. 옆에서 끊임없이 실망했다는 오라가 풍겼지만 최대한 무시하고 있던 효영은 영화가 중반쯤 흐를 무렵에 힐긋 윤승하에게 시선을 돌렸다.

그는 어느새 포기하고 스크린을 응시하고 있었다. 어떻게 할까, 싶었던 효영의 눈에 팝콘이 들어왔다.

콕콕!

윤승하가 무덤덤하게 화면을 지켜보고 있는데 손등을 부드럽게 찌르는 손길이 느껴졌다. 간지러울 정도의 감촉에 제 손에서 효영에게 시선을 옮겼던 윤승하가 무슨 일이냐고 묻기 위해 입을 벌렸다.

그 순간 입안으로 팝콘이 들어왔다. 효영은 몇 개인가를 더 먹여 주고는 싱긋 웃은 채 화면으로 다시 고개를 돌렸다. 멍하니 그녀를 보던 윤승하는 팝콘을 빠르게 씹어 삼키고 열띤 표정을 지었다.

예상치 못한 행동으로 이렇게 한 번씩 가슴을 들쑤셔 놓았다. 그런데 그때마다 싫기는커녕 효영이 더더욱 좋아 죽을 것만 같다. 지금도 참고 있던 충동이 툭 튀어나와 버렸다.

"끌어안고 싶은 데 안 되겠죠?"

그의 말에 효영이 눈을 크게 뜨고 봤다. 이윽고 찬찬히 눈을 부드럽게 휘며 웃어 보였다.

"공공장소에서는 안 돼요."

조용히 거절하고 이번에야말로 영화에 집중하려고 했다. 하지만 이내 슬그머니 손을 감싸 오는 촉감에 효영은 웃고 말았다. 그리고 그녀는 손을 빼내는 대신, 열기 오른 손가락 사이사이에 깍지를 끼웠다.

"촬영 시작합니다!"

야구 대표팀이 합숙소에 입소하는 기사를 찾아보던 효영은 스태프의 말에 핸드폰을 껐다. 기사에는 대표팀 버스에서 내리고 있는 윤승하의 사진이 찍혀 있었다. 그제야 윤승하가 아파트를 떠난 사실이 실감 났다.

어제는 입소 전날이라며 심야 영화 데이트를 해서 별로 체감이 되지 않았는데 기사로 확인하니 멀리 떠난 것도 아닌데도 기분이 이상했다. 지금도 이런데 윤승하가 미국으로 가게 되면 어떨지 상상하는 것만으로 가슴이 술렁거렸다.

오늘은 그녀의 정규 스케줄이 아니라 예능 방송에 아나운서 특집 게스트로 초대됐다. 예능 방송이니만큼, 타 방송에서보다 더 카메라 앞에서 환한 표정을 지어야 했다.

'고작 차로 1시간 거리야.'

그녀는 제 뺨을 툭툭 치며 마음을 추슬렀다. 촬영이 시작되고 대기석에서 MC들의 대사를 들었다.

"오늘 '화요일의 데이트'에 특별한 손님들이 찾아 주셨죠?"

"이분들을 여기에서 보니까 이상해요. 내가 촬영을 하러 온 건지 뉴스를 보러 온 건지 헷갈렸다니까."

보조 MC가 더 과장해 얼떨떨하다는 듯한 표정을 꾸며 냈다. 메인 MC는 게스트들을 소개했고 패널들이 과장된 환호성을 터뜨리며 게스트들을 맞이했다. 세트장 뒤편 좁은 문을 통해 게스트들이 안으로 입장했다. 경력순으로 입장을 하느라 효영은 네 번째였다.

MC들과 아나운서들은 방송 전 이미 인사를 나눴지만 마치 처음 본 듯이 새롭게 인사를 했다. 패널들은 일부러 더 신기하다는 듯이 호들갑을 떨었다.

이렇게 본격적인 예능은 효영 역시 생경해 조금 신기한 표정을 지으며 설핏 웃었다.

본격적으로 녹화가 시작되면서 MC들의 질문을 받은 게스트들이 그에 대답을 하는 식으로 대화를 주고받았다. 가끔 재치 있는 고참 아나운서가 MC들을 당혹시키는 역공을 펼치기도 해서 이따금 촬영장 곳곳에서 웃음이 터져 나왔다.

"그거 사실일까?"

촬영을 지켜보며 스태프가 삼삼오오 모여 얘기를 나눴다.

"글쎄, 쉬쉬하고 있긴 하지만 목격담도 나오고 있지 않아?"

"내가 아는 연예부 기자가 사실인 것 같다고 하더라고."

"그럼 전에 말했던 사람이 저 사람인가?"

"그러게. 아직 구체적으로 기사가 나온 게 아니라서."

스태프들이 수군거리며 지금 막 MC의 질문에 차분하게 대답을 하고 있는 효영에게 의혹이 서린 눈길을 던졌지만 그녀는 이 사실을 알지 못했다.

　제임스 김은 마주 앉은 사람을 보며 속으로 한숨지었다.
'결국 이렇게 되는구나.'
　오늘 만나자고 연락을 취해 온 사람은 스스로를 연예부 기자라고 소개했다. 연예부 기자가 왜 자신을 보자고 했는지 의아했지만 곧 시간을 낼 수밖에 없었다.
"이게 그 사진입니까?"
　그는 기자가 내민 사진을 확인했다. 그사이에 꽤 많이도 찍혔다. 주로 아파트 주변을 돌아다니거나 산책로를 따라 함께 운동하는 사진이었는데 파파라치들로서는 재미가 없다 싶을 정도로 건전한 만남이었다.
　물론 그저 친한 지인이라고 말하기에는 무리가 있는 사진도 섞여 있었다. 대화를 나누거나 운동하는 사진은 변명해서 넘어간다고 해도 손을 마주 잡고 있거나, 윤승하가 효영의 어깨를 끌어안는다거나, 그녀가 윤승하와 팔짱을 끼고 그의 팔에 머리를 기대고 있는 모습은 연인 특유의 친밀한 분위기가 묻어났다.
"사실 다른 언론사에서도 얘기가 나오고 있습니다. 인터넷에서도 목격담이 나오고 있고요. 기사가 터지는 건 기정사실입니다. 하지만 열애 사실이 밝혀진다고 해도 어떻게 기사를 쓰는가가 중요하죠."
　기자는 제임스 김의 얼굴을 살핀 후 입을 뗐다. 그는 톱기사를 원하고 있지만 단순히 화제성을 위해 윤승하나 그의 에이전트와 척을 지고 싶지 않았다.

"듣기로는 기사를 준비하고 있는 곳이 여러 군데 있는 걸로 알고 있습니다. 개중에는 화제성만을 위해 자극적으로 기사를 쓰는 걸 주저하지 않는 곳도 있을 겁니다. 첫 기사의 중요성은 제임스 씨도 잘 아실 거라고 생각합니다."

"그렇죠."

제임스 김은 그 말에 수긍했다. 첫 기사의 이미지가 끼치는 영향은 컸다. 대개 후속 기사는 처음 것을 답습하는 경향이 컸다.

관련해서 더 자극적으로 쓰려고 해도 첫 기사가 던진 임팩트를 못 따라간다. 그것을 이해하는 기자가 미리 초안으로 작성한 기사를 제임스 김에게 보였다.

"조금 더 수정을 하겠지만 이런 방향으로 기사를 쓸 생각입니다. 동의하시면 기사와 함께 실릴 사진도 윤승하 선수 측에서 선택할 수 있도록 하겠습니다. 물론 다른 사진들은 폐기하겠습니다."

제임스 김은 기자의 설명을 들으며 천천히 기사를 읽어 내렸다. 윤승하와 효영의 만남에 호의적인 내용이었다. 자극적인 문구가 없이 건실한 연인으로 표현된 내용은 대체적으로 만족스러웠다.

"저 혼자 독단으로 처리할 수 없으니 일단은 본인과 상의를 해야겠습니다."

"시간은 더 못 드립니다. 다른 언론사들도 노리고 있는 걸 안

이상, 저희도 단독 보도 기회를 빼앗기면 곤란해서요."

"빠른 시일 안에 결정해서 연락드리도록 하겠습니다."

제임스 김은 기자를 보낸 뒤에 지끈거리는 머리를 붙잡았다. 아시안 게임 개막이 이제 바로 앞에 와 있었다. 하필이면 꼬리가 밟혀도 지금이냐는 생각에 한숨이 푹푹 쉬어졌다. 만일 경기 결과가 좋지 않으면 이 스캔들은 윤승하에게는 독이 될 것이다.

도무지 그가 질 것 같지는 않지만 혼자서 하는 경기가 아니었다. 야구는 그라운드에 있는 9인이 모두 제 역할을 해야지만 이길 수 있는 경기였다. 그래서 반드시 이길 거라고 확신도 못한다. 만일 대한민국이 우승을 하지 못하게 될 경우, 아쉬움 때문에 비난의 화살이 윤승하에게 날아올지도 모른다.

연애를 한다고 해서 윤승하가 운동에 집중하지 못한 건 아니다. 주변인들은 그 사실을 알고 있지만 대중들이 어떻게 받아들일지, 언론이 어떻게 장난질을 할지 아무도 몰랐다.

"어떻게 해야 하나."

제임스 김은 머리가 아파 오자 미간을 찌푸렸다. 근시일 내로 기사가 터지는 건 자명했다. 다만 그 시기가 문제였다. 오늘 윤승하와 논의해 봐야겠다고 생각하며 지끈거리는 관자놀이를 문질렀다.

훈련을 마치고 나오는 윤승하를 기다리고 있던 제임스 김이 손을 들어 그에게 알은척을 했다. 웃고 있는 얼굴에 희미하게 떠오른 그늘을 본 윤승하는 눈썹을 꿈틀거렸다. 평소와 다르다는 걸 느끼고 그의 얼굴을 관찰했다.

"무슨 일 있었어?"

"너한테 할 얘기가 있는데 일단 가면서 하자."

제임스 김은 주변을 둘러본 후에 조용히 말했다. 윤승하는 그가 꺼내려는 주제가 가볍지 않은 내용임을 짐작하고 고개를 끄덕였다.

"오늘 기자하고 만났어. 너희 둘 사진을 가지고 왔더라고."

차에 오르자마자 제임스 김이 주제를 꺼냈다. 에이전트가 꺼낸 말은 언젠가 한 번쯤 벌어질 일이긴 했지만 다소 이른 감이 있었다. 윤승하는 묵묵히 차창으로 눈을 돌렸다. 제임스 김은 사이드 미러로 그를 살폈지만 그의 생각을 방해하지 않고 다시 말을 꺼내기까지 기다렸다.

이윽고 윤승하는 눈을 뜨고 정리를 끝낸 얼굴로 제임스 김을 봤다.

"형이 그 일을 지금 말하는 건 막을 수 없어서겠지?"

"맞아. 사진을 가져온 그 언론사만이 아니라 다른 데서도 냄새를 맡았다나 봐. 이런 기삿거리를 절대 그냥 넘겨 버리지는 않겠지."

"효영 씨에게 피해가 가겠네."

"주변이 시끄러워지기는 할 거야. 하지만 효영 씨가 원체 사생활이 깨끗했던 사람이라서 언론만 잘 움직이면 큰 피해를 주지 않을 수도 있어. 초안 보여 줬는데 기사는 잘 썼더라."

너도 한번 읽어 볼래? 하며 보조석에 뒀던 서류 봉투를 내밀었다. 하지만 윤승하는 막상 받아 들고도 꺼내 보지 않았다.

"나한테는 무슨 소리를 해도 상관없고 그 사람만 곤란해지지 않으면 돼."

"무조건 욕부터 하고 보는 관심 종자들은 어쩔 수 없지만 여론 자체가 나쁘게 흐르지 않도록 언론을 들쑤셔 봐야지. 자극적으로 기사 뽑아서 조회 수 올리고자 하는 인간들도 있지만 거기까지 신경 쓰면 한도 끝도 없어."

윤승하는 고개를 끄덕였지만 표정은 밝지 않았다. 아무래도 효영에 대해 걱정을 하지 않을 수 없다.

"어차피 터질 기사니까 조율할 수 있을 때 조율해서 터뜨리는 게 나아."

가볍지만은 않게 얘기를 나눈 뒤 제임스 김은 신호에 걸려 잠시 차를 멈추었다.

"어떻게 할래? 전화로 얘기할 거야, 아니면 직접 만나서?"

"서울로 가."

직접 만나서 얘기하겠다는 의중에 제임스 김은 납득한 듯이 고개를 끄덕였다.

오늘만 해도 몇 번이나 사람들이 효영에게 무슨 말인가를 꺼내려다가 말았다. 이러기도 벌써 며칠째였다. 그렇다고 묻지 않고서는 참을 수 없을 정도는 아니라서 별일이다, 넘기는 정도였다.

평소처럼 집으로 돌아온 효영은 집 앞에 기대치 않은 사람을 발견하고 눈을 커다랗게 떴다.

"승하 씨!"

엘리베이터 문이 다 열리기도 전에 효영은 밖으로 뛰어나 갔다. 합숙소에 있을 사람이 왜 서울에 올라온 건지 모르겠지 만 며칠 만에 그의 얼굴을 보자 반가움을 감추지 못했다. 효영 의 환영에 윤승하 역시 큰 보폭으로 효영에게 다가갔다.

"서울에는 어쩐 일이에요? 연락도 하지 않고."

"효영 씨 보고 싶어서 일을 변명 삼아 왔어요."

"설마."

효영이 못 미더운 눈으로 윤승하를 보는데 그가 빙긋 웃고는 이내 진지한 표정을 지었다.

"효영 씨에게 할 말이 있어요."

"전화로 할 수 없는 얘기예요?"

무슨 주제이기에 직접 온 건지 의아스러워 물으니 고개를 끄 덕인다.

"직접 보고 말하고 싶어서요."

"그럼 일단 들어갈까요?"

얘기가 길어질 걸 예감한 효영이 권하자 윤승하는 그제야 복 도에 계속 서 있었다는 걸 깨닫고 허탈한 미소를 지었다. 효영 이 문을 열었고 두 사람은 안으로 들어갔다.

"마실 거 뭐 줄까요?"

"괜찮아요. 여기 와서 앉아요."

Blooming

효영이 주방으로 가려는데 윤승하는 그녀의 손을 잡아 소파로 이끌었다. 그녀는 순순히 그에게 끌려갔다. 소파에 나란히 앉은 뒤, 윤승하는 그녀 앞에 봉투를 내밀었다.

"이게 뭐예요?"

"열어 봐요."

윤승하는 다소 굳은 음성으로 말했다. 그의 반응이 이상해 고개를 갸웃거리던 효영은 봉투와 윤승하를 번갈아 살펴보고 찬찬히 안을 열었다.

후두둑. 벌린 입구를 아래로 내리자 안에서 흰 문서와 여러 장의 사진이 떨어졌다. 그녀가 그것을 살펴보는 동안, 윤승하는 자못 긴장한 얼굴로 기다렸다. 효영은 두 사람이 함께 찍힌 사진을 하나하나 살펴보고 이내 문서로 시선을 돌렸다.

그것에 쓰인 내용을 단어 하나 빠짐없이 읽었다. 그러느라 꽤 시간이 소요되었지만 윤승하는 묵묵히 인내했다.

"우리 기사인가요?"

"제 에이전트에게 기자 쪽에서 먼저 타진이 들어왔어요. 기사를 준비하는 다른 언론사들도 있다더군요."

"결국 터져야 할 기사인 거죠?"

효영의 질문에 윤승하는 고개를 끄덕였다.

"호의적인 기사를 쓰는 조건으로 단독 보도를 요구하고 있어요."

"그렇군요. 생각보다 빨리 터졌네요. 도대체 언제 숨어서 찍은 걸까요? 전혀 몰랐는데. 투명 망토라도 쓰고 있는 거 아니에요?"

짐짓 가볍게 우스갯소리를 하더니 이내 곧 효영은 무슨 생각을 하는지 입을 다물었다. 무언가를 골똘히 생각하는 얼굴에 윤승하는 다소 조바심을 느꼈다. 효영은 그로부터 한참 후에 다시 입을 열었다.

"몰랐어요."

무슨 의미인지 이해하지 못해 의아히 바라보는 윤승하에게 살짝 웃어 준 효영은 사진으로 관심을 돌렸다. 그녀는 조금 신기한 듯이 그것을 봤다.

"우리가 이런 표정을 짓고 있었네요."

그녀가 보고 있는 사진은 도대체 언제인지 모를 때였다. 그럴 수밖에 없는 게 특별할 일 없이 그저 손을 마주 잡고 걷는 사진이었다. 윤승하는 그녀를 향해 고개를 돌린 채 있었고 효영은 시선을 내리뜬 채 희미하게 웃고 있었다. 비록 두 사람의 시선이 얽혀 있는 것은 아니었지만 표정 자체에서 애정이 여실히 드러났다.

그녀는 고요히 미소 지으며 사진을 부드러운 시선으로 바라봤다. 몰래 사진을 찍힌 것에는 어찌할 수 없는 거부감이 들지만 타인의 시각에서 본 자신들의 모습이 신기했다. 고스란히 드러나는 감정들이 절로 읽혔다.

그들에게는 한구석으로 지나간 기억이 사진에 남았다. 지나간 기억을 들추어내 이렇듯 진심을 읽어 내니 문득 가슴에 뭔가가 서서히 차오르는 것을 느꼈다.

Blooming

그를 보니 효영과 같은 걸 느낀 얼굴이었다. 두 사람의 시선이 얽혔다. 효영은 눈매를 부드럽게 휘며 웃어 보였다.

"지나가는 시간들을 다시 꺼내 볼 수는 없으니까 이런 사진을 찍어 준 기자들에게 이번만큼은 고맙네요."

그 말을 하는 효영이 너무도 사랑스러워 윤승하는 제 품에 그녀를 끌어당겼다. 그는 효영의 뺨을 손으로 감싸고 입술을 겹쳤다. 살갗이 부드럽게 맞닿으며 체온이 서서히 올라갔다.

좀 더.

더.

제 내부에 살고 있는 욕심 사나운 짐승이 채워지지 않는 갈증에 사납게 날뛰었다.

맨드라미Cockscome

타오르는 사랑.

shepherd's purse

01

스타 커플이 새로 탄생했다. 야구 선수, 윤승하(26세, 양키스)와 아나운서, 전효영(29세)이 그 주인공이다.

두 사람의 인연은 지난 14일로 거슬러 올라간다. 윤승하는 귀국 후, 언론에 모습을 드러내지 않았다. 많은 국민들이 그에 대해 궁금해 했고 그가 과연 어떤 매체를 통해 모습을 드러낼지 관심이 쏠렸다.

윤승하가 선택한 건 현재 전효영이 단독 진행을 맡고 있는 GBS의 PEOPLE이었다. 이 프로그램은 윤승하에게 방송과 연인, 두 마리의 토끼를 선물했다.

본지가 윤승하를 취재하기 시작한 건 배우, 송가희와의 스캔들에 대해 입장 표명을 한 직후였다. 윤승하는 해명 기사에서 마음에 두고 있는 상대가 있다는 걸 밝혔고 그가 한국에 머문 짧은 시간, 그의 마음을 사로잡은 여인에 대해 많은 의견이 분분했다.

– 중략 –

같은 동네에 사는 두 사람의 데이트는 주로 집 주변에서 이루어졌다. 이른 새벽 함께 운동을 하고 늦은 저녁에는 사람들의 눈을 피해 산책을 하는 소박한 데이트였다. 만나는 시간도 2시간 남짓이었다. 하지만 그들은 그 시간을 최대한 활용했다. 그저 얼굴을 보는 것으로, 짧은 대화를 나누는 것으로 충분히 행복했다.

도전을 멈추지 않고 홀로 묵묵히 달려가던 윤승하에게 드디어 의지처가 생긴 것일까? 이제 새롭게 시작하는 두 사람의 사랑을 조용히 응원한다.

사람들이 어떻게 떠들든지 효영은 신경을 쓰지 않으려고 했다. 두 사람의 교제 사실이 공식적으로 밝혀졌지만 그렇다고 해도 만남은 두 사람의 개인적인 일이라고 생각했다.

열애설이 터진 이후, 효영의 전화는 불이 났다. 그녀는 가급적 신중하게 상대를 가려서 전화를 받았다. 효영이 선뜻 전화를 받은 상대 중 하나는 박은수였다. 그녀는 잔뜩 흥분한 채 말을 쏟아 냈다.

—너 뭐야. 어떻게 감쪽같이 아무 말도 안 할 수가 있니? 힌트 정도는 줄 수 있잖아. 그렇게 칭찬을 해 대던 애인이 윤승하였다는 거잖아? 기사 보고 정말 놀란 거 알아?

Blooming

타박하는 말투였지만 그녀의 음성에 떠오른 흥분은 긍정적이었다. 충분히 예상한 반응에 효영은 설핏 웃으며 미안하다고 얘기했다. 한참 그렇게 쏟아 내더니 겨우 진정이 되는지 가장 묻고 싶었던 말을 꺼냈다.

—효영아, 행복해?

효영은 그 말에 대답하는 데 잠시도 고민하지 않았다.

"응. 행복해."

✤

주변이 시끄러워졌다고 해도 아시안 게임 날짜는 차근차근 다가왔고 야구는 2일째 시작되었다. 예선 1차전은 스리랑카와 치러졌다. 애당초 전력 차이가 많이 나는 상대였기에 체력 비축을 위해 주전을 몇 명 빼고 그 자리를 백업 선수들이 채웠다.

최근 스리랑카에 야구 붐이 일어나며 관심도가 높아지고 있지만 경제 사정 때문에 선수들은 열악한 환경 속에서 운동을 했다.

경기는 1회부터 일방적인 흐름을 탔다. 1회 공격만에 7점을 거두며 관중석은 벌써부터 다 이긴 분위기였다.

오늘 출전하지 않는 윤승하는 다른 주전 선수들과 마찬가지로 더그아웃에 앉아 경기를 지켜봤다.

경기는 이변 없이 한국 대표팀이 5회째 22 대 0, 콜드 승을 거두었다. 기분 좋은 시작이었다.

― 내일은 피할 수 없는 상대, 일본과 2차전이 치러지죠?

― 네, 선발 투수로 윤승하 선수가 출전하게 됩니다. 많은 분들이 윤승하 선수를 파워 투수라고만 생각하는데, 경기를 보면 힘 대결뿐 아니라 머리싸움도 할 줄 아는, 아주 영리한 투수예요. 상대가 어떤 공을 노리는지 생각을 읽고 타이밍을 빼앗아요. 내일 어떤 경기를 보여 줄지 벌써부터 기대가 됩니다.

― 많은 시청자분들이 내일 경기에 많은 관심을 가지실 텐데 우리 대표팀의 선전을 기원합니다. 오늘 경기 22 대 0으로 승리했다는 소식을 다시 한 번 전해 드리며 이상 중계 마치겠습니다.

대기실로 들어오던 송가희는 귀에 거슬리는 이름을 듣고 눈을 매섭게 치떴다. 그녀를 기다리면서 TV를 보고 있던 스타일리스트를 노려봤다.

"당장 안 꺼?"

벼락같은 소리에 스타일리스트는 깜짝 놀라 뒤를 돌아봤다. 매서운 눈길로 자신을 노려보는 송가희에게 지레 겁을 먹어 주춤거리며 리모컨을 집었다. 1차전 주요 장면들을 보여 주고 있던 화면이 암전했다.

TV를 끄자 대기실에는 불편한 정적이 내려왔다. 스타일리스트는 고개를 숙이고 손을 포갠 채 눈만 움직여 송가희의 눈치를 살폈다. 송가희는 입술을 앙다문 채 스타일리스트를 쏘아봤다. 매니저는 골치 아픈 듯이 습관처럼 관자놀이를 쓱쓱 문지르고는 그 사이에 끼어들었다.

"은이야, 오빠 음료수 하나만 뽑아다 줄래?"

그는 스타일리스트의 숨통을 열어 주었다. 매니저의 부탁에 스타일리스트는 한결 표정이 밝아져 밖으로 뛰어나갔다.

"방송국에서는 목소리 높이지 마. 보는 눈도 많은데."

매니저가 피로한 기색으로 나무랐지만 송가희는 한 귀로 흘렸다. 그녀는 윤승하와 효영의 열애 기사를 떠올리며 이를 악물었다. 제가 그렇게 호의를 표했는데 꿈쩍도 하지 않아 자존심을 상하게 했던 그 윤승하였다.

"전효영이라고?"

송가희는 그 차갑고 도도한 여자를 떠올리며 입매를 일그러뜨렸다. 한여울과 어울리며 손에 꼽을 정도의 횟수로 동석했지만 친해지기 힘든 분위기였다. 그녀는 항상 예의를 갖추고 그녀를 대했다.

당시 신인이어서 다소 위축이 되어 있었던 송가희는 톱스타인 한여울보다 그녀가 오히려 더 어려웠다. 얼굴에 철판을 깔고 처음 본 사람에게도 친근하게 언니, 오빠 하는 송가희였지만 효영에게만은 쉽사리 그 말이 나오지 않았다. 처음에는 지인의 지인. 그 정도의 위치였다.

스폰서를 만나며 입지를 넓혀 가는 중에 우연히 한여울의 남편과 관계를 맺었다. 유부남들이 어리고 젊은 여자들과 새로운 유흥을 즐기는 것이 그들 세계에서는 그다지 흠이 아니었다.

한여울이 남편과 이혼하고 다시 연예계에 복귀했을 때 서로 마주쳐도 인사하지 않을 만큼 사이가 멀어졌다. 그리고 한여울의 자살 소식을 듣게 됐다.

송가희가 한여울의 남편과 스폰서 관계였다는 건 대중들은 모르고, 방송가에서는 공공연한 비밀로 통했다. 한여울의 자살 이후로 그녀와 친하게 지냈던 동료 배우나 관계자들이 그녀를 비난하는 시선으로 봤지만 송가희는 그럴수록 더 고개를 들고 다녔다.

그 일을 직접 입에 올리며 비난하지 않는 건 효영뿐이었다. 하지만 그건 오히려 송가희에게 더한 모멸감을 주었다. 그녀는 마치 제 입이 더러워질 것 같다는 듯이 송가희와 말을 섞는 것조차 꺼렸다.

그런 무시에 분통이 터져서 시비를 걸면 수백 개의 칼날이 박힌 듯한 날카로운 말을 되돌렸지만, 어쨌든 효영이 먼저 말을 걸어오는 일은 없었다. 하지만 송가희는 그녀가 자신에게 깊은 분노를 품고 있다는 걸 알았다.

"왜 하필 전효영이야?"

송가희는 분통이 터져서 참을 수가 없었다.

"일부러 나 보라고 이러는 거 아냐?"

매니저는 한심스러운 눈으로 송가희를 봤지만 굳이 벌집을 건드리지는 않았다.

2차전이 치러지는 경기장, 평일 시간대였지만 관중석은 사람들로 가득 찼다. 결승까지 쉽게 가기 위해서는 이번 일본전에서 승리를 거두고 조 1위를 지켜야 했다. 더욱이 일본과의 경기는 국민적인 감정상, 꼭 승리해야 하는 게임이고 평소 야구를 즐겨 보지 않는 사람들도 일본전에 대한 관심은 컸다. 중요한 이번 경기는 윤승하가 선발로 나서게 됐다.

모두의 기대를 충족시키며 윤승하는 6회까지 무실점으로 마치고 7회에 교체되었다.

일본전 최종 결과는 6 대 2. 완벽한 승리였다.

더그아웃 근처에 관중들이 몰려들어 퇴장하는 선수들을 맞았다. 안도훈이 옆을 지나치다가 어디 한군데를 보고는 서둘러 윤승하의 등을 쳤다. 윤승하가 무슨 일인가 싶어 그를 봤는데 어딘가를 가리키는 손짓에 고개를 돌리고는 환하게 웃음을 터뜨렸다.

어떤 팬 하나가 평범한 흰색 티셔츠를 입고 있었는데 일부러 제작한 건지 효영과 윤승하의 사진이 프린트되어 있었다. 두 사람 사이에 앙증맞게 하트까지 그린 티셔츠를 입고 있는 팬은 윤승하가 자신을 보고 웃음을 터뜨리자 부끄러운 듯이 뺨을 감쌌다.

합숙소로 돌아온 윤승하는 샤워를 하고 난 후에 곧바로 효영에게 전화를 걸었다. 얼마쯤 기다렸을까, 곧 전화가 연결됐다.

—여보세요.

그녀의 목소리가 들리자 윤승하는 가슴이 조이는 걸 느끼며 침대 위에 털썩 주저앉았다.

"저예요."

—알아요.

발신자 표시가 뜬다고 말하며 효영이 작게 웃었다. 그 웃음소리가 귀를 살며시 간질였다. 그녀가 어떤 표정을 짓고 있을지 머릿속에 그려지면서 문득 전화 통화만으로는 부족하다는 생각이 들었다.

"오늘 이겼어요."

—네, 봤어요. 경기하는 모습이 평소와 달라 보여서 신기했어요.

"이상했어요?"

—아뇨. 멋있었어요.

그녀의 말에 윤승하는 앓는 소리를 내며 베개에 얼굴을 묻었다. 당장 눈앞에 있으면 손을 뻗고 말았을 것이다. 목소리만으로 가슴이 거칠게 뛰며 단전에 열기가 몰렸다. 경기를 하고 나면 아드레날린이 평소보다 더 심하게 분비되어서 좀처럼 진정이 되질 않는다. 그런데 사람들은 감정이 드러나지 않고 더 딱딱하게 굳는 그를 보며 승리를 그다지 기뻐하지 않는다고 오해하는 경우도 왕왕 있었다.

하지만 그는 일부러 더 감정들을 누르려고 노력했다. 원체 성격이 괴팍해서 다른 데로 튀기도 하지만 그런 행동들은 파충류로 치자면 보호색과 비슷했다. 그의 내밀한 감정은 저 깊은 데에 감춰 뒀다. 때로는 그 역시 무덤덤함이 진짜라 믿어질 정도이지만 효영에 대해서는 그게 되지 않았다.

"보고 싶어요."

한숨처럼 그 말이 흘러나왔다. 그런데 막상 입으로 뱉고 나니 그 감정이 더 커지는 듯했다. 지금 당장이라도 그녀를 보러 가고 싶은 충동을 참느라 주먹을 쥐었다.

─같은 생각을 했네요. 나도 오늘 승하 씨 경기를 보는데 보고 싶어졌어요.

효영이 그런 말을 할 줄 몰랐다. 그 말을 들은 직후, 윤승하의 표정이 멍하게 변했다. 그러다 차츰 입을 다물고 표정을 굳혔다. 충동을 참기 위해 그는 감정을 삭이려고 노력했다. 그러지 않으면 당장 그녀를 찾아갈 것 같았다.

"오늘 잠은 다 잤어요. 전부 당신 때문이에요."

윤승하는 어쩔 수 없이 그녀를 탓했지만 목소리에는 다정함이 가득했다. 희미한 열기 역시 섞였는데 아마 그녀도 알아차렸을 것이다.

─나 때문이면 어떻게 책임을 져 줘야 할까요?

효영이 웃음을 머금은 채 물었다. 그녀의 부드러운 음성에 전신이 나른하게 풀리는 기분이어서 윤승하는 침대에 벌렁 누웠다. 이대로 그녀의 목소리를 들으며 잠들고 싶기도 하고, 깨어서 계속 이야기 나누고 싶은 상반된 마음이 그의 내부에서 싸웠다.

"경기가 끝나면 하루 종일 함께 있어요. 눈뜨는 순간부터 눈감을 때까지 계속 같이 있어 줘요."

윤승하는 허리춤에서 묵직하게 느껴지는 감각 탓에 낮게 잠긴 목소리로 그녀에게 말을 계속 이었다.

"당신을 안고 싶어요."

―당신을 안고 싶어요.

윤승하의 나직한 목소리가 들린 순간, 효영은 말문이 막혔다. 그녀는 한참 대답을 잇지 못한 채 소파 아래로 내렸던 무릎을 가슴까지 끌어왔다. 가지런히 모은 무릎을 끌어안고 의식하지 못한 채 이상한 소리를 내뱉을까 빈손으로 입을 가렸다.

두근두근두근.

그제야 평소보다 빠른 심장 박동 소리가 의식이 됐다. 자신이 이렇게 긴장을 하고 말았다는 깨달음과 동시에 얼굴에 확 열기가 치솟았다. 멋스럽게 포장하지 않고 이렇게 직구로 던지는 진심이 오히려 그녀 안에 더 큰 파문을 일으켰다.

효영은 이 직설적인 남자에게 휘둘리는 것을 알았지만 그것이 싫지 않았다. 그녀는 고개를 무릎에 아예 묻어 버렸다. 그녀야말로 윤승하를 탓하고 싶었다.

잠들 수 없는 건 그만이 아니라고, 더 보고 싶어지게 하면 어떻게 하냐고 금방이라도 투덜거릴 것 같다. 하지만 효영은 그에게 아직 경기가 남았다는 것을 떠올리며 그녀만큼이나 그를 심란하게 할 말을 꾹꾹 눌러 삼켰다.

괜한 말로 그를 흔들고 싶지 않았다.

―……효영 씨?

제 말을 그녀가 기분 나쁘게 받아들였나 걱정이 된 건지 조심스럽게 그녀를 부르는 음성이 애틋했다.

"두고 봐요."

효영은 참을 수 없는 기분에 작게 중얼거렸다.

어느새 이렇게 가슴에 들어와 버린 걸까. 처음엔 그저 한 번 지나칠 인연이라고 생각했는데 이렇게 애를 태우는 존재가 되어 버렸다. 본인은 당장 내일 경기 출전하지 않는다지만 효영은 출근을 해야 하는 입장이었다. 결국 오늘 제대로 잠을 이루지 못할 거라고 확신했다.

"나는 입이 없어서 할 말 못 하는 줄 알지."

그 말 또한 윤승하에게는 들리지 않을 만큼 희미한 소리였다. 경기가 끝나면 자신이 당한 대로 윤승하에게 돌려줄 것이라 생각했다. 듣는 사람이 오히려 더 부끄러워지는 말을 그의 귀에 대고 소곤소곤 풀어 내 기어이 얼굴을 붉히는 모습을 보고야 말리라고 다짐하며 효영은 간신히 충동을 참았다.

"우선 남은 경기에 집중해요. 응원할게요."

볼에 홍조가 드리우고 초조한 마음에 도무지 입술을 가만두지 않고 깨물었지만 목소리는 차분하게 냈다.

—이길게요.

"응. 믿어요. 피곤했을 텐데 이제 쉬어야죠."

—내일도 출근하죠?

"그럼요."

하지만 둘 중 누구도 선뜻 끊는다는 말을 하지 못했다.

몇 번이나 더 의미가 없는 대화가 오갔다. 누가 들어도 전화를 끊는 게 아쉬워 시간을 보내는 것이라 짐작할 수 있을 법한 내용이었다.

"잘 자요."

더는 피곤하게 할 수 없어서 효영이 먼저 인사를 건넸다. 윤승하가 아쉬움이 묻어나는 음성으로 먼저 끊으라고 권했다.

전화를 끊고 나서도 효영은 장시간 통화로 뜨거워진 핸드폰을 가만히 들고 있었다. 늦은 시간이라 자연스레 피로감이 몰려왔지만 도저히 잠을 이루지 못했다. 핸드폰을 내려놓고 침대에 들었는데 결국 뜬눈으로 밤을 보냈다. 그녀는 여러 번 뒤척이다가 새벽 동이 틀 무렵 잠깐 눈을 붙였다.

02

실장은 자못 심각한 표정으로 송가희와 마주 앉았다. 그의 손에는 두툼한 문서가 들려 있었다.

"다른 건 몰라도 D 건설 얘기는 터지면 안 돼. 다른 사람도 아니고 한여울이 연관되어 있잖아."

전부터 알 만한 사람들 입으로 D 건설 대표가 송가희의 스폰서였다는 얘기가 오가고 간간이 지라시에도 언급되었다. 이 의혹에 대해서 함구하고 모르는 척하는 편이었다. 하지만 이번에는 정도가 지나쳤다.

보통 이 시기만 되면 연예계 X 파일이라는 문건이 떴다. 얼마 전에도 연예인들 마약 혐의, 도박, 폭행 등의 자극적인 루머가 풀렸는데 거기에 송가희의 스폰서 관련 내용이 실려 있었다.

누구라도 A라는 여배우가 송가희이고 B라는 스폰서가 D 건설 이건형 대표라는 걸 알 수 있을 정도로 꽤나 구체적인 내용이었고 거기에 동영상까지 언급되었다.

"섹시 이미지로 할 만큼 했고 덕을 많이 보긴 했지만, 이미지가 너무 굳어지니까 더 얘기가 나오는 것 같아. 이번 기회에 우리 이미지 바꿔 보자."

"어떻게?"

"청순하고 착한 여자로. 오경민 감독이 이번에 시나리오를 쓰는데 여자 주인공이 사랑에 지고지순하고 가련한 타입이라 하더라고. 이 배역 한번 맡아 보자. 갑자기 이미지를 바꿀 순 없으니까 일단은 실연한 콘셉트로 가. 실연이면 분위기가 반전이 되니까."

"뭐? 실연? 나, 송가희야. 내가 실연이나 당할, 못난 여자로 보여?"

송가희가 대번에 표정을 굳히고 질색했다.

"속 편한 소리 하지 말고 말 들어. 사람들에게는 뉘앙스만 풍긴다고 해도 일단 상대를 정해 놓는 게 연기하기 편하니까 스캔들 상대 중에서 적당한 사람으로 골라 보도록 하고."

"전효영 아나 뉴스 맡나 보네."

그때 문건을 읽던 매니저가 혼잣말로 중얼거리는 소리가 송가희에게 들렸다. 이쪽은 곤경에 처했는데 누구는 일, 연애 모두 순조로운 소식을 듣자니 배알이 뒤틀렸다. 눈치도 없이 입 밖으로 중얼거린 매니저를 못마땅하게 노려보던 송가희는 문득 머릿속을 스치는 생각에 눈을 커다랗게 떴다. 묘수였다.

'1타 2피인가?'

잘하면 제 스폰서 스캔들을 가리고 얄미운 여자를 한 방 때려 줄 수 있을 것 같다. 내내 짜증스럽던 표정이 그제야 활짝 폈다.

효영에게 윤승하와의 연애와 관련돼 인터뷰 제의가 수차례 들어왔다. 결승 진출이 확정되면서 화제성을 위해 효영이 얘기하기를 바라는 사람들이 많았지만 그녀는 그에 관해서는 입을 다물었다.

"살짝 운이라도 떼 보는 건 어때?"

여러 사람들이 그녀에게 접촉했는데 이번에는 우연히 만난 보도국 부장이 효영을 발견하고는 슬며시 떠봤다. 하지만 효영은 어설피 웃으며 고개를 저었다.

"제가 연예인도 아닌데, 이런 일로 인터뷰를 하는 자체가 과하죠."

"요즘 아나테이너가 대세인 걸 몰라?"

"부장님, 엄밀히 말하면 전 아나테이너라고 하기에 부족하지 않은가요."

대답은 부드러웠지만 뜻이 단호했다. 부장은 수년의 경험상, 그녀가 얼마나 입이 무거운 사람인지 알기 때문에 미련을 가지고 있으면서도 손을 털었다.

"아무튼 쉽지 않은 사람 같으니라고. 그런데 우리 방송국 말고 타 매체와 먼저 인터뷰를 하면 안 되네. 그건 상도의에 어긋나는 거지."

"염려 마세요."

그게 어디든 입을 열 생각이 없다는 견지에 부장은 이제 모르겠다는 듯이 피식 웃어 버렸다. 그가 손을 마주 치고는 이제 생각이 났다는 듯이 말을 꺼냈다.

"줄줄이 겹경사가 될 것 같군."

"네?"

"다음 달쯤에 좋은 소식이 있을 테니까 기대하고 있어."

의뭉스럽게 웃으며 말한 부장이 다시 한 번 다른 매체와 인터뷰를 하면 안 된다고, 하려거든 우리 방송사에서 해야 한다는 걸 당부한 후에 자리를 떠났지만 효영은 한참 그 자리에 우뚝 서 있었다.

그녀는 부장이 말하는 게 무슨 의미인지 알아차렸다. 효영이 7시 뉴스 앵커 자리에 내정되었다는 뜻이다. 가슴이 급히 뛰어대기 시작했다. 잠시 멍했던 얼굴에 서서히 미소가 그려졌다. 제 꿈에 다가간 것이 믿어지지 않았다. 그녀가 유력하다는 얘기를 듣긴 했지만 이번에 안 되더라도 실망하지 않으려고 했는데 기대가 적었던 만큼 기쁨은 헤아릴 수 없을 정도로 컸다.

이 순간에 가장 먼저 떠오르는 사람은 윤승하였다. 왜 그였는지는 모르지만 효영이 비상구 쪽으로 나가 핸드폰을 꺼냈다.

하지만 막상 휴식일이어도 그의 스케줄이 어떻게 되는지 모르는 상태라 그에게 전화를 걸어도 되는지 잠시 망설였다.

때마침 그에게서 문자 메시지가 들어왔다.

지금 통화 가능해요?

그걸 본 효영은 지체하지 않고 바로 그에게 전화를 걸었다.

─효영 씨? 시간 괜찮았던 거예요?

메시지를 보내자마자 바로 그녀에게서 전화를 올 거라고 생각하지 못했는지 윤승하는 조금 놀란, 하지만 반가운 목소리를 냈다.

"생각이 통했나 봐요. 나도 지금 승하 씨에게 전화를 걸려던 참이었거든요."

효영이 한껏 웃음을 빼어 물고 작게 덧붙였다.

"승하 씨에게 하고 싶은 말이 있어서요."

─얘기해 봐요. 효영 씨 목소리를 들으니 좋은 일인 것 같아서 내가 더 기대가 되네요. 어서요.

그녀는 비상구에 혼자 있다는 걸 알지만 의식적으로 목소리를 낮추었다. 거의 속삭임에 가까운 크기였다.

"뉴스를 맡게 될 것 같아요."

─정말요?

"네. 지난번에 지나가는 말로 논의 중이라 들었는데 거의 확정이 된 것 같아요. 그 말을 들으니까 승하 씨가 생각이 났어요.

승하 씨에게 가장 먼저 얘기하는 거예요."

　―나한테 가장 먼저요.

　그녀가 했던 말을 되풀이하는 윤승하는 들뜬 음성을 냈다. 그녀에게 좋은 소식이 있는 것도 기쁘지만, 그에게 가장 먼저 얘기를 했다는 것에 흥분이 가시지 않는 듯했다.

　―축하해요.

　여전히 들떠 있는 음성으로 말하자 효영은 자신 역시 들뜨는 기분에 저도 모르게 한숨이 섞여 나왔다.

　"승하 씨에게 축하를 받으니 좋네요. 고마워요."

　―나야말로. 가장 먼저 말해 줘서 고마워요.

　"그런데 승하 씨는 무슨 일로 문자 메시지를 보낸 거예요?"

　―아, 그거요. 동생분이 야구를 좋아한다고 해서 결승전 보러 오라고 티켓을 보냈어요. 제 에이전트가 효영 씨에게 가져다 드릴 거예요.

　효영은 제 동생의 반응이 어떨지 잠시 떠올려 보다가 빙긋 웃었다.

　"정말 좋아하겠네요. 신경 써 줘서 고마워요."

　―효영 씨.

　윤승하는 망설이듯 그녀의 이름을 부른 뒤에 잠시 말을 잇지 않았다. 효영은 인내심 있게 그를 기다려 주었다.

　―티켓 2장 보냈어요.

　이내 그가 하려던 말이 그녀의 귀에 들렸다. 다소 숨을 죽인 목소리에 담긴 바람이 어떤 건지 효영은 알아차렸다. 그녀는 하마터면 웃음을 터뜨릴 것 같아 손끝으로 입을 막았다.

─결승전은 제가 선발로 뛰어요. 지는 경기는 보여 주지 않을 거예요. 그러니 시간이 괜찮으면 내 경기를 봐 줘요. 효영 씨가 보고 있으면 더 힘을 낼 수 있을 것 같아요.

직구로 던지는 말에 효영은 뺨을 문질러 댔다. 조금 있으면 방송 들어가야 하는데 표정 관리가 쉽게 될 것 같지 않았다. 효영은 제 뺨을 쓸며 번번이 그에게 말리는 기분을 느껴야 했다.

"갈게요."

하지만 윤승하 역시 그녀와 똑같이 느낄 것이다. 그 실례로 효영의 대답을 들은 직후, 이번에는 그의 말문이 막혔다. 상대방 때문에 번번이 당황하지만 이런 식으로 상대에게 휘둘리는 게 싫지 않았다. 가슴에 희미하게 느껴지는 간질임에 효영은 결국 웃고 말았다.

✹

결승전이어선지 다른 때보다 관중석이 북적북적했다. 한국팀 더그아웃이 있는 1루 쪽 관중석은 이미 사람들로 가득 찼다. 선수를 가까이에서 보고 싶어 하는 팬들은 기대감 가득한 얼굴로 선수들이 입장하기를 기다렸다.

"난 이게 꿈만 같아."

동생이 양손을 맞댄 채 꿈꾸는 목소리로 중얼거렸다.

효영은 그 모습을 기가 막힌 듯이 봤다. 전부터 조금씩 느끼고 있긴 했지만 확실히 동생이 야구에 대해 갖는 애정은 컸다.

저렇게 좋아하는 걸 보니 다행이다 싶기도 하지만 좀처럼 적응이 안 됐다.

그녀는 흰 셔츠와 청바지의 단출한 차림이었다. 색조 없이 기초화장만 하고 머리카락은 뒤로 넘겨 올려 묶었다. 수수한 모습이었지만 그녀를 알아보는 사람들이 하나둘 생겼다.

"아나운서, 전효영 씨 맞으시죠?"

용기 있는 사람들은 그녀에게 먼저 말을 걸어왔다. 효영은 맞다고 인정하고는 그들이 청하는 악수에 응했다. 동생은 신기하지만 이 상황이 재미있다는 듯이 옆에서 구경했다.

"언니 너무 예뻐요."

그중에는 한참 어려 보이는 여학생도 있었다. 그녀는 얼굴을 붉히며 조심스럽게 덧붙였다.

"두 분 너무 잘 어울리세요."

그 말에 효영은 무척 어색해졌지만 이내 상냥하게 웃으며 고맙다고 인사했다.

선수들이 입장하자 함성이 터졌다. 관중들은 환호하며 선수들을 반겨 주었다. 효영 역시도 선수들 사이에서 단번에 윤승하를 발견하고 환하게 웃었다. 관중석 옆을 지나가던 윤승하는 시선을 들고 효영을 찾았다. 그는 진지한 시선으로 그녀를 바라봤다. 효영은 잠시 그에게 눈길이 붙들려 있었다. 서서히 심장이 달아오르는 것 같았다. 그녀는 좀처럼 시선을 떼지 못하고 있는데 갑자기 관중석에서 휘파람과 웃음이 터져 나왔다.

의아함을 느끼고 고개를 돌렸던 효영은 제 앞에 짓궂게 들이 밀어진 관중석 카메라를 그제야 발견하고 난처한 표정을 지었다. 전광판 화면에 그녀의 얼굴이 비치고 있었다. 막을 겨를이 없이 뺨에 홍조가 떠올랐다. 그녀가 윤승하에게 시선을 돌리는데 그가 소리 없이 환하게 웃고 있었다. 그녀는 어쩔 수 없다는 한숨을 지었다. 곧 전광판 화면이 바뀌었지만 효영은 여전히 열이 오른 얼굴을 쓸어내렸다.

이 상황이 낯설기만 했다.

경기가 시작되고 한국팀이 선 수비를 맡으며 윤승하가 마운드에서 투구 자세를 취했다. 이전에도 느꼈지만 경기할 때의 윤승하는 전혀 다른 사람 같았다. 효영은 그가 상대 타자 한 명, 한 명을 삼진으로 잡는 모습을 숨죽인 채 지켜봤다.

— 세 타자 연속 삼진으로 물러나게 하네요. 마치 볼을 건드리지도 못하겠다는 의지가 느껴지는 투구예요.
— 경기 시작 전에 전광판에 잠깐 전효영 아나운서가 비쳤죠? 여자 친구가 지켜보고 있는 경기여서 더 힘을 내는 것 같네요.

윤승하가 타자들을 삼자 범퇴로 끝내고 마운드를 내려오는 모습을 보고 중계진이 살짝 웃음기를 비치며 말했다.
한국 측의 공격이 시작되었다.

"누나, 숨 좀 쉬지그래?"

효영이 가슴에 손을 얹은 채 경기장에서 한시도 시선을 떼지 못했다. 한국이 공격할 때는 그나마 가볍게 봤지만 공수가 바뀌어 윤승하가 마운드에 오르기만 하면 숨 쉬는 것조차 잊었다.

옆에서 동생이 그 사실을 지적하자 효영은 퍼뜩 정신을 차리고 후우, 한숨을 내뱉었다.

"야구라는 게 원래 이렇게 숨 막히는 경기니?"

"이런 경기 보면서도 이렇게 긴장을 하는데, 메이저리그 경기는 꿈도 꾸지 못하겠다."

전효준이 낄낄거리며 웃자 효영이 눈을 동그랗게 떴다.

"메이저리그 경기는 왜?"

"거기선 윤승하 선수도 좀 맞기는 하지. 워낙에 재능 많은 선수들이 모여 있으니까."

말로만 들어도 숨이 막히는지 효영은 걱정스러운 표정을 지었다.

"그럼 어떻게 해?"

"만날 삼진 잡을 수 있나? 맞는 것도 당연하지. 윤승하 선수가 완전체이긴 한데 그렇다고 자책율 0점은 불가능하다고."

아직 현대 야구에서는 자책율 0점대가 나오지 않았다며, 아마 앞으로도 힘들 거라고 중얼거리는 동생이 왠지 얄밉게 느껴진 효영은 그를 잠시 흘기다가 다시 경기장 쪽으로 고개를 돌렸다.

윤승하는 여전히 단 한 차례, 상대 타자를 진루시키는 일 없이 무실점으로 막았다. 든든한 에이스에 관중석에서는 격려하는 함성이 터졌다.

한국팀은 1회에 안도훈의 솔로 홈런으로 1점을 얻은 이후로는 점수가 멈췄다. 이번에도 득점 없이 공격이 끝나자 관중석에서 아쉬운 탄식이 흘러나왔다. 더그아웃에서 주섬주섬 수비 준비를 하는 선수들이 윤승하의 눈치를 살폈다. 점수가 나지 않을 경우 가장 지치는 건 누구보다도 투수다.

투수의 능력은 절대적이지 않다. 난타를 당하다가는 다량 실점을 할 수도 있다. 한 경기에서 1, 2점 실점 정도는 준수한 편이었다. 하지만 얄궂게도 난타를 당하는 날이라도 같은 팀 타자들이 공을 때려 대면 승리하는 것이고 1, 2점으로 막았어도 공격이 잠자고 있으면 패배를 기록했다.

그렇기에 7회를 던지는 동안 한 주자도 누상에 내보내지 않은 것은 놀라운 일이었다. 그의 집중력이 최고조에 이른 상태였고 더할 나위 없이 좋은 컨디션을 보여 주었다. 하지만 공격으로 부응해 주지 못해서 자못 미안했다.

하지만 1점 차로 쫓기는 입장에서 윤승하는 담담했다. 팀 공격이 살아나지 못하고 있음에도 개의치 않는 듯했다. 일견 상대 팀에 앞으로도 한 점도 내주지 않겠다는 의지 같아 믿음직스러웠다.

"지금까지 승하 투구 수가 몇 개지?"

감독이 묻자 코치는 기록지를 보며 대답했다.

"아직 67개입니다."

"거의 삼구 삼진으로 잡았군."

윤승하가 마운드에 올라오자 관중들이 응원의 목소리를 냈다. 4회 돌아오는 타순부터 타이밍을 맞추는 듯했지만 6회에 구속이 오르며 타자들이 배트가 나가지 못하는 일이 늘었다.

― 이번 타자 역시 루킹 삼진으로 물러납니다.

― 8회에 들어서 구속이 더 살아난 것 같네요. 윤승하 선수는 160 대 직구를 던지는 선수예요. 이번 대회에 아직 160대 구속이 나오지는 않았지만 기대를 해 보게 되네.

― 그리고 또 한 가지 있습니다. 이 흐름대로 9회까지 가게 되면 퍼펙트게임을 달성하게 됩니다. 윤승하 선수는 누상에 주자를 한 명도 내보내지 않았거든요.

― 헛스윙 삼진! 윤승하 선수, 이번 회 역시 무실점으로 막아 냅니다. 스코어는 여전히 1 대 0, 공수 바뀝니다.

― 대만 팀도 속이 탈 거예요. 타자도 고개를 설레설레 저으면서 내려가거든요.

― 중계석에서도 윤승하 선수의 투구가 보이는데 정말 순식간에 타석까지 도착합니다. 타석에 서면 체감상 속도가 훨씬 더 빠르죠.

8회 말 공격, 마지막 공격이 될 수 있는 한국팀의 공세가 시작되었다. 내야 안타로 주자가 나가고 후속 타자로 타석에 선 안도훈이 주자를 불러들이고 공격의 끈이 이어졌다.

— 이백기 선수, 들어옵니다. 처음 공 볼, 잘 골라냈습니다. 두 번째 투구, 어! 어! 넘어갑니다! 이백기 선수 싹쓸이 홈런을 쳤어요. 3점 홈런, 주자들을 모두 불러들입니다.

— 차동규 선수, 삼진으로 물러납니다. 하지만 이번 회 4점을 벌며 스코어 5 대 0으로 앞서 나갑니다.

"윤승하, 네가 끝내라."

감독은 9회를 그에게 맡겼다. 윤승하는 고개를 끄덕이고 묵묵히 마운드에 올랐다. 그는 냉정했지만 주변의 열기가 몹시 뜨거웠다. 자칫하면 이 함성이 그를 억누를 것도 같았다.

효영은 긴장한 기색이 역력해 윤승하를 지켜봤다. 그녀는 긴장 때문에 아무 말도 할 수가 없었다. 그가 한 구 한 구 던질 때마다 마음을 졸였다. 보고 있는 그녀도 입안이 바싹바싹 마르는데 윤승하는 감정을 내비치지 않은 채 경기에 임했다.

아웃 카운트가 늘어날수록 관중들이 자리에서 일어서기 시작했다. 효영 역시 자리에서 일어나 기도하는 마음으로 그를 바라봤다.

마지막일지도 모르는 타자를 상대하며 윤승하는 지금까지처럼 신중하게 공을 던졌다. 직구. 스트라이크. 변화구. 헛스윙. 아웃까지 남은 스트라이크는 단 하나였다. 관중들의 함성 소리에 효영은 귀가 먹먹했다. 그녀는 맞잡은 손을 가슴 위로 올렸다. 윤승하가 투구 자세를 취함과 동시에 숨을 멈췄다.

"와아아아아아아아!"

귀가 떨어져나갈 것 같은 함성이었다. 효영은 어떤 상황인지 어리둥절한 채 전광판을 봤다.

164km.

효영은 그 숫자가 의미하는 바를 바로 알아차리지 못했다. 곧이어 전광판에 윤승하의 얼굴이 비쳤다. 지금보다 더 큰 소리가 터져 나왔다. 그는 효영이 있을 관중석을 향해 몸을 돌렸다. 두 사람이 눈이 마주치기도 전에 선수들이 달려와 그를 덮쳤다.

무거운 짐을 내려놓은 선수들의 표정은 환했다. 그들은 웃음을 터뜨리며 그라운드를 미친 듯이 활보했다.

"잘했다, 잘했어."

그라운드로 돌아오자 감독과 코치들이 등을 두드리며 격려했다. 그 사이에 껴서 오도 가도 못 하던 윤승하는 퍼뜩 정신을 차리고 관중석 쪽으로 다가갔다. 아직 여운이 남았는지 떨리는 미소를 지은 채 효영이 손을 흔들어 주자 윤승하가 열정적인 눈으로 그녀를 바라봤다. 지켜보던 관중 중 하나가 짓궂게 끼어들었다.

"애인이 그렇게 좋아요?"

이제 겨우 스무 살쯤 되었을 법한 소년이었다. 주변에 있던 사람들이 그 질문에 까르르 웃음을 터뜨리는데 윤승하는 진지하게 고개를 끄덕였다.

"응, 완전 좋아."

대답 직후, 환하게 웃는데 그 말을 들은 관중들 사이에서 누군가가 휘파람을 불었다. 그런데 윤승하의 웃음이 더 커지기만 했다. 효영은 부끄러운 기분에 달아오른 얼굴을 쓸었다. 얄밉게도 동생은 옆에서 이 모습을 지켜보며 킬킬거렸다. 이대로 불타 한 줌의 재가 될 것만 같았다.

03

뒤풀이가 있었지만 윤승하는 모두 마다하고 숙소로 돌아와 먼지와 땀을 씻어 냈다. 그가 젖은 머리를 수건으로 털며 욕실에서 나왔을 때 제임스 김이 와 있었다.

"우승 축하한다. 퍼펙트게임 달성도."

제임스 김은 충분한 기회가 있었음에도 윤승하가 지금까지 시민권을 취득하지 않은 이유를 그의 부친으로 짐작했다. 한국 국적을 버렸다면 야구 선수로서 가치가 훨씬 높아졌을지는 몰라도 국내에서 쏟아지는 비난을 피하기는 어려웠을 것이다. 덩달아 작고하신 부친까지 욕하는 사람들이 있을 게 분명하니 고민했으리라.

이제 윤승하에게 걸려 있는 족쇄는 아무것도 없었다.

"운전해."

윤승하는 드라이어로 머리를 말리지도 않고 밖으로 나가며 말했다. 제임스 김은 그가 향하는 곳이 어디일지 짐작이 갔다. 그는 잠시 제 선수를 지켜보다가 문득, 서랍을 열어서 무언가를 챙겼다.

경기 내내 긴장을 내비치지 않던 윤승하가 차에 올라서는 다소 초조한 표정을 지었다. 그는 차창을 바라보며 무릎에 올려놓은 손을 튕겼다. 툭툭 두드리는 속도가 제법 빨라 제임스 김은 흘끗, 그를 돌아보기까지 했다.

그는 한국에 온 소기의 목적을 달성했다. 부상이 없었고 체력적인 문제도 전무했다. 윤승하는 이제 미국으로 돌아가 활약을 하면 된다. 프런트에서는 그의 귀환에 대해 수차례 문의해 왔다. 윤승하는 시차 적응이 끝나면 바로 뛸 수 있는 상태였다.

'그런데 마음은 여기에 있지.'

제임스 김은 지금 윤승하의 온 마음과 머릿속을 점령한 상대를 떠올리고는 작게 한숨을 쉬었다. 한창 붙어 있고 싶어 할 시기였다.

'이게 당연한 거지.'

"내일 데리러 오마."

아파트에 데려다 준 제임스 김이 인사를 건네고 막 생각난 듯이 호텔에서 챙겨온 물건을 윤승하의 바지 뒷주머니에 넣어 주었다.

"뭐야?"

윤승하의 손이 뒷주머니로 향하는데 제임스 김은 미묘한 표정을 지었다. 어쩐지 떨떠름해 보이는 그는 여기에서 꺼내 볼 건 아니라고 응수하고 어서 가 보라고 말했다. 윤승하는 호기심을 접고 짤막하게 인사를 한 후에 뛰어갔다. 그를 보는 제임스 김의 표정이 복잡 미묘 했다. 야구 하나밖에 모르던 남자가 연애를 시작한 것에 대해서 제임스 김은 여전히 적응 중이었다.

경기를 보고 근처에서 식사를 한 뒤에 동생과 헤어져 집으로 돌아왔다. 쉬고 있는데 여전히 마지막 모습이 머릿속에서 사라지지 않으며 흥분이 식지 않았다. TV에서 보는 것과 실제로 경기장에서 보는 건 느낌이 달랐다. 아니, 윤승하의 경기여서 이런 것일 터. 그녀는 좀처럼 여운을 벗지 못했다.

씻고 나니 완전히 기운이 빠졌지만 잠은 오지 않을 것 같았다. 경기가 끝났어도 일정이 있기 때문에 얼굴을 보지 못하고 헤어졌다. 효영은 TV를 틀어서 스포츠 채널을 찾았다. 얼마쯤 돌려 보니 오늘 경기의 하이라이트 영상을 보여 주는 채널을 발견했다. 효영은 평소 있는지도 몰랐던 채널에서 고개를 돌리지 못했다.

이미 봤던 모습인데 또 심장이 뛰었다. 그때 느꼈던 긴장감이 새록새록 기억이 나며 귓가에서 두근두근 울리는 심장 박동을 들었다. TV에 집중하고 있던 효영은 뒤늦게야 초인종이 울리는 것을 알아차렸다. 인터폰을 확인한 효영은 숙소에 있을 윤승하가 집 앞에 와 있는 걸 보고 깜짝 놀라 서둘러 문을 열었다.

"어떻게 된……."

하지만 그녀는 더 말을 이을 수 없었다. 표정이 사라진 채 굳은 얼굴로 현관에 들어선 윤승하는 뭐라 할 새 없이 그녀의 입술을 덮쳤다. 효영은 그의 품에 갇혀서 등 뒤로 문이 닫히는 것을 봤다. 다급히 입술을 찾는 윤승하는 절제력을 잃은 듯, 그녀의 뺨을 감싸 쥔 채 성급하게 입술을 겹치고 혀를 안으로 밀어넣었다.

집 안에는 온통 젖은 소리뿐이었다. 오감이 온통 진득한 입맞춤과 질척이는 소리에 쏠렸다. 윤승하는 입천장, 볼 안쪽 곳곳을 혀로 문질러 댔다. 말캉한 혀가 입안을 채우자 효영은 입술을 더 벌렸다.

"으읏."

그가 설소대를 혀끝으로 자극하자 효영은 움찔하며 무심코 윤승하의 어깨를 밀었다. 거부로 이해했는지 그녀를 붙잡고 있는 손에 더 강하게 힘이 들어갔다.

"천, 천천히요."

입술이 잠깐 떨어졌을 때 효영이 가까스로 목소리를 냈다. 10킬로미터를 달리고서도 좀처럼 헐떡이지 않던 윤승하가 지금 거칠게 숨을 들이켰다. 눈앞이 새카맣게 변하고 효영 하나만 시야에 들어왔다. 호흡을 가다듬으며 눈을 감았다가 뜨고 제 마음을 진정시켰다.

"천천히. 그래요. 천천히."

마치 어린아이가 처음 말을 배울 때처럼 효영이 했던 말을 여러 번 반복하며 고개를 끄덕였다. 그는 아직도 두 사람이 현관 입구에 서 있다는 것을 이제야 깨닫고 그녀를 안아 침실로 들어갔다.

효영은 맞닿은 팔이 무척이나 뜨겁다고 생각했다. 그의 심장이 100미터를 질주한 직후처럼 빠른 속도로 뛰고 있는 것 역시 느꼈다. 효영은 그의 목에 팔을 감으며 입술을 옮겼다. 자연스럽게 눈이 감긴 채 그와 입술을 포갰다.

윤승하가 느릿한 손길로 효영의 등을 쓸었다. 열기를 품은 손이 등을 어루만지는 동안, 그녀는 배 속이 조이는 기분을 받았다. 그의 뜨거운 체온에 그녀까지 열기에 전염되었다.

"효영 씨."

그가 찬찬히 효영의 이마, 눈가, 콧등, 뺨, 턱에 촘촘히 입을 맞추며 숨이 막힌 듯 나직한 목소리로 그녀의 이름을 속삭였다. 효영은 청각을 자극하는 음성에 등허리가 움찔 튀어 오르는 것을 느꼈다. 그녀는 윤승하의 뺨을 어루만지면서 다시 입을 맞추었다. 원을 그리듯이 느리게 허리를 매만지던 손이 티셔츠 안을 파고들었다. 맨살에 그의 손이 닿는 순간 발가락이 곱아졌다.

등과 허리, 옆구리를 어루만지던 손이 편편한 배로 움직였다. 그의 손이 닿자 효영은 다리에서 서서히 힘이 빠지는 것을 느꼈다. 만일 침대 위에 있지 않다면 다리가 풀려 넘어졌을 것이다.

"괜찮아요?"

그가 조용히 물었지만 그 음색은 결코 차분하지 않았다. 거칠어지는 호흡을 간신히 진정시키고 겨우 뱉어 낸 물음이다. 시선을 마주하자 그의 감정이 여실히 전해졌다. 지켜 주고 다정하게 배려해 주고 싶은 마음과 막무가내로 쏟아지는 욕심 사이에서 그는 줄다리기를 하고 있었다. 소유욕이 진득하게 묻어나는 눈길에 그녀는 이끌리듯 고개를 끄덕였다.

윤승하는 티셔츠를 밀어 올리고 드러난 피부에 입술을 댔다. 침대 위에 무릎으로 서 있던 효영은 그가 배꼽 주변을 집요하게 핥으며 허리를 거칠게 쓰다듬자 더 이상 버티지 못하고 주저앉았다.

"내내 이렇게 하고 싶었어요."

숨 막힐 듯한 목소리로 속삭이며 그녀의 어깨를 잡아 부드럽게 뒤로 넘어뜨렸다. 효영은 시야가 변하더니 어느새 천장을 눈에 담았다. 등 뒤로 윤승하의 손이 들어와 브래지어 호크를 풀기 위해 여러 번 시도했다. 하지만 여자의 속옷이 낯선 그가 좀처럼 풀지 못하자 효영이 그의 팔을 잡아 잠시 멈추게 하고 직접 등으로 손을 뻗었다.

그녀는 눈을 내리떠 윤승하와 시선을 맞춘 채 브래지어 호크를 풀었다. 이성에게 몸을 보이는 게 처음이라 어색하고 부끄러운 기분이었다. 그는 몹시 뜨거운 시선으로 그녀를 응시하고 있었다.

"그렇게 보지 마요."

효영이 볼을 붉히며 말했지만 윤승하는 시선을 돌리지 않았다. 호크가 풀리고 브래지어가 느슨해지자 그녀는 황급히 손을 앞으로 가져와 가슴을 가렸다. 손가락 옆으로 미처 가려지지 못한 풍만한 가슴이 드러났지만 봉긋한 봉우리는 완전히 숨어 있었다.

"보여 줘요."

윤승하가 그녀의 손등에 입술을 문지르며 속삭였다. 효영은 가슴을 쥔 손에 힘을 더 주며 고개를 흔들었다. 좀처럼 손을 치울 용기가 나지 않았다. 힘으로 한다면 너무도 간단히 뜻을 이룰 수 있을 테지만 윤승하는 강제로 그녀의 손을 치우는 대신, 손등과 손마디, 사이를 혀로 적셨다. 은밀한 움직임에 효영은 아랫배가 딱딱하게 뭉치는 기분을 느끼고 어깨를 움찔 떨었다.

"어서요."

"아아."

그가 손 옆으로 흘러나온 가슴에 입술을 가져가 나직이 부탁했다. 숨결이 닿자 간지러워 미칠 지경이었다. 그가 혀를 내밀어 그녀의 살갗을 진득하게 핥아 올렸다. 효영은 저도 모르게 손에서 힘을 풀었다. 윤승하는 그녀의 손을 부드럽게 가슴에서 떼었다. 별 저항 없이 손이 풀렸다.

봉긋한 젖무덤과 분홍색 돌기가 고스란히 노출되었다. 윤승하는 멍한 얼굴로 그것을 응시했다. 효영이 다시 가슴을 가리려고 손을 올렸지만 근처에 가지도 못하고 그에게 붙들렸다.

"너무 예뻐요."

숨 막히는 목소리로 속삭인 윤승하는 가슴 형태와 유륜, 그 위에 도톰한 돌기까지 찬찬히 살피며 손으로 더듬었다. 팔이나 등, 허리와는 또 다른 부드러움이었다. 그가 두 손으로 가슴을 감싸고 충동적으로 주물렀다.

"아!"

무심코 힘이 들어갔는지 효영이 놀란 음성을 내자 그가 멈칫하며 힘을 뺐다.

"미안해요."

윤승하가 황급히 사과하고 부드럽게 어루만졌다. 손끝에 희미하게 힘이 들어갔지만 좀 전처럼 세게 잡지는 않았다. 효영은 가슴을 감싸고 있는 그의 손 위로 손을 겹쳤다. 그는 등을 낮추고 그녀의 입술을 찾았다. 깊어지는 키스에 효영은 그의 등으로 팔을 뻗었다. 근육이 단단하게 짜인 몸을 어루만지며 맨 살갗을 만지고 싶은 욕심에 그의 상의를 위로 끌어 올렸다.

팔에 옷이 걸리자 그가 잠시 그녀에게서 몸을 떼고 직접 옷을 벗었다. 군살이 없는 몸이 드러났다. 효영은 근육으로 짜인 몸이 조금은 신기해서 그의 어깨와 팔을 쓸었다. 그녀의 손길에 윤승하의 목울대가 크게 움직였다.

효영은 상체를 조금 들고 쇄골의 움푹 파인 곳에 입을 맞췄다. 그의 몸이 긴장하고 대번에 힘이 들어갔다. 그녀는 더 용기를 내서 그의 판판한 가슴에 입술을 댔다. 쿵쿵 뛰어 대는 심장 소리에 작게 웃음 지었다.

그녀는 복부 근육을 조심조심 만졌다. 어디를 만져도 그녀의 것과는 확연히 다른 감촉이었다. 몹시 신기한 기분에 탐구심을 발휘하는데, 머리 위에서 앓는 소리가 나왔다. 고개를 드니 윤승하가 곤혹스러운 표정을 짓고 있었다.

"싫어요?"

효영이 혹시나 하는 마음에 물으니 그가 황급히 아니라고 부정하고는 '너무 좋아서 곤란할 지경'이라고 사납게 중얼거린 후 그녀를 덮쳐누르고 목덜미에 입술을 붙였다. 가슴과 가슴이 맞닿고, 하반신이 닿는 순간 그의 곤란함을 알아차렸다. 단단하고 묵직한 것이 그녀의 허벅지에 닿았다. 그녀와의 접촉에 본능적으로 하체를 허벅지에 문질렀다. 효영은 문질러지는 대로 가만히 있을 수밖에 없었다. 거친 몸짓으로 자극을 가하자 그것의 부피가 더 커지는 것 같았다.

그의 손이 바지 안으로 미끄러져 들어오자 효영은 놀라 팔을 잡았다. 그러나 윤승하가 엉덩이를 감싸 쥐며 제게 끌어당겼다.

"잠깐."

그녀의 놀란 음성은 이내 성난 신음에 가려졌다. 윤승하는 옷 위로 하체를 문지르며 열띤 눈으로 그녀를 응시했다. 전부터 조금씩 느껴 오던 실체를 그대로 맞닥뜨린 기분이었다.

그녀의 상상 속에서 섹스는 좀 더 부드럽고 은밀한 행위였다. 어린 소녀들이 키스는 레몬 맛이라고 꿈꾸는 것처럼 그녀가 막연하게 상상하던 것과는 달리 실제로는 더 뜨겁고 노골적인 행위였다.

그는 정말로 짐승 같았다. 간신히 이성을 찾으려고, 템포를 늦추려고 노력하는 것 같지만 좀처럼 욕구를 참지 못했다. 본능 그대로의 행위에 효영은 숨이 막힐 것 같았고, 그의 것이 문지르자 은밀한 곳이 젖어 가는 걸 느꼈다.

"으읏."

아래가 화끈거리며 뜨거워지고 내부가 움찔댔다. 비명을 지르고 싶기도 하고 숨을 멈추게도 하는 이상한 느낌에 취해 바지가 몸에서 떨어진 것을 알아차리지 못했다. 그가 몸을 떼자 허전함을 느끼고, 몸이 들썩거렸다.

"젖었어요."

윤승하가 효영의 귀에 입을 붙인 채 속삭였다. 그의 손이 팬티 위를 더듬다가 갈라진 틈을 손끝으로 꾹 누르며 자극했다. 천 위로 느껴지는 손길에 효영이 눈을 뜨고 그를 봤다. 조금은 충격을 받은 듯, 놀랐던 얼굴이 점차 찌푸려졌다. 윤승하는 그 붉어진 눈가에 입을 맞췄다.

"……승하 씨. 잠시만."

효영이 달뜬 숨을 내쉬며 그를 불렀지만 말을 끝까지 잇지 못했다. 속옷 안을 비집고 그의 손가락이 들어왔다. 애액으로 젖어 미끈거리는 내부로 손가락을 천천히 밀어 넣었다. 효영은 가슴을 크게 들썩거리며 거칠게 숨을 들이켰다.

긴 손가락이 움직일 때마다 내부와 살갖이 마찰하며 화끈거리는 통증이 느껴졌지만, 그것 때문만은 아니었다. 효영은 점점 더워지며 더 깊은 곳까지 닿고 싶은 열망이 생겼다.

"아아."

손가락이 두 개째 들어올 때는 처음보다 근육이 많이 풀린 상태였지만 내부가 벌어지는 느낌이 여실히 들어 아찔했다. 윤승하는 움직이는 것이 여의치 않자 속옷을 내렸다. 그녀의 머릿결처럼 가늘고 옅은 색의 음모가 점액질로 젖어 있었다. 그 밑 역시 애액에 젖어 온통 번들거렸다.

윤승하는 홀린 듯한 시선으로 그녀를 바라보다 다리를 올렸다. 허벅지가 가슴 쪽으로 당겨지고 수줍게 다물려 있던 곳이 적나라하게 드러났다. 효영이 상황을 깨닫고 몸부림을 치며 벗어나려고 했지만 그가 더 빨랐다.

"아, 제발, 싫어."

비부를 빨리고 핥아지는 충격에 효영이 헐떡거리며 발로 그의 어깨를 밀어내려 했지만 다리에 힘이 들어가지 않아 번번이 미끄러졌다. 진저리를 칠 것 같은 느낌에 배 근육이 움찔댔다. 그녀가 매트리스에 뒤통수를 문지르며 달뜬 숨을 토해 냈다. 그의 머리카락에 손을 꽂아 넣었는데, 그를 밀어내고 싶은지 잡아당기고 싶은지 스스로도 알 수 없었다.

"승하 씨, 승하 씨."

굳어 버릴 것 같은 혀를 움직여 그를 불렀다. 뜨거운 혀가 내부를 오갈 때마다 나는 축축한 소리에 청각이 괴로웠다. 빨리 어떻게 해 주길 바라며 그의 머리카락을 잡은 손에 힘을 주었다.

Blooming

그는 굶주린 맹수처럼 낮게 그르렁대며 바지 버클을 풀었다. 거친 손길에 바지와 속옷이 밑으로 내려갔다. 윤승하는 다리에 걸린 옷을 벗어 옆에 두고 다시 그녀에게 다가갔다.

효영은 흐릿한 눈을 떠 그를 봤다. 힘줄이 두텁게 불거진 검붉은 성기가 그의 탄탄한 복근에 올려붙여졌다. 교육적인 목적으로 봤던 그림 속의 모습과는 다른 것 같았다. 무엇보다 다른 것은 두려움이 날 정도로 커다란 크기였다.

윤승하는 내던졌던 바지 뒷주머니에서 흘러나온 것을 발견했다. 제임스 김이 헤어지기 전에 넣었던 물건이다. 그것을 주운 윤승하는 정체를 어렵지 않게 알아차렸다. 피임 도구였다.

호텔에 비치되어 있던 것을 챙겨 준 듯했다. 콘돔을 아예 생각하지 못했던 윤승하는 잠시 자신의 성급함을 반성하고 포장을 뜯었다. 고무 재질의 미끈한 콘돔을 끼우는데 달콤한 향이 풍겼다.

그가 효영에게 몸을 낮추자 그녀가 뒤로 몸을 물렸다. 윤승하가 의아히 그녀를 봤다. 효영은 의식적으로 그의 성기에 시선을 주지 않으려고 애쓰며 입술을 깨물었다.

"불가능할 것 같아요."

그녀는 허벅지에 닿은 것을 슬그머니 피하며 고개를 흔들었다. 미지의 경험에 대한 불안감이 희미하게 남아 있는 상태에서 감당할 수 없을 것 같은 크기를 보고 나자 자신을 잃었다.

"키스는 괜찮아요?"

윤승하가 물어오자 효영이 고개를 끄덕였다. 그가 입을 맞추며 효영에게 몸을 겹쳤다. 그의 것이 닿자 잠시 움찔하기는 했지만 곧 달래듯 등허리를 어루만지는 손길에 긴장을 풀었다. 그녀는 윤승하의 허리를 두 팔로 감고 그의 키스에 열렬히 응했다.

그는 허리 주변을 매만지던 손을 내리고 허벅지를 느릿하게 쓸었다. 안쪽을 어루만지던 윤승하는 다리를 위쪽으로 부드럽게 밀었다. 그는 분신을 잡아 입구 여린 피부에 문질렀다. 빠르게 맥박이 뛰는 그것이 와 닿자 효영이 반사적으로 물러나려 했지만 그가 귓가에 입술을 가져갔다.

"넣지 않아요. 비비기만 할게요."

"으읏, 네."

그녀의 허락에 윤승하는 거칠게 허리를 움직이며 살을 부딪쳤다. 마찰하자 다시 열기가 피어올랐다. 귀두가 안으로 들어올 듯이 찌를 때면 무심코 긴장됐지만 농밀한 마찰에 내부에 열이 차고 머릿속이 아득해졌다.

그는 참는 것이 힘들어 보였다. 채워지지 않은 갈증이 그를 괴롭히고 있는 것 같았다. 효영은 느리게 깜박거리다 눈을 뜨고는 바싹 마른 입술을 혀로 적셨다.

마운드에서 극도의 긴장을 누르고 담담히 공을 던지는 저 남자가 이토록 필사적인 표정을 짓고 있었다. 그녀는 이 얼굴이 몹시 사랑스럽게 느껴졌다.

효영은 그의 아랫입술을 살짝 깨물며 아래쪽으로 천천히 손을 내렸다.

Blooming

"윽."

거칠게 움직이던 윤승하가 움직임을 멈추고 낮게 신음했다. 효영의 손이 뿌리를 조심스럽게 감쌌다. 그는 믿지 못하는 눈으로 그녀를 보다가 이내 미간을 찌푸렸다. 아무것도 하지 않고 그저 손을 대고만 있는데 흥분 때문에 곧바로 사정할 것 같았다.

"한번 해 봐요. 아프면 멈추라고 하겠지만."

"괜찮겠어요?"

뺨을 쓸며 묻자 효영이 그의 어깨에 이마를 문질렀다.

"일단 가능한지 시도만이라도요."

"아프면 바로 말해요."

윤승하가 단언을 하고 그녀의 안에 조심스레 분신을 밀어 넣었다. 두툼한 귀두 부분이 입구에 걸리자 효영이 움찔했지만 곧 호흡을 가다듬었다. 그는 그녀가 다치지 않도록 느리게 움직였다. 그를 감싸는 뜨겁고 촉촉한 내부가 미칠 것처럼 좋았다. 윤승하는 당장이라도 미쳐서 날뛸 것 같은 짐승을 달래며 진입했다.

"으읏."

서서히 그를 받아들이는 게 힘들었다. 내장이 눌린 것 같은 기분도 들어 아랫배를 손으로 감쌌다. 하지만 그를 막지는 않았다. 아직까지는 손이나 입으로 애무해 줄 때처럼 흥분감이 들지 않고 배가 꽉 찬 기분에 오심이 치밀기도 했다.

윤승하는 성급히 움직이지 않고 그녀가 적응할 시간을 기다려 주었다. 그는 찌푸려졌던 표정이 서서히 풀리는 것을 세심하게 지켜보고는 효영의 얼굴이 어느 정도 편해졌을 때 움직이기 시작했다.

빠듯하게 내부를 채웠던 성기가 빠지자 잠시 한숨을 골랐던 효영은 빠르게 안으로 치고 들어오는 움직임에 작게 비명을 질렀다. 윤승하는 그녀의 몸을 단단히 끌어안고 허리를 강하게 치고 빼기를 반복했다.

"하웃."

육중한 힘에 몸이 밀려났지만 윤승하의 품이었다. 벌어진 다리 사이로 그의 몸이 드나들었다. 하복부가 마찰하는 소리가 방 안을 가득 채웠다. 현기증이 날 정도로 아찔한 통증과 듣기 민망한 소리에 효영은 정신을 차릴 수 없었다. 그녀는 윤승하가 움직이는 대로 흔들리며 흐릿해진 눈으로 그를 봤다. 눈을 뜨고 있지만 멍한 시선은 초점이 잡히지 않았다.

그런 효영이 사랑스러워 견딜 수 없다는 듯이 윤승하는 그녀의 이마, 뺨, 입술 곳곳에 정신없이 입을 맞추었다.

"효영 씨, 좋아요. 당신이 좋아서 미칠 것 같아."

그는 효영의 귓불을 깨물다가 귓바퀴를 핥으며 두서없이 속삭였다.

"당신 때문에 제정신이 아닌 것 같아. 그래도 좋아. 말해 봐요, 효영 씨. 당신은 내 거지? 응?"

그가 재촉했지만 효영은 아무 대답도 할 수 없었다. 도무지 정신을 차릴 수가 없었다.

Blooming

모든 사람이 이런 사랑을 나누는 걸까? 매번 이런다면 아마 견딜 수 없으리라 생각했다. 찌푸려진 효영의 얼굴 위로 윤승하가 입맞춤을 쏟아 냈다.

"아앗. 웃. 으응."

처음에는 아픔뿐이었던 행위가 서서히 체온을 데우고 비명이 어느덧 비음으로 바뀌었다. 이따금 둔통이 느껴지기도 하지만 쾌감이 더 컸다. 이런 감각이 너무 낯설어 효영이 그의 목에 매달렸다.

"흐읏. 으응."

효영이 제 입에서 나는 소리가 민망스러워 입을 가리려고 했지만 그가 손을 떼었다. 그는 효영의 목덜미에 입술을 대고 부드럽게 문질렀다.

"소리 들려줘요. 예뻐."

"그만."

"좋아해요. 웃, 당신이 너무 좋아."

효영은 머릿속이 하얗게 변하는 것을 느끼고 이내 온몸이 전기를 먹은 듯이 저릿저릿한 기분에 상체를 들썩거렸다. 눈가에는 생리적인 눈물이 차올랐다. 강렬한 쾌감을 느끼는 건 윤승하 역시 마찬가지였는지 미간을 굳힌 채 잠시 그녀를 끌어안고 있었다.

한참 동안 방 안에는 두 사람이 간헐적으로 내뱉는 숨소리만이 들렸다. 몸이 땀범벅이 된 채 축축하게 젖었지만 서로를 끌어안은 팔을 풀지 않았다. 윤승하는 효영의 눈가에 고였던 눈

물이 흐르는 것을 보고 그녀의 눈 주변에 입술을 포갰다. 부드
럽게 눈가에 와 닿는 체온이 좋아 효영은 눈을 감았다. 그는 눈
가, 눈시울, 눈 밑을 오가며 한참이나 입을 맞췄다.

04

평소 사이가 돈독했던 잡지 에디터는 인터뷰를 마치고 난 뒤
송가희와 따로 대화를 나누었다.

"요즘 가희 씨 분위기가 바뀐 것 같아. 예전에는 당찬 매력이
있었는데 근래에는 분위기가 애틋해졌어."

"그래요?"

에디터의 말에 송가희는 잔잔히 웃어 보였다.

"무슨 일 있어?"

"별일 없어요. 그냥, 가을 타나 봐요."

그리 말하며 쓸쓸히 미소 짓는 표정이 묘했다. 에디터는 습
관적으로 안경을 추켜올리고 보다 관심을 비쳤다.

"오프 더 레코드로 묻는 거니까 기사화 걱정은 하지 말고 편
히 얘기해 봐. 정말 이유가 뭐야?"

"……실연 때문인가 봐요."

"가희 씨 그동안 연애했니? 상대가 누군데?"

송가희는 호기심 어린 질문에 고개를 살래살래 흔들었다.

"상대방 입장도 있는데 이미 끝난 일에 허투루 말할 수 없죠. 끝이 그리 좋지도 않았고."

"어떤 연애였기에 가희 씨가 이렇게 힘들어할까. 남자가 변심이라도 한 거야?"

에디터가 짚어 내자 송가희의 미소가 엷어졌다.

"그 사람도 좋았지만 상대가 친했던 언니라 아직 충격이 가시지 않아요. 그런 사람이 아니었는데. 하긴 사람 감정이 자로 잰 것처럼 딱 떨어질 수야 없겠지만요."

"친했던 언니가 가희 씨 애인을 빼앗아 간 거야?"

"그렇게까지는 아니고요. 그냥, 여자로서 제가 매력이 부족했던 것 같아요. 그 언니가 원체 남자들이 좋아하는 타입이기도 하고. 제가 부족한 거니까 별수 없죠."

송가희가 씁쓸한 듯이 중얼거리자 에디터는 더더욱 궁금해했다.

"도대체 상대가 누구이기에 천하의 송가희를 이렇게 힘들게 하는 거야?"

"일반인이면 차라리 잊고 지내겠는데 둘 다 유명인이다 보니 열애 소식을 가까이에서 듣게 돼서 좀처럼 신경을 끌 수가 없네요. 아무래도 요즘 시기가 시기여서 계속 소식이 들리기도 하고요."

에디터의 머릿속에 순간적으로 스치는 얼굴들이 있었다. 그녀는 눈을 커다랗게 뜨고 입술을 달싹거렸다.

"그거 혹시 가희 씨랑 일전에 스캔들 났던 야구 선수……."

"아, 아니에요. 내가 괜한 소리 했다."

송가희는 당황한 얼굴로 황급히 부정하며 자리에서 일어났다. 그녀의 어색한 행동에 에디터가 더 큰 의혹을 품게 했다. 의심을 남긴 채 송가희는 다음 스케줄이 있어서 가 봐야겠다고 급히 자리를 떴다.

❦

휴일이 껴서 집 밖에 나갈 일이 없는 터라 윤승하는 내내 그녀를 품에서 놓지 않았다. 잘 때도 꼭 끌어안고 붙어서 잤다. 지금까지 어떻게 참았는지 신기할 정도였지만 효영은 윤승하만큼이나 자신의 모습도 생경했다.

혼자 걷고 말하고 밥을 먹을 수 있을 즈음부터 효영은 혼자 잠을 잤다. 20년이 훨씬 넘는 동안 다른 사람과 같은 침대에 썼던 건 손에 꼽힐 횟수였다. 그마저도 적당히 떨어진 채 나란히 누워 잠들었지, 이렇게 끌어안지는 않았다.

친구들과 같이 잘 때와는 전혀 달랐다. 잠버릇이 없어서 일단 누우면 그대로 죽은 듯이 자는 터라 서로 몸이 닿았던 적이 없었다. 그런데 윤승하와는 심장이 뛰는 소리가 다 들릴 만큼 꼭 붙었다.

"운전면허증을 따야겠어요. 너무 불편해."

효영의 출근을 막을 수 없었다. 만일 그가 면허증이 있다면 데려다 줄 수 있지만 현실은 어려웠다. 윤승하는 그 짧은 시간도 못내 떨어져 있기 힘들어 보였다.

"제임스 씨가 고생이 많으시겠어요. 매번 운전해 주시려면요."

"엄하게 다른 사고 치는 것보다는 이편이 낫다고 해요."

효영은 동의하는 듯 고개를 끄덕였다. 그녀가 식빵을 굽는 동안, 윤승하는 그녀의 뒤편에 서서 허리를 끌어안고 머리에 얼굴을 묻었다.

"아, 간지러워요."

작게 웃었을 뿐 말리지는 않았다. 윤승하는 한시도 가만히 있지 못했다. 그가 효영을 등 뒤에서 끌어안은 채 가볍게 몸을 흔들자 그녀도 저항 없이 흔들렸다.

"나는 이걸로 충분한데 승하 씨는 괜찮은지 모르겠네요."

빵 두 장을 접시에 올리며 효영이 묻는데 윤승하는 고개를 흔들었다.

"충분해요."

그녀는 윤승하를 물끄러미 보다가 팬에 계란을 깼다.

"하나, 두 개?"

"두 개."

그가 착실히 대답하자 효영은 설핏 웃으며 계란을 하나 더 깨서 부쳤다. 팬에서 칙칙, 소리를 내며 기름이 튀자 윤승하는 한 손을 풀어 그녀의 얼굴에 가져갔다. 혹여 기름이라도 튈까 봐 가려 주는 손길에 풋, 웃음이 나왔다.

그녀는 윤승하의 몫으로 계란 프라이를 두 개 만들어 각각 접시에 담은 뒤에 식탁으로 왔다. 여전히 윤승하는 그녀를 끌어안은 채 놓아주지 않았다.

효영이 손등을 토닥거리며 앉으라고 권했지만 요지부동이었다. 잠시라도 떨어져 있기 싫을 정도로 좋아해 주는 건 고마운 일이지만 그의 무릎 위에 앉아서 식사를 하다가는 음식이 어디로 들어가는지 모를 것 같았다.

"어서 앉아요."

그녀가 허리를 꽉 끌어안고 있는 팔을 살살 달래어 풀고는 먼저 의자에 앉았다. 윤승하는 맞은편 의자를 들고 효영의 왼편에 다가와 앉았다.

"승하 씨."

효영은 그가 손을 잡자 웃음을 머금고 그를 불렀다. 막 식빵에 잼을 바르려던 참인데 이러면 손이 부족했다.

"내가 발라 줄게요."

윤승하는 그녀의 손에서 잼 나이프를 가져와 듬뿍 잼을 폈다. 그가 하는 양을 지켜보던 효영이 손으로 식빵을 들자 그 위에 고루고루 잼을 펴 발랐다.

그녀는 이 상황이 어처구니가 없는지 키득거리다가 이번에는 그가 했던 대로 윤승하 몫의 빵에 잼을 발라 주었다. 한 손만을 이용하는 건 불편했지만 둘 중 누구도 손을 뺄 생각을 하지 않았다.

출근을 할 때도 현관에서 여러 번 시간을 지체해서 나중에 그녀는 평소보다 서둘러 뛰어나가야 했다. 부랴부랴 출근을 하면서도 효영의 얼굴에는 내내 웃음기가 감돌았다.

공개 연애의 좋은 점은 사람들의 시선을 굳이 의식할 필요가 없는 거였다. 열애설이 터지기 전부터 굳이 의식적으로 타인의 눈을 피하려고 애쓰지는 않았지만 생활 반경은 비교적 좁은 편이었다.

하지만 연애를 공식적으로 인정하고 나서는 어디를 다닌대도 마음이 가벼웠다. 덩달아 데이트 코스 또한 다양해졌다.

대학로 라이브 카페 공연은 12시가 돼서야 끝났다. 늦은 시각이었지만 젊음의 거리라는 말이 무색하지 않게 거리는 대학생들로 북적거렸다.

개중 그들을 알아보는 학생들도 있었다.

"혹시 윤승하 선수 아니세요?"

용감하게 다가온 학생이 있었다. 학생의 일행 중 하나가 뒤편에서 '옆에 전효영 아나운서다.'라고 중얼거리는 소리가 들렸다.

윤승하는 살짝 모자를 드는 것으로 대답을 대신했다. 공공장소라는 개념은 가진 것인지 큰소리를 내지는 않았지만 학생들은 금방이라도 비명을 지르고 싶은 얼굴이었다.

"저, 저, 저, 저, 사인해 주시면 안 되실까요?"

더듬거리는 건 기본이요, 문법조차 요상한 질문을 던지는 걸 시작으로 학생들이 발표하는 학생들처럼 손을 들며.

"저도요!"

하고 한목소리를 냈다.

"종이랑 펜 있어?"

그 모습이 퍽 재밌어서 윤승하가 피식 웃으며 묻자 학생들이 자지러질 듯이 뒤로 몸을 젖혔다.

"여기요, 여기요."

학생 하나가 정신을 제대로 수습하고 연습장을 꺼내 들자 친구들이 '나도 한 장만', '나도 한 장만' 하며 뜯어 갔다. 효영은 그 진풍경을 조금은 신기한 듯이 지켜봤다. 윤승하가 그녀에게 양해를 구하듯이 보자 효영은 부드럽게 웃으며 선뜻 고개를 끄덕였다.

이 짧은 순간에도 떨어져 있기 싫다는 듯이, 윤승하는 한 손은 여전히 효영의 손을 맞잡은 채 다른 손으로 내밀어 오는 종이에 사인을 해 주었다.

때아닌 팬 사인회가 벌어졌고 인증 사진까지 찍어 준 후에야 학생들이 포위를 풀어 주었다. 두 사람이 걸어가고 있는데 사인을 받았던 학생들이 졸졸졸 따라오는 게 느껴졌다. 윤승하가 뒤를 돌아 학생들을 봤다.

"받을 거 받았으면 가지, 왜 자꾸 따라와. 미국에서 이러면 스토킹으로 신고당한다."

으름장을 주었지만 웃는 낯이어서 씨알도 먹히지 않았다.

"두 분 데이트 하시는 거예요?"

학생 하나가 짓궂게 물어 왔다. 그 질문에 효영이 작게 웃었다. 그녀가 웃는 것을 부드러운 눈길로 지긋이 바라보던 윤 승하가 질문을 던진 학생에게 고개를 돌렸다.

"알면 방해 그만하고 가라."

"손에 땀띠 나겠어요. 손 계속 붙잡고 있는 거 봐."

누군가가 놀리듯이 던진 말에 윤승하는 외려 효영의 어깨를 꽉 끌어안으며 자랑하듯이 씩 웃었다.

"왜, 부러워?"

이유 모를 비명이 곳곳에서 터져 나왔다. 수줍음을 타는 건 지 얼굴을 붉히는 여학생들도 있었다.

"두 분 너무 잘 어울려요."

"알고 있어."

윤승하는 팬들과 가볍게 대화를 주고받았다. 효영은 이 지극 히 자연스러운 모습이 신기할 따름이었다. 그녀는 미처 몰랐던 그의 새로운 일면이 보기 좋다고 생각했다.

그때였다.

"효영 누나 너무 예뻐요!"

누군가의 외침에 윤승하가 슥 눈썹을 치켜세웠다. 그가 단번 에 그 말을 한 남학생을 발견하고 손짓했다.

"너 나랑 면담 좀 하자."

꽤나 진지한 어투였다. 그 모습에 효영만 아니라 학생들까지 와르르 웃음을 터뜨렸다. 본인은 매우 심각했지만 어느 누구도 진심으로 받아들여 주지 않자 어깨를 으쓱했다.

"메이저리그 경기 정말 잘 보고 있어요. 뉴욕 양키스 파이팅!"

"친구도 파이팅."

누군가 열성적으로 응원의 말을 건네자 윤승하는 그쪽을 돌아보며 주먹을 쥐어 보이고 인사를 되돌려 주었다.

"행복하세요."

"고마워."

계속해서 재잘거리는 학생들에게 이제 그만 좀 방해하라고 쉭쉭 쫓아내는 시늉을 하자 다시 곳곳에서 웃음소리가 터져 나왔다. 결국 두 사람은 택시를 탈 때까지 학생들에게 둘러싸여야 했다.

❀

"팀에서 콜이 왔어."

제임스 김의 말은 예견되었던 내용이다. 하지만 심정적으로 받아들이는 것은 다른 문제였다. 윤승하는 미간을 찌푸렸다.

"가야지, 이제."

제임스 김은 다시 한 번 다독이며 말했다. 구단에 소속되어 있는 이상, 한국에서의 일정을 마쳤으니 팀의 요구를 들어주는 게 마땅했다.

"알아."

제 개인적인 일로 억지를 부리며 한국에 남을 만큼, 윤승하는 머저리가 아니었다. 그는 제 의무를 정확히 이해하고 있었다. 윤승하는 관자놀이를 문지르며 입을 열었다.

Blooming

"언제 출발해야 돼?"

"빠르면 빠를수록 좋아."

윤승하는 잠시 대꾸가 없었다. 제임스 김은 힐끗 그를 살피며 조심스레 운을 뗐다.

"수속 준비한다?"

"알아서 해."

대답을 듣고 나서야 제임스 김의 어깨에서 힘이 빠졌다. 곰곰이 생각에 빠져 있던 윤승하가 문득 말을 꺼냈다.

"그보다 그건 어떻게 됐어?"

"그거?"

"전에 부탁했던 거."

처음에 이해하지 못했던 제임스 김은 덧붙이는 말에 고개를 끄덕였다.

말이야 부탁이지, 윤승하의 요구를 들어주느라 제임스 김은 쉬지 않고 뛰어다녀야 했다. 윤승하가 벌이려는 게 어디 보통 일이었나. 윤승하의 주머니에서 나가는 돈이라고 해도 그 금액에 진이 빠지는 건 둘째 치고, 허가 절차 자체가 까다로워서 제임스 김은 관계 당국 직원의 발 닦개라도 될 기세로 설득하고 다녔다.

고객의 요구에 부응하지 못하는 무능한 에이전트가 될 수 없다는 자존심으로 제임스 김은 기어이 허가를 받아 내고 말았다.

"당연히 오케이지."

"수고했어."

저 말을 듣기 위해 제임스 김은 그 오랜 시간 고생한 듯하다.

"준비해 둘까?"

"그렇게 해 줘."

무슨 생각을 하는지 윤승하의 입가에 잔잔한 미소가 흘렀다.

퇴근 시간이 가까워질 때 즈음에 효영은 가는 길에 장을 볼 목록을 생각했다. 집에 먹을 게 없어서 윤승하는 내내 빈곤한 식사를 했다. 그는 빵도 맛있고, 잼도 맛있고, 우유도 맛있다고 칭찬 일색이었지만 효영은 계속 신경이 쓰였다.

그 체격을 유지하려면 지금 먹는 걸로는 부족했다. 냉장고를 채워 둬야겠다고 생각하고 머릿속에 간략하게 음식 후보들을 추려 봤다. 하지만 일반식과 운동선수가 체력을 유지하기 위해 먹는 음식은 다르지 않을까, 하는 의문이 스친 순간 아예 검색을 해서 제대로 알아봐야겠다고 결심했다.

짐이 많아질 수 있으니 일단 집에 돌아가서 차를 끌고 다시 나와야 할 것 같다. 마침내 생각을 정리한 효영이 슬슬 퇴근 준비를 하고 있는데 윤승하에게서 전화가 왔다. 그녀는 의아한 얼굴로 전화를 받았다.

"승하 씨? 무슨 일이에요?"

―이제 퇴근해요?

"슬슬 준비하는 중이었어요."

대답을 하는데 효영은 윤승하에게 의외의 말을 들었다.

—지금 주차장에서 기다리고 있는 중이에요. 혹시 벌써 나간 건 아닌가 걱정했는데 다행히 시간이 맞았네요.

"주차장에 와 있다고요?"

화들짝 놀라 되물었던 효영은 저도 모르게 걸음을 서둘렀다. 문자 메시지를 주고받을 때도 방송국에 올 거라는 얘기는 한마디도 꺼내지 않았다.

"미리 말해 주지 그랬어요."

—놀라게 해 주려고요.

윤승하의 목소리에 웃음기가 섞여 있었다. 그녀는 도저히 불평할 수 없었다. 효영도 그의 웃음에 전염이 되어 말갛게 미소 지었다.

빠르게 주차장에 내려와 주변을 두리번거리고 있는데 헤드라이트를 깜박이는 차가 눈에 들어왔다. 그녀가 그쪽으로 향해 고개를 돌린 순간, 뒷좌석에서 윤승하가 내렸다. 그를 발견한 효영은 커다랗게 눈을 뜨더니 서둘러 달려갔다.

"여기까지 어떻게 왔어요?"

분명히 그와 통화를 했지만 눈앞에 그가 있는 게 좀처럼 믿기지 않았다. 윤승하는 빙긋 웃으며 차 문을 열어 주었다.

"효영 씨하고 조금이라도 빨리 만나고 싶어서요."

저 말이 기분 좋으라는 이유로 꾸밈을 덧붙이지 않은, 순도 백 퍼센트 진심이라는 걸 알기에 효영의 뺨이 홧홧하게 달아올랐다. 도무지 저 화법에는 익숙해질 틈이 없었다.

"데이트해요."

윤승하의 손에 이끌려 차에 오른 효영은 운전석에 앉아 있는 제임스 김을 보고 난처한 표정을 지었다. 본의 아니게 그를 기사로 부리는 셈이었다. 그러나 정작 제임스 김은 이 상황을 전혀 개의치 않아 하는 눈치였다. 어차피 운전면허증이 없는 윤승하를 위해 운전석에 앉는 게 숨을 쉬는 것처럼 자연스러웠다.

"죄송해요."

"별말씀을. 이게 제 일인데요."

제임스 김은 효영의 사과를 매끄럽게 받아쳤다.

"이번 오프 시즌에는 운전면허부터 따야겠어요."

윤승하가 옆 좌석에 오르며 효영에게 말했는데 제임스 김이 듣던 중 반가운 소리라는 듯이 표정을 환하게 밝혔다.

"운전면허 따고 자동차 CF 하나 찍자."

"형은 그냥, 입을 다물지."

효영의 앞이어서 최대한 말을 고른 윤승하는 제임스 김의 뒤통수를 날카롭게 노려봤다. 백미러로 윤승하의 표정을 확인한 제임스 김은 어설피 웃었다.

"어디로 가는 거예요?"

효영이 윤승하의 무릎을 톡톡 두드리며 묻자 제임스 김을 노려보던 시선이 거짓말처럼 부드러워져 그녀에게 향했다.

"일단 맛있는 밥부터 먹으러 가요. 배고프죠?"

"잘 몰랐는데 그 말 들으니까 배고프기 시작하는 것 같아요."

윤승하는 눈매를 다정하게 휘며 제 무릎 옆에 있는 효영의 손을 잡았다. 이 체온이 이제는 제 것인 양 익숙했다. 효영은 그와 눈을 마주하고 미소를 되돌렸다.

고풍스러운 한옥에 도착했을 때 효영은 의아스러웠다. 서울 중심부였지만 안으로 들어온 순간 조선 시대로 들어온 기분이었다. 입구에 '청음당'이라고 쓰인 편액을 통해 귀에 익은 한정식집이라는 걸 알게 됐고 한옥 특유의 고즈넉한 분위가 맘에 들었다.

남색 상의와 분홍색 하의의 한복을 유니폼으로 입고 있는 직원들의 움직임조차 다른 음식점과 달리 정적이었다. 이곳은 바깥보다 시간이 천천히 흐르는 것 같았다.

"예약하셨습니까?"

직원 하나가 그들에게 다가왔다. 윤승하는 제 이름을 댔고 예약 명단을 확인한 뒤 곧 별채로 안내되었다.

"제임스 씨는 어디에서 식사하시는 거예요?"

여기까지 운전만 해 주고 어느 순간 없어진 제임스가 마음에 걸려 물었다.

"형도 다른 룸에서 식사를 하고 있을 거예요. 제 몫은 알아서 챙기는 사람이니까 효영 씨가 걱정할 필요 없어요."

"그럼 다행이고요."

안심한 듯, 살짝 웃는 효영을 물끄러미 바라보던 윤승하가 모호한 표정을 짓더니 턱을 문질렀다. 뭔가 할 말이 있는 얼굴에 효영이 궁금히 쳐다봤다. 그는 턱을 문지르던 손을 내리고 식탁 위에 가지런히 포개져 있는 효영의 손 위로 가져갔다.

"그러니까 당신은 나한테만 집중해 줘요."

노골적이고 집요한 요구에 효영의 눈이 커다래졌다. 순 억지였다. 하지만 윤승하는 대답을 재촉하듯 효영을 잡은 손에 더 힘을 주고 흔들었다.

그는 알까? 이럴 때마다 가슴에 맺혀 있는 어떤 응어리가 몽글몽글하게 변하는 기분이 든다는 걸. 날을 세워 놓은 가시가 솜털처럼 유연해지는 감각에 효영은 웃는 듯, 우는 듯 미묘한 표정을 지은 채 입술만 달싹였다.

식사를 마치고 차로 이동했다. 저녁을 먹고 차로 움직이니 조금씩 나른한 피로가 몰려오는 것 같았다. 효영은 눈꺼풀이 무거워지기 시작하자 눈을 느리게 깜박이며 졸음을 쫓아냈다.

"졸려요?"

"아뇨. 편해서 긴장이 풀렸나 봐요."

"나한테 기대서 눈 붙여요."

효영은 그렇게까지 하는 건 제임스 김 보기에 너무 쑥스러울 것 같다고 거절했다. 윤승하는 꽤 진지한 얼굴로 다시 한 번 확언했다.

"시즌 끝나면 반드시 운전면허 딸게요."

"무리하지 않아도 돼요. 내가 운전해도 되는 걸요."

"그건 힘들어서 안 돼요."

연인의 다정다감한 대화에 제임스 김은 귀가 막힌 사람처럼 운전에만 집중하려고 애썼다. 몇 번 듣긴 했어도 이렇게 본격적으로 윤승하의 달달한 음성을 듣는 건 처음이라 영 적응이 안 됐다. 쌍욕을 입에 달고 사는 건 아니지만 필요에 따라서 슬럼가 갱보다 더 거친 말투도 우습지 않게 구사하는 그였다.

친분이 있는 사람들에게야 사나운 성정을 곧잘 내보이지는 않는다지만 기본적으로 사내다운 성격이다 보니 친구인 안도훈에게조차 조곤조곤 부드러운 말씨를 쓰는 일이 없었다.

윤승하의 본성을 누구보다 잘 아는 제임스 김으로서는 그가 효영을 대할 때 사용하는, 매끄럽고 보들보들한 어조를 듣자면 뒷목이 쭈뼛거리는 기분이었다. 몸 전체가 간지러워져서 제임스 김은 빨리 두 사람과 같은 공간에서 벗어나고 싶었다.

한강 둔치에 도착하자 효영은 고개를 갸웃거리며 내렸다. 많이 어두워진 탓에 한적한 분위기마저 흘렀다. 눈길을 끄는 것은 멀리서 보이는 형형색색의 야경이었다. 바람만은 서늘했다.

윤승하가 효영을 데리고 빈 벤치에 갔다.

"잠시만요."

효영이 앉으려고 하기에 그가 서둘러 말리고는 입고 있던 재킷을 벗어 벤치에 깔았다. 윤승하는 만족한 듯 효영을 보며 웃었다.

"이제 앉아요."

"옷 지저분해질 텐데요."

"세탁하면 돼요. 자리가 차가우니까 위로 앉아요."

윤승하의 얼굴에는 꺼리는 기색은 조금도 찾을 수 없었다. 망설이던 효영은 그가 하도 강권하자 하는 수 없이 재킷 위로 앉았다. 정작 자리가 차갑다던 윤승하는 빈 벤치에 털썩 앉았다.

두 사람은 잠시 조용히 강물 건너 야경을 눈에 담았다.

"10분 후에 준비해 주세요."

두 사람을 내려 주고 운전석에 앉아 있던 제임스 김이 어디론가 전화를 걸었다. 상대방과 짧은 대화를 마친 후에 벤치에 나란히 앉아 있는 연인에게 시선을 던졌다. 특별히 어떤 말을 하지 않아도, 부러 행동하지 않아도, 그저 순간을 나누고 있을 뿐인데도 달달한 분위기를 내는 연인이 있었다. 제임스 김 눈에 윤승하와 효영이 그러했다.

제임스 김은 운전대에 몸을 기대고 두 사람을 물끄러미 봤다. 그들이 등지고 있어서 표정이 보이지 않지만 그 모습이 충분히 그려졌다. 가슴에서 사박사박, 소리가 들려와 한숨 서린 미소를 지었다.

서늘한 공기에 어깨를 쓸어내리던 무렵이었다.

"미국에 다녀와야 돼요."

바람결에 들려온 소리에 효영은 숨을 죽였다. 그의 생활 권역이 한국이 아니라는 걸 알고 있었지만 직접 그 이야기를 듣게 되니 잠시 말문이 막혔다.

그가 계속 한국에 있는 건 무리였다. 윤승하는 아직 기량이 발전하고 있는 전도유망한 선수다. 한국에서 해야 할 일은 모두 끝냈다.

"그래야겠죠?"

효영은 마음을 가다듬으며 겨우 입술을 뗐다. 그런데 막상 윤승하와 얼굴을 마주하려니 평소처럼 자연스러운 표정을 지을 수가 없었다. 윤승하는 그녀의 볼을 감싸고 이마에 자신의 이마를 붙였다.

그가 한숨을 쉬자 숨결이 속눈썹을 간질거렸다. 눈가 언저리를 건드리는 간질임에 이상하게도 코끝이 시큰거렸다.

"내 욕심은 효영 씨가 같이 가 주는 거예요."

"나는……."

"응. 알고 있어. 그건 너무 갑작스러우니까 어렵겠죠."

이럴 때는 자신이 아니라 윤승하가 연상처럼 느껴졌다. 효영은 자신을 다독거리는 부드러운 음성에 이유도 알지 못한 채 눈시울을 붉혔다. 한여울 이후로 이토록 깊이 들어온 사람이 없었다. 어쩌면 한여울조차 건드리지 못했던, 마음 가장 깊은 곳까지 들어와 있는 건지도 모른다. 길지 않다고는 해도 그런 상대와의 이별에 담담하기란 어려웠다.

그래서였을 것이다. 효영은 막연한 두려움마저 느꼈다. 벌써부터 멀어지는 기분에 그녀는 윤승하의 팔을 꼭 붙잡았다.

"그러니까 생각해 줄래요?"

"뭘요?"

"우리가 같이 지내는 거에 대해서요. 지금 당장 결정을 하라고 부담을 주는 건 아니에요."

제 진심을 비치면서 슬쩍 미소 짓던 윤승하는 한층 더 진중한 눈길로 효영을 어루만졌다.

"앞으로도 함께하고 싶은 사람은 효영 씨 한 사람뿐이에요. 당신에게 더 많은 기회가 있다는 걸 알면서도 내게 맞춰 달라는 게 내 욕심인 걸 알지만 사실은 억지를 부리고 싶어요."

그녀가 더 충동적인 성격이었다면 당장 '네'라는 대답을 들려주었을 것이다. 이번만큼은 제게 부족한 충동이 아쉬웠다. 하지만 아무것도 준비되지 않는 상황이 당장 눈앞에 펼쳐졌다.

"지금 당장은 승하 씨를 따라가겠다고 얘기할 수 없어요."

효영은 한참 후에 말을 꺼냈다.

"미국에서의 승하 씨의 삶이 있듯이, 이곳에서도 내 삶이 있으니까 하루아침에 결정할 문제는 아닌 것 같아요."

"그래요."

아쉬웠지만 납득이 가는 말에 윤승하가 고개를 끄덕였다. 효영은 살짝 미간을 찌푸리고는 윤승하의 손에 얼굴을 기대며 속삭였다.

"그런데 정말 말도 안 된다고 생각하지만 벌써 승하 씨랑 같이 있는 미래부터 상상이 가요."

"반은 성공했네요."

윤승하가 나직이 웃음을 터뜨리며 효영의 관자놀이 부근에 입술을 가져갔다. 효영은 나른히 눈을 감은 채 그에게 얼굴을 맡겼다. 관자놀이에서 광대, 콧잔등, 눈꺼풀에 이어지는 키스에 효영이 간지러워 작게 미소 지었다.

효영이 눈을 뜬 건 갑자기 밝아진 시야 때문이었다. 그녀는 의아한 눈으로 빛을 찾아 고개를 돌렸다. 정박되어 있던 유람선이 갑자기 불을 밝혔다. 환한 조명이 보석처럼 빛났다. 효영은 눈이 시릴 정도로 환하게 빛나는 유람선을 보며 눈을 동그랗게 떴다.

어떤 상황인지 아직 이해가 가지 않아 의아스러운 기색으로 유람선을 바라보고 있을 무렵이었다.

팡! 파아앙!

유람선 위로 불꽃이 피어오르더니 이내 하늘을 덮을 듯이 넓게 퍼졌다. 효영의 눈이 더더욱 커졌다. 잇달아 불꽃이 쏘아 올려졌다. 어두운 밤하늘에 활짝 피어난 꽃처럼 무수히 많은 불꽃들이 빛을 발했다.

펑! 펑!

하늘에서 분수처럼 떨어지는 불꽃, 행성처럼 빛무리가 둘러싼 듯한 둥근 모양의 불꽃, 성화처럼 하늘로 솟구치는 불꽃까지 그 모양과 색깔도 가지각색이었다.

"너무 예뻐요."

효영은 불꽃들의 향연에 시선을 완전히 빼앗겼다. 입술에서는 연신 탄성이 터져 나왔다. 윤승하는 이처럼 화려한 불꽃놀이에는 시선을 주지 않은 채 환하게 미소 짓고 있는 효영만을 바라봤다. 그는 불꽃놀이를 즐기는 효영보다 더 기쁜 얼굴이었다.

퍼어엉!

이어서 하트 모양의 불꽃이 하늘을 붉게 수놓았다. 그녀는 도저히 믿을 수 없는 눈으로 윤승하에게 고개를 돌렸다. 효영을 응시하던 그와 시선이 마주쳤다. 그가 부드럽게 웃고 있었다.

"마음에 들어요?"

"너무, 너무나요. 너무 예뻐요."

효영은 그 어느 때보다 열성적으로 고개를 끄덕였다. 불꽃에서 터져 나오는 빛에 붉은색으로 물든 얼굴이 이토록 사랑스러울 수 없었다.

윤승하의 미소가 더 진해졌다.

바로 이런 얼굴이 보고 싶었다. 오로지 이 미소 하나 때문이었다.

"이건 너무 과분해요."

불꽃놀이를 하려면 복잡한 절차를 거쳐야 한다는 정도는 알고 있었다. 효영이 걱정스러운 기색을 비치는데 윤승하는 별거 아니라는 식으로 고개를 저었다. 그는 손등으로 그녀의 뺨을 느리게 쓰다듬으며 나직이 속삭였다.

"당신이 즐겁게 웃을 수 있다면 이보다 더한 것도 할 수 있어요. 이 정도는 별것도 아니에요."

윤승하는 느리게 깜박이는 효영의 눈 위에 입술을 가져갔다.

Blooming

"보잘 것 없지만 오늘 밤은 좋은 기분으로 당신이 행복한 꿈을 꾸며 푹 잘잘 수 있으면 좋겠어요."

그는 부드럽게 입술을 맞추며 덧붙였다.

"그리고 내가 돌아오기 전까지 건강하게 있어 줘요."

다정한 바람에 효영은 아무 말도 하지 못한 채 그의 품에 안겼다.

아직은 제 옆에 있는 그인데, 벌써부터 그리워졌다.

퍼어엉!

마지막 불꽃이 쏘아졌지만 효영은 그의 품에 안긴 채 소리로만 들었다.

"꼭요."

그의 당부에 효영은 고개를 끄덕였다.

"보고 싶을 거예요."

그녀는 숨죽인 음성으로 속삭였다. 그 말을 들었는지 효영의 등을 끌어안은 팔에 더욱 힘이 들어갔다.

2일 후, 윤승하가 떠났다.

냉이|shepherd's purse
당신께 나의 모든 것을 바칩니다.

Blooming

Forget-me-not

01

보고 싶다.

그 생각을 머릿속에서 꺼내는 순간, 그리움이 한 걸음에 성큼 다가왔다. 어리광이 늘어 버린 걸까. 윤승하가 없는 풍경은 무채색처럼 아무 감흥이 들지 않았다. 벌써 수일째 그가 없는 길을 걸으며 효영은 쓸쓸함을 맞았다.

어느새 그가 이렇게나 효영의 생활에 깊숙이 들어왔음을 사소한 것에서부터 찾을 수 있었다. 효영은 장거리 연애 커플들이 빨리 결혼하는 이유를 이제야 알 것 같았다. 현실적으로 무리라는 걸 알지만 효영은 그 가능성에 대해 더 자주 생각하게 됐다.

차로 갈 수 없는, 비행기로도 14시간이 걸리는 거리. 거기에 시차까지 차이가 나서 전화 통화를 자주 하기 어려웠다. 특히 윤승하는 경기를 뛰어야 하는 입장이어서 컨디션 무시하고 전화만 붙잡게 할 수 없었다.

그녀가 집에 돌아온 후 일과는 인터넷으로 윤승하의 지난 경기를 보는 것으로 시작되었다. 이미 경기장에서 이런 모습을 보았지만 카메라는 가까이 얼굴을 잡아 주었다. 그러다가 윤승하가 모자를 벗고 팔로 이마를 훔치는 모습이 나와 효영은 일시 정지 버튼을 눌렀다.

땀과 먼지를 뒤집어쓴 모습인데도 그녀는 마냥 시선을 떼지 못했다. 효영은 모니터로 손을 뻗어 그의 얼굴에 가져갔다. 하지만 닿는 것은 차갑고 딱딱한 모니터 감촉뿐이었다. 그녀는 세운 무릎을 양팔로 꼭 끌어안은 채 몸을 웅크렸다.

윤승하의 체류가 길어질수록 그리움은 켜켜이 쌓여 갔다.

✿

"전효영 아나운서네?"

송가희의 귀에 듣기 싫은 이름이 들려왔다. 막 커피를 마시려던 그녀는 입술을 짓이기며 가까스로 표정을 유지했다. 지인과 방송국 앞 카페에서 자리를 함께하고 있었다. 창가 자리에

Blooming

앉았는데 그 앞으로 지나가는 효영이 보였다.

갑자기 생각난 듯이 지인이 말을 꺼냈다.

"아는 사람 통해서 들었는데 일전에 한강에서 불꽃놀이 쇼 있었잖아. 공식 행사가 아니라서 다들 어리둥절했던."

"그게 왜?"

"그거 윤승하가 전효영 아나 위해서 해 준 거라고 하더라고."

그 말을 들은 직후, 송가희의 표정이 굳었다. 운을 뗄 때부터 왠지 듣기 싫더라니, 역시나였다. 하지만 겉으로 드러내지 않으려고 필사적으로 노력했고 눈치채지 못한 지인은 말을 이어 나갔다.

"진짜 제대로 하던데. 불꽃 비싼 건 한 발에 1억도 한다잖아. 그럼 자그마치 얼마야?"

계산을 해 보더니 놀란 눈을 끔벅거리다가 이내 고개를 저었다.

"도무지 믿어지지 않는 얘기이긴 해. 그런데 사실 여부야 어쨌든, 이런 말 나오는 것만 봐도 윤승하가 전효영 아나한테 푹 빠졌다는 거겠지."

송가희는 혼신의 힘을 다해 애잔한 미소를 지어냈다.

"보기엔 그래도 그 사람, 다정한 부분이 많지."

"맞다. 윤승하가 너하고 스캔들 났지? 너 말하는 거 들어 보니까 뭔가 있긴 있었던 모양이네?"

지인이 관심을 갖고 묻자 송가희는 가볍게 한숨을 쉬었다.

"그 얘긴, 딱히 하고 싶지 않아서."

"뭐야, 뭐야. 윤승하가 양다리 걸쳤다는 설이 있던데 진짜였어?"

"양다리는 무슨. 그런 거 아냐. 효영 언니, 아니 전효영 아나운서 워낙 남자들한테 인기가 많았잖아. 매력적이니까 내가 남자라도 나보다는 효영, 아니 전 아나한테 빠질 거야. 애인이 있어도."

어느 것도 명확하게 인정하지 않지만 뉘앙스가 미묘했다. 지인은 재미있는 건수를 발견한 사람처럼 눈을 반짝였다.

"전효영이 중간에서 윤승하 채 간 거야? 언니, 언니 하는 걸로 봐서 전효영하고 너 좀 친밀한 거 같은데."

"다 옛날 얘기지."

송가희는 안타까운 미소를 지으며 커피를 홀짝였다.

"예전에 친했어?"

"친한 언니의 친구여서 오며 가며 알게 되었어. 우울증 때문인지 보이는 것보다 의외로 극단적이라는 걸 알 정도니까 친하다고 할 수 있었지."

"극단적이라니? 성격이 별나?"

"남 얘기라서 별로 하고 싶지 않은데."

"내가 어디 가서 말 흘릴 사람도 아니고 편하게 해."

'너 입 싼 거 알 만한 사람은 다 알지.'

속으로 빈정거렸지만 송가희는 그런 내색을 전혀 하지 않았다. 그녀는 잠시 고민하는 듯하다가 조심스럽게 말을 꺼냈다.

"자기 뜻대로 해야 성이 풀리는 타입이라고 해야 하나. 별

나다고 할 정도는 아니고 뭐, 개성이지."

"그래? 전혀 그런 기미가 보이지 않았는데 의외네."

"나처럼 멍청하게 굴다가 놓치는 것보다 그렇게 적극적으로 자기 거 제대로 가져가는 게 훨씬 낫지 않아? 무슨 짓을 해서도 제 몫 챙기는 거 보면 한편으로는 부럽기도 해."

우울하지만 애써 그런 내색을 지우려는 듯한 기색에 지인이 입을 다물었다. 송가희는 지인에게서 시선을 돌렸다.

김 간호사는 환자의 채혈을 마치고 너스 데스크로 오던 중, 모자를 꾹 눌러쓴 남자 하나와 대화 중인 동료를 발견했다. 남자의 얼굴이 낮이 익다 했는데 며칠 전부터 병원에 자주 나타나는 사람이었다.

'보호자는 아닌 것 같은데.'

김 간호사는 남자를 보며 고개를 갸웃거렸다. 도통 병실을 찾는 걸 보지 못했고, 그렇다고 원무과에서 접수하는 모습도 본 적이 없었다.

대부분 저렇게 와서 간호사나 직원들과 대화를 나누고만 있었다. 김 간호사는 뭐 하는 사람일까 궁금해서 한참을 지켜봤다.

기어이 남자와 헤어지고 너스 데스크로 오는 동료를 붙잡고 물었다.

"무슨 얘기를 그렇게 길게 해?"

"어? 누구?"

"방금 대화하던 남자 말이야."

김 간호사의 덧붙이는 말에 동료는 고개를 끄덕이더니 별일 아니라는 식으로 어깨를 으쓱였다.

"전에 진단받았던 환자에 대해서 묻던데? 친척이라면서 병원 진료 기록서 볼 수 없냐고 하잖아."

"병원 진료 기록서를 보여 달라고? 환자 누구?"

동료는 무심히 중얼거렸다.

"전효영 환자."

꽃

다음 경기를 앞두고 있는 윤승하가 지역 스포츠 전문지와 인터뷰를 가졌다. 에이전트와 구단 측에서는 지역지와의 인터뷰를 적극 권하는 편이었다. 윤승하는 다른 기자들에 비해 신경을 건드리는 질문을 가급적 자제하는 지역지 기자와의 인터뷰는 비교적 성실하게 응대하는 편이었다.

"지난 와일드카드 게임내셔널 리그와 아메리칸 리그의 각 지구 1위 팀은 플레이오프로 직행하고, 각 리그 2위인 두 팀에게 와일드카드가 주어진다. 와일드카드를 얻은 두 팀이 단판 승부를 통해 플레이오프 진출을 겨룬다.에서 팀을 리그 디비전 시리즈정규 시즌이 끝나고 치러지는 플레이오프 경기 중 하나. 리그별로 진행되며 정규 시즌의 상위 네 팀이 진출하여 두 팀씩 나누어 대결한 후 승리한 두 팀이 리그 챔피언십 시리즈에 진출. 경기한다. 5전 3선승제에 합류하는 데 성공시키셨어요. 아직 여독이 풀리지 않은 상태였을 텐데 제 몫을 해낸 윤 선수에 대해 팬들이 많은 성원을 보내고 있습니다."

Blooming

"제 개인적인 이유로 시즌 중에 팀을 이탈하게 돼서 팬들이 비난을 하더라도 감수하고자 했습니다. 그런데 많은 팬들이 아시안 게임 우승을 함께 응원해 주어서 놀랐습니다. 이 자리 빌어 감사 인사 드립니다."

잠시 고개를 숙였던 윤승하는 몸을 바로 세운 후 말을 이었다.

"와일드카드로 디비전 시리즈를 진출하게 된 것은 제 공이 아닙니다. 동료 선수들과의 호흡이 무척이나 좋았습니다. 그게 좋은 결과로 이어지고 팬들을 기쁘게 만들 수 있어 저 역시 기쁩니다."

"리그 챔피언십 시리즈에 진출하기 위해서는 3승이 필요하죠? 하지만 현재 팀이 2패를 기록하며 막다른 상황에 몰렸어요. 다음 중요한 경기에 윤 선수가 부담감을 안고 선발로 등판하게 되었어요. 심정은 어떠세요?"

지역지 소속답게 양키스 팬인 기자는 자신이 더 애타는 심정으로 질문을 했다. 패배의 수렁에 빠져 벼랑 끝에 선 상황이었지만 정작 윤승하는 담담했다.

"홈구장에서의 이번 3전은 팬들의 응원에 보답하고자 최선을 다하겠습니다."

"승리를 약속하시는 건가요?"

"모든 경기가 그렇듯, 결과를 장담하기는 어렵지만 적어도 팬들에게 실망스러운 경기는 보이지 않도록 할 겁니다."

결코 허언을 하지 않는 믿음직스러운 에이스의 말에 기자의 얼굴에 미소가 번졌다. 경기와 그의 컨디션에 대해 몇 가지 질문을 더 던진 후에 다른 화제를 꺼냈다.

"아시안 게임 우승과 더불어 좋은 소식이 있었죠? 그동안 윤 선수를 둘러싸고 스캔들이 무성했지만 팬들이라면 그것들이 사실무근의 루머라는 걸 알고 있죠. 그런데 이번에 프로 데뷔 이후 처음 연애 사실을 인정했어요. 한국인 아나운서라고 들었는데 구체적으로 어떤 사람인지, 괜찮으시다면 궁금해하는 팬들을 위해 말씀해 주시겠어요?"

잠시 생각을 하는 듯이 입을 다물고 있는 윤승하의 얼굴에 자연스러운 미소가 피어났다. 여러 번 인터뷰를 했지만 이런 표정은 처음 본 기자는 놀라서 눈을 깜박거렸다. 미국에 갓 진출한 소년 시절에도 1승, 1승에 크게 연연하지 않던 선수였다.

2009 월드 시리즈각 리그 내에서 가장 우수한 팀끼리 맞붙어 메이저리그 전체의 챔피언을 결정하기 위한 경기. 아메리칸 리그, 내셔널 리그에서 각기 치러진 리그 챔피언십 시리즈에서 승리한 두 팀이 최종적으로 맞붙는다. 7전 4선승제 우 승했을 때에서야 비로소 한숨 섞인 미소 한 점 내보였을 뿐이었다. 눈앞에 있는 남자가 그동안 제가 알던 윤승하가 맞는지 의심스러워할 무렵에 그의 입이 떨어졌다.

"제가 더 나은 사람이 되고 싶게 하는 여자입니다. 그동안 현실에 안주했다면 그 사람은 더 높은 곳을 보게 해 줘요. 결코 실망시키고 싶지 않아 더 노력하게 됩니다."

"이보다 더 잘해야겠다고 생각하게 된다고요? 그동안의 윤 선수를 지켜봤던 한 명의 팬으로서 정말 놀랍네요. 지금 위치에 만족하지 않으시군요."

윤승하 선수는 빙긋 웃고는 고개를 끄덕였다.

"그 사람에게 자랑스러운 연인이 되고 싶습니다. 아직은 많이 부족하죠."

"겸손하다고 해야 할지, 욕심이 많다고 해야 할지, 뭐라고 정의하기 어렵네요. 하지만 정말 많은 여성 팬들이 그분을 부러워하겠어요."

윤승하는 그 말을 단호하게 정정했다.

"질투를 받는 건 제 쪽입니다. 손에 넣은 행운이 아직도 믿어지지 않아 가끔은 이 모든 게 언젠가 깨어날 꿈처럼 느껴져 겁이 납니다. 그 사람은, 제게 기적 같아요."

"본지 기자는 그 말을 하는 윤승하의 얼굴에서 황금빛을 본 듯했다라고 하는데?"

코앞에서 기사를 읽는 박은수의 짓궂음에 효영은 손으로 달아오른 뺨을 식혔다. 그녀는 일부러 담담한 표정을 지으려고 했지만 자꾸 표정이 허물어지려고 했다.

"소감이 어때?"

친구의 짓궂은 장난은 끝나지 않았다. 효영은 그만하라고 손을 내저었지만 그때뿐이었다.

"완전체라고 불리는 윤승하를 아직 부족하다고 느끼게 하는 건 어떤 기분인지 궁금하다, 얘."

"진짜 그만해."

효영이 난처한 기색을 비치자 박은수는 키득거리며 웃었다. 식물처럼 늘 초연하기만 하던 그녀의 얼굴에 생생한 표정이 살아나는 건 친구 입장으로 환영할 일이었다. 한여울의 자살은 박은수에게도 충격이긴 했지만, 효영의 정신은 완전히 파괴되었다.

우울해하던 박은수는 지금 남편과의 결혼으로 도피해 버렸지만 효영에게는 아무도 없었다. 가족은 그녀에게 아무런 위로가 되지 못했다. 가족이라는 이름이 유명무실해서 더 이상 효영에게 상처를 주지 못했지만 기댈 곳 하나 없이 위태위태했다.

때때로 박은수는 당시에 결혼을 조금 늦추고 효영을 가까이에서 지켜볼 걸, 하는 생각에 후회스럽기도 했다. 그녀는 자신이 분신 같은 존재를 잃은 효영의 충격을 없애 주지는 못했을 거라는 걸 알지만 그래도 아무것도 안하는 것보다는 도움이 되지 않았을까는 회한이 남았다.

효영과 한여울 사이의 끈끈한 우애는 다른 사람이 끼어들지 못할 정도로 견고했다. 두 사람에게 상대방은 또 다른 자신이나 다름없었다. 한여울은 그저 자신만을 해친 게 아니었다. 그녀의 자살은 효영의 정신까지 살해했다. 때로 박은수는 그 때문에 한여울이 원망스러웠다.

그래서 평생 효영이 한여울의 죽음을 극복하지 못하고 제 틀안에 꼭꼭 숨어 있을 거라고 생각했는데 한 남자가 그녀를 끌어냈다. 효영은 한여울이 있었던 때와 같은, 아니 그보다 더 환한 미소를 되찾아 갔다.

"너희 정말 잘 어울려."

"고마워."

박은수는 이대로 제 친구가 저 밝은 웃음을 지키길 바랐다.

'하긴, 윤승하 선수 마음이 저렇게 확고하고 효영이도 이렇게 좋아하는데 별일이야 있으려고.'

그녀는 불필요한 걱정을 털어 내고 효영을 따라 미소 지었다.

🌺

효영은 경기가 끝난 후에 걸어온 윤승하의 전화를 받았다. 오늘 선발로 출전한 사실은 알고 있었다. 방송국이라서 퇴근한 후에 경기를 볼 예정이었다. 경기 결과도 중요하지만 무엇보다 윤승하의 모습을 본다는 게 중요했다.

"오늘 경기 이겼다면서요. 축하해요."

패색이 완연한 팀을 구해 냈다며 그렇지 않아도 동생에게서 한 차례 문자 메시지 폭탄을 맞았다. 일은 안 하고 야구 중계를 봤냐고 따끔하게 나무랐지만 듣는 시늉조차 하지 않았다. 말은 그렇게 해도 소식을 물어다 주는 동생의 문자 메시지를 내심 반겼다.

―효영 씨는 이 시간이면 방송국이겠네요.

"아무래도 그렇죠."

시간이 잘 맞지 않아 길게 통화할 수 없음이 안타까웠다. 금방이라도 언제 돌아올 수 있느냐는 말이 입 밖으로 나갈 것 같았지만 효영은 가까스로 말을 삼켰다. 아직 일정이 남아 있는 윤승하가 신경 쓰게 하고 싶지 않았다.

—보고 싶어요.

그가 기운 빠지지 않게 꾹꾹 눌러 참았건만, 윤승하는 너무나도 쉽게 그녀의 다짐을 허물었다. 귀에 감기는 말에 효영은 입술을 달싹거리다가 희미하게 속삭였다.

"나도요."

—요즘은 잘 자요?

윤승하가 조금은 걱정스러운 듯이 물어 왔다. 다정한 말투에 효영은 이마를 문질렀다. 이러면 화장이 번지는 걸 알고 있었지만 가슴을 시큰거리는 느낌에 손을 가만 놔두기 어려웠다.

"네. 잘 자고 있어요. 매일 자기 전에 승하 씨 경기를 봐요."

—가급적 졌던 경기는 보지 마요.

"그래도 좋은데요? 내가 몰랐던 승하 씨 모습을 볼 수 있어서 좋아요."

잠시 그는 말이 없었다. 이 순간 윤승하가 어떤 표정을 짓고 있을지 궁금했다. 아마도 그녀가 잘 알고 있는 얼굴일 것 같다.

한참 후에 윤승하가 다짐하듯 말했다.

—더 잘해야겠네요.

"너무 무리하지 말고요. 이제 가서 쉬어야죠."

두 사람은 전화를 끊어야 하는 건 알았지만 한동안 소소한 대화를 주고받으며 미뤘다. 하지만 결국 전화를 끊은 뒤에도 그와 메시지를 주고받으며 허전함을 달랬다. 윤승하는 메시지

Blooming

를 작성할 때 이모티콘 하나 없이 문법에 맞게 글을 쓰는 편이었다. 윤승하의 메시지는 유독 그만의 반듯함이 묻어났다.

메시지도 이제 그만 끝내야 할 것 같아 고민하던 효영이 키패드에 텍스트를 입력했다.

'오늘 수고 많았어요. 잘 쉬어요'까지 글을 적었던 효영은 너무 딱딱해 보여 고민을 하다가 특수 기호에서 하트 모양을 찾아 덧붙였다.

친구들과 문자 메시지를 할 때는 조금 더 편하게 쓰는 편이었지만 그녀 역시 이모티콘은 잘 사용하지 않았다. 그녀는 문자 메시지를 보내 놓고 괜히 얼굴이 화끈해지는 것 같았다. 별것 아닌 걸로 쑥스러워하는 자신이 기가 막혔지만 광대 부근에 열기가 몰리는 걸 막을 수는 없었다.

나도 사랑해요.

그녀의 문자 메시지에 돌아온 답변에 효영은 눈을 크게 떴다. 그녀가 친근하게 보이기 위해서 덧붙인 하트의 의미를 윤승하는 진지하게 받아들인 모양이었다. 효영은 웃음이 터질 것 같아서 손등으로 입을 가렸다. 엉뚱하게 튀어 버린 진지함이 너무 귀여웠다. 이대로 이 메시지를 계속 보고 있다가는 실수를 하고 말 것 같아 핸드폰을 눈에 띄지 않게 치워 버렸다. 손으로 가볍게 부채질하며 들썩이는 마음을 겨우 가다듬었다.

오전 방송을 마치고 아나운서실로 돌아왔는데 효영의 등장에 순간 침묵이 감돌았다. 어색한 시선으로 자신을 바라보는 사람들에 효영은 미묘한 기분을 느꼈다.

동료 하나가 다소 당혹스러운 기색으로 효영을 보다가 서둘러 다가왔다.

"도대체 웬일이라니?"

"왜?"

효영이 의아하게 묻는데 동료가 이마를 짚으며 한숨을 쉬다가 잠자코 그녀를 이끌고 제자리로 갔다.

"뭐 때문에 그래?"

"증권가 지라시니, 어쩌니 하며 별소리들이 다 나오잖아. 그런데 여기 전 아나가 언급되어 있더라고."

동료는 너무 놀라지 말라고 일단 경고를 하고 포털 사이트를 열었다. 윤승하의 스캔들 때 한 번 겪었는데 그 일이 또 일어났다. 실시간 검색 순위에 올라와 있는 저와 윤승하의 이름에 이해가 가지 않는 듯했던 효영은 동료가 보여 준 글을 보고 안색이 굳었다. 동료는 막상 보여 줘 놓고서도 마음이 편하지 않은지 이맛살을 찌푸리며 턱을 문질렀다.

유명 아나운서 A 양, 지적이고 청순한 이미지 뒤의 실체.

요즘 스포츠 선수 B 군과의 교제로 화제를 끌고 있는 A 양의 과거 남성 편력이 상당했다고 하네요. 여러 남자 배우들과도 염문을 뿌렸고 대기업 간부들과도 만남을 가졌다고. 호텔에서 나오는 모습도 수차례 목격되었죠.

또 마음에 드는 남자가 있으면 차지하려고 온갖 술수를 다 부리는 편이라고 해요. 톱스타 C 양이 A 양 때문에 최근에 실연을 겪었다고 전해지는데 '나쁜 언니는 아닌데 우울증 때문에 그럴 거예요. 감정 기복이 심해서 뜻대로 안 되면 참지를 못하거든요.' 하고 해명을 했다고.

한 연예 관계자는 겉으로는 이보다 이상적일 수 없는 커플이지만 B 군이 A 양이 죽는다고 협박을 해서 마지못해 사귀는 거라고 하며 오래가지는 못할 텐데라며 안타까운 마음을 드러냈습니다.

A 양 – 전효영
B 군 – 윤승하
C 양 – 송가희

"이게 뭐야?"

효영이 어리둥절해하며 글을 읽고 다시 읽었다. 억지로 사귀고 있다고 증언했다는 관계자는 도대체 누구인지 짐작도 가지 않았다. 어이가 없는 기분에 효영이 낮게 혀를 찼다.

"나도 모르는 또 다른 내 자아를 발견한 사람이 대체 누구야?"

증권가 지라시라는 말을 들어 보기는 했지만 직접 이런 데 언급되기는 처음이라 황당한 마음이 앞섰다. 동료는 물끄러미 효영을 보다가 천천히 고개를 끄덕였다.

"별로 신경 쓰이지 않으면 됐어. 요즘 얘깃거리가 없는지 별게 다 만들어진다."

"이러다가 말겠지."

효영은 대수롭지 않다는 듯이 손을 내저었다. 내용이 거슬리지 않는다고 하면 거짓말이지만 허무맹랑한 말에 끌려 다니고 싶진 않았다. 이때까지는 증권가 지라시라며 떠돌아다니는 이야기들을 얼마나 많은 사람들이 신뢰하겠냐며 곧 수그러질 거라고 생각했다.

02

제임스 김은 다소 긴장한 얼굴로 윤승하를 지켜봤다. 막 통화를 마친 뒤 그가 표정을 찌푸리자 공연히 가슴이 덜컥거렸다.

"무슨 일 있어?"

조심스레 묻는데 윤승하는 여전히 굳은 시선으로 액정이 까맣게 변한 핸드폰을 들여다보기만 했다. 그가 입을 열기까지 제임스 김은 긴장으로 심장이 터질 것 같았다.

"이상해."

윤승하가 핸드폰을 손안에서 돌리며 중얼거렸다. 즉각적인 반응이 나타나지 않는 걸로 봐서 효영에게 별다른 말을 들은 것 같지는 않아 일단은 한시름 놨지만 안심할 수는 없었다. 그는 벌써부터 이상한 낌새를 본능적으로 느끼고 있었다.

"이상하긴 뭐가. 효영 씨가 뭐라고 해?"

"아니, 아무 말도 하지 않았는데 느낌이 안 좋아."

"기온이 떨어져서 감기에라도 걸린 것 아냐?"

"그런 거와는 달라."

진지하게 고민하는지 윤승하의 표정이 경직되는 걸 확인한 제임스 김이 그의 주의를 돌리기 위해 애썼다.

"무슨 일이 있었으면 일찌감치 너한테 얘기했을 거 아냐. 감추려고 해도 감출 수 없을 테고. 그리고 일이 있을 게 뭐 있냐. 하고 싶었던 뉴스까지 맡게 되면서 일도 잘 풀리는데. 사람 컨디션이 항상 똑같을 순 없고."

그의 말을 듣던 윤승하는 답답한 얼굴로 머리카락을 헤집었다. 여느 때와 다른 자신의 사소한 행동 하나에 효영까지 도마 위에 오를 수 있는 상황이었다. 마음 같아서는 벌써 서울로 날아가고 싶지만 팀이 위태롭게라도 계속 버텨 내고 있었다. 그 바람에 경기는 계속되었고 그녀에게 돌아가는 시간이 늦춰졌다.

팀이 결과를 내는 것에 불평을 갖는 걸 구단 측에서 알게 되면 그를 고운 눈으로 보지 않겠지만 윤승하는 이 상황이 못내 갑갑했다.

"힘든 일이 있어도 나한테 짐이 될까 봐 안 털어놓을 사람이야, 형이 알아봐 줘. 그냥 내 기우였으면 좋겠지만 아무래도 예감이 안 좋아."

"……알았어."

본의 아니게 윤승하를 속이고 있는 입장에서 제임스 김은 오도 가도 못 하는 무거운 심정에 속으로 한숨을 쉬었다.

한국에서 효영과 관련해서 무슨 일이 일어났는지 이미 파악이 끝난 제임스 김은 윤승하의 컨디션을 생각해 가급적 시즌이 끝날 때까지 아무 말 하지 않기를 부탁했다.

그녀 역시도 그에 동의했고 지금까지는 잘 지켜 주고 있었다. 하지만 윤승하의 감이 너무 날카로워 그는 벌써부터 이상한 기미를 느꼈다.

이곳이 미국이어서 소식이 늦게 전해진다는 게 그나마 불행 중 다행이었다. 될 수 있으면 매체를 접할 수 있는 모든 것을 빼앗고 싶었지만 그렇게 하면 윤승하는 단번에 알아차릴 것이다. 평소 인터넷을 멀리하는 그가 시즌이 끝날 때까지만 모르길 바라며 불안 속에서 그를 지켜볼 수밖에 없었다.

사실 그리 크게 번질 만한 일은 아니었다. 증권가 지라시라는 게 예전만큼 신뢰성을 주지 않았고 어처구니없는 내용도 많아서 한번 흥미 위주로 떠들다 말 정도였다. 효영이 이런 데 연관되는 건 이번이 처음이었지만 방송 생활을 하며 주변에 일어나는 일을 간접적으로나마 많이 봐 와서 심각하게 생각하지 않았다.

Blooming

떠돌아다니는 풍문, 그 정도였고 그녀의 예상처럼 금세 사그라질 터였다.

　그런데 희미한 불꽃에 송가희가 부채질을 하며 상황이 복잡해졌다.

　— 아련한 첫사랑의 기억을 담은 영화, '녹음'의 여주인공으로 발탁되셨는데 소감이 어떠세요? 첫사랑 바라기를 하는 배역이라고 들었어요. 그동안은 통통 튀는 발랄한 성격이나 섹시한 이미지의 배역을 많이 맡았는데, 지금까지와는 달라 부담이 되지는 않으세요?

　— 감독님이 절 주인공으로 삼고 시나리오를 쓰셨다고 하시면서 제가 아니면 안 된다고 믿어 주셔서 출연 결정했어요. 시나리오를 읽어 봤는데 이제까지보다 더 진솔한 연기를 할 수 있을 것 같았어요.

　— 진솔하다고 하면 송가희 씨 경험이 그대로 묻어나온다는 말씀인가요?

　— 글쎄요.

송가희는 말끝을 흐렸지만 MC는 미끼를 놓치지 않았다.

　— 혹시 최근에 돌고 있는 소문 일부를 사실이라고 인정하시는 건가요?

별안간 송가희의 눈시울이 붉어졌다. 그녀는 죄송합니다 중얼거리고 고개를 살짝 돌렸다. 하지만 카메라에 낱낱이 그녀의 표정이 잡혔다. 스타일리스트에게 티슈를 받아 카메라를 잠시 등지고 얼굴을 닦았다.

다시 원래대로 돌아왔을 때 눈가가 촉촉이 젖어 있었다. MC는 안타까운 표정을 지었다.

— 괜찮으세요?
— 그럼요. 방송 중에 죄송해요.

송가희는 카메라를 향해서도 꾸벅 고개를 숙였다.

— 그분 많이 좋아하셨나 보네요. 어떻게 송가희 씨 같은 여성을 두고.
— 아니에요. 그분도 그럴 만한 사정이 있었으니까 이해해요.

방청석에서도 탄식과도 같은 한숨이 흘러나왔다. 송가희는 애써 밝게 웃어 보이며 뒷말을 덧붙였다.

— 그리고 이별이라는 게 어떻게 한쪽만의 문제라고 할 수 있겠어요. 지금 생각해 보면 저 혼자 좋아한 건지도 모르겠어요. 못난 모습 보여 드려서 죄송합니다.

명확한 단어를 사용하지는 않았지만 송가희의 인터뷰 내용만 보면 인터넷에서의 루머를 인정하는 듯 보였다. 인터뷰 내

Blooming

용은 방송 중에도 실시간으로 인터넷에 기사화가 되었다. 그녀의 의도는 그대로 들어맞아 송가희는 지고지순의 대명사로 부각되며 크랭크인을 하기도 전에 벌써부터 영화에 대한 관심이 뜨거웠다.

반면, 송가희의 언론 플레이에 희생양이 된 효영에게는 그 반대 수급으로 비난의 화살이 쏟아졌다.

"아니지?"

"응, 아니야."

"그럼 그렇지."

차라리 대놓고 앞에서 물어 오는 사람이 편했다. 뒤에서 얘기하는 사람들을 붙잡고 일일이 해명할 수 없는 노릇이었다. 하지만 '아니다'라고 해명하기도 한두 번이지 곳곳에서 의혹 어린 시선을 받자 효영에게는 스트레스였다.

그녀를 잘 알고 있는 사람들이야 송가희가 언론 플레이를 하나 보다 하고 넘어갔지만 관련 없는 사람들은 여배우의 눈물을 믿었다.

"하다 하다 수면제 먹고 죽겠다고 윤승하 선수 협박해서 빼앗았다는 소문까지 나오니? 진짜 사람들 말 무섭다."

"수면제 얘기가 왜 여기에서 나와?"

효영은 기가 막힌 듯이 중얼거렸다. 물론 수면 유도제를 처방받은 일이 있기야 했지만 놀랄 만한 사안은 아니었다. 방송 일을 하는 사람들치고 수면 장애를 한두 번 겪어 보지 않은 경우가 드물 것이다. 효영 역시 마찬가지였고 엄연히 치료 목적이었던 데다가 처방받은 시기 자체가 완전히 달랐다.

"사람들 말 거치다 보면 와전되긴 하지만 가장 큰 문제는 역시 송가희야. 이미지 변신하려고 언론 플레이 하는 게 확실해 보이는데 왜 전 아나운서를 잡고 늘어지냐고. 배우 상대로 여론 몰이 하는 게 어려워서 그러나. 윤승하 선수 한국에 없다고 날 잡은 모양인데? 윤승하 선수는 뭐래?"

"얘기 안 했어. 별것도 아닌데 신경 쓰이게 하고 싶지가 않아서."

가까운 동료들이나 PEOPLE 현장 스태프들은 효영이 무고하다는 걸 믿었다. 더불어 정확히 윤승하와 효영을 지칭하지 않는 송가희의 영악함에는 혀를 내둘렀다.

여론 몰이로 재미를 톡톡히 본 송가희는 주변 사람들이나 기자들에게 적정선을 유지하며 툭툭 말을 내던졌고 그것들은 더 크게 와전되어 대중들에게 전해졌다.

송가희의 팬들 사이에서 효영에 대한 원성이 터져 나오기 시작했다.

―고객님의 전화기가 꺼져 있어…….

효영에게 전화를 걸었던 윤승하는 반갑지 않은 음성을 들었다.

"방송 중인가?"

그는 다소 의아한 기분이 들어 그녀에게 문자 메시지를 작성했다. 방송을 하면서 핸드폰을 꺼 둔 걸 잊고 있는 건지, 아니면 배터리가 방전이 된 건지 모를 일이었다.

이런 일이 드물어 어떻게 된 건지 궁금했다. 오늘 경기를 마쳤고 시간이 되면 언제든지 전화하거나 메시지를 줘도 괜찮다는 요지의 문자 메시지를 남겼다.

"뭐 하고 있어?"

뜬금없는 질문이었다. 윤승하는 무심하게 핸드폰을 흔들어 보이고는 다시 시선을 그것에 못 박았다. 그런데 이마 위로 제임스 김의 시선이 느껴졌다. 그것은 꽤나 집요하고 날카로운 구석이 있었다.

"왜?"

윤승하는 결국 무시하기를 포기하고 고개를 들었다. 제임스 김은 무언가를 관찰하듯 그를 살펴보고는 고개를 저었다.

"……아무것도 아니야."

얼버무리기는 했지만 그 기색이 묘하게 신경 쓰였다. 윤승하는 결국 핸드폰을 내려놓았다.

"뭘 감추는 거야?"

"감추기는."

제임스 김은 변명조로 대꾸하고는 잠시 입술을 다물었다. 머릿속이 새하얗게 변해 평소처럼 매끄럽게 말을 던질 수 없었다. 화술은 에이전트의 가장 기본적인 덕목이었지만 이 순간만큼은 벙어리가 되었다.

"오늘 투구 아주 좋았다고. 공이 평소보다 잘 뻗어 나가는 것 같더라."

제임스 김이 태연한 척 말했지만 윤승하는 의심의 시선을 거두지 않고 그를 지켜봤다. 제게 닿는 시선이 무척이나 따가웠다.

"무슨 일이야."

윤승하의 목소리가 한층 낮아졌다. 제임스 김은 별일 아니라는 듯이 웃어 보려 했지만 그와 눈이 마주치는 순간 표정이 어색하게 굳었다. 그가 이마를 짚으며 잠시 한숨을 쉬었다. 어쩐지 난처한 듯한 태도에 윤승하의 눈이 가늘어졌다.

"얘기해."

그의 재촉에도 제임스 김은 좀처럼 입을 떼지 못했다. 아직도 그는 어떤 선택이 옳은 것인지 몰랐다. 당장 리그 챔피언십 시리즈_{리그별로 치러지는 경기. 리그 디비전 시리즈에서 승리한 두 팀이 대결. 여기서 승리한 팀은 최종적으로 월드 시리즈에 진출하게 된다. 7전 4선승제}경기만 해도 아직 몇 개 더 남았다. 윤승하가 1패 상황에서 1승을 올리며 승부를 원점으로 돌렸다. 양키스가 내리 3패를 하지 않은 이상, 그는 한 번 더 경기에 참가할 가능성이 높았다. 그리고 챔피언십 시리즈에서 승리하게 되면 다음은 월드 시리즈였다.

구단과 팬들이 그토록 염원하는 28번째 월드 시리즈 우승. 그것을 앞두고 윤승하를 흔들어 놓을 수 있는 이야기를 꺼내도 되는 걸까. 제임스 김은 공과 사에서 줏대 없이 흔들렸다. 이런 일은 처음이었다.

윤승하의 커리어를 위해서는 아무 말도 하지 않는 것이 옳았다. 하지만 지금 당장 눈앞의 결과 때문에 더 큰 것을 보지 못하는 건 아닐까. 두통이 치밀어 머리가 지끈지끈했다.

"읽어 봐."

고민하던 제임스 김이 결국 윤승하에게 태블릿 PC를 건넸다. 이런 사태까지 오리라는 건 제임스 김도 예상하지 못했다. 시작은 그저 지라시였을 뿐인데 일이 예상보다 커졌다. 이제 주사위는 윤승하에게 들렸다.

윤승하는 에이전트가 보여 준 기사를 찬찬히 읽었다.

스캔들이 확산되며 배우 송가희 씨의 팬들이 방송국 사이트에 아나서 전효영 씨에 대한 원성을 쏟아 냈다. 사생활에 문제가 많은 아나운서에게 뉴스와 교양 프로그램을 진행하도록 하는 건 말도 안 된다며 당장 그만두게 하라고 홈페이지를 마비시키는 일이 연일 이어졌다.

전 씨는 남성 편력이 문란하다는 것과 송 씨와 연인 관계였던 야구 선수 윤승하 씨를 악의적으로 빼앗았다는 의혹을 받고 있는 상태이다.

- 중략 -

논란이 거세어지자 GBS 측에서는 특단의 조치를 취했다. 현재 전 씨는 진행하던 프로그램과 내정되었던 뉴스 앵커 자리를 반납하고 자택에서 은신하는 것으로 알려져 있다.

"이게 지금 어떻게 된 거야."

기사를 읽고 난 직후, 윤승하의 얼굴이 무참하게 일그러졌다.

"승하야."

"어떻게 된 거냐고 묻잖아!"

부드럽게 다독이려던 제임스 김은 윤승하의 벼락같은 일갈에 어깨를 움찔 떨었다. 윤승하는 성난 짐승처럼 맹렬한 기세로 그에게 다가왔다.

"언제부터야? 언제부터 이랬어?"

윤승하가 내뿜는 분노에 제임스 김은 숨쉬기 버거웠다. 기어이 일이 이렇게 돼 버렸다. 제임스 김은 참담한 심정에 눈을 질끈 감았다.

"형은 언제부터 알고 있었어?"

제임스 김은 아무 대꾸도 하지 못했다. 침묵에 윤승하는 쉽게 대답을 유추했다.

"처음부터 알고 있었군. 알면서도 내게 아무 말도 하지 않았어. 병신처럼 아무것도 모르고 실실거리는 걸 보고만 있었어? 도대체 언제 얘기할 생각이었는데."

윤승하가 낮게 으르렁거리며 제임스 김의 멱살을 잡았다. 저항도 부질없는 짓이어서 제임스 김은 그가 잡아끄는 대로 끌려갔다.

"그 사람이 기어이 만신창이가 될 때까지?"

"그런 게 아니야."

내내 침묵하던 제임스 김이 서둘러 반박했지만 윤승하는 싸늘한 눈으로 그를 노려보기만 했다.

"형 혼자 생각이야, 아니면 구단에서도 알고 있었던 건가?"

"승하야."

"그래. 둘이 제대로 작당을 해서 날 속였군. 하긴 누굴 탓하겠어, 머저리같이 아무것도 몰랐던 내가 병신이지."

"승하야, 제발."

윤승하는 사정하는 제임스 김을 사납게 노려보며 잇새로 거칠게 말을 내뱉었다.

"당장 한국행 비행기 수배해. 지금 바로 떠나는 비행기가 없으면 전세기라도 재주껏 임대해. 분명하게 말하지만 이건 당신 고객으로 하는 명령이야."

"승하야, 잠시만. 잠깐 생각을 해 보자."

"생각? 무슨 생각?"

윤승하는 그를 밀치며 으르렁거리는 음성으로 되물었다. 제임스 김은 가까스로 그의 팔을 붙잡아 떠밀리지 않았다. 하지만 그의 힘으로는 도저히 윤승하를 감당해 낼 수가 없었다.

"성급하게 행동하면 안 돼. 아직 경기가 남아 있어. 이대로는 안 돼. 분명 네 커리어에도 문제가 생길 거야. 미래를 생각해야지."

"내 커리어가 뭐?"

윤승하의 타오를 듯한 시선을 마주한 제임스 김은 말문이 막혔다. 효영을 생각했는지 잠시 표정이 허물어졌던 윤승하는 곧 딱딱하게 턱을 굳혔다.

"나는, 형, 이깟 게 전혀 중요하지 않아."

그는 마치 한 마디, 한 마디를 짓씹듯이 내뱉었다.

"내가 멍청하게 알지 못하는 사이에도 그 사람은 혼자 감당하고 있었겠지. 나는 그게 참을 수가 없어. 비켜."

"승하야."

지독하게 괴로운 듯이 쏟아 낸 말에 제임스 김은 잠시 멈칫했지만 다시 걸음을 내딛는 윤승하를 막으려 했다. 그러나 좀 전까지는 그를 배려해 준 것인 듯 내두르는 팔에 맥없이 밀려났다.

"분명히 말했어. 지금 당장 비행기 준비하라고."

"승하야! 윤승하!"

떠밀렸던 제임스 김은 멍한 머리를 흔들고는 다급히 윤승하의 뒤를 쫓아갔다. 그러나 이미 윤승하는 복도 저 끝으로 달려가고 있었다.

"아아. 제발."

제임스 김은 양손으로 머리를 감쌌다. 이미 개인적으로는 해결할 수 없을 만큼 일이 커져 버리고 말았다.

박은수의 걱정스러운 전화를 받은 효영은 괜찮다고 안심시켰다. 짧은 통화를 끝낸 뒤 핸드폰을 소파에 던져둔 채 TV를 틀었다. 마침 GBS 채널에서는 7시 뉴스가 흐르고 있었다. 효영은 바뀐 여자 앵커를 봤다. 방송국에서는 그녀에게 아무런 통보조차 없었다.

1년 이상 맡았던 PEOPLE 역시 MC가 바뀐 사실을 인터넷 기사로 알게 됐다. 효영의 눈동자가 우울하게 가라앉았다.

오늘이 벌써 며칠째일까. 효영은 날짜를 헤아리는 것도 포기하고 눈을 감았다. 눈을 감고 있으면 어김없이 그날의 일들이 떠오른다. 마치 한차례 폭풍처럼 모든 일들이 휘몰아쳤다. 아무것도 준비하지 못한 채 효영은 얻어맞기만 했다.

국장실에 불려 갔을 때 이미 예감한 일이었다. 국장은 몹시 골치 아픈 표정을 짓고 있었다. 당장 다음 주부터 뉴스 데스크를 맡아야 하는 아나운서와 관련해서 좋지 않은 스캔들이 터진 것도 걸리는데 송가희 팬들이 분노해서 방송국 게시판을 계속해서 어지럽히고 있었다.

'지금은 안팎으로 시끄러우니 일단은 돌아가서 쉬고 있게. 향후 거취에 대해서는 임원들과 논의를 해야겠으니 더 이상 논란이 생기지 않도록 조용히 자숙하고 있는 게 좋겠군.'

그녀는 세상에 다시없을 악녀가 되었다. 남자를 빼앗기 위해서는 목숨 가지고 협박도 마다하지 않는 여자로 비쳤다. 방송국에서는 충분히 할 수 있을 법한 결정을 내렸다. 머리로는 알고 있지만 감정적으로 받아들이는 건 다른 문제였다.

이런 마음을 누구에게도 털어놓을 수 없었다. 이따금 효영은 충동적으로라도 윤승하에게 무리한 요구를 해서 곤란하게 만들까 봐 감정들을 속으로 삭여 냈다.

'옆에 있어 줘요. 안아 줘요.'

진짜 하고 싶은 말은 따로 있었지만 효영은 입 밖으로 내지 못했다.

쉬면서 효영은 충동적으로 옛날 기사들을 찾아봤다. 한여울이 자살하기 전, 언론에서는 그녀가 불안 증세를 보인다느니,

이상 행동을 한다느니 설레발을 쳤다. 그리고 그녀가 이혼 후 활동을 접고 있었을 때는 한여울이 죽었다는 루머도 만들어져 있었다.

"이런 기분이었구나."

효영은 흐리게 미소 지으며 속삭였다. 아마 인기가 더 높았던 만큼 한여울의 추락에 대해서 악의적인 기쁨을 갖는 이들이 존재했을 것이다. 똘똘 뭉친 악의들이 무성한 루머를 만들어 내고 그렇지 않아도 무너졌던 정신을 더욱 피폐하게 만들었을 것이다.

"미안해. 미안해, 여울아."

그녀는 누군가를 찾듯이 허공을 응시했다. 비어 버린 눈동자에 서서히 눈물이 차올랐다. 시야가 순식간에 뿌예지며 눈앞이 흐려졌다. 가득 차오른 눈물은 글썽이는 채로 눈가에 매달려 있었다.

"몰라 줘서 미안해. 미안해."

눈을 깜박이자 눈가에서 일렁이던 눈물들이 주르륵 뺨 위를 적셨다. 효영은 괴로이 눈썹을 찡그리며 가슴께를 쥐어뜯었다. 정말 소중한 사람에게는 차마 털어놓지 못하는 심정을 이제야 이해했다. 한여울은 그녀를 의지하지 못했던 게 아니라 제 일로 슬프게 하고 싶지 않았던 것이다. 그녀는 끝까지 절 걱정해 줬는데 그걸 몰랐다.

"미안해. 나 아프다고 널 원망만 했어. 네가 더 아팠을 텐데. 더 힘들었을 텐데. 흐흑. 미안해. 더 일찍 알아줬으면, 그랬으면 좋았을걸. 늦어서 미안해."

그녀는 고개를 치든 채, 아이처럼 울음을 터뜨렸다. 하지만 아무리 부르고 사과해도 대답은 되돌아오지 않았다. 효영은 그 사실이 못내 서러워 가슴을 쥐어뜯고 때렸다.

윤승하가 공항에 내렸을 때 발 빠른 기자들이 나와 있었다. 비공식적이고 예정에 없는 입국이었는데 그들은 기가 막히게 냄새를 맡고 몰려들었다.

"윤승하 선수, 시즌 중에 입국한 건 역시 애인 전효영 아나운서 때문입니까?"

"항간에 떠도는 소문을 인정하십니까?"

"송가희 씨와의 스캔들을 일전에 부정하셨는데 전효영 씨로 인해 파경을 맞았다는 의혹이 있습니다."

입국장에서부터 기자들이 그에게 몰려들었다. 질문들이 쏟아졌지만 윤승하는 묵묵부답으로 기자들을 밀치며 앞으로 걸어갔다. 그는 14시간을 비행했지만 지친 기색을 찾을 수 없었다.

"목숨 가지고 협박을 하는 여자와의 연애는 부담스럽지 않습니까?"

순전히 윤승하를 자극하기 위한 질문이었다. 취재를 나가기 전, 상사로부터 무슨 짓을 해서라도 윤승하에게 반응을 이끌어내라는 지령을 받았다. 평소 윤승하가 언론과의 기 싸움에서 지지 않는 이유는 약점이 없기 때문이다. 그를 자극하려는 말을 던져 봐도 번번이 간질이지조차 못했다.

그런데 윤승하에게 약점이 생겼다. 오프에도 한국에 들어오는 일이 없던 윤승하를 시즌 중에 움직이게 한 존재, 전효영 아나운서라는 스위치를 발견한 이상 설령 비열하다는 말을 듣게 될지언정, 기삿거리를 확실히 따낼 생각이었다.

계산대로 윤승하의 걸음이 멈추어졌다. 그는 해당 이야기를 꺼낸 기자를 찾아 시선을 던졌다. 윤승하의 서슬 퍼런 눈길이 닿는 순간, 저도 모르게 움츠러들긴 했지만 이내 그를 자극하는 데 성공했다는 기쁨을 만끽하며 보란 듯이 피식 웃었다.

"승하야."

그를 쫓아오느라 진이 다 빠진 제임스 김이 입구에서 나오다가 이 모습을 보고 놀란 얼굴로 숨을 헐떡이며 그를 불렀다. 윤승하는 흘끗 제임스 김을 봤지만 그뿐이었다. 그는 해당 기자에게 다가갔다.

위압감이 흐르는 윤승하를 마주한 기자는 다소 긴장을 했지만 여전히 미소를 유지하고 있었다.

"역시 기사가 처음 터졌을 때 바로 오지 않은 건 저울대에 올려놓고 계산하느라 늦어진 거겠죠? 하긴 이참에 떼어 낼 수 있지 않을까, 나 같아도 고민했을 것 같아요."

윤승하의 손이 올라간 순간, 지레 놀란 기자는 질끈 눈을 감으면서도 빈정거리기를 멈추지 않았다.

"역시 고등학교 때 한 가닥 했다더니 명불허전. 손부터 올라가는군요. 하긴 메이저리그 강타자들을 상대하려면 주먹도 좀

써 봐야겠죠?"

"윤승하!"

제임스 김이 금방이라도 숨이 넘어갈 것 같은 목소리로 윤승하를 불렀다. 다른 기자들은 흥미로운 상황을 놓치지 않고 카메라에 담기 바빴다.

윤승하의 손이 향한 건 기자의 어깨였다. 그는 어깨를 지그시 잡았다가 놓고는 먼지를 털어 주듯 툭툭 두드렸다.

"머리는 제법 굴리는 것 같은데 마무리가 허술해."

윤승하는 기자만이 들을 수 있을 정도로 작게 중얼거렸다.

"상대에게 칼을 꽂으려면 본인도 베일 각오를 해야 할 텐데, 기자님은 각오가 되어 있습니까?"

"무슨."

"말이라는 것도 마찬가지지. 결국 자기에게 돌아오게 되어 있는데 나는 성질이 사나운 놈이라 두 배로 되갚아 주는 정도로는 만족하지 못해서."

"지금 기자를 협박하는 겁니까?"

기자의 항변에 윤승하가 그의 귀에 더 가까이 얼굴을 가져갔다. 그의 성난 눈길이 기자에게 향했다.

"좆같은 새끼야, 대가리 깨지는 꼴이 되기 싫으면 야구장에 오지 마. 네 대가리를 보면 스트라이크존을 착각할 것 같거든."

"지, 지금 뭐라고."

거칠게 쏟아 내는 말에 기자가 당황한 듯 입을 벙긋거렸다. 윤승하는 방금 전에 들었던 말이 꿈이었나 싶을 만큼 부드럽게 웃었다.

"협박은 이런 걸 말하는 겁니다. 어차피 말장난 치는 건 내 체질이 아니라 오히려 정신 번쩍 들게 해 줘서 고맙다고 해야 할까요. 덕분에 생각이 정리가 됐습니다. 당신들이 그동안 날 얼마나 물로 봤는지 이번에야말로 확실히 알았으니까."

윤승하는 그를 툭 밀어내고 자리에 모여 있는 기자들을 서늘히 응시했다. 아무 말도 하지 않고 바라보는 것만으로 박력이 느껴졌다.

그는 굳어 있는 기자들 사이를 거침없이 지나쳐 빈 택시를 타고 떠났다. 기자들이 뒤늦게 상황을 판단하고 쫓아가려 했지만 때는 이미 늦었다. 제임스 김조차 그를 놓치고 말았다.

서울로 올라가는 내내 윤승하는 계속해서 효영에게 전화를 걸었다. 하지만 번번이 전화기가 꺼져 있다는 대답만 들을 수 있었다. 그는 초조함에 발을 굴렀다. 아파트에 도착하기까지 그의 속이 바싹바싹 타들어 갔다.

인내심이 거의 증발했을 무렵에 아파트에 도착했다. 택시비를 지불한 윤승하는 거스름도 받지 않은 채 급히 뛰어갔다. 그는 상승 버튼을 누르고 엘리베이터가 도착하길 기다리며 질끈 눈을 감았다.

마음이 좀처럼 진정되지 않았다. 그의 인내심은 해당 기사를 쓴 기자를 찾아가지 않기 위해 견디는 동안 모두 소진되어 버렸다.

Blooming

이곳을 나섰을 때와 전혀 다른 기분이었다. 윤승하는 초인종을 눌렀다. 한 번, 두 번 초인종을 누르는 횟수가 늘어나며 점점 더 그 간격이 짧아졌다. 그러나 아직 안에서는 아무런 반응이 없었다. 참다못한 윤승하가 문을 주먹으로 두드렸다.

"효영 씨!"

그는 효영이 집 안에 있을 거라 확신하고 그녀를 불렀다. 얼마간 그러기를 계속하는데 예고도 없이 현관문이 열렸다. 윤승하는 안으로 들어서며 효영을 살폈다. 다소 지쳐 보였던 그녀는 그를 확인하고 입가를 끌어 올렸다.

"아직 경기가 끝나지 않았을 텐데 어떻게 여기 온 거예요?"

그녀가 지금 여기 있어도 되는 거냐며 묻는데 윤승하는 아무 대답도 하지 않고 그녀에게 시선을 못 박았다. 효영은 아무 일도 없는 것처럼 보이도록 노력했다. 그러나 윤승하의 눈에는 그녀가 이 상황을 힘겨워하는 것이 그대로 보였다.

"왜 전화를 꺼 두었어요?"

"배터리가 나간 모양이에요."

효영이 전화를 했냐고 덧붙이며 확인하려는지 몸을 돌리는데 윤승하가 그녀에게 성큼 다가갔다.

"괜찮아요?"

그녀의 어깨를 잡으며 시선을 마주했다. 효영은 느리게 눈을 깜박이다가 윤승하와 시선을 부딪치고는 희미하게 미소 지었다.

"승하 씨 보니까 살 것 같아."

그녀는 아무 말도 하고 싶어 하지 않았다. 윤승하는 그를 보며 겨우 웃고 있는 효영에게 괴로운 기억을 끄집어내는 걸 고민했다. 그가 다른 말을 꺼내기도 전에 효영이 먼저 그에게 다가왔다.

"여기 있어도 돼요?"

"그럼요. 안 될 게 뭐야."

효영은 윤승하의 가슴에 얼굴을 묻었다. 그에게 한 말은 사실이었다. 그를 보니 자그마한 숨통이 열린 것 같았다. 작은 구멍에 대고 호흡하듯, 그렇게 절박한 몸짓으로 그에게 안겼다.

03

효영은 아무렇지 않아 했지만 그녀가 지닌 불안을 감지한 건지 윤승하는 그녀를 제 품에서 좀처럼 떼어 놓지 못했다. 다른 일을 하고 있을 때에도 그의 시선은 효영을 좀처럼 떠나지 못했다. 잠자리에서는 그 정도가 더 심했는데, 그녀를 품에 안고서야 그는 팔 안에 느껴지는 감촉에 안심하고 잠들 수 있었다.

윤승하는 이따금 기사와 휴직 관련해서 대화를 나누고자 했다. 하지만 그 말을 꺼내려고 하면 효영은 번번이 화제를 돌렸다. 효영이 그 일로 크게 상심한 것은 명백한데 그에게 좀처럼 내색하지 않았다. 그에게 짓는 웃음이 어쩐지 위태로웠다. 효영의 변화를 놓치지 않기 위해 윤승하는 그녀를 관찰하기를 멈추지 않았다.

"으음."

핸드폰 벨 소리에 효영이 뒤척거렸다. 잠에서 슬슬 깨려는 기미가 보이자 윤승하는 소리를 끄고는 다시 그녀의 등을 어루만지며 달래었다. 그는 잠이 들었던 흔적을 전혀 찾아 볼 수 없는 멀쩡한 모습이었다. 심지어 목소리조차도 잠긴 기색이 없었다.

"더 자요."

그가 귓가에 입술을 대고 조곤조곤한 목소리로 속삭이자 효영의 몸에서 힘이 풀렸다. 가늘게 떴던 눈이 다시 닫히고 고른 숨소리가 났다. 그녀가 다시 잠들기를 기다린 뒤, 숨소리가 규칙적으로 변했을 때 핸드폰을 들고 거실로 나왔다.

"알아봤어?"

부재중 표시로 뜬 번호로 전화를 건 윤승하의 얼굴에는 효영을 대할 때의 부드러움이 사라져 있었다. 무표정으로 바뀐 얼굴에는 차가운 분노만이 가득했다. 전화 연결이 되자마자 던진 말을, 제임스 김은 대번에 이해했다.

—소문들이 워낙에 산발적으로 터져 나왔어.

"그래서, 어렵다고?"

—……끝까지 가고 싶은 거지?

제임스 김이 조금 망설이듯, 그의 의중을 물었다. 윤승하는 그 말에 비웃음을 던질 만한 여유조차 없었다. 그는 싸늘한 눈 길로 허공을 노려봤다. 마치 지금 누군가가 눈앞에 있기라도 한 듯이.

"나는, 지금 최대한 참고 있어. 조금이라도 관련이 있는 새끼 들을 당장 찾아가서 죽여 버리지 않는 게 내 인내심의 한계야. 내가 더 참아야 하나?"

─그래.

제임스 김은 다소 침중한 어투였다. 윤승하는 다시 한 번 그를 재촉했다.

"최대한 빨리 알아봐. 그전에 누구 하나 죽여 버릴 것 같으 니까."

그는 흘끗 거실 벽에 걸려 있는 시계를 봤다. 아직 동 트기 전인 이른 새벽이었다. 윤승하는 전화를 끊고 냉장고에서 물을 꺼내 마셨다.

물기가 묻은 입술을 손등으로 대충 훑고 침대로 돌아갔는데 효영이 그가 나갔을 때와 조금도 다르지 않은 모습으로 자고 있었다. 윤승하가 침대 위로 오르자 매트리스가 출렁거렸다. 그는 무릎걸음으로 그녀에게 가까이 다가갔다.

몇 번이나 깨서 그녀를 확인했다. 잠든 시간은 짧지만 피곤 함은 잘 몰랐다. 옆으로 손을 뻗어 그녀를 확인하고 품에 안지 않으면 안심할 수 없었다. 스스로도 자신의 상태가 정상적이지 않다는 것을 의식하고 있기는 했다. 그럼에도 행동은 바뀌지 않는다.

그는 상체를 낮추고 효영의 목덜미에 얼굴을 묻었다. 그녀의 체취가 담뿍 묻어났다. 그의 숨결이 목을 간질이자 효영이 미간을 찌푸리며 목으로 손을 올렸다. 윤승하는 그 손등과 손가락에도 입을 맞추고는 어제 행위를 마친 후 새로 갈아입었던 셔츠 안으로 손을 밀어 넣었다. 매끄러운 살결에 그의 체온이 올라갔다.

"승하 씨?"

잠결에 웅얼거리듯이 그의 이름을 부르던 효영은 다리 사이를 열고 체중을 실어 오는 윤승하의 목에 팔을 감았다. 이내 그가 입술을 겹쳤다.

새벽 무렵에 벌어진 정사의 후유증으로 효영은 침대 위에 탈진한 채 숨을 할딱였다. 도저히 손 하나 까닥할 기운이 없었다. 그녀에 비해 윤승하는 가뿐히 몸을 일으켜 물을 가져왔다.

효영은 기꺼이 그의 시중을 받았다. 그가 건네준 물을 마시고 나자 윤승하에게 안겨 욕실로 향했다. 그는 샤워 부스 안으로 그녀와 함께 들어가 샤워를 했다. 다리에 힘이 들어가지 않아 미끄러지려는 몸을 한 팔로 단단히 그러잡은 채 샤워 볼을 몸에 문지르며 거품을 냈다.

한없이 부드러운 손길에 그녀는 다시 잠이 올 것 같았다. 몽롱한 기분에 눈꺼풀이 자꾸 아래로 처졌다. 윤승하는 졸음이 묻어나는 얼굴에 입술을 댔다. 샤워 볼을 문지르던 손길이 은근해지며 점점 더 성적인 의미를 띠었다. 허벅지를 닦고 있던 샤워 볼을 떨어뜨리고 빈손으로 다리 사이를 어루만졌다.

"읏."

그는 다른 손으로는 그녀의 가슴을 느릿하게 어루만지며 좀 전의 정사로 아직 부어 있는 입구에 손가락을 미끄러뜨렸다. 내부는 여전히 젖은 채 매끄럽게 손길을 받아들였다. 뒤쪽에서 는 허리를 부푼 성기가 찌르고 있었다. 효영은 주저앉을 것 같 은 기분에 손을 뻗어 샤워기를 붙잡았다.

"흐읏, 하아."

내부에 찔러 넣은 손가락이 마찰을 하며 피스톤질을 했다. 부어 있는 내부는 민감해질 대로 민감해진 상태여서 쉽게 자극 받았다. 그의 손이 빠져나갔을 때는 저도 모르게 허리를 움직 였다.

어설프게 달구어 놓고 그는 샤워기를 틀었다. 머리에서 쏟아 진 물에 비눗물이 깨끗이 씻겨 내렸다. 거세게 맥박이 뛰는 그 의 분신이 단단히 굳어진 채 허리를 찌르고 있었지만 윤승하는 태연하리만치 그녀를 씻기는 데 열중했다. 채우지 못한 갈증에 효영은 달뜬 숨을 내쉬며 팔을 문질러 미끈거리는 비눗기를 닦 았다. 몸에 열꽃이 피어난 듯, 뜨거워져 있었다.

"승하 씨!"

남은 비눗물을 다 씻은 후 그녀의 척추를 따라 입술을 내리 던 윤승하가 무릎을 굽혔다. 그는 효영의 등을 숙이게 하고 부 드러운 엉덩이를 감싸 쥔 후 그 아래를 혀로 길게 쓸었다. 효영

Blooming

이 까무러치듯이 놀라 그를 불렀지만 그는 꽃잎을 벌리고 안으로 혀를 밀어 넣었다. 손이나 성기와는 전혀 다른, 녹녹한 느낌에 효영은 상체를 뒤틀며 달콤한 신음을 흘렸다.

"그거 알아요? 당신 목소리를 들으면 머릿속이 쭈뼛 서는 것 같아. 달아. 너무 달아서 미칠 것 같아. 목소리 더 들려 줘요. 더, 계속."

청각을 자극하는 음성에 효영은 참지 못하고 신음을 내질렀다. 다리에 힘이 빠졌지만 그의 팔이 단단히 그녀를 붙잡고 있어 주저앉을 수도 없었다.

윤승하는 그녀의 음성을 배경 삼아 한 손으로는 마구잡이로 효영의 몸을 쓸어내리고 다른 손으로는 제 것을 직접 손에 쥐고 흔들며 욕구를 분출시켰다. 절정에 다다른 순간, 윤승하는 제 사나운 충동을 누르지 못하고 효영의 허벅지 안쪽을 물었다. 그것은 본능적인 영역 표시에 가까웠다.

새하얀 허벅지에 울혈이 생겼다. 윤승하는 비틀린 만족감을 느끼며 그 위에 입술을 대고 문질렀다.

'내 것. 이 사람은 내 거야.'

감정은 나날이 짙어졌다. 이보다 더 깊어질까? 하는 의문 따위는 애초부터 의미가 없었다. 하지만 깊어지는 사랑에 반해 예기치 않은 상황이 그를 불안으로 밀어 넣었다. 사랑하지만 위태로운 상황, 그 아이러니가 윤승하를 더 집요하고 끈질기게 만들었다.

끝까지는 가지 않았지만 그 이상의 일을 한 것처럼 완전히 녹초가 된 채 욕실에서 나왔다. 윤승하는 수건으로 그녀의 몸을 말리고 가운 하나를 입혀 주었다. 그는 효영과 눈을 맞추며 무구한 웃음을 머금었다. 방금 전까지 짐승처럼 덤벼들던 남자와 동일인으로 도저히 보이지 않았다.

"왜 그렇게 웃어요?"

하도 울어 쉬어 버린 목소리로 묻자 그는 입술을 말아 올렸다. 윤승하는 커다란 손으로 효영의 뺨을 감싼 채 가만가만 쓸어 주었다.

"날개옷을 훔쳐 낸 나무꾼 심정이 이해가 가서요."

"결국 선녀가 하늘로 돌아가지 않나요?"

"그러게요. 나무꾼이 너무 안일했죠. 나라면 날개옷을 손에 넣은 즉시, 태워 버렸을 거예요."

"날개옷이 없어서 다행이라고 해야 하나요?"

효영이 설핏 웃으며 농담처럼 응수하는데 문득 그가 미묘한 눈길로 그녀를 봤다. 그것은 그녀를 안으며 종종 짓는 표정이었다. 마냥 밝고 순수한 것과 다른, 보다 어둡고 눅눅한 감정이었다.

"당신을 붙잡아 둘 날개옷이 없는 게 아쉬워요."

그는 탄식과도 같은 음성을 중얼거리며 효영의 이마에 입을 맞췄다. 다시 졸음이 밀려오자 효영은 윤승하의 품에 파고들며 나른히 한숨을 내쉬었다.

"승하 씨하고 같이 있어서 다행이라고 말한 적 있나요?"

"……아뇨."

"너무 좋아요."

잠에 취해 느리게 중얼거리는 말을 들으며 윤승하는 찬찬히 효영의 머리카락을 쓸어 주었다. 어느새 효영은 곤히 잠들었다.

"그러면서 왜?"

그녀가 잠든 것을 확인하고 윤승하는 나직이 속삭였다.

"내게 아무 말도 안 해요?"

언제고 그녀가 무너지지 않을까, 그는 걱정스러웠다. 혼자 견뎌 내려는 모습이 가여웠다. 옆에 그가 있는데도 타인에게 의지하지 않고 홀로 감당하는 습관이 너무 오래 몸에 배어 있었다.

그것이 몹시 위태로웠다.

마치 어느 때고 떠날 사람인 양 그녀가 멀게 느껴져 윤승하는 불안감을 지우기 위해 효영을 세게 끌어안았다. 제 품에 있음에도 그녀를 완전히 가진 것 같지 않았다. 이럴 때에는 어떻게 해야 하는지 방법을 몰랐다. 그저 물리적인 거리를 조금이라도 더 좁히기 위한 필사적인 몸짓이 전부였다.

❦

윤승하가 이따금 무슨 이유에선지 심각한 얼굴로 제임스 김과 연락을 주고받았다. 효영에게 그 내용을 굳이 알리지 않아 그녀도 물을 생각을 하지 않았다. 몇몇 사람들과 통화를 하는 것만 제외하면 두 사람은 은둔에 가까운 생활을 했다.

오늘도 윤승하가 통화를 하러 간 사이에 혼자 거실에 남겨진 효영은 무심코 TV를 틀었다. 채널을 돌리던 효영은 우연히 화면에 비친 송가희의 얼굴을 보게 됐다. 그녀의 새로운 영화가 크랭크인을 했다는 소식이 전해지고 있었다.

그것을 보며 효영이 표정을 굳혔다. 송가희는 이번에 반등을 하며 더욱 승승장구하고 있었다.

'너란 인간은 항상 이랬지.'

리모컨을 든 손에 힘이 들어갔다.

"효영 씨, 뭐 하고 있어요?"

윤승하의 목소리가 들려오자 효영은 TV를 껐다. 그에게 보여 주고 싶지 않은 얼굴이었다. 걱정 끼치고 싶지 않았다. 그녀는 아무것도 아니라는 듯이 고개를 흔들고 태연한 미소를 가장했다.

"그냥 아무것도요. 통화 끝났어요?"

목소리 역시 자연스럽게 흘러나왔다. 하지만 유달리 감이 좋은, 특히 그녀에 관해서는 더 예민한 윤승하가 한참 말없이 효영을 응시했다. 그녀는 느리게 눈을 깜박이며 흔들리는 눈동자를 감추었다.

"이리 와요."

그가 작게 한숨을 내쉬고는 효영에게 팔을 뻗었다. 위화감을 알아차렸지만 그녀를 부담스럽게 몰아세우지 않았다. 손과 손을 맞잡고, 효영의 몸이 윤승하에게 끌려갔다. 그는 효영의 머리 위에 살며시 턱을 기댔다.

"여행 가지 않을래요? 휴양지에서 느긋하게 쉬면 좋겠는데."

윤승하는 전혀 의외의 말을 꺼냈다. 효영이 살며시 고개를 들자 그는 그녀의 머리에서 얼굴을 떼고 시선을 마주쳤다.

"여행요?"

"평소에 가고 싶었던 곳이 있어요?"

"글쎄요."

하루하루 바쁘게 살다 보니 휴식이라고는 집에서 게으름을 피우는 게 전부였다.

"몇 년 전부터는 촬영을 제외하고는 교외로 나가는 일도 거의 없었네요."

효영은 새삼 놀란 듯이 중얼거렸다.

"진짜 그동안 뭐 하고 살았는지 모르겠네요."

사람들이 말하는 '집순이'가 바로 자신이었다. 윤승하는 놀란 표정을 짓는 효영이 재미있는지 눈매를 부드럽게 굽혔다.

"말 나온 김에 여행 정보지를 찾아볼까요?"

"그래요."

효영은 순순히 제안에 응했다. 그녀는 송가희와 일련의 사건들을 잊고자 애썼다. 그렇게 할 수 있을 거라 믿었다.

어두운 시각, 사위에 적막이 흐르는 가운데 간간이 괴로운 신음이 들렸다.

불편한 호흡은 끊어질 듯, 끊어질 듯 희미하게 이어졌다. 잠들어 있는 효영의 표정이 편치 않았다. 괴로운 꿈을 꾸는 것처럼 제자리에서 몸서리를 칠 때도 있었다.

어느 순간, 몸부림이 그치고 효영의 몸이 딱딱하게 경직되었다. 그대로 얼마간 멈춰 있던 효영이 이변을 보인 것은 그 다음이었다.

눈꺼풀이 올라가며 몽롱한 눈동자가 드러났다. 눈을 뜨고 있었지만 외부 반응에도 동공이 움직이지 않았다. 느릿하게 몸을 일으켰다.

침대에서 내려온 효영은 마치 유령처럼 존재감이 흐릿하게 움직였다. 터벅터벅, 침실을 나서는 효영을 뒤쫓는 것은 오로지 그녀의 그림자뿐이었다. 효영은 아무것도 인지하지 못한 채 위태로운 걸음을 옮겼다.

아직 이른 시각이었지만 서늘한 기운에 윤승하가 예민하게 눈을 떴다. 그는 눈을 뜨는 것과 동시에 제 옆이 빈 사실을 깨달았다.

"효영 씨?"

그는 몸에 경직이 풀리지 않았는데도 잠시도 지체함 없이 침대에서 일어났다. 윤승하는 그녀의 몽유병이 다시 발병했다는 걸 직감하고 안색을 굳혔다. 당장 눈에 보이지 않는 그녀가 걱정이 되었다. 위태로운 상황에서 그녀를 봤던 기억이 떠오르며 불안감에 휩싸였다.

그는 곧바로 현관으로 나가려고 했다. 본능적인 감각이 날카롭게 서 있지 않았다면 그리했을 것이다.

Blooming

하지만 모든 감각들이 예민하게 열려 있는 탓에 윤승하는 작은 숨소리를 놓치지 않았다. 막 거실을 가로질러 현관으로 가던 걸음을 돌렸다. 그의 걸음이 주방 식탁 앞에서 멈추었다. 그는 무릎을 굽히고 식탁 아래로 시선을 낮추었다.

어린 짐승이 외부 위험으로부터 숨듯이 효영이 식탁 아래 몸을 웅크린 채 잠들어 있었다. 그 가련한 모습에 윤승하의 눈가가 시큰거렸다.

'이렇게 힘들어하면서, 이 사람은 대체 왜.'

윤승하는 이를 악문 채 효영을 식탁 아래에서 끌어냈다.

효영을 품에 안은 윤승하는 좌절감에 미쳐 버릴 것 같았다. 화가 치밀기도 했다. 그는 필사적인 표정으로 효영의 어깨를 붙잡고 거칠게 흔들었다.

"정신 차려요. 일어나."

멍한 눈동자는 윤승하를 비켜난 채 허공에 고정되어 있었다.

"효영 씨, 전효영!"

아무리 불러도 효영은 좀처럼 일어나지 못했다. 윤승하의 속은 바싹바싹 타들어 갔다.

10년보다 더 길 것 같은 10여 분이 흐르고 효영의 동공에 서서히 초점이 잡히기 시작했다. 그녀가 깨어난 것을 알게 된 윤승하는 안심이 되면서도 애타는 심정에 이를 악물었다.

"도대체 당신, 무슨 생각이야?"

통한을 담아 소리쳤다. 윤승하가 그녀에게 언성을 높인 것은 이번이 처음이었다. 효영은 눈을 뜨자마자 제게 화를 내는 그로 인해 놀란 듯 눈을 느리게 깜박였다.

"……또 그랬어요?"

꺼질 듯 희미한 목소리였지만 윤승하는 평소처럼 진정하고 차분한 생각을 할 수 없었다. 눈앞이 시뻘겋게 타오르는 기분이었다.

"나는 당신에게 뭡니까? 날 못 믿겠어요? 도무지 의지가 안 되는 놈이에요?"

이토록 화를 내는 모습은 처음 봤다. 효영은 그게 아니라는 듯이 고개를 저었지만 좀처럼 말이 떨어지지 않았다.

"내가 당신 옆에 있잖아. 왜, 당신은 대체 왜 나를 의지하지 못해요? 내가 효영 씨한테 그 정도밖에 안 되는 사람이에요?"

윤승하의 말을 듣고 있자니 퍼뜩 옛 기억이 떠올랐다.

지금 화를 내는 그의 모습은 예전 효영과 닮아 있었다. 아무 말도 없이 떠나 버린 한여울에 대해 화를 냈던 자신이 투영되었다.

화를 내고 있지만 결국 그것은 스스로에 대한 자책이었다. 소중한 사람 하나 지켜 주지 못하는 제 자신에 대한 원망.

"아니에요, 승하 씨. 그런 게 아니에요."

저 역시 그토록 괴로워했건만 사랑하는 남자에게 똑같은 상처를 주고 말았다. 단지 걱정 끼치고 싶지 않았을 뿐인데. 자기 자신만 흔들리지 않으면 괜찮다고 안일하게 생각했다.

효영이 황급히 해명하려 했지만, 그녀의 애처로운 눈빛을 본 순간 윤승하는 벼락처럼 정신이 들었다.

'넌 뭐 하는 새끼야.'

그는 제게 욕설을 내뱉고 마치 자신에게서 그녀를 보호하듯 효영에게서 떨어졌다. 그녀에게 소리를 친 일이 믿어지지 않았다. 지금 가장 힘든 사람이 효영이라는 걸 알면서도 그녀를 몰아세우고 말았다. 자기 자신을 믿을 수 없어졌다.

윤승하는 괴롭게 표정을 일그러뜨리고는 손으로 얼굴을 쓸어내리며 마른세수를 했다. 여전히 가슴에 격랑이 몰아치는 것처럼 거친 상태였다.

"소리쳐서 미안해요."

"승하 씨."

"아직 시간이 이른데 쉬고 있어요. 난, 머리 좀 식히고 올게요."

가까스로 그 말을 내뱉은 뒤 윤승하는 등을 돌렸다. 효영이 그를 불렀지만 윤승하는 잠시 걸음을 멈추었을 뿐, 곧 다시 밖으로 나갔다.

물망초Forget-me-not

나를 잊지 마세요.

Blooming

Habenaria radiata

01

"술 좀 마시자."

이른 새벽에 갑자기 들어온 윤승하는 그 한마디만 했다. 자의로 술을 입에 대는 일이 없는 녀석이 안줏거리 하나 없이 부어 대기 시작했다. 안도훈은 맞은편에 앉아서 술을 거들었지만 윤승하가 술잔을 비워 나가는 빠른 속도를 따라잡기 어려웠다.

"라면이라도 끓여 줄까?"

걱정스럽게 권해 봤지만 윤승하는 고개를 저었다. 술을 제대로 배워 본 적이 없는 녀석이 빈속에 그리 마셔 대더니 병 두 개쯤 비웠을 무렵에는 몸도 제대로 가누지 못했다.

"전화 오는데."

안도훈이 무리해서 마신 윤승하의 관심을 돌릴 겸, 아까부터 울려 대는 핸드폰을 지적했다. 윤승하는 발신자를 확인하고서 표정을 엉망으로 일그러뜨렸다. 괴로워 보이는 모습에 안도훈이 흘긋 핸드폰 액정을 확인했다. 효영이었다.

윤승하는 당장이라도 전화를 받고 싶지만 참느라 고역인 얼굴로 질끈 눈을 감았다.

"안 받아도 돼?"

두 사람 사이에 문제가 발생했음을 눈치챘다. 안도훈 역시 효영에게 무슨 일이 일어났는지 들어서 알고 있었다. 윤승하가 어떻게 연애를 시작했는지 고스란히 지켜본 안도훈의 입장에 서는 떠도는 낭설들이 어처구니가 없을 따름이었다.

애당초 윤승하는 상대가 협박을 한다고 해서 눈썹 하나 까딱할 위인이 아니었다. 설령 눈앞에서 약을 먹고 동정심을 구걸해도 길가의 돌멩이보다 무가치하게 여길 사람이었다. 제 스스로 마음이 움직이지 않는 한, 어떤 수단으로도 그의 행동을 조종할 수 없었다.

홍송이도 이건 해도 해도 너무한 헛소리라며 송가희의 기사마다 반박 댓글을 달기 바빴다. 하지만 대부분의 사람들은 여배우의 연기에 속고 있었다.

"내가 너무 한심해서 패 버리고 싶어."

윤승하는 제 자신을 힐난하며 머리를 감싸 쥐었다.

"거기에서 왜 화를 낸 거야? 미친놈, 머저리 같은 새끼."

주정에 가까운 말을 내뱉던 윤승하는 결국 옆으로 쓰러졌다. 안도훈은 그 모습을 보며 혀를 차다가 여태 울리고 있는 핸드폰에 눈을 돌렸다.

그의 얼굴 위로 한숨이 스쳤다.

분명히 오늘 기자 회견에 대해 논의를 하자고 약속했는데 정작 숙취가 심한 얼굴을 보자 제임스 김은 허망한 표정을 지었다.

"술 마셨어?"

요즘 한시도 효영과 떨어져 있지 않던 그가 안도훈의 집에 있는 게 이상하긴 했다. 윤승하는 지끈거리는 관자놀이를 문지르며 제임스 김에게 대꾸하는 대신 욕실로 들어가 버렸다.

"얼마나 마셨어요?"

"소주 두 병요."

홍송이의 대답에 제임스 김은 혀를 내둘렀다. 제임스 김 때문에 억지로 일어난 윤승하와 달리 함께 술을 마신 안도훈은 아예 뻗어 있는 상태였다. 그것만 봐도 지금 어떤 상태일지 충분히 예상이 갔다. 술에 면역력이 없는 윤승하는 지금 딱따구리 수백 마리가 동시에 머리를 쪼는 기분일 것이다. 어쩌다가 술까지 마셨냐고 묻고 싶지만 추측이 가는 이유들이 너무 많았다.

얼마 후, 윤승하는 전보다 말짱해진 얼굴로 나왔다. 찬물로 샤워를 했는지 몸에서 냉기가 풀풀 풍겼다.

"술 냄새 많이 나?"

제임스 김은 그의 곁에서 코를 킁킁거리다가 고개를 흔들었다. 냄새를 지우려고 별짓을 다 한 것 같았다. 아니라고 하자 윤승하는 한시름 놓은 얼굴로 나왔다.

"가 볼게, 미안했다."

현관 앞까지 따라 나온 홍송이는 그의 사과에 별거 아니라는 듯, 어깨를 가볍게 들썩였다. 윤승하는 배웅을 거절하고 나가면서 핸드폰을 꺼냈다. 통화 목록을 확인한 윤승하는 안색이 어두워졌다.

제임스 김은 그의 뒤를 따라 나오며 윤승하가 전화를 거는 모습을 지켜봤다. 상대가 누구일지는 충분히 예상이 갔다. 그의 짐작대로 윤승하는 효영에게 전화를 걸었다.

그렇게 나가 버려서 걱정했을 테니 일단 사과부터 해야겠다고 생각하는데 수신 대기 음이 끊어지지 않자 그의 표정이 굳었다.

"왜 그래?"

그의 표정이 묘해져서 물으니 윤승하는 이내 고개를 좌우로 한 번 젓고 핸드폰을 귀에 붙인 채 잠시 기다렸다.

'자고 있나?'

어쩌면 그에게 화가 나서 일부러 전화를 받지 않는 건지도 몰랐다. 윤승하는 새벽에 있었던 일을 다시 한 번 후회했다. 마음이 급해져서 걸음을 서둘렀다.

Blooming

함께 내려가던 중에 제임스 김이 불쑥 이야기를 꺼냈다.

"입장 발표를 하면 조금 더 시끄러워질 거다."

두 사람이 침묵하는 동안 일방적으로 흐른 감이 있었다. 송가희의 입에서 나오는 말이 어느새 진실이 되어 버렸다.

"상관없어."

윤승하는 무심히 대꾸했다. 그다운 대답이었다.

"들어가."

제임스 김은 그를 따라 올라가지 않은 채 주차장에서 윤승하를 보냈다. 윤승하도 대충 인사를 던지고 들어갔다. 그는 집으로 가는 동안에 제임스 김과 나누었던 대화를 털어 내고 효영을 생각했다.

그녀에게서 눈을 떼면 사라질 것 같은 절박함에 효영을 한계까지 몰아가곤 했다. 그녀를 품에 안고, 그녀와 몸을 겹칠 때는 효영이 제 품에 있다는 확신에 불안이 사라졌다. 그러나 근본적으로 해결이 된 건 아무것도 없었다.

효영이 거리를 두는 거라 생각하고 혼자 감내하려는 태도에 결국 화를 내고 말았다. 그러지 말았어야 했다는 생각이 들었을 때는 이미 퍼붓고 난 뒤였다. 보듬기도 아까운 사람인데 후회스러웠다.

"효영 씨, 나 왔어요."

키패드에 비밀번호를 입력하고 집으로 들어선 윤승하가 부드러운 음성으로 인사를 했다. 하지만 돌아오는 대답이 없었다. 그는 홍송이가 손에 들려 주었던 짐을 주방에 가져다 놓은 뒤에 침실로 향했다.

"너무 늦게까지 자면 현기증 나요. 이제 일어나야……."

그는 침실에 들어서서 빈 침대를 확인하고 말을 멈추었다. 침대로 다가간 그는 그녀의 자리에 손을 댔다. 침대를 떠난 지 오래되었는지 온기가 전혀 남아 있지 않았다.

"효영 씨, 욕실에 있어요?"

윤승하는 몸을 뒤로 돌리며 목소리를 한층 높였다. 그는 큰 보폭으로 성큼성큼 욕실로 한걸음에 다가가 문을 두드렸다.

"씻어요?"

대답을 기다렸지만 안에서는 물소리도 나지 않았다. 그는 얼굴을 굳히며 문을 열어젖혔다. 욕실을 확인하는 윤승하의 눈이 빠르게 움직였다. 하지만 물기도 없는 욕실은 지난밤에 마지막으로 봤을 때와 전혀 달라진 게 없었다.

그는 전화기를 꺼냈다. 효영에게 전화를 넣어 보지만 그녀는 이번에도 연락이 닿지 않았다.

―고객님이 전화를 받을 수 없어…….

안내 메시지를 끝까지 듣지 않고 다시 전화를 걸었다. 전화 버튼을 누르는 윤승하의 손끝이 미세하게 떨렸다.

턱을 악물고 휴대폰을 귀에 붙이고 있던 윤승하는 또다시 전화 연결이 되지 않는다는 안내 메시지를 듣게 됐다. 그는 침실로 들어가 옷장을 열었다. 그 안에는 많은 옷이 가지런히 배열되어 있었다. 윤승하는 제임스 김에게 전화를 걸며 다른 서랍들을 모두 확인했다.

Blooming

—왜, 필요한 거 있어?

　곧바로 전화를 받은 제임스 김이 인사를 생략하고 의아하게 물었다.

　"그 사람이 없어."

　윤승하는 거친 음성으로 대꾸하며 그녀의 짐이 평소처럼 제자리에 있는 것을 확인하다가 옷장 옆에 세워진 트렁크를 발견했다. 그는 한 손으로 그것을 질질 끌어 방 한가운데로 가져와 눕혔다.

　—없다니? 효영 씨?

　제임스 김이 깜짝 놀라서 되물었지만 윤승하는 입매를 한일자로 굳힌 채 트렁크를 열었다. 빈 트렁크에는 일전에 쓰고 꺼내는 것을 잊은 듯, 여행용 세면도구만이 들어 있었다.

　—잠깐 어디에 나갔겠지.

　"그러니까 도대체 이 시간에 어디에 간 거냐고."

　윤승하는 효영이 남긴 흔적을 필사적으로 찾았지만 아무것도 발견할 수 없었다. 그녀가 떠난 징후는 없었다. 하지만 윤승하는 그녀가 떠나지 않았다는 확신을 갖지 못했다. 극단적으로 생각이 튀었지만 제동을 걸 만한 여유가 없었다.

　—효영 씨한테 전화해 봤어?

　"안 받아. 안 받고 있어."

　—매너 모드라 전화 오는 걸 모를 수도 있지. 아니면 전화받기 곤란한 상황이든지.

　"전화받기 곤란한 상황이 뭔데."

제임스 김은 번번이 반박을 당하자 좀처럼 그를 다독일 만한 말을 찾을 수 없었다. 윤승하는 거칠게 머리를 헝클며 거실로 나왔다.

새벽에 그런 식으로 나가지 말았어야 했다. 윤승하는 밀려드는 후회에 이를 악물었다. 가만히 그녀를 기다리고 있을 자신이 없었다.

"찾아봐야겠어."

─어디에서 찾을 건데? 밖으로 나가게?

"그래."

─그러지 말고 잠깐 기다려 봐. 내가 지금 갈게.

"됐어, 올 필요 없으니까 형은 형대로 알아봐 줘."

윤승하가 전화를 끊었다. 다시 전화가 울렸지만 제임스 김이 뭐라고 할지 짐작이 가기에 수신 거부로 돌렸다. 전화가 끊기고서 다시 울리는 대신에, 문자 메시지 한 통이 들어왔다. 기다리고 있으라는 취지의 메시지겠지만 확인하지 않았다.

그는 쿵쿵, 뛰어 대는 심장 소리를 무시했다. 문득 참기 어려운 기분을 느꼈지만 애써 눌러 참았다. 그녀가 떠났다고 단정 짓는 게 이르다는 걸 알고 있지만 일단 그를 덮친 무섬증은 좀처럼 가시지 않았다.

심장과 숨통을 쥐어짜는 통증에 고통스러운 신음을 목구멍으로 토해 내며 윤승하는 다시 효영에게 전화를 걸었다. 제발 받으라고 중얼거리며 수신 음을 들었다. 대기 시간이 길어질수록 가슴이 묵직하게 들썩거렸다. 금방이라도 소리를 지르고 싶은 답답한 기분이었다.

아파트에서 뛰어 내려온 윤승하는 단지를 가로질러 달렸다. 여전히 효영에게 전화를 걸고 있었다. 안내 메시지가 나오면 다 듣지도 않은 채 재차 연결했다. 그러기를 몇 번이나 반복했다.

"승하야! 윤승하! 아씨, 헉헉, 불러도 왜 대답을 안 해?"

홍송이가 거칠게 숨을 내쉬며 그의 등을 손바닥으로 쳤다. 달려왔는지 얼굴이 잔뜩 상기된 상태였다. 그녀는 옆구리를 붙잡고 한참 헐떡거리다가 간신히 허리를 폈다. 윤승하는 핸드폰을 여전히 든 채 무감각하게 그녀를 응시했다. 눈앞에 있는 그녀를 보고 있지만 머릿속은 다른 생각으로 가득 찬 것 같았다.

"제임스 씨가 일단 너 붙잡아 두라고 전화해서 죽는다고 뛰어왔어, 알아? 떠나긴 뭘 떠나. 첫사랑 오지게도 겪는다. 망상이 그 정도면 병이야, 병."

홍송이는 가까스로 호흡을 가다듬은 뒤 연신 툴툴거렸다. 안도훈이 새벽부터 마신 술 때문에 자고 있어서 대신 제임스 김의 전화를 받은 그녀는 깜짝 놀라서 당장 달려 나왔다. 그러다 이 모습을 보자니 속이 뒤집혔다.

"비켜."

윤승하는 앞을 막고 있는 홍송이를 가볍게 밀어냈지만 그녀는 다시 옆에 찰싹 붙었다.

"어디 가서 찾으려고?"

"어디든."

"진짜 대책 없다. 해설 위원이 머리 좋은 투수라고 그렇게 누누이 칭찬을 늘어놓던데 일상생활에서는 왜 그 머리 좋음이 실현되지 않니? 아주 사방팔방 찾아 나서겠다고? 연애를 하더라도 개인 시간이 필요한데 그렇게 심각하게 받아들일 게 뭐 있어."

"알아. 지금 내가 정상적이지 않다는 걸. 아는데도 돌아오지 않을 수도 있다는 생각 때문에 못 견디겠어."

윤승하 같은 상황에 처한 적은 없지만 그가 어떤 마음인지 이해는 갔다.

'송가희, 이 망할 년.'

잘 사귀고 있는 커플 사이에 분란을 일으킨 면상을 떠올리며 홍송이는 뒤통수를 신경질적으로 벅벅 긁었다. 주변에서 이러쿵저러쿵 충고를 해 준다고 해도 받아들일 수 있을 상태가 아니었다. 그렇다고 마냥 손 놓고 두고 볼 수만은 없기에 평소와는 달리 나긋나긋한 말씨를 썼다.

"효영 씨도 너 무지 좋아해. 물론 네가 연애가 처음이고 상황이 이래서 한 번 다퉜다고 사고가 너무 극단적으로 치닫는 거 알아. 하지만 보통은 한 번 다툰 정도로 떠나거나 하지는 않아. 잘 알지 못하는 내 눈에도 다른 사람 뒤통수칠 위인으로는 안 보이던데 애인인 너는 더 잘 알 것 아냐. 네가 좋아하는 사람이, 애인 가슴에 대못 박을 정도로 잔인한 것 같아?"

"이성적인 사고가 가능했다면 여기까지 오지 않았겠지."

그 말을 하며 허탈한 미소를 짓는데 홍송이는 저도 모르게 입술을 꾹 깨물었다. 여간한 마음고생이 아니었다. 제 문제를 알면서 고치지 못하는 본인이 가장 속이 탈 것이다.

"알고 있다니 더 할 말은 없지만, 어쨌든 당장 움직이는 건 아닌 것 같아. 제임스 씨가 알아보고 연락 준다니까 진짜 딱 30분만 기다려 보자. 그 안에 해결 안 되면 나도 같이 찾으러 갈 테니까."

홍송이는 여전히 그녀의 의견에 수긍하지 못하는 것 같은 윤승하를 보며 작게 한숨 쉬었다. 중간이란 게 없는 성격이 연애관에서도 고스란히 드러난다. 좋거나 아니거나, 사랑하거나 아니거나. 운동에만 쏟는 열정을 보면서 연애 세포는 없나 보다 생각했다. 도대체 지금까지 연애에 대한 열정을 어떻게 숨겨두고 있었는지 새삼 신기하기도 하고, 한편으로는 다정도 병이라는 말을 통감했다.

그녀는 말릴 새 없이 그가 가 버릴까 봐 팔을 붙잡고 제임스 김에게 연락하려고 했다. 이럴 줄 알았으면 자고 있는 안도훈을 끌고 나올 걸 그랬다. 도저히 그녀 혼자 힘으로 그를 막을 재간이 없었다.

그에게 막 전화를 거는데 때마침 어딘가에 눈을 돌린 윤승하가 한곳에 시선을 못 박은 채 눈을 부릅떴다.

"효영 씨."

그의 입에서 흘러나온 이름에 윤승하의 시선이 향한 쪽으로 눈길을 돌렸던 홍송이는 긴장이 탁 풀렸다. 자전거를 밀며 아파트 입구 쪽에서 터벅터벅 걸어오고 있는 효영이 보였다. 우수에 찬 얼굴이 오늘따라 유난히 더 아름답게 보여 홍송이는 절로 '전효영 님!' 하고 소리칠 뻔했다.

윤승하는 홍송이의 손을 떨어뜨리고 서둘러 효영에게 다가 갔다. 그를 발견한 효영이 눈을 커다랗게 떴다가 이내 잔잔히 응시해 왔다.

"왜 전화를 안 받아요? 어딜 다녀온 거예요?"

미칠 것 같은 긴장감에 혈관이 도드라질 정도로 주먹에 힘이 잔뜩 들어갔다.

"바닥에 떨어뜨려서 이렇게 됐어요."

효영은 주머니에서 액정이 깨진 핸드폰을 꺼내 보였다. 자전 거를 타는 중에 떨어뜨린 바람에 손을 쓸 새도 없었다.

윤승하는 물끄러미 그것을 바라봤다. 전화를 받지 못할 만도 했다. 하지만 가슴은 여전히 진정될 줄 몰랐다. 심장 박동 소리 가 여전히 커다랗게 귀를 울리고 있는데 효영이 다시 입을 열 었다.

"생각하느라고 바람을 쐬었어요."

순간, 머릿속에 모든 잡음이 일시에 사라졌다. 심장마저도 멎은 것 같았다. 효영은 자못 진지한 어투로 말을 했다. 그것이 윤승하에게는 사형 선고처럼 여겨졌다.

"승하 씨에게 할 말이 있어요. 나는……."

"잠깐만요."

윤승하가 그녀의 말을 황급히 막았다. 창백하게 질린 얼굴은 겁에 질린 것처럼 보이기도 했다. 이 강한 남자가 왜 이런 표정을 짓는 건지 효영은 의아히 바라봤다.

그가 조심스레 효영의 어깨를 붙잡았다. 이윽고 손에 힘이 들어가며 마치 그녀가 밀어낼까 두렵다는 듯이 세게 그녀를 끌어안았다.

그녀의 가냘픈 어깨와 등을 두 팔로 감싸고 아무에게도 내어 주지 않으려는 몸짓마저도 부족한 듯, 더 힘을 주었다. 숨을 쉬기도 벅찬 압박이 그녀의 전신을 옥죄었다.

"……날 버리려는 거예요?"

한참이나 지나서 그가 숨죽여 물었다. 효영이 깜짝 놀라 무심코 몸을 떼어 내려는데 윤승하는 팔에 더욱 힘을 주었다.

"내가 싫어졌어요?"

"승하 씨, 그만. 무슨 말을 하는 거예요?"

"화내서 미안해요. 내가 잠깐 미쳤어요. 다시는 안 그래요."

효영이 당혹스럽게 얘기했지만 윤승하는 그 말을 듣지 않고 그녀의 목덜미에 얼굴을 묻은 채 체취를 깊이 들이마셨다. 그녀의 체온이, 체취가, 감촉이 여실히 느껴지는데도 이 불안을 감출 길이 없었다. 도저히 초조함을 다스릴 수 없었다. 그녀가 가까이에 있지만 여전히 부족했다.

"미워해도 괜찮으니 외면하지는 마요."

상상만으로 끔찍한 듯이 그가 표정을 무참히 일그러뜨렸다.

"당신을 힘들게 해서 미안해요. 그래도 내게서 멀어지지 마요."

"잠깐만. 나 봐 봐요. 어디 안 가요, 그러니까 내 눈 보고 얘기해요."

효영이 어깨를 두드리며 부드럽게 밀자 윤승하는 좀처럼 떨어지지 못하다가 그녀가 하도 완강하게 나오자 마지못해 살짝 몸을 뗐다. 하지만 그의 손은 여전히 효영의 팔을 놓지 않았다.

"내가 떠날 거라고 생각해요?"

윤승하는 선뜻 대답하지 못했다. 효영은 길어지는 침묵에서 답을 찾고 표정을 일그러뜨렸다. 도대체 이 남자를 어떻게 해야 할까. 그를 힘들게 하고 싶지 않아 혼자서 견디는 동안에 또 다른 상처를 입힌 듯했다.

"아니에요, 그런 거 아니야. 승하 씨 아무 잘못 없어요. 내 욕심이었던 거예요. 당신하고는 그냥 좋은 얼굴만 하고 싶어서, 당신한테 걱정 끼치기 싫어서 그랬어요. 나만 잘 견뎌 내면 될 줄 알았는데."

효영이 그의 머리카락을 어루만지다가 천천히 품으로 그를 잡아끌었다. 윤승하는 저항 없이 그녀에게 끌려갔다. 그녀는 그의 머리를 꼭 끌어안고 찬찬히 고개를 숙여 그의 정수리에 뺨을 기대었다.

"내가 당신을 떠나긴 왜 떠나요. 그런 일은 절대 없어요."

그의 얼굴이 닿은 어깨 부근이 서서히 축축해졌다. 윤승하는 흔한 흐느낌조차 내지 않았다. 그가 안타깝고 가여워 효영의 눈가에도 어느새 뿌옇게 눈물이 번졌다.

내내 침묵하던 윤승하가 무거운 입을 뗐다.

"당신을 괴롭히는 것들은 내가 대신 치워 줄게요. 내가 다 갚아 줄게요. 하지만 당신을 놔줄 수는 없어요. 그것만은 도저히 못 하겠어요."

"그러지 마요, 승하 씨. 불안하게 해서 미안해요. 그래도 그런 생각하지 마요."

결국 효영의 음성에 물기가 짙게 배어 나왔다. 하지만 그녀는 말을 멈출 수 없었다.

"당신을 놓지 못하는 건 나도 똑같아요."

효영은 젖은 얼굴을 그의 머리에 느릿하게 문지르며 속삭였다.

"사랑해요."

잠시 숨을 멈추었던 윤승하는 곧 울부짖듯 거친 소리를 내며 효영의 허리를 끌어안았다.

02

집으로 돌아와 어느 정도 진정이 된 후에 효영이 차근차근 말을 꺼냈다.

"내가 하려는 건 조금 긴 얘기예요. 당신을 만나기 전의 나라는 사람에 대한 거예요."

"빠짐없이, 전부, 전부 말해요. 당신 속에 있는 이야기 모두 해 줘요."

윤승하는 어느 때보다도 진지하게 들을 준비를 했다. 효영은 그 모습을 보며 살포시 웃고는 긴 이야기를 시작했다.

어린 시절부터 이어지던 남동생과의 차별을 비교적 담담하게 고백했다. 자신만 빠지면 완벽한 가족 구성원이 될 것 같다고 생각했던 어린 나이의 감상. 마치 다른 사람의 이야기를 하듯 차분하게 읊조리는 말에 그녀의 어깨를 안은 윤승하의 팔에 힘이 더욱 들어갔다.

이어서 고등학교에 입학해 한여울을 처음 만났던 일을 얘기하며 효영의 입가에 처음으로 미소가 그려졌다. 한여울이 효영에게 얼마나 특별한 존재였는지는 가족들에 대해 말할 때와 어조에서부터 차이가 났다.

내내 화목할 것 같던 한여울의 부모가 최악의 형태로 이혼을 했던 과정에 대해 이야기할 때는 효영은 진심으로 제 일처럼 분노했다. 한여울이 그 일로 얼마나 고통을 받았는지, 각자 연인이 생겨 딸을 방해물 취급했던 그녀의 부모를 눈앞에 둔 것처럼 효영의 어조가 격해졌다.

그리고 한여울과 함께 살기 시작한 무렵으로 화제가 바뀌었다.

"할머니는 예전부터 그런 경향이 있었어요. 동생이 잘못한 일이 있으면 누나인 제가 본을 잘못 보였기 때문이라고 생각했어요. 그래서 동생이 대학에 입학하고 얼마 안 돼 속도위반을 했을 때 화를 주체하지 못하셨어요. 장손에 대한 기대가 크셨거든요. 올케는, 당신의 기대에 미치는 손자며느릿감이 아니었어요."

계집애가 동생 뒷바라지는 안 하고 쓸데없이 대학 따윌 다니니 이런 사달이 일어난 거라고 모든 화풀이가 모친과 효영에게 쏟아졌다. 어렸을 때 종종 매를 맞기는 했지만 뺨을 얻어맞은 건 그때가 처음이었다. 조모는 진심으로 효영을 미워하는 것처럼 보였다.

그 순간 효영의 머리가 밝아졌다. 이 관계는 절대 바뀔 수 없었다. 사랑받기에 노력한다 한들, 그녀가 사내애가 아닌 이상 할머니의 기대에 맞출 수 없었다. 그 사실을 자각한 순간, 효영은 기대를 버렸다.

"일찍 사회생활을 시작한 여울이가 저를 집에서 데리고 나왔어요. 아르바이트를 하긴 했지만 아직 학생 신분이어서 집을 구할 만한 큰돈은 없었는데 그 애는 아무 보답도 바라지 않고 저를 데리고 살았어요. 마치 훨씬 연상인 언니처럼 용돈까지 쥐여 주려고 했어요."

그 기억을 떠올리며 효영은 작게 웃었다. 그것마저는 안 된다고 효영은 꿋꿋하게 거절했다. 한여울은 대학 다닐 때 학비와 생활비는 제가 부담할 테니 힘들게 아르바이트하지 말고 공부에만 집중하라고 설득했지만 효영은 제 힘으로 해결하고자 했다.

가정이 붕괴된 채 일찍 사회생활을 시작한 한여울과 가족의 울타리에서 밀려나온 효영은 다른 듯 무척 닮아 있었다. 그 당시, 기댈 수 있는 건 서로뿐이었다. 믿을 수 있는 건 두 사람뿐이었다.

"그러다가 여울이가 그 남자를 만났어요."

한여울과 지내던 일상에 대해서 말할 때 부드럽던 인상이 차갑게 굳어졌다.

친구의 이혼과 죽음, 그리고 친구의 죽음으로 받은 충격과 그 후로 일어난 일련의 사태. 효영은 홀로 남겨진 채 묵묵히 견뎌야 했던 괴로운 시간들에 대해 최대한 감정을 섞지 않은 채 설명했다.

"수면제 가지고 협박해 승하 씨와 사귀게 되었다고 와전된 얘기는 알죠?"

그것을 언급할 때 효영은 다소 기가 막힌 웃음을 지었다. 윤승하는 화가 난 사람처럼 안색을 굳히고 고개를 끄덕였다. 그 루머에 대한 윤승하의 감상은 단 하나였다. 쓰레기.

"왜 얘기가 그렇게까지 바뀌었는지는 모르지만 여울이가 그렇게 가고 한참 잠을 못 이루었어요."

분명 잘 때는 침대 위였는데 일어나면 전혀 엉뚱한 곳이었던 게 몇 번 이어지자 효영은 몸의 이상을 느꼈다.

"수면 장애를 고치려고 상담을 받았어요. 수면 유도제도 그때 몇 번 처방받기도 했고요."

하지만 효영은 이야기를 꺼내자면 한여울의 내밀한 사정까지 모두 털어놔야 했기에 의사와 형식적인 대화밖에 할 수 없었다.

"그렇게 괴로워했는데 죽어서까지 사람들 입에 오르내리게 하고 싶지 않았어요. 의사 선생님을 의심한 건 아니지만 사람입을 믿을 수 없었어요."

몽유병 빈도는 줄어들었지만 근본적인 치료는 이루어지지 않았다. 결국 상담은 몇 번 받고 별 소득이 없이 그만두었다.

긴 이야기를 끝낸 효영은 피로한 기색이 역력했다. 자신이 치열하게 살아왔던 과거가 왜곡되고 변질된 채 사람들의 입방아에 올랐다.

"알지 못하는 사람들이 뭐라고 떠들든 별로 상관없어요. 전혀 신경이 쓰이지 않는다면 거짓말이지만 나한테는 그리 중요하지 않아요."

다만, 하고 꺼내는 어조에는 미처 감추지 못한 쓸쓸함이 담겨 있었다.

"여울이가 내게 아무 말도 하지 않은 것을 원망했으면서 승하 씨에게 똑같은 짓을 저질렀네요. 미안해요."

윤승하는 효영의 이마에 제 이마를 맞대며 분명한 어조로 말했다.

"앞으로는 혼자 참으려고 하지 말고 나한테 기대요. 나를 위한다면 더욱 그래야 해요. 효영 씨 혼자 견디려고 해도 당신이 힘들어하는 걸 내가 모를 리 없잖아요. 힘든 일이 있으면 다 말해 줘요."

"그럴게요."

그녀다운 말간 미소를 그리자 윤승하는 그제야 안심했다. 이윽고 그가 효영의 눈가를 찬찬히 어루만지다 입술을 겹쳐 왔다.

효영이 씻으러 들어간 사이에 윤승하는 제임스 김에게 전화를 걸었다. 그는 어느 때보다 머릿속이 차갑게 식어 있었다.

"송가희와 그 여자 기획사와 관련된 모든 걸 파 봐. X 파일이든, 흘러 지나가는 루머든 상관없어."

독은 독으로. 비록 그쪽에서는 고작 팔다리에 상처를 냈을 뿐이지만 윤승하는 똑같이 갚아 주는 것으로는 성이 차지 않았다. 밟을 때는 꿈틀거리는 것조차 못할 만큼 철저하게 짓밟는 게 그의 신조였다. 다시 일어날 수 없게 그 심장에 비수를 꽂아 넣을 것이다.

✾

회견장에는 계속해서 기자들이 들어서고 있었다. 윤승하가 한국에서 공식적으로 기자 회견을 하는 건 이번이 처음이었다. 윤승하의 이름값이 무색하지 않은 인원수였다. 그들은 각기 마련된 자리에 앉아 그의 입장을 기다렸다.

기자 회견은 윤승하의 요청으로 실시간으로 방송될 예정이었다. 항상 침묵으로 일관하던 그가 드디어 입을 여는 것에 많은 관심이 쏠렸다.

"잘해."

제임스 김은 회견장으로 들어가기 전, 윤승하를 격려했다. 제법 긴장이 될 법도 하건만, 윤승하는 별것도 아니라는 듯이 그의 응원에 오히려 피식 웃었다.

그가 기자 회견장에 들어서자 곳곳에서 플래시가 터졌다. 윤승하가 자리에 착석하자 제임스 김은 그 뒤편에 섰다.

윤승하는 두세 번 마이크를 두드려 음향을 확인한 뒤 입을 열었다.

"우선 운동선수로서 사적인 일로 이런 자리를 마련하게 되어 유감스럽습니다. 하지만 더 이상 침묵으로 일관하기에는 오해가 깊어져 이 자리를 빌려 모든 의구심을 뽑아 버리고자 합니다."

"송가희 씨와의 루머를 모두 부정하시는 겁니까?"

기자의 질문에 윤승하는 비교적 덤덤하게 얘기했다.

"예. 사실 그분과 계속해서 말이 나오는 현 상황이 이해가 가지 않습니다. 의혹이 불거질 만한 어떤 일조차 없는 사람입니다."

"처음 송가희 씨와 스캔들이 터진 게 전효영 아나운서와의 교제를 인정하기 전이었습니다. 당시에 윤승하 선수는 정정 기사로 짧게 입장을 밝혔죠?"

"당시 너무 뜬금없는 기사여서 이전에 다른 스캔들과 마찬가지로 따로 언급할 가치를 느끼지 못했습니다. 지금 와서는 차라리 그때 더 적극적으로 해명했어야 했다고 후회가 되는군요."

"해당 기사에는 송가희 씨와 함께 찍힌 사진이 실려 있었는데 그에 대해서는 어떻게 설명하실 거죠?"

윤승하는 그 질문에는 다소 기가 막힌다는 표정으로 막힘없이 대꾸했다.

"사진에 어떤 조작도 없다는 건 인정합니다. 다만, 기자분이 사진을 찍었다면 그 장소에서 함께 있었다는 얘기인데 그 상황을 보고 어떻게 그런 기사를 썼는지 이해가 안 갑니다."

"기사에서처럼 데이트 같은 게 아니었다는 말씀인가요?"

"물론입니다. 정정 기사에서도 말씀드렸다시피 스캔들이 터질 무렵, 지금 제 연인인 분을 이미 마음에 두고 있었습니다. 스캔들이 났던 배우와는 그런 관계로 번질 작은 연결점도 없었습니다. 애당초 그 사진이 찍혔던 날에 그 배우와 처음 본 데다가 사인을 부탁해 오셔서 단순히 팬이라고 생각했습니다. 스캔들이 터지자 황당했죠."

기자들 사이에서 술렁임이 일었다.

"1분도 채 되지 않는 만남이었고, 근처 CCTV 영상을 확보한 상태입니다. 직접 보면 스캔들이 허무맹랑하다는 걸 확인할 수 있을 겁니다."

"팬이라고 생각했다면, 윤승하 선수는 당시에 송가희 씨를 알아보지 못했다는 건가요? 송가희 씨는 한국을 대표하는 배우인데 그런 배우를 몰라봤다는 건 솔직히 납득이 잘 가지 않습니다. 많은 분들이 구차한 변명이라고 생각할 수 있습니다."

당연한 지적이었다. 아주 나이 드신 어르신들 말고 장년층만 되도 최소한 송가희의 얼굴은 알았다. 한국에서는 네임 밸류를 가진 여배우였기 때문이다.

하지만 윤승하의 얼굴에는 한 점, 거짓이 없었다. 그는 가볍게 어깨를 으쓱이고는 USB 하나를 꺼냈다.

"짧은 영상입니다. 지금 제가 한 대답에 대해서는 이 영상을 보고 직접 판단하십시오."

기자들이 의아한 표정으로 지켜보는 가운데 윤승하는 USB를 제임스 김에게 건넸다. 제임스 김은 이미 준비했던 대로 휴대용 영사기를 노트북에 연결하고 USB를 열었다.

기자들은 스크린에 비치는 영상에 집중했다. GBS에서 방송했던 PEOPLE 영상 일부로 미방송분이었다.

─제가 모르는 상대와 스캔들이 터지면 기가 막히죠. 저같이 심심한 사람을 데리고 그렇게 다양하게 기사를 쓸 수 있는지 놀라워요. 제 지인들이 '은둔형 외톨이'라고 부를 정도로 외출을 하지 않는 편이거든요. 연예인도 아닌 제가 스포츠 면이 아니라 연예 면에 실리는 걸 보면 신기하지만 사실이 아닌 일에 굳이 신경을 쓰려고 하지 않습니다. 이번 송, 음, 그 여배우분.

방송 당시 아예 들어냈던 부분이었다. 영상에는 윤승하가 제 실수를 알아차리고 다소 곤란한 표정을 지으며 피디에게 이 부분을 잘라 달라고 요구하는 것도 고스란히 담겨 있었다. 실제

방송에서는 송가희와의 스캔들에 대해 언급하는 부분은 아예 편집되어 나오지 않았다.

처음 보는 내용에 기자들은 어안이 벙벙한 표정을 지었다.

"방금 보신 영상은 PEOPLE의 노 컷 촬영분입니다. 봐서 아시겠지만 당시에는 상대에게 실례라는 생각에 해당 부분 편집을 부탁드렸습니다. 녹화 자체가 그 여배우와 스캔들이 터지기 전에 이루어진 거라서 조작 가능성은 없습니다. 그래도 시간 관계상 원본을 그대로 틀어 드리지 못해 여전히 미덥지 않아 하는 분들이 계실지 몰라 원본 동영상은 별도로 GBS 측에 요청해 동영상 사이트에 올릴 예정입니다."

기자들이 일시에 잠시 말문이 막히는 듯 침묵하다가 급히 키보드를 두드리며 그에게 수도 없는 질문을 던졌다. 누가 어떤 질문을 하는지 제대로 알아듣기도 어려울 정도로 여러 질문이 한 번에 터졌지만 윤승하는 당황하는 일 없이 확고하게 제 결정을 밝혔다.

"이 시간 이후로 그 여배우와의 루머를 터뜨리는 유포자들에 대해서는 강경 대응을 할 것입니다."

"두 분 교제를 두고 불명예스러운 루머를 퍼뜨린 유포자에 대해서 윤곽이 잡혔나요?"

"네. 최초 유포자를 확인하느라 그동안 신중히 기다리고 있었습니다. 최초 유포자는 공교롭게 그 여배우로 밝혀졌습니다. 그 사람이 대체 왜 저와 제 연인에게 오명을 씌웠는지 이유를 모르겠습니다. 하지만 악의적인 행동이 밝혀진 이상, 명예 훼

손에 대한 책임을 묻기 위해 형사 고소와 민사 소송을 동시에 진행할 계획입니다."

윤승하가 밝힌 사실에 기자들은 또 한 번 충격을 입었다. 그동안의 거짓말도 놀라운데 이 모든 사달을 만들어 낸 장본인이 송가희라니. 핫 이슈였다.

"오늘 기자 회견을 열게 된 건 이 자리에서 그 허무맹랑한 이야기를 확실히 매듭짓기 위해서입니다. 저에게 협박을 해서 사귀었다거나, 자신과 먼저 교제 중이었는데 술수를 부려서 빼앗아 갔다는 제 연인에 대해 송가희, 그 사람이 지껄여 댄 말들은 전부 거짓입니다."

내내 차분하게 기자 회견에 임하던 윤승하는 이 말을 할 때에는 조금 화가 나 있었다. 그는 자칫 험한 말이 나갈 것 같아 잠시 숨을 고른 후에 말을 이었다.

"연애를 인정하고 그 후에 따로 개인적인 내용을 언급한 적이 없지만 이 자리에서 분명히 하도록 하겠습니다. 먼저 반해서 구애를 한 건 접니다. 더 솔직히 고백하자면 계속 인터뷰를 거절하던 제가 PEOPLE 출연에 응한 것 역시 사심 때문이었습니다. 전효영 씨는 제가 처음 사랑한 사람이고, 앞으로도 제 연인은 그 사람이 유일할 겁니다."

기자들은 진심 어린 고백에 숙연해졌다. 연인에 대해 얘기하며 잠시 부드러워졌던 윤승하의 표정이 다시 차갑게 굳었다.

"그 여배우가 혼자 꿈을 꿨든 상상을 했든 아무래도 상관없습니다. 자기 혼자 하는 생각에 대해 제가 뭐라고 할 자격은 없겠죠. 하지만 내 소중한 사람에 대해 그 따위 거짓을 떠들어 대고 상처를 준 행동에는 반드시 책임지게 하겠습니다."

마지막 말은 송가희를 향한 경고였다. 결국 사납게 마무리를 지은 윤승하는 미련 없이 자리를 떠났다. 뒤늦게 플래시가 터졌지만 그는 냉정히 돌아섰다.

당장 발등에 불이 떨어진 송가희의 기획사는 급히 진화에 나섰다. 기획사는 송가희가 윤승하와 교제했다고 말한 사실이 없다며, 언론에 얘기했던 실연 상대는 다른 사람이라고 해명했다. 그리고 일전의 스캔들 기사에 대해서도 평소 방송에서 말했던 대로 송가희가 지나가는 길에 좋아했던 윤승하를 보게 되어 인사한 것뿐이지 다른 의도는 없었다고 구차한 변명을 댔지만 엄이도종掩耳盜鐘이었다.

그들의 변명처럼 윤승하와 사귀었다고 직접적으로 말하지 않았을 뿐이지 누구라도 추측할 만한 소스를 주었다. 더욱이 말도 안 되는 루머로 멀쩡한 사람을 악녀로 몰았다는 사실은 용납하기 어려운 행동이었다.

몇 번이나 대중들을 상대로 거짓말을 한 송가희와 기획사에 대해 여론이 폭발했다.

대다수 네티즌들은 그 해명 기사를 더욱 아니꼽게 여기며 비난 일색으로 댓글을 적었다. 심지어 사진이 찍힌 장소를 알아본 네티즌 하나가 송가희가 사는 동네와 한참 떨어진 곳이라고 설명하며 퍽이나 지나가는 길이라고 빈정거리는 댓글을 올렸다. 다른 네티즌들이 그 댓글을 캡처해서 옮기거나 공감하는 댓글을 달았다. 실시간 검색 순위에 '송가희 윤승하', '윤승하 해명'과 더불어 '송가희 홍길동설', '송가희 자작극'이라는 검색어가 상위에 랭크되었다.

그 와중에 윤승하의 팬 하나가 두 문장으로 이 상황을 정리했다.

톱모델 패리스 왓슨이 대시했는데 넌 누구냐고 했다던 것도 사실이었구나. 승하 쨔응, 개쿨해.

주변은 온통 파란이 일어나는데도 효영과 윤승하의 일상은 비교적 평화롭게 흘러갔다. 그사이에 효영은 안도훈 부부에게 식사 초대를 받게 됐다. 사실 직접적으로 받았다기보다는 윤승하에게 그녀를 초대하고 싶다는 의향을 전하는 홍송이의 전화를 옆에서 듣고 알았다. 그는 단번에 거절을 했지만 효영은 윤승하의 친구 관계가 궁금했던 터라 괜찮다는 의사를 전했다.

지난번에 한 번 부딪치기는 했지만 느긋하게 인사를 나눌 형편이 아니었다.

'도훈이는 걱정이 안 되는데, 도훈이 와이프가 극성맞은 면이 있어서 당황스럽게 만들 수도 있어요.'

윤승하는 안 만났으면, 하는 의중을 보였지만 효영은 한마디로 간단히 그를 설득했다.

'내가 승하 씨 친구들 만나는 게 싫어요?'

윤승하의 완패였다. 그는 곧바로 홍송이에게 다시 전화를 걸어 약속 시간을 정했다. 그리고 오늘 이렇게 만나고 있었다.

"그러는 애가 아닌데 갑자기 TV 앞에 서서 저 사람이 연예인이냐고 묻는 거예요. 전 그때 알았죠. 아, 이놈이 반했구나."

홍송이는 쾌활한 어조로 대화를 주도해 나가는 편이었다. 그녀 특유의 친화력 덕분에 효영도 빠르게 적응했다.

효영은 자신이 미처 알지 못했던 얘기를 듣고 윤승하를 향해 사실이냐는 시선을 보냈다. 윤승하는 홍송이를 계속해서 노려보다가 효영과 눈이 마주치자 얼굴색을 바꿨다. 평소라면 몇 번이나 독설을 날리고도 남았을 텐데 효영 앞이라고 조심하는 게 웃겼던지 홍송이는 대놓고 비웃었다.

"윤승하가 보기엔 안 그래도 이번이 첫 연애라서 답답한 부분이 많을 거예요. 여유도 없죠?"

"저도 남자를 사귀는 건 이번이 처음이라 비교 대상이 없어서 잘 모르겠어요. 승하 씨는 저 모습 그대로 괜찮지 않나요?"

"처음이라고요?"

홍송이는 상당히 놀란 듯 저도 모르게 목소리를 높였다. 쩌렁쩌렁한 성량에 효영이 도리어 더 놀랐다. 홍송이는 미안하다고 사과를 하고는 여전히 놀란 음성으로 말을 이었다.

"처음일 거라고는 생각 못 했어요. 아, 물론 남자 많이 만나 봤을 것같이 생겼다는 건 아니고요. 그냥 주변에서 가만히 놔두지 않았을 것 같은데 어떻게 지금까지 한 명하고도 안 사귀었을 수 있죠?"

그녀만큼 노골적으로 놀란 티를 내지는 않았지만 안도훈 역시 궁금한 기색이 은연중에 비쳤다. 불쾌한 건 윤승하 하나였다.

"예의 없이 왜 그런 걸 물어?"

그는 슬슬 화가 돋우어지는 듯했다. 홍송이에게 오늘 말한 것 중 가장 거칠게 쏘아붙였는데 효영이 슬쩍 윤승하를 봤다. 찬찬히 그를 살피다가 눈이 마주치자 부드럽게 눈을 휘며 웃고는 다시 홍송이에게 고개를 돌렸다.

"승하 씨만큼 좋아지는 상대가 없어서요."

홍송이는 태연한 대답에 뒷목을 문질렀다.

효영은 여러모로 사람을 놀라게 했다. 방송에서 나오는 모습에 차가운 인상을 받아 공연히 윤승하 혼자 불타는 거 아닌가 걱정했다.

하지만 그 걱정이 무색하게 효영이 윤승하를 향해 보내는 시선에는 굳이 숨기지 않은 애정이 고스란히 드러났다. 어느 비딱한 사람들이 봐도 둘의 애정을 의심하기는 어려울 것이다.

더불어 남의 연애에 끼어들면 안 된다는 명언을 다시 한 번 상기하게 됐다. 굉장히 담백하게 말하는데도 이 모습을 보고 있노라면 팔을 한 번씩 문지르게 됐다.

걱정할 필요도 없이 서로에게 무척 집중하고 있는 커플이었다.

그녀의 고백을 듣고 효영을 향해 환하게 웃는 윤승하를 본 홍송이는 입매를 어색하게 올렸다. 흐뭇해지는 커플이지만 보고 있자면 묘하게 배알이 꼴리는 기분이 드는 건 그저 착각일 것이다. 홍송이는 하하, 어색한 웃음만 흘렸다.

이런 때에는 적극적으로 매체에 모습을 드러내는 게 좋다는 제임스 김의 고견을 받아들여 팬 사인회를 하고 돌아오는 길이었다. 피곤할 법도 한데 윤승하의 손에는 자동차 잡지가 들려 있었다.

윤승하는 호언했던 대로 운전면허 시험을 준비했고 속성으로 일주일 만에 합격했다. 제임스 김은 그 사실을 무척이나 기뻐하면서 다시 자동차 광고 얘기를 꺼냈다. 물론 윤승하는 듣는 시늉조차 하지 않았지만.

여러 차종이 소개되어 있었지만 별 감흥이 없이 훑어보던 윤승하는 자동차 잡지를 내리고 쉬운 결정을 했다.

"괜찮은 차로 하나 알아봐 줘."

자동차 애호가인 제임스 김에게 부탁하기로.

"넌 남자면서 어떻게 차에 관심이 없을 수 있냐?"

운전을 하느라 고개를 다 돌리지 못한 제임스 김이 백미러를 통해 윤승하를 노려보면서 타박을 주었다. 그 얘기 또한 윤승하는 아무렇지도 않게 넘겼다.

"승차감 좋고 무엇보다도 내구성이 좋은 차로. 보조석에 에어백 잘 나오는지 필히 확인하고."

윤승하에게 차가 필요한 건 오직 한 가지 이유뿐이었다. 효영의 편안을 위해서 구태여 한국에 있을 동안에 운전면허증을 딴 것이다.

"네 세상은 효영 씨를 중심으로 돌아가는구나."

제임스 김은 못 말리겠다는 얼굴로 혀를 내둘렀다. 윤승하는 그게 자연스럽다는 듯이 태연히 어깨를 으쓱일 뿐이었다.

"말을 말자."

결국 두 손을 든 건 제임스 김이었다.

"빨리 가."

윤승하는 제 에이전트의 반응을 신경 쓰지 않고 당당히 요구했다. '떨어져 있은 지 하루가 지났냐, 이틀이 지났냐. 고작 몇 시간밖에 안 된다.'고 말하고 싶었지만 제임스 김은 다 제 입만 아픈 얘기라 참았다. 하지만 한마디 하지 않고는 배길 수가 없었다.

"뭐가 그렇게 급해?"

"응. 그 사람 심심해할 거야."

제임스 김은 혀를 찼다. 윤승하는 도무지 효영과 떨어져 지내고 싶어 하지 않았다. 연애 혼자 하는 줄 아나. 남들도 다 한다고. 제임스 김은 툴툴거리면서도 속도를 올렸다.

초인종을 누르자 안에서 타박타박 걸어오는 소리가 들렸다. 가볍게 뛰어오는 발소리에는 흥겨움이 실려 있었다.

"다녀왔어요?"

문을 활짝 열어 준 효영은 윤승하를 발견하고 환하게 웃으며 인사를 건넸다. 하루의 피곤을 모두 잊게 하는 미소에 윤승하의 표정이 부드럽게 풀렸다.

"나 없는 동안에 뭐 하고 지냈어요?"

"오전에는 은수 만나고, 송이 씨랑 같이 장 보러 갔어요."

효영은 손가락으로 하나씩, 하루 일과를 꼽으며 말했다.

"그리고 전에 승하 씨가 낙지 덮밥 좋아한다고 해서 만들어 봤는데 맛은 장담 못해요."

말갛게 웃으며 속삭이는 얼굴이 그토록 사랑스러울 수 없어 윤승하는 참지 못하고 효영에게 달려들었다. 덮치듯 입술을 눌러 오는 통에 효영이 놀란 표정을 지었지만 깊어지는 입맞춤에 곧 그를 환영하듯 입술을 벌렸다.

무엇을 하든, 윤승하가 없으면 그의 빈자리가 느껴졌다. 그리움을 담아 힘껏 그의 목을 끌어안았다.

윤승하가 기자 회견을 할 때도 상당한 반향을 일으켰지만 시간이 지날수록 사람들 입을 통해 이야기가 더 확산되어 갔다. 송가희는 조롱거리로 전락했고 이번 일을 두고 여러 가지 패러디가 양산되었다.

이를 테면, 윤승하의 경기 장면이 찍힌 사진에 그의 뒤편에서 그를 훔쳐보고 있는 듯이 절묘하게 송가희의 사진을 합성한다든지, 지나가는 길에 우연히 만났다는 자작 스캔들 해명을 비꼬기 위해 '서울 대전 대구 부산' 노래에, '여고 괴담' 1편 귀신 점프 컷을 본떠 송가희 점프 컷을 만들어 퍼뜨리기도 했다.

하지만 패러디 중에서 가장 인기가 있었던 건 한 네티즌이

제작한 영상이었다.

'송가희가 부릅니다, 혼자 한 사랑'이라는 제목을 가진 영상은 가수, 김현정의 노래를 배경 음악으로 넣고 윤승하와 관련된 송가희의 거짓 기사, 인터뷰를 편집해 송가희의 자작극을 비꼬고 있었다. 영상 말미에는 PEOPLE 노컷 영상에서 윤승하가 송가희에 대해 언급하는 부분이 편집되어 실렸다.

―송, 음, 그 여배우분. 아, 가수인가요?
―송, 음, 그 여배우분.
―송, 음, 그…….

배경 음악과 인터뷰 영상이 끝난 후 까맣게 암전된 화면에는 '혼자 한 사랑 by 송가희'라는 엔딩 문구가 떴다.

영상이 인터넷 동영상 사이트에 올라오기가 무섭게 '좋아요' 수와 조회 수가 올랐고 네티즌들은 뜨거운 반응을 보였다.

사무실에 들어오자마자 송가희가 책상을 발로 찼다.
"아악!"

하지만 그로는 분이 풀리지 않는지 소리를 지르며 책상에 놓인 물건들을 사정없이 집어 던졌다. 실장은 그녀를 아예 말리는 것도 포기하고 골치 아픈 한숨을 내쉬며 머리를 감쌌다.
"오빠! 나 쪽팔려서 못 살겠어."

사람들이 모여 있기만 하면 저에 대해서 수군대고 있는 것 같아서 촬영도 펑크 내고 사무실로 온 것이다. 막 감독에게 연락을 받았던 실장은 기분이 언짢은 상태였다.

"정신 나간 년아, 이럴 때일수록 더 당당히 나가야 되는 거 몰라? 지금 네가 촬영 펑크나 낼 때야? 미친 듯이 열심히 해도 다음 작품 들어올지, 말지 확신할 수 없는 상황인데."

그는 열이 확 뻗힌 얼굴로 송가희에게 쏴붙였다가 매니저에게 화살을 돌렸다.

"넌 병신이야? 애가 생각이 없어서 촬영 펑크 낸다고 해도 네가 뜯어말렸어야지, 같이 작당을 해? 네가 제정신이야?"

"생각이 없기는 누가 생각이 없어!"

제 욕을 바로 알아듣고 송가희가 바락 소리를 질렀다. 하지만 실장은 그녀의 말을 아예 들은 척도 하지 않고 무시했다.

"네 월급은 땅 파서 나오는 줄 알아? 돈을 받으면 일을 제대로 해야 할 것 아냐!"

"죄송합니다."

"꼴 보기 싫으니까 꺼져."

송가희가 맡았던 광고들이 계속해서 끊기고 이미지 손상에 따른 손해 배상을 청구당했다. 가장 큰 금액이 걸려 있는 소송은 윤승하 측이었다. 구단과 거대 후원사들을 등에 짊어진 윤승하는 피 한 방울까지 빨아먹을 기세였다.

하지만 문제는 거기에서 끝나지 않았다.

누가 찔러 넣었는지 기획사는 스폰서 성 접대와 관련해서 조사를 받기 시작했고 일부 사실로 드러났다. 그 과정에서 송가희의 X 파일이 다시 화제가 되었고 D 건설 이건형 대표까지 함께 도마 위에 오르게 되었다.

그리고 기획사의 여자 연습생들 중 일부가 성행위를 강요받았다거나, 성폭행을 당한 사실을 밝히며 점입가경의 입장에 빠졌다. 사건은 잠잠해지지 않고 더 커져만 갔다.

❦

새벽녘, 효영은 저도 모르게 눈이 떠졌다. 아마도 그녀의 뺨을 어루만지는 손길과 응시하는 시선 때문이었을지 모른다. 눈을 뜨자마자 제일 먼저 보이는 얼굴에 효영은 반사적으로 눈매가 부드럽게 휘었다.

"언제 일어났어요?"

그녀는 뺨을 감싸는 손길이 좋아 그에 얼굴을 기대며 나른히 웃었다. 무의식적인 행동에 기분이 좋아지고 가슴을 뛰게 했다. 그녀를 쓸어내리며 윤승하가 느릿하게 입을 열었다.

"오늘 효영 씨와 가고 싶은 곳이 있어요."

"음, 좋아요."

"어딘지 묻지도 않고요?"

효영은 다시 잠이 오는지 눈을 감으며 윤승하의 손에 제 손을 겹쳤다. 그녀는 나직이 잠긴 목소리로 대답했다.

"어디든요."

달콤한 말을 내뱉으면서 그 말이 상대에게 어떻게 들릴지 모른 채 효영은 다시 잠들었다. 윤승하는 귀를 감도는 목소리에 효영의 손을 힘주어 잡았다. 그는 오랫동안 그녀를 눈 안에 담았다.

　날이 밝아진 후에 효영은 잠을 떨쳐 내며 침대에서 일어났다.
　"새벽에 갈 데가 있다고 하지 않았어요?"
　잠결에 들었던 터라 진짜였는지 아니면 꿈인지 확신하지 못해 물었다. 윤승하는 그녀의 양팔을 잡아 쭉쭉 늘려 기지개를 도우며 너털웃음을 터뜨렸다.
　"맞아요. 잘 기억하고 있었네요."
　"다행이다. 꿈이랑 섞여서 헷갈렸어요."
　두 사람은 가볍게 아침 식사를 한 후에 외출 준비를 했다. 윤승하가 그녀를 데려간 곳은 의외의 장소였다.
　"여기는?"
　효영이 눈을 휘둥그렇게 뜨고 윤승하를 봤다. 그는 살짝 고개를 끄덕였다. 효영은 입술을 달싹이기만 할 뿐, 다른 말은 하지 않았다.
　공원을 걸을 때 햇살 때문에 효영이 저도 모르게 눈살을 찌푸렸다. 햇볕이 얼굴에 쏟아지자 눈을 시렸다.
　그때 눈을 찌르던 햇빛이 가려지고 얼굴 위로 그늘이 생겼다. 옆을 돌아보니 윤승하가 그녀의 머리 위로 그 커다란 손을 펼쳐 해가림을 해 주고 있었다.
　"이러지 않아도 돼요. 팔 아프니까 손 내려요."

Blooming

"내가 좋아서 하는 거예요."

윤승하는 그 말을 하며 정말 기분이 좋은 듯이 환하게 웃어 보였다. 효영은 그를 말리는 것도 잊고 잠시 말문이 막힌 채 바라보기만 했다.

손에 잡힐 듯이 따스하게 묻어나는 그의 마음에 기뻐하며 이내 효영 역시 포슬포슬한 미소를 지었다. 윤승하는 건물 내부로 들어갈 때까지 그녀에게 그늘을 만들어 주었다.

납골당 내부는 특유의 서늘한 분위기를 풍겼다. 건물 안으로 들어서며 효영은 그와 손을 잡고 걸었다.

"아버지한테 보여 드리고 싶었어요."

효영은 공교롭게도 같은 납골당에 한여울의 유골함과 윤승하 부친의 유골함이 놓인 것을 놀랍게 생각했다.

그녀는 윤승하의 손에 이끌려 유골함 앞에 섰다. 환하게 웃고 있는 사진에서 윤승하의 모습이 보였다.

"효영 씨와 함께 올 수 있어서 다행이에요."

그는 나직한 음성으로 말을 이었다.

"이곳에서 효영 씨를 봤어요."

의외의 사실에 효영의 눈이 커졌다. 그녀가 미처 인식하지 못했던 시간에 그는 이미 효영을 눈에 담았다는 것이 신기했다.

"금방이라도 울 것 같은 분위기였는데 정작 감정은 속으로 삭인 얼굴이 시선을 잡았어요. 그 표정이 내내 잊히지 않았으니까요."

효영은 윤승하가 한국에 들어왔던 시기를 떠올리고 그날이 언제였는지 알아차렸다. 그녀는 입술을 달싹이며 조용히 말을 꺼냈다.

"여울이 기일이었을 거예요."

친구의 죽음을 생각하면 지금도 가슴 한구석이 스산했다. 아마 그 자리는 앞으로도 계속 비어 있을 것이다. 누구도 채울 수 없는 공간이었다.

하지만 그로 인한 고통의 크기는 차츰 줄어들고 있었다. 슬픔을 묻는다고 해서 친구를 잊는 것은 아니었다.

"신기하네요. 이 장소에 함께 있었다는 게요."

"다시는 당신이 그런 표정을 짓게 하지 않을 거예요."

그가 다짐하듯 내뱉는 말에 효영이 작은 목소리로 '믿어요.'라고 속삭였다.

언젠가 윤승하는 그녀를 가리켜 기적 같은 존재라고 말했다. 하지만 그것은 오히려 효영이 그에게 들려주고 싶은 말이었다.

이 남자가 자신 앞에 나타난 일이.

그녀를 사랑하고 아껴 주는 게.

함께하는 매일이.

효영에게는 모두 기적이었다.

03

복잡했던 머리를 식힐 겸, 예전에 잠시 지나가는 말로 했던 여행에 관해서 두 사람은 본격적으로 대화를 나누었다. 전국 일주는 잠시 미루고 풍경 좋은 휴양지에서 느긋하게 쉬고 올 예정이었다. 항상 효영의 의견을 받아 주는 윤승하가 헤이먼 섬으로 가자고 고집스럽게 주장했다.

'쉬러 가는 거면 사생활이 확실히 보장되는 곳이 나아요. 어설프게 아는 사람을 만나면 쉬어도 쉬는 게 아니고, 굳이 휴양지를 찾은 의미가 없죠.'

이렇게 강력하게 주장하는 경우는 없기 때문에 효영은 그의 뜻을 존중했다. 그때부터 윤승하는 흥이 돋운 얼굴로 며칠 정보를 찾아보더니 손수 숙소를 잡고 항공편 예약까지 마쳤다. 효영은 그가 너무 즐거워 보여서 끼어들 엄두를 내지 못했다.

그가 상기된 얼굴로 사진을 보여 주면서 의견을 물을 때만 될 수 있는 한 적극적으로 감상을 표현해 주려고 노력했다.

여행 준비가 순조롭게 진행이 되고 있는 가운데 효영은 떠나기 전에 집에 한번 얼굴을 비치고 인사를 해야겠다고 생각했다. 그간의 사건으로 인해 가족들에게 심려를 끼친 것도 신경이 쓰인 까닭이었다.

"그래서 효영 씨는 지금 집에 가 있다고?"

안도훈은 친구가 웬일로 효영을 떼어 놓고 혼자 집에 왔나 의아했지만 대화를 나누면서 납득했다.

"여행 부럽다. 자기야, 우리도 가자."

홍송이는 여행 소식에 반색을 하며 남편을 졸랐다.

"헤이먼 섬이면 지상 최후의 낙원이라는 휴양지잖아. 우리 애 태어나기 전에 두 번째 허니문을 그리로 갈까?"

"하하하하."

안도훈은 대답 대신 영혼 없이 웃어 주었다. 홍송이는 입술을 비죽 내밀더니 다시 윤승하에게 관심을 돌렸다.

"그런데 많고 많은 휴양지 중에서 왜 거기야? 쉬러 가는 거면 가까운 데도 많잖아."

직항으로 없고 중간에 배를 갈아타고 들어가야 했다. 인천 공항에서 가는 데만 12시간이 걸렸다. 잘 지내는 커플도 여행 취향이 맞지 않으면 많이 싸운다고 하는데, 첫 여행부터 너무 무리하는 게 아닌가 하는 우려가 있었다.

"원체 효영 언니는 인 도어 스타일이라며."

그녀가 걱정하는 말을 듣던 윤승하는 무슨 생각을 하는지 눈길을 먼 곳에 두고 고요한 미소를 지었다.

"여행지를 찾다가 사진 하나를 봤는데 상공에서 찍힌 섬 사진이었어."

윤승하는 느린 어투로 말을 이어 나갔다.

"푸른 바다는 속이 다 내비칠 정도로 투명한데 산호초 때문인지 아니면 열대어 때문인지 몰라도 바다의 새파란 빛깔에 녹빛이 어우러져 신비한 색을 내더군."

홍송이는 그가 설명하는 게 어떤 모습인지 조용히 상상해 봤다. 그녀가 봤던 이미지가 어렴풋이 떠올랐다.

"그런데 그 바다 한가운데 있는 섬은 외롭게 보이더군. 고요 하면서도 왠지 시선을 떼기 어려운, 신기하고 묘한 모습이었어. 다 알기 어려운 느낌이 들어서 어쩐지 그 사람을 처음 봤을 때가 떠올랐어. 아름답지만 어딘지 모르게 쓸쓸한 느낌까지, 그 사람을 닮았어."

윤승하는 설핏 미소를 지었다.

"거기에서 그 사람에게 확인시켜 주고 싶어. 더 이상 그 사람이 혼자가 아니라는 걸."

홍송이는 입을 벌렸다가 아무 소리도 내지 못하고 다물었다. 저 열정을 어디에 숨겨 두고 있었는지 새삼 신기해하며 한편으론 부럽기도 했다. 자신과 안도훈의 관계도 이상적인 커플이라고 생각해 왔지만 저 둘은 왠지 말로 형용하기 어려운, 특유의 분위기가 있었다.

이 순간, 샘이 나서 뭔가 짓궂은 생각을 떠올렸다.

"과년한 딸을 데리고 멀리 여행을 떠나는데 가기 전에 인사는 드려야 하지 않니?"

그녀의 의도는 척, 들어맞아 윤승하가 퍼뜩 정신을 차리고 홍송이를 봤다.

"둘이 한국 뜨면 귀에 들어가지 않을 리 없는데 엄한 놈이 인사도 오지 않고 냉큼 딸만 집어삼키면 기분이 썩 좋지는 않으실 텐데."

윤승하는 아차, 하는 얼굴이었다. 효영과 가족들 간의 관계가 어떻든지 그로서는 최소한의 도리는 해야 한다. 긴장이 흐르는 얼굴을 보며 홍송이는 한결 가벼워진 마음으로 낄낄거렸다.

아내의 속셈을 고스란히 읽은 안도훈은 혀를 내둘렀지만 말리지는 않았다. 학창 시절부터 부모님 공인하에 사귀는 사이였지만 결혼 허락을 받기 위해 찾아갔을 때 잔뜩 기합이 들어갔던 그날이 기억났다.

그 추억이 떠올라 안도훈은 빙긋 미소 지었다.

가족들과 담소를 나누던 효영은 윤승하로부터 전화가 걸려왔을 때 다소 의아한 기분을 느꼈다. 하지만 그것이 전초전에 불과했다는 걸 곧이어 깨닫게 됐다.

"왜 그러니?"

짧은 전화를 끊은 뒤 잠시 효영이 멍해 있자 차성희가 의아한 표정을 지으며 물었다. 모친의 질문에 효영은 정신을 차리고 뻣뻣한 혀를 움직여 간신히 대꾸했다.

"그 사람 온다는데요?"

효영도 낯선 상황이라 망설이듯 꺼낸 말에 집이 발칵 뒤집어졌다. 집 안에 들어오지 않고 바로 갈 수도 있을 거라는 효영의 말은 이미 그녀의 귀에 들리지 않는 듯 차성희는 집 안 곳곳을 돌아다니며 쓸고 닦았다.

"찬거리가 없는데 일을 어쩌지?"

"뭐가 그렇게 반가운 사람이라고 신경을 쓰누."

차성희는 시모의 말을 듣는 둥, 마는 둥 하더니 남편을 시켜 찬거리를 사 오게 했다. 조모는 며느리가 제 아들을 부리는 것이 못마땅한 눈치였지만 특별히 다른 말은 하지 않았다.

생각보다 일이 커지는 것 같아 효영은 곤혹스러웠다. 오늘 그를 소개시키는 건 계획에 없던 일이라 내색하지 않았지만 속으로는 제법 당황했다.

"어, 승하 씨."

그로부터 얼마쯤 시간이 흐른 뒤에 초인종이 울려 밖으로 나간 효영은 문 앞에 선 윤승하를 보고 머릿속이 멍해졌다. 무표정을 간신히 유지하고 있지만 미처 감추지 못한 긴장에 효영이 더 떨리는 기분이었다. 심지어 옷도 구색을 맞춰 정장을 입고 양손에는 짐이 한가득 들려 있었다.

한 손에는 커다란 과일 바구니, 다른 손에는 금색 보자기를 씌운 선물, 그리고 팔과 옆구리 사이에 양주 병이 끼워져 있었다.

그 모습을 찬찬히 살핀 효영은 곧이어 차오르는 웃음을 참으며 고개를 살짝 돌렸다. 긴장이 순식간에 풀렸다. 그녀는 옆으로 비켜서서 그가 들어올 수 있는 길을 터 주었다. 그는 뻣뻣한 걸음으로 집 안에 발을 들여 놓았다.

"어머."

윤승하를 본 차성희는 작게 놀란 소리를 냈다. 솔직히 고등학교 시절에 벌였던 일들이나 체구, 인상 때문에 그에 대해 거칠다는 이미지를 갖고 있었다. 딸애에게 혹여 거칠게 행동하지 않을까, 작게 우려를 했는데 너무나도 건실한 모습에 인사를 받는 자리라는 걸 잊고 웃을 뻔했다. 그간의 걱정이 괜한 기우였나 싶었다.

"처음 뵙습니다. 효영 씨와 교제 중인 윤승하라고 합니다."

그는 허리를 굽히며 인사를 건넸다. 여기 있는 사람들 중 누구도 오늘 윤승하가 가족들에게 소개되는 것은 예상치 못한 전개였지만 이 중 가장 긴장한 사람은 단연코 윤승하였다.

"효영이 엄마예요. 이 사람이 효영이 아빠고 뒤가 할머니. 효준이하고는 한 번 얼굴을 봐서 알 테고 여기 이 애가 효영이 올케랑 조카."

윤승하는 전강호에게 다시 또 꾸벅거렸다. 딸의 남자 친구를 어떻게 대해야 할지 모르기는 전강호 역시 마찬가지였다. 그가 어색하게 인사하고 소파에 앉기를 권했다.

"뭘 좋아하실지 몰라서 선물이 변변찮습니다."

"그냥 몸만 와도 반가웠을 텐데 뭘 이런 걸 준비해 왔어요."

차성희는 부드럽게 웃어 주고는 그가 보는 자리에서 보자기를 열었다. 안에는 한우 세트가 들어 있었다. 정말 교과서적인 선물이었다. 분위기가 너무 강해서 실제 성격이 어떨지 걱정이 많았는데 제법 반듯하고 진중한 느낌이 들어 한시름 걱정을 덜었다. 그리고 나이답게 서투름이 비치니 어려운 느낌이 한결 가셨다.

대화가 많이 오가지는 않았지만 이따금 보편적인 질문이 던져지면 윤승하는 그에 착실히 대답했다.

기본적인 호구 조사가 이루어졌을 때 약간의 트러블이 있었다. 양친이 어린 시절에 이혼해서 부친은 죽고 재혼한 모친과는 연락이 끊어진 상태라는 얘기가 나오자 조모가 마뜩잖은 기색을 드러내 보였다.

"직업도 몸을 쓰는 일이라 안정적이지 못한데 가르치고 붙잡아 줄 어른들이 없으니. 흠."

순간 어색한 침묵이 흘렀다. 그 말을 들은 윤승하는 정작 담담했지만 효영의 분위기가 날카롭게 변했다.

"할머니."

그녀가 무슨 말인가를 하려고 막 입을 떼는데 한발 앞서 차성희의 목소리가 들려왔다.

"어머. 넥타이 매고 책상에서 일하는 게 대수겠어. 어차피 빠르나 늦나 은퇴하는 건 똑같은데. 그리고 양친 건재한 게 어디 본인이 선택할 수 있는 문제겠니? 더구나 양친이 살아 계셔도 운 나쁘면 고약한 시부모 만나 시집살이나 당하지. 자기 여자만 지킬 줄 알면 돼요."

산뜻한 어조였지만 분명 뼈가 박힌 말이었다. 전강호는 헛기침을 하며 시선을 돌렸고 조모는 씨근덕거리면서도 윤승하 앞이어선지 말을 삼갔다. 전효준만이 어색한 웃음을 짓는데, 효영은 낯선 상황에 어리둥절해했고 윤승하는 그 말을 찬성으로 받아들여 기쁘게 미소 지었다. 효영이 묻는 듯이 시선을 돌리고, 올케는 눈이 마주치자 가만히 어깨를 들어 올렸다가 내렸다.

"할머니하고 어머니 사이에 무슨 일 있었어?"

올케와 주방에서 잠깐 단둘이 있는 순간이 생기자 효영이 좀 전 일에 대해 물었다. 잔에 찻물을 붓던 올케가 바깥 눈치를 슬쩍 보고는 효영에게 작게 속삭였다.

"저도 정확히는 모르겠고 그이한테 듣기로는 형님한테 안 좋은 일 있고 나서 두 분이 다투신 것 같아요."

"어머니가 할머니하고 다퉜다고?"

효영은 어린 시절부터 조모 앞에서 늘 주눅 들어 있는 모친만 봤던 터라 차성희가 언성을 높이는 모습이 좀처럼 상상이 되지 않았다.

"어머님도 참을 만큼 참았죠. 할머님이 말을 좀 밉게 하시는 편이잖아요. 이번에도 평소처럼 말씀하셨는데 어머님이 참다 참다 폭발하신 모양이에요. '잘난 아들하고 손자 평생 옆에 끼고 사세요. 난 내 딸만 보고 살렵니다.' 뭐 이렇게요. 아버님하고 그이가 뜯어말려서 진짜 집 나가시는 사태까지 번지지는 않았는데 그 후로부터는 계속 저 상태인 것 같아요. 할머님도 이 나이에 아들 이혼은 바라지 않으실 테고, 그래서 못마땅하지만 참고 계신 듯하고요."

그녀가 알지 못한 사이에 변화가 생긴 모양이었다. 효영은 조금 신기한 기분이었는데 올케는 그녀가 염려스러워한다고 생각했는지 너무 신경 쓰지 말라고 덧붙였다.

"술 한잔 할 텐가?"

식사를 한 후 조모가 피곤하다고 먼저 방으로 들어가고 전강호가 오늘 사 온 양주를 꺼내며 제안했다. 그 말을 듣고 효영이 '그 사람, 술 못해요'라고 말하기도 전에 윤승하가 '네' 하고 덥석 대답했다.

"거절해도 괜찮아요."

효영이 걱정스럽게 말했지만 윤승하는 고개를 저었다. 막걸리 반 사발을 마시고도 취하는 사람이 무슨 배짱인가 싶은데 부친이 건넨 잔을 망설임 없이 들이켰다. 윤승하는 전강호에게도 술을 따라 주었다.

"할머님 말씀은 너무 섭섭하게 여기지 말게. 표현이 거칠어서 그렇지, 당신 나름대로는 걱정이 돼서 하신 말씀이니까."

"네."

"내가 뭐라고 할 자격은 없지만 부모 된 입장에서 걱정이 드는 것도 사실이네. 이번 일도 있고."

내내 말을 아끼던 부친은 술이 들어가자 전보다 말이 늘어났다. 평소 반주를 즐기는 부친 역시 주량이 센 건 아니었다.

"어쨌든 자네는 미국에 본거지가 있지 않은가? 자네가 내 딸을 어디까지 진지하게 생각하는지 모르겠네만, 일단 거리상으로도 너무 떨어진 터라 솔직히 달갑지만은 않네."

"허락해 주시면 결혼하고 싶습니다."

윤승하는 지체 없이 대답했다. 옆에서 몇 잔째인지 세고 있던 효영은 퍼뜩 놀라 그를 봤다. 부모님도 말문이 막히기는 마찬가지인지 잠시 멍한 얼굴로 윤승하를 보는데 술기운 때문에 얼굴이 붉어진 그는 진지하고 열렬한 시선으로 전강호를 응시했다. 당장이라도 허락을 구하는 눈빛이었다.

강 건너 불구경인 동생 부부만 흥미롭게 상황을 지켜봤다.

"서로 합의를 본 거니?"

차성희가 조심스레 묻는데 효영이 놀란 감정을 다스리며 고개를 저었다. 아직 결혼의 기역 자도 꺼내 본 적이 없었다.

효영은 묘한 데자뷔를 느꼈다. 원체 직설적으로 말하는 사람이지만 술에 취하면 그런 면이 더 심해져 이쪽이 깜짝 놀랄 만한 말을 태연히 던졌다. 이미 한 번 겪어 본 일이었음에도 당혹스러움을 감출 수 없었다.

"둘이 아직 만난 시기가 짧은데 결혼은 아직 너무 이르고, 그저 자네의 진심을 알고 싶었을 뿐일세."

그의 열띤 시선을 처음으로 받아 봐 면역력이 없는 전강호는 몹시 당황했지만 상황은 무난하게 정리했다. 윤승하는 결혼하라는 말을 기다리듯 여전히 열렬한 눈길을 전강호에게 고정한 상태였지만 효영은 제 부친이 외면하듯 살짝 고개를 트는 모습을 봤다.

동생 부부는 그 모습에 숨을 죽이며 키득거렸고 차성희도 기가 막힌지 결국 미소를 지었다. 그리고 효영은 웃을 듯, 울을 듯 복잡한 얼굴을 한 채 둘을 지켜봤다.

　고전적이면서도, 어쩐지 미묘한 분위기로 인사를 마친 후, 두 사람은 예정되었던 대로 여행을 떠났다. 1개월간의 긴 휴식. 여행을 마치고 돌아왔을 때 효영의 얼굴에 이따금씩 나타나던 쓸쓸한 표정이 완전히 사라졌다.

해오라비 난초 Habenaria radiata
꿈속에서도 당신을 생각합니다.

에필로그-Orchid

　길다고 하면 길고, 짧다면 한없이 짧은 시간이 지나고 스프링캠프가 시작되면서 윤승하가 미국으로 다시 돌아가야 할 때가 왔다. 가족, 친구들부터 모르는 사람들까지 대부분 효영이 윤승하와 함께 갈 거라고 예상했다. 하지만 그들의 기대와는 달리 윤승하는 혼자 비행기에 올랐다.

　"같이 가지, 왜?"
　출산을 한 지 얼마 안 돼서 아직 붓기가 완전히 빠지지 않은 박은수는 효영을 보자마자 궁금했던 질문부터 던졌다.
　"같이 가자고 하지 않아?"
　그 질문에 효영은 대답 대신, 왼손을 내보였다. 그녀의 약지에 전에 본 적 없는 반지가 끼워져 있었다. 박은수는 눈을 동그랗게 뜨고 반지를 샅샅이 살폈다. 육각형 벌집 모양의 반지 세 개를 레이어링 했는데 스타일이 모두 달랐다. 가장 안쪽에 심플한 옐로 골드와 그 위에 차례로 브릴리언트 컷 다이아몬드가 전체에 세팅된 플래티넘, 그리고 하프 세팅 된 핑크 골드 링을 착용했는데 독특하면서도 귀여웠다.

"아, 귀여워. 커플링이야?"

"응."

윤승하는 다이아몬드가 하프 세팅 된 플래티넘 링 하나만을 꼈다. 어차피 훈련이나 경기를 하다 보면 손에 낄 수 없을 때가 많아서 목걸이 체인을 따로 준비했다. 윤승하는 어떻게 착용했는지 물어봤던 박은수는 대답을 듣고 납득한 듯 고개를 끄덕였다.

"그래도 기세를 봐서는 당장 청혼 반지를 끼워 줄 것 같았는데."

제가 더 아쉬워 보이는 얼굴에 효영은 피식 웃고 말았다. 그녀는 제 약지에 낀 반지를 찬찬히 응시했다. 청혼 반지를 끼면 또 어떤 마음이 들지는 모르겠지만 그녀는 이 커플링이 무척마음에 들었다.

컬렉션을 만든 취지도 좋았지만 사랑이 9개의 반지처럼 켜켜이 쌓여 간다는 의미가 마음에 와 닿았다.

효영은 그에게 일방적으로 기대어 있고 싶지 않았다. 그가해 주는 것처럼 그녀 역시도 윤승하가 지칠 때 기댈 수 있는 존재가 되고 싶었다. 그러기 위해서는 연고 하나 없는 곳에 무작정 따라갈 수는 없었다.

무엇보다 30년간 살아왔던 한국에서의 삶을 정리할 시간이 필요했다. 그녀의 마음을 이해한 윤승하는 그동안 자신 대신이라며 이 반지들을 끼워 주었다. 겨우 어제 헤어졌지만 효영은 벌써부터 그가 그리웠다. 그의 옆에 가고자 결심을 갖기까지 시간이 그리 오래 걸리지 않을 거라고 짐작했다.

❋

"효영아, 방송국에서 전화가 왔는데."

외출에서 돌아온 효영을 보고 차성희가 운을 뗐다. 그녀와 연락이 되지 않으니 집으로 전화를 한 듯했다. 방송국에서 전화한 목적이야 알 만했다. 1심에서 악의적인 거짓말로 명예를 훼손한 송가희에게 수십 억대 위자료를 배상하라는 판결이 나왔다. 그 사실이 알려지며 한동안 잠잠했던 관심이 다시 들끓었고 방송국에서는 효영이 대중과 자주 접촉하며 입을 열길 바라고 있었다.

"단발성 방송이긴 한데 출연할 거니?"

"아뇨."

효영은 설핏 웃으며 고개를 흔들었다. 4월에 아파트를 정리한 그녀가 본가에 들어왔다. 조모와의 관계는 더 악화되지도, 그렇다고 드라마틱한 개선도 없었다. 하지만 그편이 효영에게도 마음이 편했다.

현재 그녀의 출국까지는 고작 1개월 남짓 남았다. 그녀는 이미 뉴욕에 소재한 대학에 합격해 올해 가을 학기부터 석사 과정을 밟을 예정이었다. 유학 비자를 발급받고 기숙사 신청도 끝내 놓은 상태였다. 곧 한국에서의 생활을 정리하고 떠날 그녀가 구태여 진흙탕에 들어갈 이유가 없었다.

미리 적응기를 갖기 위해서 7월에는 미국으로 갈 계획을 세우고 있는 효영에게 매력적인 제안은 아니었다. 방송국을 막 그만뒀을 때는 미련이 다소 남았을지 몰라도 지금에 와서는 모두 무의미해졌다.

그녀의 마음을 헤아린 차성희는 별말 하지 않고 수긍하듯 고개를 끄덕였다. 아파트를 정리한 돈과 그동안 꾸준히 적금한 돈은 미국에서 새로운 생활을 하기에 넉넉했다. 방송 활동을 하면서 효영이 받은 상처가 상당해서 그동안의 이력이 아깝기는 하지만 유학에 대해서 차성희 역시 긍정적이었다.

사건이 정리가 되면서 정직이 풀렸지만 그녀가 맡았던 프로그램은 이미 다른 사람들에게 돌아간 후였다. 다시 자리를 마련해 주겠다고 권했지만 효영의 마음은 이미 떠났다. 다만 방송국을 그만두고 무얼 해야 하나, 고민이 많았다. 새로운 일을 시작하기에는 아직 젊은 나이였지만 10년 후에도, 20년 후에도 방송 활동을 하는 제 모습만 그려 와서 당장 결정을 내리기 어려웠다.

하지만 가급적 빨리 그를 만나러 가고 싶은 열망이 효영의 결정에 불을 지폈고 그녀는 예상보다 빨리 결정을 내렸다.

출국일이 다가오면서 효영은 더 바빠졌다. 주로 지인들과 만남을 가졌다. 친구는 멀리 떠나는 것에 납득하면서도 못내 아쉬운 기색을 감추지 못했다.

　8회에 교체를 하고 더그아웃에 앉아 있던 윤승하는 타월로 땀을 닦아 냈다. 본격적으로 여름이 시작되며 5만 명에 가까운 관중들과 뜨겁게 달궈진 땅에서 올라오는 열기에 더 숨이 막혔다.
　배트가 잘 맞는 날인지 오늘은 팀 타선에 불이 붙는 덕분에 7회까지 큰 격차로 점수를 벌렸다. 감독은 아직 남은 경기가 많았기에 그의 어깨를 위해 마운드에서 내려 보냈다. 완봉승이 가능했지만 윤승하는 욕심을 내지 않았다. 개인적인 기록에 욕심을 내지 않고 팀의 승리를 우선시하는 태도를 구단에서는 높게 평가했다.
　이번 시즌에 들어 윤승하는 말 그대로 '포텐'이 터졌다. 4월부터 7월까지 현재 통산 방어율이 0점대였다. 6월에는 이미 월간 MVP에 선정된 데다가 지금까지 17경기를 뛰고 14승을 거두었다. 페이스 조절을 위해 중간에 교체된 이후 승리 투수 조건을 놓친 경기를 감안하면 기량이 압도적이었다. 물론 하반기까지 이 기량이 이어진다는 보장은 없지만 좀처럼 질 것 같지 않았다.
　"어깨 괜찮아?"
　투수 코치가 와서 상태를 물어보자 윤승하는 어깨를 좌우로 흔들어 문제없다는 걸 어필했다. 윤승하는 이변 없이 팀이 승리하는 것을 지켜보면서 1승을 챙겼다.

로커 룸에서 승리를 자축하는 동료들 사이에서 기쁨을 나누며 옷을 갈아입던 윤승하는 로커 선반 위에 있던 핸드폰을 꺼냈다. 무심코 확인하던 윤승하의 눈이 차츰 커다래졌다. 그의 얼굴에 이제까지와는 비교할 수 없는 기쁨이 들어차는 것을 보고 동료들이 의아한 눈길을 보냈다.

"나 먼저 간다."

윤승하는 티셔츠를 급히 내리고는 밖으로 뛰어나갔다.

"윤! 무슨 일인데?"

"나중에!"

의아히 묻는 동료의 궁금증을 해소시켜 주지 않고 밖으로 뛰어나간 윤승하는 도중에 코치를 만났다.

"간단한 인터뷰가 있어."

"지금 바로 돌아가고 싶은데요."

"급할 게 뭐 있어. 몇 마디만 던져 주면 돼."

코치는 여전히 내켜하지 않는 윤승하를 끌고 갔다. 윤승하는 거절을 단념하고는 최대한 빨리 인터뷰를 마칠 계획을 세웠다.

"15승 축하드립니다."

기자는 특히 더 우호적인 분위기로 나왔다. 윤승하는 축하에 감사하다며 화답하고 몇 가지 질문을 받았다.

"농담 삼아 올 시즌 윤 선수에 대해 매 경기 이닝마다 도핑 테스트를 해야 하는 거 아니냐는 말까지 나오고 있어요. 그만큼 놀라운 투구를 보여 주고 있는데 어떤 계기가 있나요?"

"글쎄요. 어떤 계기가 있다기보다 이번 시즌 운이 따르는 것 같습니다."

"운이 따른다고만 하기에는 경기력이 환상적이에요."

윤승하는 기자의 질문에 곰곰이 생각하다가 이내 입가에 환한 미소를 지었다.

"굳이 이유를 찾자면 제 애인 때문인 것 같네요. 저와 교제를 하면서 야구를 공부하기 시작해서 이제는 중계방송을 곧잘 보더군요. 그 사람에게 점수를 잃고 지는 모습을 보이고 싶지 않아서 더 힘을 내게 되는 것 같습니다."

"인터뷰를 할 때마다 애인분에 대한 애정을 숨기지 않으시네요. 오늘 승리로 애인분에게 멋진 모습을 보일 수 있어서 기쁘시겠어요?"

"물론 그 사실도 있지만 오늘은 승리의 기쁨보다 더 큰 환희의 함성을 터뜨리고 싶네요."

기자는 윤승하의 대답에 의아한 표정을 지으며 '그게 무슨 뜻이죠?' 하고 되물어 왔다. 윤승하는 웃음을 감추지 못한 채 대꾸했다.

"오늘 그 사람이 왔거든요. 인터뷰를 빨리 마치고 그 사람을 보러 가고 싶어요."

솔직하고 소탈한 대꾸에 기자가 너털웃음을 터뜨리며 축하를 건넸다. 윤승하가 애인과 장거리 연애를 하는 건 이미 유명한 얘기였다. 애인이 왔다며 못 견디게 기뻐하는 얼굴이 색달랐다. 예전이라면 상상하지 못할 모습이어서 기자는 조금 놀랍기도 했다.

"제가 더 이상 붙잡고 있을 수가 없겠네요."

기자와 인터뷰를 마치자 더 이상 윤승하를 막을 수 있는 건 없었다. 아직 경기장을 떠나지 않았던 팬들이 윤승하를 보고 열광했지만 그의 눈에는 지금 그 광경이 들어오지 않았다. 사인을 부탁하는 팬들에게 정중히 거절한 뒤에 서둘러 주차장에서 차를 끌고 빠져나갔다. 그의 얼굴은 흥분으로 내내 상기된 상태였다.

규정 속도를 가까스로 지키면서 조급함에 운전대를 잡고 있는 손을 가만히 두지 못했다. 신호라도 걸릴 만하면 운전대를 두들기는 손짓이 더 급해졌다. 집에 갈 때까지 사고가 나지 않은 게 천운이었다.

모퉁이를 돌아 두 번째 블록에 그의 집이 있다. 비슷하게 생긴 집들을 지나 제 집 지붕이 보일 무렵, 윤승하의 심장이 거세게 뛰기 시작했다. 얼굴을 정확히 확인할 수 없는 거리였지만 그의 가슴이 먼저 알아봤다.

그사이에 더 길어진 머리카락을 하나로 모아 어깨에 넘긴 채 파란색 스트라이프 티셔츠와 짧은 팬츠를 입은 모습은 싱그러웠다. 공항에서 바로 이곳으로 오는지 옆에는 트렁크가 세워져 있었고 어깨에는 스포츠 백을 매고 있는 모습에 윤승하는 숨을 쉬는 걸 잊었다.

끼이이익!

윤승하는 그녀 앞에 급정차를 했다. 운전석 밖으로 뛰다시피 나온 그가 이렇다 말을 꺼내지 않은 채 효영을 끌어안았다.

 입학 준비를 하며 미국에 오갔지만 시즌 중인 윤승하에게 혹시 방해가 될까 싶어서 알리지 않고 그의 경기만 조용히 관람을 하고 돌아갔다. 겨울 내내 함께 지내다가 윤승하가 스프링캠프로 떠난 이후로 거의 6개월 만이었다.

 함께했던 시간 때문에 그리움은 더 컸다.

 "……믿어지지 않아요."

 한참 후에야 윤승하가 숨이 막힌 것처럼 말을 꺼냈다.

 "계속 내 옆에 있는 거죠?"

 "승하 씨가 지겨워할 만큼요."

 살짝 웃음을 띤 대답에 윤승하는 더할 나위 없이 진지하고 열띤 시선으로 그녀를 바라보며 입을 열었다.

 "그럼 평생 효영 씨가 내 곁을 떠나지 않겠네요."

 그녀가 옆에 있는 매일매일이 자신에게는 선물일 거라며 속삭이는 말에 효영은 뺨으로 열기가 몰리는 것을 느꼈다. 아마 윤승하식 대화법에는 평생 익숙해지지 않을 것 같다. 하지만 그의 대화법이 변한다면 서운해질 거라고 생각하며 그녀는 윤승하의 허리에 두 팔을 감았다.

 만일 그를 만나지 못했다면 효영은 언제나처럼 시간이 흘러가는 대로 살았을 것이다. 무미건조하게 살았을 그녀에게 윤승하는 커다란 선물이었다. 그를 만나기 전까지 효영은 숨을 쉬기에 살아가고 있었다. 그녀에게 ≪어린왕자≫ 속 소행성

B612의 장미꽃처럼 특별한 의미를 준 건 다름 아닌 윤승하였다. 이 행운이 지금도 꿈만 같았다.

"떠나지 않아요. 내가 가장 원하는 곳은 여기예요. 당신 곁이요."

어디로도 떠날 수 없을 거라고 단언하는 말에 윤승하는 환하게 웃음을 터뜨리며 몸을 숙였다. 그녀를 부드럽게 어루만지는 듯한 눈길과 이어지는 입맞춤에 효영 역시 말갛게 미소 지으며 그의 얼굴을 양손으로 가까이 잡아당겼다. 미치도록 웃고 싶어지기도, 간혹 묘한 감회가 들어 눈가가 시큰거리기도 했지만 어느 것도 서로의 입술을 놓게 하지 못했다. 더 이상 숨을 참기 어려워질 때까지 키스는 오래도록 이어졌다.

❋

영화는 막을 내리면 끝이지만 현실은 계속 이어진다.
일상은 분주히 흘러간다. 매우 바빠.

심각한 분위기를 풀풀 풍기는 윤승하를 보며 동료 선수들은 고개를 갸웃거렸다. 7, 8월 윤승하는 누구보다 행복한 남자였다. 그 소문만 무성했던 연인이 뉴욕에 정착하게 되고 시즌 초부터 좋았던 컨디션은 최고조에 이르렀다.

그런데 막상 9월로 접어들며 서서히 윤승하의 얼굴에 그늘이 생기더니 최근에는 욕구 불만인 짐승처럼 성난 기운을 풍기고 다녔다.

좀처럼 이해가 가지 않았다. 시즌 후반에 들어서도 자책율 0점대를 유지하며 이닝, 다승 모두 압도적인 기록으로 정규 시즌을 마감하질 않았나. 더욱이 내년에는 FA로 풀리겠다, 연봉이 천정부지로 솟는 것은 의심의 여지가 없었다.

행복한 비명을 질러도 모자랄 판에 동료들은 뭐가 문제냐고 묻고 싶었다.

'악마 소굴 같은 대학원.'

윤승하는 이를 바득 갈며 속으로 중얼거렸다. 학기가 시작되며 효영은 점점 더 바빠졌고 현재는 중간고사 기간을 맞이했다. 당연히 그녀는 대학에 붙박이로 박혀 있었고 현재 윤승하는 얼굴을 제대로 마주하지 못한 지 일주일이 넘어가며 한계치에 다다랐다. 거기에 결정적인 한 방은 원정 3연전이었다.

올해 시즌 상반기에 효영의 얼굴을 한 차례도 볼 수 없었던 것에 비하면 나은 상황이라고 할 수 있지만 받아들이는 입장에서는 더 감질났다.

'효영 씨가 한국에 있던 때보다 거리적으로 훨씬 가까워졌는데 왜 보질 못하나.'

퍼억! 퍼억! 퍼억!

선발 출장, 미친 듯이 쏟아 내는 엄청난 구위에 상대 타자는 물론 같은 팀 동료까지 혀를 내둘렀다. 내리 직구를 던지며 단조롭게 볼 배합을 하는 듯했던 윤승하는 타자를 유인하며 사정없이 농락했다.

윤승하는 해갈할 곳 없는 욕구를 타자들에게 쏟아 내고 있었다. 본인의 기분이야 어떻든, 팀은 포스트 시즌에 들어서도 여전히 승승장구했다.

"영, 오늘 한잔하지 않을래?"

시험을 마치고 자리를 정리하는 효영에게 누군가 말을 걸어왔다. 고개를 들기 전 목소리만 듣고 상대가 누구인지 이미 짐작했다. 어머니가 한국인인 조 홀트는 같은 피가 흐른다는 유대감을 내세우며 입학 초부터 효영에게 친밀하게 다가왔다.

그의 의도가 읽혀서 처음부터 애인이 있다는 걸 밝혔는데도 데이트 신청을 줄기차게 했다. 농담 삼아 '애인 따로, 엔조이 따로'라는 식으로 얘기했던 터라 아무리 성격이 좋다고 주변에서 칭찬이 자자해도 그는 기껍지 않은 상대였다.

"다른 사람이랑 가."

"시험도 끝났는데 머리도 식힐 겸, 뒤풀이나 하자. 분위기 좋은 바Bar를 발견했는데……."

"홀트."

"조라고 부르라니까."

조 홀트는 서글서글하게 웃으며 정정을 했다. 하지만 효영은 그의 장단에 맞춰 줄 요량이 조금도 없었다.

"지난번에도 말했지만 나는 너와 학교 밖에서 만나고 싶은 생각이 없어."

"너무 심각하게 받아들이는 거 아냐?"

"내가 예민한 거라고 해도 상관 안 해. 애인 말고 다른 남자는 흥미 없거든. 이런 얘기 다시 하지 않았으면 좋겠는데."

효영이 단호하게 말하자 내내 웃고 있던 조 홀트의 인상이 슬며시 구겨졌다. 여자에게 좀처럼 거절당하는 경험이 없었던지라 계속되는 거절에 자존심이 상했다.

"사회생활 안 해 본 것도 아니고, 애인 아닌 남자와 밥 한 번 같이 먹지 않는다는 게 말이 돼? 남자와 친구로도 지내지 않는다는 건 너무 고리타분한 생각 아냐?"

"난 데이트 신청하는 남자하고는 친구 안 해. 일이 있어서, 그럼. 잘 가."

그녀는 담담히 응수하며 시간을 확인하고는 급히 말을 끝내고 강의실을 나갔다. 생각보다 대화가 길어지는 바람에 예상한 시간을 지나쳐 버렸다.

효영은 평소보다 더 서둘렀다.

집으로 돌아오는 윤승하의 표정은 편치 않았다. 비행기가 연착이 되어 예정보다 공항에 늦게 도착한 데다가 예고도 없이 비까지 쏟아졌다. 무지막지하게 쏟아지는 비는 주차장까지 가는 동안에 그의 몸을 흠뻑 적셨다.

그것만도 충분히 기분이 안 좋은데 파파라치가 무작정 카메라를 들이대며 그의 신경을 건드렸다. 윤승하는 파파라치 손에서 카메라를 빼앗아 필름을 꺼내는 걸로 마무리했다.

최악인 하루가 될 예정이었다.

차고에 차를 주차시킬 무렵만 해도 그 생각에 변함이 없었다. 하지만 집 안에 들어오다가 현관에 가지런히 정리되어 있는 여성용 스니커즈를 발견하면서 무겁게 가라앉아 있던 기분이 반전했다.

'설마.'

효영에게 별다른 전화를 받지 못했다. 어제 통화할 때만 해도 경기 잘 치렀다거나 시험공부 중이라는 대화만 주고받을 뿐이었다.

그는 주방에 들어갔다가 집을 나갈 때 보지 못했던 음식들이 테이블에 오른 걸 발견했다. 그릇에 손을 대니 아직 따뜻한 편이었다. 어느새 윤승하의 입가에 숨길 수 없는 미소가 피어올랐다.

그는 한결 가벼워진, 하지만 서두르는 걸음으로 침실로 들어갔다. 막 시험을 치른 뒤에 장을 봐서 부랴부랴 음식을 장만하느라 피곤이 한계까지 치달았는지 그녀는 윤승하의 침대에 엎드려 선잠이 들어 있었다.

효영을 보는 윤승하의 마음이 크게 부풀어 올랐다. 이제야 돌아온 기분이었다.

"으음."

효영은 작게 신음하며 몸을 뒤척거리다가 서서히 잠에서 깨어났다. 윤승하를 기다리다가 졸음을 못 이기고 눈만 붙인다고 누웠다. 얼마나 시간이 지났는지 궁금해 시간을 확인하며 천천히 하품했다.

"일어났어요?"

"언제 왔어요?"

윤승하가 욕실에서 나오는 걸 보고 효영은 깜짝 놀라 물었다. 샤워를 했는지 남색 가운을 입은 윤승하는 머리의 물기를 타월로 닦으며 효영에게 다가왔다.

"온 지는 얼마 안 됐어요. 시험은 잘 끝났어요?"

그의 입술이 그녀에게 가까워졌다. 효영은 슬쩍 그에게 입술을 콕 찍고는 일어나려고 했다. 하지만 그 행동이 윤승하에게 불을 지폈는지 윤승하가 일어나려는 효영을 잡고는 덮치듯 그녀 위로 올라왔다. 그에게 밀려나 얼결에 눕게 된 효영은 그녀 위에 엎드린 채 몸을 숙인 윤승하를 물끄러미 봤다.

"보고 싶었어요."

윤승하는 나직이 속삭이며 조금 흐트러진 효영의 머리카락을 부드럽게 넘겨 주었다. 동그란 이마에 한 번, 살짝 눈이 감기었을 때 눈꺼풀 위에 한 번, 슬쩍 물러나는 그녀의 얼굴을 감싸 쥐고 입술에 다시 쪽, 입을 맞추었다.

그녀를 마주 보느라 팔을 세워 상반신을 띄웠지만 하반신은 다리가 묘하게 얽히며 아래가 맞닿았다.

"샤워 안 해서 음식 냄새가 나요."

그가 허리를 느리게 움직이며 마찰을 일으키자 효영이 떨리는 음성으로 말했다. 닿고 비벼질 때마다 배 아래에서 묘한 느낌이 몽글몽글 피어났다. 윤승하는 그래요? 하고 중얼거리더니 효영의 목덜미에 코를 가져가 체취를 맡았다.

코끝으로 목덜미를 문지르는 바람에 간지러운 기분이 들었다.

"그래서인가, 맛있는 냄새가 나네요."

여전히 목덜미에 얼굴을 묻은 채 말하자 숨결이 피부에 닿았다. 효영은 몸을 움찔거리다 고개를 돌렸다.

"읏!"

축축하고 말캉한 혀가 목줄기에서 턱밑까지 핥아 올리는 감각에 미처 참지 못한 소리가 새어 나갔다.

"맛있어요."

효영은 그의 속삭임과 시선에 이끌리듯 저도 모르게 윤승하를 봤다. 그녀와 시선이 마주치자 그는 아랫입술을 핥으며 달콤한 미소를 머금었다. 사람을 홀리는 웃음이었다. 그녀는 느릿하게 눈을 감았다가 뜨며 손을 뻗어 윤승하의 턱을 어루만졌다. 고양잇과 짐승처럼 그녀의 손길에 얼굴을 맡기고 나른한 표정을 짓는다. 효영은 손길을 움직여 그의 입술을 매만졌다.

반쯤 감겼던 눈이 떠지고 효영의 시선을 붙들었다. 그의 눈동자가 전보다 더 짙어진 느낌이었다. 그에게 시선을 빼앗기자 문득 숨이 막혀 왔다. 윤승하가 내뿜는 열기에 질식할 것만 같았다.

곧 그녀의 예감대로 윤승하가 거칠게 달려들었다. 효영은 발가락을 오므리고 싶은 기분에 대신 무릎을 세워 그의 허리를 조였다. 배 속으로 열기가 뭉쳐 들었다.

가까스로 숨을 고르지만 이내 빠르게 내리꽂히는 충격에 호흡이 끊기고 만다.

"하아, 하아."

효영은 가쁘게 숨을 몰아쉬며 정신없이 움찔거렸다. 그의 허리가 더 빠르고 집요하게 움직이며 그녀의 머릿속을 엉망으로 휘저었다. 일정한 리듬으로 움직이다가도 어느 순간 막무가내로 찔러 왔다.

그녀는 허공에 숨을 흩으며 땀에 젖은 윤승하의 등을 끌어안다가도 자극이 심할 때는 등에 날카로운 손톱을 세웠다.

"아아."

다리가 멋대로 힘이 풀려 시트 위로 주르륵 미끄러졌다. 그의 골반 위에 아슬아슬하게 걸쳐 있는 반대쪽 다리 역시 금세라도 아래로 떨어질 것 같았다. 예감대로 아래로 미끄러지는데 거친 손길이 무릎 안쪽으로 파고들었다.

그의 힘에 밀려 상체가 매트리스에 짓눌리고 허리가 굽었다. 윤승하가 그녀의 다리를 상체 쪽으로 밀자 몸이 접히고 효영의 엉덩이가 천장을 향해 들렸다. 그는 한 손으로 그녀의 무릎을 누른 채 다른 손을 허리춤으로 내려 등과 허리, 엉덩이를 마구잡이로 만졌다.

효영은 지독한 쾌감이 고통스럽기까지 해 그를 말리며 애원했다.

"그만, 이제, 그만."

"미안해요. 멈출 수가 없……. 윽."

윤승하는 눈썹을 찡그리고 나직이 신음을 터뜨렸다. 그는 효영의 목에 얼굴을 처박고 거칠게 허리를 들썩였다. 그가 숨을 몰아쉴 때마다 짐승의 울음소리처럼 들렸다.

흥분감이 휘몰아치듯 밀려오자 효영은 몸부림을 치며 그의 등을 긁어내렸다.

"사랑해요."

그가 효영의 귓가에 입술을 붙이며 속삭였다. 흥분이 섞인 목소리는 평소보다 허스키하고 거칠었지만 효영은 그 고백에 가슴에 뭔가가 차오름을 느꼈다.

"나도요."

지나친 성감과 흥분이 두렵기까지 했지만 한편으로 그와의 정사에서 얻는 충족감은 외부에서 받았던 긴장을 이완시켰다.

울고 매달리며 소리를 지르느라 모든 체력이 방전되었다. 그가 움직임을 그치고 길게 신음을 토하는 것을 들으며 눈꺼풀을 내렸다. 땀으로 질척거렸지만 기분이 나쁘기는커녕 그와 체온을 나누며 안정감을 느꼈다.

효영은 의식을 놓았다.

잠이 든 효영을 씻기고 침대에 눕힌 뒤 윤승하는 거실로 나갔다. 그는 가볍게 스트레칭을 하며 경직된 근육을 풀었다. 냉장고에서 생수를 꺼내 갈증을 달랬다. 그는 물을 마시고 나가려다가 집에 막 왔을 때처럼 의자에 효영의 가방이 그대로 놓여 있는 걸 보고 피식 웃었다.

테이블에 있는 그녀의 핸드폰까지 챙겨서 거실로 가는데 메시지가 들어왔다. 늦은 시간에 들어온 메시지여서 마음에 걸린 윤승하는 내용을 확인했다.

네 애인보다 내가 더 근사한 남자라는 걸 증명할 기회를 줘.

윤승하는 문자 메시지를 몇 번이나 확인하고 불쾌한 듯이 입매를 일그러뜨렸다. 그는 본인의 핸드폰이 아니라는 사실은 머릿속에서 지워 버리고 문자 메시지 역시 메시지함에서 삭제해 버렸다.

🍁

알아듣게 얘기했음에도 지난번 일을 잊었는지 조 홀트는 구김살 없이 웃는 얼굴로 다가왔다.
"뮤지컬 티켓이 생겼는데 어때?"
효영은 차라리 무시하기로 했다. 자신의 애인도 연하였기에 무작정 연하가 이렇다, 일반화하고 싶지 않았다. 하지만 역시 말귀 못 알아듣는 연하는 질색이었다. 계속해서 입 아프게 상기시켜 주기도 싫었고 차라리 제풀에 지치라고 놔두기로 했다.
"넌 너무 고리타분해."
옆에서 아무리 떠들어도 아예 대꾸조차 하지 않자 조 홀트는 투덜거렸다.

"어떻게 우리 집 꼰대보다 더 완고할 수가 있어?"

"그러니까 네게 어울리는 여자애를 만나라고 누차 얘기하잖아."

"넌 내 운명이라니까? 처음 봤을 때 딱 알았다고. 왜 넌 알아차리지 못하지?"

어린아이 같은 억지에 효영은 낮게 혀를 찼다. 하지만 중대한 오류를 바로잡아 주는 걸 잊지 않았다.

"내 애인이 아니었으면 미국에 올 리가 없었을 거야. 내 애인이 미국, 꼭 집어 이 지역에 있었기 때문에 왔으니까. 그러니 너와 만난 건 고작 우연에 불과해."

"난 하이 스쿨에서 럭비부였어. 밸런타인데이엔 학교 모든 여자애들이 나한테 고백했다고. 내가 네 애인보다 못한 게 뭐야."

그의 자존심을 생각해서 우회해서 말할지, 아니면 솔직하게 말할지 잠깐 고민하던 효영은 곧 결정을 내렸다.

"모두."

"뭐?"

"전부 다 내 애인보다 못하다고."

효영은 산뜻하게 덧붙인 후에 걸음을 옮겼다. 잠시 얼이 빠져 있던 조 홀트가 오만상을 찌푸리며 그녀에게 뛰어갔다. 그가 옆에서 무슨 소리를 하든지 신경 쓰지 않고 제 갈 길만 가던 효영은 문득 어딘가에 시선을 돌렸다가 굳어 버렸다.

"지금 장난해?"

어지간히 자존심이 상했는지 효영에게 윽박지르던 조 홀트는 그녀가 전혀 반응하지 않는다는 걸 뒤늦게 깨달았다.

"뭘 그렇게 봐?"

그는 효영의 시선을 따라 고개를 움직였다. 하지만 그가 완전히 몸을 틀기 전에 커다란 그림자가 먼저 다가왔다.

"이 꼬마는 누구예요?"

윤승하는 선글라스를 벗고 조 홀트를 가리키며 물었다. 두 사람이 동갑이라는 생각이 머릿속을 스쳤지만 효영은 더 중요한 걸 물었다.

"어떻게 왔어요?"

"내가 감이 좋잖아요. 왠지 효영 씨 학교로 오고 싶더라고요."

윤승하는 뼈가 있는 대답을 하고 주변을 쓱 둘러봤다.

"효영 씨가 공부하는 학교가 이렇게 생겼군요."

"유, 윤?"

남자치고 스포츠를 싫어하는 사람은 드문 데다가 미국은 특히 야구를 사랑하는 나라였다. 더욱이 자기 지역 구단의 스포츠 스타를 못 알아볼 리 없었다. 조 홀트는 눈을 커다랗게 뜨고 윤승하를 봤다. 윤승하는 상대방을 제압하는 날카로운 시선으로 조 홀트를 훑으며 천천히 입을 열었다.

"내 애인에게 볼일 있나?"

"어?"

얼빠진 표정을 짓는 조 홀트의 눈앞에서 윤승하는 과시하듯 효영의 어깨를 감싸 안았다. 그를 보는 윤승하가 눈매를 가늘게 하고 날카롭게 그를 응시했다.

"볼일이 있냐고 묻잖아, 애송아."

낮게 깔린 음성이 공격적이었다. 제 영역을 표시하는 짐승과 같은 사나운 기세에 조 홀트는 제대로 된 대응을 한번 시도조차 못 하고 완전히 눌려 버렸다. 빨개졌다가 다시 파래졌다가 얼굴색을 확확 바꾸며 얼떨떨하게 고개를 흔들었다. 그것을 바라보며 윤승하는 마지막까지 경고하는 눈빛을 보냈다. 마치 사냥감의 목을 물어뜯기 직전의 맹수처럼 매서운 눈길이었다. 조 홀트가 엉거주춤하게 서서 그 시선을 피하자 윤승하가 효영을 향해 시선을 돌렸다.

"가요."

윤승하가 부드럽게 권하자 효영은 고개를 끄덕였다. 이렇게 간단할 수가. 가볍게 감탄한 그녀는 진작 조 홀트에게 애인이 누구인지 말하는 게 나았겠다는 깨달음을 얻었다.

"주변에 저런 놈 많아요?"

"아뇨."

"흐음."

효영이 부정했지만 윤승하는 그 말이 미덥지 않은지 그녀를 물끄러미 봤다.

"정말인데요?"

"그럴 리가요. 저 애송이처럼 앞에서 대놓고 말하지 못할 뿐이지 효영 씨를 그런 눈으로 보는 놈들이 많을 거예요."

이렇게 예쁜데. 윤승하는 분한 음성으로 뒷말을 붙이며 효영의 뺨을 어루만졌다.

Blooming

효영의 얼굴이 붉게 달아올랐다.

"당신은 너무 예뻐요. 적당히만 해도 될 텐데 지나치게 사랑스러워요. 만약 내가 다른 남자들이었어도 당신을 애인에게서 빼앗고 싶을 거예요. 그런 의미에서 내가 너무 운이 좋았지만 도저히 마음을 놓을 수 없어요."

그는 효영이 밟고 다니는 바닥에도 입술을 맞출 것처럼 그녀를 찬미했다. 이런 게 하루 이틀 일은 아니었지만 세상 모든 남자들을 그녀를 빼앗을, 잠정적 도둑놈으로 취급하기에 이르자 효영은 얼굴을 들 수 없었다. 결국 그의 입에 손을 가져가서 말렸다.

"제발 그만요."

창피해서 죽을 것 같은 기분이었다. 그러나 효영을 보는 윤승하의 눈에는 오롯이 진심만이 담겨 있었다.

❧

윤승하는 주머니 속에서 반지 케이스를 꺼냈다. 뚜껑을 연 그는 케이스 안에 가지런히 꽂혀 있는 반지를 물끄러미 봤다. 언제라도 효영의 손에 끼울 수 있게 몸에서 떨어뜨리지 않고 가지고 다니는 반지였다.

"어떻게 줘야 할까."

그녀는 석사 과정을 밟느라 바쁘게 생활하고 있었다. 그녀의 목표가 어디까지인지 확실히는 몰랐지만 방송을 그만둔 뒤 효영이 새로운 방향을 정한 것을 환영했다.

솔직히 자신만 바라봐 주기를 원하지만 1년 중 대략 8개월이 시즌이다. 그가 운동을 하는 동안 아는 사람 하나 없는 타지에서 그만을 기다리는 건 몹시 외롭다.

하지만 설령 전과 비슷하게 각자 바쁜 생활이 이어진다 해도 역시 그는 감정만이 아니라 법적으로도 확실히 그녀를 제 사람으로 만들고 싶었다. 같은 집으로 돌아오는 사이로 발전하길 바랐다.

윤승하가 무척 고심하는 얼굴로 반지를 보는데 제임스 김은 낮게 혀를 찼다.

"공개적인 장소에서는 사람들 눈 때문에 선뜻 거절하기가 쉽지 않을걸?"

그의 영혼 없는 대답에 윤승하가 무성의함을 알아차리고 눈썹을 꿈틀거렸다. 제 일 아니라고 되는 대로 지껄이는 중이라는 걸 감 좋은 그가 모를 리 없었다.

"사람들 많은 곳은 시선이 몰려서 불편할 것 아냐."

"이러니까 너 보고 뭘 모른다는 거야. 여자들은 대부분 공개 청혼에 대한 환상이 있다니까? 많은 사람들 앞에서 남자 주인공들이 과시하며 청혼하는 장면이 괜히 고전이겠냐? 하긴 영화나 드라마를 봤어야 알지."

제임스 김의 말에 설득되었다. 윤승하는 잠시 입을 다물고 어떤 생각에 빠져 들었다. 일순 떠오르는 생각이 있었다.

제임스 김은 자신이 잔잔한 연못에 돌을 던졌다는 사실과 그

것이 앞으로 어떤 식으로 되돌아올지 현재에는 상상하지 못했다.

효영은 반드시 와 달라고 부탁하며 내민 티켓을 선뜻 받아들었다. 혼잡한 구장 안을 제임스 김과 함께 입장했다.

뉴욕 양키스의 홈구장, 양키 스타디움에는 엄청난 수의 관중들로 좌석이 만원이었다. 바로 이곳에서 월드 시리즈 경기가 펼쳐지기 때문이었다. 홈 팬들은 엄청난 함성으로 원정 팬들의 응원 소리를 눌렀다.

"매번 생각하는 거지만 정말 대단하네요."

효영이 주변을 돌아보며 제임스 김에게 말하자 그는 싱긋 웃었다.

"그럴 만도 하죠. 양키스가 먼저 3승을 거두었으니까요. 만약 이번 경기에서 승리를 거두게 된다면 바로 올해 월드 시리즈 우승 트로피를 차지하게 되잖아요."

이번 중요한 시합을 책임질 선발 투수는 윤승하로 낙점되었다. 그는 이미 1차전에서 팀을 승리로 이끌어 상대 팀을 기선 제압하는 데 혁혁한 공을 세웠다. 관중들은 그가 귀중한 한 구, 한 구를 던질 때마다 그의 유니폼에 써진 'YOON'을 외치며 사기를 북돋았다.

그녀는 제 애인에 대한 열화와 같은 응원 소리에 본인 일처럼 흥분을 느꼈다. 모르긴 몰라도 오늘 응원 열기는 전보다 더 대단할 것이다.

"선수들 들어오네요."

벌써부터 열띤 분위기에 잠시 매료되었던 효영이 경기장 쪽으로 모습을 드러내는 선수들을 발견하고 제임스 김에게 속삭였다. 여러 선수들 사이에서 윤승하를 한 번에 찾을 수 있었다. 그는 경기 시작 전, 어린 관중들과 캐치볼을 해 주는 등 팬 서비스를 했지만 오늘은 묵묵히 연습에만 집중하고 있었다.

"저놈, 저거 별일이네."

제임스 김은 효영에게도 인사하러 오지 않는 윤승하를 보며 의아한 듯이 중얼거렸다. 효영은 그가 어딘지 모르게 긴장한 것 같아 염려스러운 마음으로 윤승하를 봤다.

— 이미 정규 시즌이 끝나기 전부터 올 시즌 사이 영 상의 유력한 후보로 지목되었죠?

— 네, 윤 선수는 이번 시즌 정말 압도적인 경기력을 보여 주고 있어요. 투구, 경기 내용, 어디 하나 흠잡을 데가 없었습니다. 이번 사이 영 상을 수상하게 되면 3회 이상 수상한 9번째 선수로 이름을 올리게 되겠죠. 그런데 사실 윤 선수를 제외하면 누구에게 자격이 있을까요? 이번 시즌에 윤 선수는 자책율 0.99를 기록하며 현대 야구에서는 최초로 자책율 0점대 투수라는 위업을 세웠습니다. 뿐만 아니라 2002 시즌 랜디 존슨과 2011 시즌 저스틴 벌랜더가 세운 24승에 앞서는 27승. 최다 승을 기록했어요. 과거에 비해 야구가 얼마나 발전했습니까? 빠른 공에 대비한 타자들의 훈련 방식도 상당한 발전을 이룩했죠. 100마일은 더 이상 타자들이 손도 대지 못하는 공이 아니에요. 하지

만 그는 강도 높은 훈련을 통해 타격감을 끌어올린 무시무시한 강타자들을 상대하며 시즌 내내 그들에게 패배를 안겨 주었죠. 21세기 야구에서 보기 어려운 진기록이에요. 그가 올 한 해 세운 기록을 말하면 할수록 정말 놀라운 선수입니다.

　— 이 기세로 보면 내년 시즌에 윤 선수가 본인의 기록을 경신할 수 있지 않을까요? 매년 믿을 수 없을 만큼 기량을 올리고 있는 선수니까요. 올 시즌이 끝나고 자유 계약으로 풀리는 윤 선수를 데려가기 위해 여러 구단들이 치열한 눈치 싸움을 벌이겠죠?

　— 과연 그의 몸값이 얼마나 상승할지 기대가 됩니다. 작년에 커쇼 선수가 7년 동안 2억 1,500만 달러의 빅 딜을 성공하며 역대 최고 연봉을 갱신한 바 있죠. 많은 관계자들이 윤 선수가 이 엄청난 연봉을 가뿐히 넘길 거라 전망하고 있어요. 그럴 만도 하죠. 윤 선수는 이 선수보다 한 살이 더 어려요. 더구나 그의 전성기는 아직 진행 중이고 매번 놀라움을 주는 선수예요.

중계진은 홈 팀 선수에 대한 애정을 내비치는 데 전혀 인색하지 않았다.

　— 특히 올해는 윤 선수가 행복한 비명을 질렀죠. 올해 7월, 한국에 있던 연인이 이곳 뉴욕으로 왔다고 하더군요. 경기 후 매 인터뷰마다 연인에 대한 애정을 숨기지 않았던 윤 선수는 전무후무한 자책율 기록에, 월드 시리즈 우승과 더불어 사이 영 상 수상을 목전에 두었고, 동시에 사랑까지 얻었어요. 오늘 연인이 경기를 관람하러 왔다고 하

니 평소보다 더 힘을 내지 않을까요?

경기가 시작되자 중계진은 사설을 접고 경기 내용을 전달했다. 윤승하는 6회에 1실점을 허용했지만 그 이상의 점수를 내주지 않았다. 경기는 8회까지 2 대 1로 접전을 벌였다.

그리고 9회 초, 윤승하는 선두 타자 2명을 삼진으로 잡고 다음 타자를 상대했다.

— 오늘 타자들이 좀처럼 윤 선수의 공에 손을 대기 어려워 보이죠? 어깨가 달궈진 중반부터 104마일의 공을 뿌려 대고 있어요. 하지만 결코 쉬운 코스로는 보내고 있지 않거든요. 그런 공은 타자로서 부담이 될 수밖에 없습니다.

— 하지만 벼랑 끝에 선 세인트루이스 입장에서는 어떤 공이라 할지라도 반드시 때려야 합니다.

시합을 결정짓는 한 구가 던져졌다. 2스트라이크에 몰린 타자는 윤승하가 던진 공에 절박하게 배트를 휘둘렀다. 그를 농락한 것은 고작 78마일의 변화구였다. 완벽하게 타이밍을 빼앗은 윤승하는 하늘을 향해 번쩍 주먹을 들어 올렸다. 관중들의 커다란 함성이 터져 나왔다.

— 우승입니다! 윤 선수, 자력으로 우승을 매듭지었어요.

— 함성을 들어 보세요. 어떻게 이런 선수를 사랑하지 않을 수 있겠

습니까? 올해 사이 영 상과 MVP가 유력한 윤 선수, 엄청난 수훈을 이루어 냅니다.

중계석에서도 기립을 해 윤승하를 칭송하기 바빴다. 그때, 전광판에 관중석 한구석이 비쳤다. 효영이었다. 경기를 보며 가슴이 벅차 결국 눈물을 떨어뜨리던 효영은 카메라가 제 얼굴을 비추자 놀란 눈을 크게 떴다. 그녀보다 먼저 의미를 이해한 제임스 김이 얼빠진 표정을 지었다. 전광판에 그녀의 얼굴이 뜬 채 아래 문구가 떠올랐다.

Would you marry me?

의미를 이해한 효영이 놀란 표정을 서서히 바꾸며 와락 웃음을 터뜨렸다. 동료들에게 덮쳐지면서도 윤승하의 시선은 내내 그녀가 있는 방향에 꽂혔다.

— 아, 의미 있는 청혼이네요. 홈 팀의 MVP 선수를 위한 구단 측의 배려이죠?
— 사이 영 상 수상 소식에 앞서서 윤 선수의 결혼 소식을 들을 수도 있을 것 같군요.
— 양키스의 28번째 월드 시리즈 우승 소식을 전해 드리고 중계 마칩니다.

전광판 청혼 계획은 에이전트도 모른 채 구단 측과 조용히 상의가 되었다. 윤승하는 홈구장에서 의미 있게 선발 출전해 해 전 이닝을 던지고 28번째 월드 시리즈 우승을 매듭짓는다면 이벤트를 열어 주리라는 약속을 받아 냈다.

그리고 이어지는 홈구장에서의 5연전. 윤승하는 마지막 구, 변화구를 던지는 순간, 이미 승리를 예감했다. 타자가 헛스윙을 하는 것을 확인하고 처음으로 마운드 위에서 승리를 자축했다.

윤승하는 심판이 아웃을 선언하는 걸 들으며 효영이 있는 곳으로 시선을 돌렸다. 다른 관중들처럼 일어나 환호하는 모습이 눈에 보였다. 그녀는 전광판 쪽을 보고 눈을 커다랗게 떴다.

관중들의 휘파람 소리와 함성이 머리를 어지럽혔다. 승리를 자축하며 팀 동료들이 그에게 달려와 끌어안고 파묻는 순간에도 효영에게서 시선을 떼지 않았다. 그녀는 윤승하가 있는 방향으로 고개를 돌리고 잠시 그를 바라봤다.

제 청혼에 대해 그녀가 어떻게 생각을 할지 긴장감으로 윤승하의 심장은 미친 듯이 뛰었다. 정확히 확인할 수 없지만 언뜻 그녀가 미소를 지은 것도 같았다.

그리고 얼마 지나지 않아 효영이 찬찬히 머리 위로 양팔을 올려 동그라미를 만들었다. 청혼에 대한 대답을 확인한 윤승하는 환희에 찬 얼굴로 양 주먹을 힘 있게 쥐었다. 관중들과 동료 선수들 역시 그녀가 청혼을 받아들인 것에 흥분하고 기꺼워 휘파람과 환호성을 내질렀지만 이 순간 가장 행복한 사람은 윤승하였다.

"아자!"

　그는 가슴이 벅찬 나머지 커다란 목소리로 기합을 내질렀다. 참지 못한 웃음이 터져 나왔다. 절대 앞으로도 잊지 못할 최고의 순간이었다.

접란Orchid

행복이 날아오다.

_This love story is over. But love is forever.

작가 후기

국가 대표 소집이나 아시안 게임 등 몇 가지 설정이 현실과 다를 수 있습니다. 스토리 전개와 두 주인공의 연애를 위해 임의적으로 설정했으니 양해 부탁드립니다.

지금까지 윤승하를 위한, 윤승하에 의한, 윤승하의 첫사랑 사수 퀼기 소설을 읽어 주셔서 감사합니다.
쓰는 동안 승하의 행동들 때문에 힘들어도 실실거렸는데, 독자님들께도 승하가 즐거움을 드렸길 바랍니다.

이 글을 쓰면서 신세를 진 분들이 너무 많습니다.
특히 지해 님! 너무 감사드립니다. 못난 작가 만나서 고생 많이 하셨어요.

다음에도 잘 부탁드립니다. 그때는 고생 덜 시켜 드리고 싶어요. 흑흑.

그리고 열심히 모니터링해 준 C 언니와 정여운 경국지색 작가님에게도 고마움 전합니다.

연재를 쉰 지도 어느덧 3년째에 들었네요.

일일 연재를 할 때의 그 치열함이 문득 그리워질 때가 많습니다.

멀지 않은 때 연재로도 인사드릴 수 있도록 노력할게요.

바, 반갑게 맞아 주실 거죠? ☞ ☜

더운 날 건강 조심하시고 항상 즐겁고 행복한 일만 가득하세요.

운명지기 드림.

Blooming